LAS VIDAS DE FÉLIX V

José Orbi

RedCrest Tower, Ltd.

ISBN: 978-0-9661619-4-6

Impreso en los EE. UU.

Primera Edición

RedCrest Tower, Ltd.
51 Calle Ruiz Belvis
San Juan, PR 00917
info@redcresttower.com

Esta novela está dedicada a la memoria de
Nermin Divović (1987-1994)

Tenía el añoro de una bendición y el
Amén atascados en mi garganta.
—Macbeth

La Aparición

1

Louie el Zorro atravesó el pantano tan ligero como se lo permitió el fango del caminito una tarde cuando ni los sapos ni los grillos se dignaron a verlo pasar.

Entre saltitos por aquí y brinquitos por allá, por eso de no enfangarse más de la cuenta, el Zorro trató de que no se le mojara el talego, algo que resultó imposible porque el día estaba delicioso, con una capa de nubes negras que abarcaba todo, acompañadas de lluvia, vientos huracanados y un frío –muy poco común para esas partes– que le mordía el tuétano.

En su injusta batalla contra el mal tiempo, Louie frotó las manos y secó el flujo de mocos con la manga. Él hubiera dado cualquier cosa por estar en su cuartucho, donde, si le daba la gana, podía tirarse a morir en su catre, que, aunque en muy malas condiciones y habitado por una colonia de chinches, por lo menos estaba seco.

A decir verdad el apodo de «Zorro» no era el más apropiado para Louie porque, con lo que le quedaba de su sobresaliente dentadura y su ansiosa y desesperada mirada, él parecía más un jerbo –o quizá un hámster– que un zorro porque los zorros son –bueno, los zorros son zorros– y por ser zorros son astutos, ingeniosos e inteligentes; características comunes en los zorros pero no en Louie. Él era un viejo desnutrido, nervioso y pobre, aunque no tan viejo y desnutrido como era pobre; en otras palabras, el Zorro era el prototipo perfecto de la empobrecida ciénaga de Luisiana.

Tan simpático como una comadreja, el sobrenombre tan inapropiado de «Zorro» le fue conferido unos años atrás por sus amigotes del pueblo cuando lo sorprendieron robándole a Paco unas gallinas ya que evidentemente, ellos, ni conocían bien a Louie ni sabían de la diferencia entre los jerbos y los zorros.

Así, después que dejó al padre O'Malley practicando el tenis contra la pared del altar, y luego de una caminata de cuarenta y cinco minutos, el Zorro llegó por fin hasta el portón de los Miltedew y como estaba de muy mal humor y tan empapado que parecía que lo habían tirado de cabeza en

3

un inodoro, ni se molestó en quitar la aldaba, prefiriendo abrirlo de una patada. Con una agilidad sorprendente para un hombre que se paseaba por los sesenta años, el Zorro atravesó el solar a toda velocidad, brincó los tres escalones y le despachó varios golpes a la puerta de entrada de la humilde residencia.

—Ray, ¿dónde estás? ¿Qué haces?

—¡Tomando el sol! —le gritó Ray desde adentro.

El señor Miltedew estaba sentado en una mecedora, arropado hasta la frente con una frazada vieja que ayudaba a tres pares de pantalones, a tres camisas y a dos suéteres a abrigarlo. Su pelo negro y enmarañado le llegaba hasta los hombros y como no se afeitaba hacía más de un mes, parecía un indigente ambulante como esos que se encuentran viviendo debajo de puentes en todas las grandes ciudades del mundo. Él era un hombre que la pobreza no sólo le robó su forma de vida sino también su juventud porque lucía mucho más de veintisiete años; luciendo pálido, encorvado como un inválido y con los ojos hundidos, y los labios agrietados.

La casita donde se encontraba el Sr. Miltedew tenía cuatro ventanas, dos a cada lado. Estaba fabricada de aluminio barato y se mantenía anclada a una base de bloques de cemento. Una bombilla colgaba del techo en el mismo centro de la habitación principal y trataba de alegrar la deprimente penumbra, aunque se le hacía muy difícil ya que, un tiempo atrás, un extraordinario evento atmosférico en forma de un enorme granizo desbarató una de las ventanas, la cual la señora Miltedew tapó con una bolsa grande de basura, verde oscuro. El resultado de ese maldito pedazo de hielo que terminó convirtiéndose en un charco en el medio de la sala, fue que la casita logró un desafortunado parecido a la famosa ballena blanca de apellido Dick, después que el Capitán Ahab la dejara tuerta con su arpón.

Era como si el Dios Todopoderoso y Vengador se estuviera desquitando de los Miltedew por razones que ellos desconocían, porque, ¿quién había visto que en un sitio tan sofocantemente caluroso y húmedo, llovieran granizos e hiciera tanto frío que necesitaban cubrir los rotos y ranuras en la residencia para evitar que se colara el viento?

Sin quitarse la manta de los hombros, Ray abrió la puerta dando paso al Zorro.

—Oye, me encanta lo que han hecho con este sitio —dijo Louie, cerrando la puerta.

—Vete a la mierda —le respondió el dueño de la casa.

—No, te lo digo en serio.

Louie soltó la bolsa y se fijó en los pocos muebles; en las cuatro sillas alrededor de una mesita que hacía de mesa de comedor, en las dos lámparas sin pantalla ni bombilla, una a cada lado de la habitación; en las cuatro fotografías de la familia durante tiempos más alegres y en la pared principal, donde, para indicar su importancia, se encontraba una enorme foto de Elvis acompañada por una interpretación a terciopelo de la Virgen María.

La cocina era pequeña y quedaba al costado de la entrada principal. Estaba equipada con un horno de microonda, una estufa de gas y una nevera tan vacía que no enfriaba por eso de no perder tiempo. Seguidamente, al final de un apretado pasillo se encontraban las dos pequeñas habitaciones, amuebladas con colchones, donde Teddy y la dulce Alice se acostaban a soñar con cuentos de hadas, príncipes y castillos; y donde, en el caso de Ray y su señora, una copia del Libro Sagrado adornaba la humilde mesita de noche.

—Puñeta, nene, estás hecho mierda —observó Louie, yendo al grano. Pidió disculpas por haber llegado tarde pero, según él, el cabrón del cura O'Malley lo había hecho trapear la cocina de la rectoría además de hacerlo barrer los pasillos de la iglesia antes de permitirle que se largara.

Con todo y eso el Zorro no tuvo dificultad en esconder algunos de los artículos que en ese momento se proponía a ofrecerle a sus más íntimos amigos.

—Mira lo que tengo para ti —dijo mientras sacaba del talego unos cuantos aparatos electrónicos que seguida y cuidadosamente colocó a los pies del Sr. Miltedew. Entre ellos, un «Walkman» con audífonos, una mezcladora, un exprimidor y un proyector de cine de ocho milímetros con su propio rollo de película.

Louie no había terminado de exhibir la mercancía cuando comenzó a anunciar el valor de cada uno de los artículos; cinco dólares por el Walkman; y lo mismo por la exprimidora y por el proyector de cine. El Zorro hasta conectó este último a la pared para dar una demostración, al mismo tiempo que explicó los términos de pago que eran flexibles hasta para el más exigente, sagaz y refinado consumidor.

Por ejemplo, Ray podía comprar tres de los productos por doce dólares. O si lo deseaba, se podía quedar con dos de los enseres por sólo ocho cincuenta.

—Eres un ladrón —le dijo Ray, meciéndose lentamente.

—Sí, lo sé, y tú lo sabes, y hasta la policía lo sabe también, aunque no lo saben tan bien como tú y yo, ¿eh? Je, je, je —le dijo el Zorro enseñando los pocos dientes que le quedaban–. ¿Qué te puedo decir? Tú y yo somos lo que somos. Tú eres tú y yo soy yo. ¿Qué se supone que haga, eh? Yo me largo, me voy de todo esto y que la mierda de pueblo este se vaya... se vaya a la mierda. Pero, por eso necesito plata, ¿verdad que sí?

Como Ray no estaba de buen humor, dejó su silla y se llegó hasta la puerta, echó un vistazo a lo que quedaba de jardín, y le dijo al Zorro:

–¿Sabes por qué yo me paso ahí, en esa silla meciéndome como un retrasado hora tras hora y día tras día? Lo hago porque no tengo otra cosa que hacer. Y no tengo otra cosa que hacer porque no tengo empleo, nada. ¿Y te imaginas, por casualidad, por qué coño hace tanto frío en esta puta casa? No me contestes, yo te diré: porque como no tengo trabajo no tengo para comprarnos uno de esos calentadores de piso, que no cuestan nada, por cierto, sólo que yo no tengo ni para eso. Ahora, si pasas por aquí mañana, vas a encontrar que además de que va a estar haciendo frío, todo va a estar a oscuras porque nos van a cortar la electricidad, porque tampoco tengo para eso, Louie.

–Oye Ray, cógelo con calma, no te... no te inquietes –le dijo Louie dando unos pasos atrás ante la mirada amenazadora de su cliente.

–La vida es una puta en calzoncillos, ¿verdad Louie? ¡El pueblo se va al carajo, cierran la cabrona fábrica, tiran a todo el mundo a la calle, el maricón del alcalde escupe unas palabritas finas que no significan nada, como depresión, inflación, porque, en fin de cuentas, somos los pendejos como yo los que nos quedamos en el limbo, contemplando el papel de las paredes y volviéndonos locos porque no tenemos ni para comer! –y Ray agarró a Louie por el cogote y lo haló hacia él con tanta fuerza que el Zorro parecía un pez fuera del agua, con los ojos desorbitados–. Así, que supongamos... supongamos que yo tuviera por ahí un par de pesos, ¿tú crees que yo voy a malgastarlos comprando esa mierda que te robaste? ¿Tú crees que yo soy tan imbécil que de tener dinero te lo daría a ti, a una rata como tú, a un hijo de puta, ladrón asqueroso? ¡Porque si lo crees, eres más bruto que los pelos del culo!

Louie por fin logró zafársele a su amigo, se llevó la mano al pecho y con una mirada que pretendía sinceridad, pero que demostró su cobardía, le respondió en una voz temblorosa:

–¡Pero por qué me llamas rata? ¡Oye, soy yo, Louie!, ¿te acuerdas? ¡Somos compinches desde hace muchísimo! ¡Qué coño té pasa conmigo, hombre? –Y aquí el Zorro fue muy enfático–. ¡Decirme rata... a mí! –Louie tiró los brazos para todos los lados mientras daba un paso al frente y otro para atrás fingiendo estar indignado–. ¿Por qué? ¿Qué te he hecho yo, chico, para

que me maltrates así? ¿O es que no te acuerdas que yo fui como pai tuyo?
Cuando el viejo tuyo cogió la calle y no se le vio más, ¿quién veló a tu vieja,
eh... y a tu hermana? ¿Quién, ah? ¡Contéstame, carajo! No, espera que yo te
digo. ¡Fue Louie Peps, ese mismo! ¡Fui yo quién te enseñó a cazar cocodri-
los! ¡Yo, Louie Peps! ¡El mismo que te enseñó a correr bicicleta! ¡El que te
llevó al veterinario cuando te rompiste el brazo... y de tener auto, te hubiera
llevado a un doctor de verdad, pero como no lo tenía, ni tu vieja tampoco y
el único con un carro era tu tío pero él tenía una borrachera encima que ni
contarte... no que yo lo culpe, porque yo no soy así! ¿Y quién fue el que te
regaló tu primera escopeta cuando no eras más que un pendejito? –Louie
trató de demostrar el tamaño de Ray durante aquellos tiempos, aquellos días
cuando el sol salía todos los días y la alegría se palpaba hasta en el clamor
de la acacia–. ¡Fui yo, maldita sea, yo y nadie más que yo! –Una lágrima se
le fugó a Louie del ojo derecho y la interceptó con la manga de los mocos–.
¡Y tengo a Dios de testigo, carajo, que con lo que yo odio la pesca, te llevé
a pescar! ¿Y quién fue el que te enseñó a fumar pasto? ¿O es que tampoco
te acuerdas? Fui yo, Louie, el mismo Louie a quien ahora le dices rata y
cuantos otros insultos se te ocurren. ¡Louie, el que te consiguió un condón
aquella vez que trataste de metérselo a la vieja Brouseau! No, coño, no es
justo lo que estás haciendo conmigo, Ray, no es justo y llora antes los ojos
de la Virgen, los brazos del niñito Jesús y su papá el carpintero... ¡mira y
qué llamarme rata!

    –¿De qué carajo hablas, pendejo?

    –¡De la vida, Ray! ¡Te hablo de la vida, tu vida y mi vida, vidas que
hasta hace unos minutos yo hubiera dicho que... –Y Louie repitió una de
las frases predilectas del cura O'Malley: «...*tuvieron la buena fortuna de
encontrarse en este valle de lágrimas*»–. ¡De eso hablo! ¡No! Y ahora
me vas a decir que no fue así, que eso no pasó, ¡verdad? ¡Te lo veo en
la cara, Ray! ¡Después de todo lo que yo he hecho por ti, carajo!, ¡qué
ingratitud! ¡Y pensar que siempre te quise como hijo!

    Aquel melodrama conmovió a Ray mucho menos de lo que Louie el
Zorro se esperaba. No sólo eso. Pensar que alguien hubiera estado em-
parentado con Louie Peps, mejor conocido como el Zorro, era suficiente
para enviar a todos los maestros de la teoría de la evolución al suicidio.
Por otro lado, Louie sí podía ser el famoso eslabón perdido. Ciertamente,
pensó Ray Miltedew, el hombrecillo había perdido los cabales porque
no hacía ni un año que se habían conocido por accidente durante una actividad en la iglesia, donde Louie estaba pasando la canasta de ofrendas
durante la misa.

–Tienes el cerebro hecho mierda. ¡Lárgate!

Louie el Zorro sacó un cigarrillo bastante mongo de su chaqueta y, mientras lo sujetaba con sus huesudos dedos que no dejaban de temblar, se lo llevó a los labios, y le dijo:

–¡No es justo, eso es lo que yo digo! ¡Mira y que decirme rata a mí! ¿No tienes una cerilla?

–Te dije que te largaras, ¡carajo! ¡Apestas a mierda! –le dijo Ray, dándole la espalda al Zorro y regresando a su silla.

–¿Tú sabes lo que te pasa, Ray? Lo que pasa es que no sales de estas cuatro paredes; con tu vieja por un lado y los mocosos por el otro. Te están volviendo loco. ¡Eso es peor que la muerte, créemelo, que lo es, yo lo sé, sé de lo que te hablo!

Ray no pudo aguantar más y de un brinco agarró al Zorro por el cuello.

–¡Suéltame, carajo, deja, que me voy! –gritó Louie, quien con la misma, dio unos pasos hacia atrás, tropezó con la puerta, perdió el balance y cayó por los escalones.

Por un momento Ray sintió lástima por Louie Peps mientras éste le miraba ofendido y con miedo a la vez que se le salía la baba por una esquina de la boca. ¿Era eso lo que la vida tenía reservado para Ray? ¿Era ese el fin de los fracasados como él? Excepto que Ray no era Louie. Louie era un infeliz, el idiota de la parroquia a quien todo el mundo le sacaba el cuerpo. A Ray no. Ray tenía una familia y amigos que lo querían mucho.

–Carajo, ¡Ray, me jodistes la chaqueta!

Poco a poco Louie se puso de pie, resbaló y terminó de cara en el fango.

–¡Eres un malagradecido, cabrón! –le gritó el Zorro, llegándose hasta el portón, el cual nuevamente agració con una patada antes de recordar su mercancía–. ¡Me cago en la mierda! –se quejó el Zorro, brincando de ira y maldiciéndolo todo aunque no se atrevió a regresar a buscar sus cosas porque una vocecita le sugirió que esperara unos días en lo que Ray recobraba su sentido de humor–. ¡Hijo de puta! ¡Cabrón! ¡Malagradecido de mierda!

Una vez más Louie el Zorro trató de cubrirse la calva con la chaqueta y se marchó rumbo al pueblo.

Ray ya había regresado a su silla cuando se dio cuenta que las porquerías que le había traído Louie estaban tiradas en el suelo.

–¡Louie!

Desgraciadamente, no había rastro del Zorro. Ray tiró la puerta y una incontrolable furia lo arrebató e hizo que le pegara a la pared con la cabeza hasta que notó las gotas de sangre manchando el piso. El sentido de culpabilidad se manifestó a tal punto que él no hubiera tenido palabras para explicarle a Harriet lo que hacían las pertenencias de la iglesia en su casa. No sólo era un fracasado sino que también era un ladrón.

—¡Por qué yo?

Era como si los dioses lo hubieran preferido a él entre todos los hombres para hacer de su vida un infierno. ¿Por qué no fulminarlo de un todo con un rayo celeste y así librarlo de la infelicidad?

De pronto todas las horas que había perdido sentado en la mecedora durante meses y meses empezaron a sofocarle el pensamiento. No tenía duda alguna; como esposo, como padre de familia Ray no servía para nada. Seguro, sus hijos lo adoraban y su Harriet también. Ellos lo querían con pasión y eso le causó más remordimiento; la humillación aumentaba, y el resentimiento y la indignación le confundían el pensar. Se le estaba viniendo el mundo encima y no esperó para tirarlo todo contra la pared: las sillas, la mesa, lámparas; todo lo que encontró en su camino, el Walkman, el proyector y hasta la maldita mezcladora. No quedó nada en una sola pieza.

En el medio de la sala Ray gritó pero sus quejidos no los oyó nadie. Era un hombre paralizado por el fracaso. Por eso, agarró una silla, se quitó la correa, la ató a una viga del techo, se acomodó el otro lado a la nuca, dio un salto y se ahorcó.

Bueno, por lo menos eso fue lo que trató de hacer si no hubiera sido por las polillas que como todo el mundo sabe, hacen fiesta de la madera. Por consiguiente, la viga no aguantó el peso y Ray cayó al suelo, derrumbando parte del techo, que por mala suerte también se le vino encima.

Así estuvo casi una hora. Creyó oír a sus adorados llamándolo. Imaginó que su suegra los había llevado hasta el portón antes de regresar a su casa en su cacharro; que hacía lo posible por no quedarse engranado en el lodo.

—¡Adiós, Lala!

—¡Dios me los bendiga! —les contestó su abuelita—. ¡Entren y no se mojen! ¡Vamos! ¡Dile a tu mami que vengo por ella mañana temprano!

—¡Sí, bien! —le gritó Teddy.

—¡Te quiero mucho! —añadió Alice.

Ray supuso que sus niños ya estaban llegando a la puerta; que Teddy y la pequeña Alice estaban cansados; que Teddy llevaba a su hermanita de la mano y que cargaban con sus libros de escuela; que la pequeña Alice abrazaba a una muñeca que era más vieja que ella, y la cual tenía el pelo como un puercoespín.

Aunque la familia era muy pobre Teddy y Alice no conocían la ansiedad de la necesidad porque casi todos los otros niños de la parroquia vivían en condiciones similares. Sólo cuando se gritaban su papi y su mami, Teddy y Alice se ponían tristes, el resto del tiempo aparentaban ser felices.

Teddy, quien quería a su hermanita mucho, le abrió la puerta para que ella entrara primero, pero sólo después de él asegurarse que no había peligro y después de encender la bombilla que nunca encendió.

Eso fue lo que Ray pensó mientras permaneció en el entredicho de la vida y la muerte.

—¡Papi!

—¡Mami! —Alice imitaba a su hermanito.

Como todo estaba tan oscuro y su padre no salió a recibirlos como acostumbraba, durante un incómodo silencio, Teddy creyó que quizás sus padres los habían abandonado, como hicieron los padres de Hansel y Gretel, a quienes dejaron solos en un temeroso bosque salvaje. Teddy, naturalmente, sabía que «Hansel y Gretel» era un cuento tonto y que ellos —él y su hermanita, Alice— no tenían una madrastra sino un papi y una mami que los adoraban y que nunca en la vida los harían sufrir por nada del mundo. Por eso encogió los hombros y con esa preocupación fuera de su mente le ordenó a su hermanita entrar en la casa:

—Dale. ¡Vamos, que te mojas!

—¡No veo nada! —se quejó la chiquilla. Aunque no le temía a la oscuridad, ella prefería una habitación bien iluminada y alegre.

Quien se hubiera imaginado que mientras Teddy trató de ver por qué no había luz, de repente, un deslumbrante rayo de sol convirtió su casita en una caleidoscópica maravilla celestial de millones de estrellas y ángeles que brotaban por todos lados contra la inmensidad del eterno vacío del universo; como si esas mismas estrellas y seres celestiales hubieran montado su glorioso cantar en las paredes de aquel humilde hogar que ahora temblaba de alegría al mismísimo instante que una sinfonía de colores y música divina bendijo la penumbra con su majestad hasta la misma frontera de la eternidad.

Era de esperarse. Los niños quedaron estupefactos, especialmente cuando la Virgen María, la Santísima Madre de Dios, la mamá del niñito Jesús apareció en una maravillosa vestimenta bordada en oro y plata con una corona de diamantes y rubíes que no eran otra cosa que el real depósito de todas las estrellas de los cosmos, mientras sostenía al Santo Infante en un brazo y a un cetro de esmeraldas y zafiros en el otro. Así estuvo sostenida un metro en el aire, frente a Teddy y su hermanita, a la vez que un coro divino cantó gloria a Jesús.

Fue tal el impacto que les creó aquella aparición bendita que Teddy y Alice se tiraron de rodillas, se persignaron varias veces, y mientras el profundo amor celestial les mantuvo entre el asombro y el terror, los niños fijaron la mirada en la Virgen, y al son de «¡*Aleluyas!*» que tronaba contra la Creación, pegaron un grito y se desmayaron.

Legado Vesánico

2

A principios de 1941, mucho pero que mucho antes de que nacieran el pequeño Teddy y su hermanita Alice, al otro lado del Atlántico, Hitler sufrió un gran disgusto cuando tuvo que aplazar la Operación Barbarosa después de que el Reino Unido provocara un golpe de estado al gobierno pro-Alemania de Yugoslavia.

Mientras el Imperio Nazi dio rienda suelta a su venganza, atacando de manera salvaje a Belgrado, un Mercedes-Benz color negro con una cruz roja pintada en cada puerta, y con placas del cuerpo diplomático, se acercó a la entrada del campamento luego de viajar toda la noche desde Banja Luka, la capital de Croacia, a través de traicioneros y ondulados paisajes montañosos.

Una bandera enorme de tres franjas anchas de color rojo, blanco y azul, con una «U» en forma de cuadritos blancos y rojos y situada en el centro –símbolo de la Ustacha–, se veía a lo alto de aquel masivo umbral de ladrillos, encima del letrero que daba la bienvenida a los desafortunados que pasaban por sus portones de hierro: «Campo de Adiestramiento de la Defensa Ustacha - Unidad III.»

Ustacha en la lengua Serbocroata significa rebelde, pero ya para este entonces era sinónimo con los fascistas que habían establecido el Estado Independiente de Croacia, aunque siempre contando con la ayuda de sus camaradas en Berlín y Roma.

Dos tipos altos, escuálidos con apariencia de campesinos y vestidos con uniformes verde oscuro, gorras de lana y cargando carabinas Máricich inspeccionaron cuidadosamente el automóvil antes de permitirle paso.

Las aguas del río todavía no habían decrecido y el brillo del sol chispeaba del parabrisas cuando los centinelas respetuosamente le ordenaron al cura que iba al volante que se bajara del coche y les abriera el baúl. No querían dar nada por descontado porque en fin de cuentas, el enemigo se parecía mucho a ellos.

El campo de concentración estaba al este del valle de Jasenovac a la orilla del río Sava, entre Zagreb y Banja Luka. El complejo era enorme y estaba separado en cinco sectores, con docenas de barracas fabricadas, una paralela a la otra, donde se practicaba toda clase de exterminación humana.

Dos alambrados electrificados rodeaban el área, facilitando la labor de los francotiradores quienes, encaramados en seis oscuras, siniestras y rectangulares torres –que parecían féretros con rendijas para ametralladoras– vigilaban los alrededores.

Al padre Krúnoslav Dragánovich le agradó mucho la apariencia tan sobria y profesional del lugar y no le molestó nada que los guardias le rebuscaran su máquina. Sintió un gran alivio haber llegado sano y salvo ya que, como no podía llevar consigo un mapa en caso de que se hubiera tropezado con miembros de la resistencia comunista que batallaban en contra de la Ustacha y de la influencia de Alemania en Yugoslavia, el cura se vio obligado a depender exclusivamente en las direcciones que memorizó antes de emprender viaje.

Naturalmente cuando uno hace planes para viajar en automóvil de un sitio a otro depende en parte de letreros y rótulos de carreteras los cuales, desafortunadamente, suelen desaparecer durante una guerra. De todas maneras, una vez los centinelas le dieron el visto bueno, Dragánovich se dirigió a una caseta adornada con un altoparlante en el techo y un rústico letrero en la puerta que leía: «Comandante».

No hizo más que bajarse del auto cuando oyó un gran tumulto. El cura pensó que algunos guardias estaban entreteniéndose, quizás jugando fútbol, por eso de mitigar la presión de sus desagradables, pero muy necesarias obligaciones; una pérdida de tiempo, según el padre Dragánovich, ya que el jugar fútbol en medio de un conflicto bélico no le resultaba muy práctico porque no aportaba nada al esfuerzo que los llevaría al triunfo, aunque, no existe nada en el mundo tan poco práctico como la guerra.

–¿Filípovich? –le preguntó Dragánovich a un tipo con cara de matón que estaba de guardia en la comandancia.

El hombre le respondió señalando de donde se oían los aplausos y los «*¡Bravo!*».

El cura fue caminando en busca del Comandante cuando un remolino de polvo lo encubrió de pies a cabeza.

El padre Dragánovich tenía treinta y dos años y parecía más un boxeador que un cura. Era corpulento, alto y estaba un poco quemado del sol. Llevaba un recorte estilo militar, o mejor dicho, muy de acuerdo con las órdenes religiosas; con pelo color marrón oscuro. Su boca casi no se le notaba, con labios muy finos; sus ojos eran color gris y su mirada revelaba una determinación y una disciplina absoluta, el producto de una fe inagotable basada en la convicción fanática por la independencia de Croacia. Él era un hombre de precisión y muy cuidadoso de los detalles, una persona que no perdía tiempo pensando ni contemplando una situación, cuando lo que se necesitaba era ser decisivo.

−¡Filípovich! −llamó el cura al ver al fraile, quien observaba a un grupo de soldados y prisioneros parados a la orilla de río.

Conocido por sus subalternos como el hermano Satanás, Míroslav Filípovich no llevaba puesta una sotana, sino un uniforme de la Ustacha, incluyendo una pistola en su funda y un garrote metido en el cinturón. El fraile era un hombre de unos veintiocho años, de complexión trigueña, frente ancha, cara estrecha y cuadrada con cachetes un poco hinchados, un bigotico fino, ojos pequeños y muy negros; en fin, una apariencia común y corriente coronada por una masa de pelo negro empastado hacia atrás.

−Padre Dragánovich. Qué gusto verle −le saludó Filípovich−. No le esperábamos hasta la noche.

−¿Y esto? ¿Qué ocurre? −le preguntó Dragánovich al hermano Satanás, al ver que algunos de los guardias del campamento habían puesto a los prisioneros en una fila a lo largo de la orilla del río; miles de hombres, mujeres y niños, todos de rodillas y con las manos atadas detrás de la espalda, mientras que cientos de sus familiares y amigos ya flotaban río abajo en las aguas ensangrentadas del Sava.

−Los muchachos... entreteniéndose un poco. Tienen una apuesta.

−¿Apuesta?

Al otro lado del campo de concentración, el padre Dragánovich se percató de siete prisioneros crucificados.

−Sí −replicó Filípovich sin entusiasmo−. Lo que pasa es que aquí la vida es un poco lenta, y no necesito a estos paletos armados y aburridos −y señaló a un grupo de guardias−. Por eso se me ocurrió celebrar una competencia para ver quien liquida el mayor número de confinados en un día.

−Simpática idea −dijo Dragánovich, soso, observando que en vez de matar a los prisioneros a tiros los soldados les cortaban la garganta o les rajaban el cráneo con un garrote− ¿Por qué no los fusilan? −añadió el cura, al recordar el comentario de Mile Budak, Ministro de Religión y Educación, al representante del Reino Unido, cuando éste le preguntó cómo el nuevo gobierno de Croacia pensaba lidiar con sus minorías étnicas: «Para ellos tenemos tres millones de balas».

–No, no –aclaró el hermano Satanás–. De acuerdo con las reglas tienen que matarlos al estilo medieval, con una navaja o un garrote. Aquel hombre, ¿lo ve? Ese lleva la delantera.

Filípovich señaló a un hombre tosco, pero pequeño de estatura que se movía de un prisionero a otro con una agilidad impresionante; un paso al lado, un cuerpo que caía al agua.

–Se llama Braciko, no hay quien le gane. Tiene un puñal de fabricación especial y hasta ahora ha degollado casi mil trescientos en poco más de cinco horas. Eso es un promedio de doscientos setenta y dos prisioneros por hora. El hombre es una verdadera maravilla, y lo que pasa... porque me he dado cuenta... es que él se dedica casi exclusivamente a los pequeños, porque sus gargantas, naturalmente, tienden a ser más tiernas y no perjudican tanto la cuchilla. Yo nunca he visto nada igual en mi vida –añadió Filípovich con cierta admiración–. Ahora sí, padre, ese hombre ni ha tomado agua desde que empezó la competencia. Ah, pero, ¿a quién le interesa? Si aquí lo que tenemos es basura; serbios, judíos y uno que otro gitano.

–La guerra... –suspiró Dragánovich.

–Es demasiada la responsabilidad. Oiga, ¡pero qué hago! –Y el hermano Filípovich soltó una carcajada–. Ni le he dado la bienvenida. ¡Le ruego me perdone! ¿Le gustaría una tacita de café?

–¿Café? No Turco. Eso es lodo. Sabe a...

–¡Jesús nos ampare! No, no, no. Acabo de recibir un envío de Roma de café puertorriqueño. ¡Delicioso, créame usted!

–¿De dónde?

–Mire, padre... –interrumpió Filípovich–. Aquellos dos hombres, ¿los ve? Son los que le mencioné en la carta.

Filípovich señaló a dos frailes que llevaban la cuenta del concurso.

–Son muy concienzudos y trabajadores, precisamente lo que usted necesita para convertir a las masas Serbias –dijo el hermano Satanás antes de llamar a los frailes–. ¡Oye, Petrónovich! ¡Tú y Rádonich, vengan acá un momento!

Sólo tomó ese llamado del comandante para que los dos frailes perdieran la cuenta de los prisioneros que caían al Sava, algo que no les agradó nada a los guardias que competían.

El hermano Silov Petrónovich era corto de estatura, ancho de cintura y tenía como veintiocho años. Él era un hombre bastante ordinario que había vivido toda su vida entre los miembros de su orden. Siempre caminaba con sandalias cubiertas en lodo y lo hacía tan rápido que parecía inclinarse hacia el frente, lo que le daba un aire de determinación y propósito. Su tonsura disimulaba un poco la calvicie, haciendo difícil descifrar si la misma se debía a ese estilo de peinado tan particularmente católico, o simplemente a sus nervios. Petrónovich tenía ojos negros, cejas un poco rojizas, una tez pálida y hasta un poco amarillenta debido a problemas del hígado y vestía el hábito de la orden Franciscana con una funda donde guardaba una Luger.

Su colega, el hermano Borna Rádonich era todo lo contrario. Para empezar, le llevaba cinco años a su amigo; era mucho más alto, más flaco y mucho más intelectualmente ágil que el otro. También tenía bastante pelo, no obstante su tonsura; pelo rizo de color castaño, ojos verdes, cejas gruesas, una nariz pequeña y dedos largos y flacos.

Sin embargo, a diferencia de Petrónovich, Borna tardaba el doble en todo y no se esforzaba en nada, incluyendo al caminar, algo que siempre hacía inclinándose un poco hacia atrás. Por eso, cada vez que los dos frailes caminaban juntos impresionaban a la gente que los veía de lejos, porque parecía que una letra «V», vestida en una sotana, había cobrado vida mientras se deslizaba por los caminos.

–Braciko, a ese no le gana nadie –dijo Petrónovich llegándose hasta el hermano Satanás.

–Hermano, éste es el padre Dragánovich. Vino por ustedes. Vamos adentro, por favor. El padre tiene algo que decirles.

Inmediatamente el hermano Satanás agarró al padre Dragánovich por el brazo y lo dirigió hasta la comandancia.

–No me ha dicho si quiere café, padre.

–Usted me perdona, hermano –le dijo el cura, con gran curiosidad–. Pero, ¿de dónde dijo que es el café?

–Usted no es el único con contactos en la Santa Sede, padre Dragánovich. Yo recibo un kilo de café de Puerto Rico cada dos meses. ¿Verdad que sí, Silov?

El comandante se dio vuelta mientras preparaba el café.

–¿No sabe usted, padre, que el Vaticano compra casi todo el café que produce Puerto Rico?

–Perdone mi ignorancia, hermano –le respondió Dragánovich–. ¿Qué es Puerto Rico?

–Creo... para mí... que es una isla del Caribe.

Luego de una pausa durante la cual los frailes y el cura se imaginaban donde estaba ubicada la bendita isla tropical en donde se cultivaba el delicioso y tan católico café, Rádonich confirmó que:

–El... ese café es muy rico.

El despacho donde se encontraban reunidos estaba surtido de un catre, tres sillas de madera, una estufa pequeña, una mesa que también servía de escritorio, y un micrófono conectado a los altoparlantes, en el techo.

En lugar de lavamanos el hermano Satanás gozaba de un balde de agua. Dos ventanillas permitían que la claridad entrara en la casucha además de dar vista a la letrina que se encontraba a un par de metros de la puerta trasera.

De vez en cuando se sentía una leve brisa con un dulce y acre aroma que se mezclaba con el aroma del café.

–Huele raro –dijo el padre Dragánovich desde la ventana.

El hermano Satanás miró de reojo a los frailes, antes de contestar:

–Ah, ese olor viene del taller de cerámica. Apesta un poco, sí, pero sólo cuando el viento sopla del sur.

El supuesto taller de cerámica era un salón muy grande que se encontraba al otro lado del campamento y acomodaba unos cuarenta prisioneros a la vez, aunque no por mucho tiempo ya que en cuanto los pobres entraban, se cerraban las puertas antes de que las paredes se cubrieran en llamas, transformando el taller de cerámica en un crematorio.

–Silov y Borna, ustedes regresan con el padre Dragánovich –les dijo el hermano Satanás.

–¿Regresar? –preguntó Petrónovich.

–¿Adónde? –dijo Rádonich.

–Banja Luka –les explicó Dragánovich–. Necesitamos ayuda con las nuevas leyes... de conversión; se nos está haciendo muy difícil.

Los frailes intercambiaron miradas antes de sonreír.

–¿Nosotros?

Habían pasado más de nueve meses desde su llegada a Jasenovac, nueve meses de mucha duda por su ardua e intensa labor, recargada de sentimientos muy contradictorios, nueve meses que ellos hubieran preferido pasar en cualquier otro lado, a pesar de todos los patriotas que se encontraban laborando en el campamento, verdaderos misioneros Católicos a quienes Petrónovich y Rádonich no iban a echar de menos ni por un segundo.

Mientras los frailes Silov y Borna contemplaban el futuro y Filípovich daba los últimos toques a la preparación de café, el padre Dragánovich se dio cuenta que la caseta no gozaba de una llave de agua, lo que le indicó que el agua para el café era la misma del río que los guardias del campamento utilizaban, incluyendo en ese mismo momento, como un vertedero de cadáveres.

—Sabe, hermano, agradezco su gentileza pero el café... no me apetece.

—¿Qué no? ¿Pero cómo es posible?

El hermano Satanás notó la leve preocupación en el cura.

—Ah, veo —dijo Filípovich con una sonrisa—. Yo no uso agua del Sava, padre. Tenemos un pozo de agua pura y fresca. Le aseguro que aquí nadie recoge agua del río, bueno, es decir, excepto esos que ya no importan.

—Haberlo dicho antes. No está de más una buena taza de café antes de irnos. Si podemos, comeremos algo por el camino.

Ya el delicioso aroma de aquel café negro puertorriqueño llegaba hasta las torres de vigilancia. Filípovich le sirvió el café al padre Dragánovich en una taza de lata, y se disculpó por no tener ni azúcar ni galletas para acompañar aquella delicia. Él estaba seguro de que el cura comprendería que había que hacer ciertos sacrificios, después de todo, estaban en guerra.

De pronto, desde la orilla del río se oyeron fuertes gritos y aplausos. El padre Dragánovich se asomó a la puerta y vio a los desafortunados sobrevivientes regresando a son de latigazos hacia las barracas, al mismo tiempo que un grupo de soldados cargaba a hombros a su campeón. A Petar Braciko se le veía feliz, saludando a todos como si hubiera sido un político en campaña, su fiel navaja resplandeciente contra la luz del día.

Regresando su atención al café, el cura se dirigió a Petrónovich y a Rádonich:

—Me imagino que ustedes saben manejar.

—Yo sí —dijo Petrónovich.

—Yo no —añadió Rádonich.

Con el último sorbo, el cura colocó la taza en la mesita.

—Filípovich, usted tenía razón. El café es riquísimo. Muchísimas gracias.

—De nada. Siempre a sus órdenes, Padre.

—Bueno, señores... por favor, dejen las pistolas. No pueden ir armados.

—¿Y eso por qué? —Petrónovich le había cogido cariño a su Luger.

—No se puede —contestó Dragánovich en voz firme. Ni frailes ni curas se suponía que estuvieran armados y de ser interceptados por los comunistas, los tres serían fusilados inmediatamente.

Los hermanos Silov y Borna, que según Dragánovich, llevaban encima un olorcito a cebolla cruda, entregaron sus armas a Filípovich y alcanzaron al cura que ya estaba montándose en el auto.

—¡Dios los guíe! —les gritaba el hermano Satanás, a la vez que les decía adiós con la mano.

Antes de que nadie en el automóvil pudiera devolver el saludo, el Mercedes-Benz se encontró al otro lado de los impresionantes portones de entrada. En un par de horas, estarían llegando a Banja Luka y en la mañana, el padre Dragánovich se reuniría con el «Poglavnik», el líder, Ánte Pávelich; por lo menos eso era lo que tenía en agenda, de no ser por un grupo de partisanos con otra cosa en mente.

Dragánovich tuvo la precaución de desviarse de la carretera principal luego de pasar el pueblo de Bosanska Dubica, un desvío que los llevó por el centro de Mrakovica, donde, al pasar la aldea, continuaron hacia Banja Luka. El carro con las cruces rojas no había navegado ni dos horas por un desfiladero a lo largo de la falda de una colina, cuando un grupo de partisanos le bloqueó el camino.

El cura no tuvo alternativa que pegar freno y bajar de cambio para evitar que le entraran a tiros. El automóvil no había parado del todo cuando cuatro hombres les amenazaron con escopetas, les alumbraron las caras y los sacaron a la fuerza del auto.

Eran partisanos, probablemente comunistas, lo que quería decir que posiblemente eran ateos, y de seguro repudiaban a los religiosos.

—¿Y esto? ¿Un cura y par de hermanitos? —le preguntó un hombre de cara demacrada y con una cicatriz que le adornaba la frente. El hombre pasaba la luz de uno a otro, siempre terminando en la cara del padre Dragánovich—. Oiga, cura, parece que perdió su rebaño. ¿Y hacia dónde los dirige ese Cristo suyo esta noche?

Dragánovich ignoró la blasfemia prefiriendo asumir una expresión de paciencia y benevolencia a la vez que los dos frailes mantenían la cabeza en alto, denotando orgullo y desafío.

—Soy el emisario del Vaticano a la Cruz Roja en Yugoslavia y estos hermanos son mis ayudantes. Hemos embarcado en una misión de misericordia y estoy seguro que encontrará que todos mis papeles están en orden.

—Usted lo ha dicho, padre, «sus papeles». ¿Y de estos dos, que hay de ellos? —preguntó el hombre, alumbrando con la linterna primero a Silov y luego a Borna.

—Son frailes; entienda que ellos nunca llevan papeles de ninguna clase, hijo mío.

–Oiga cura, yo no soy su hijo y usted... usted es un espía.

Dragánovich entonces hizo la observación que de él y sus ayudantes ser espías, estaban vestidos de forma muy llamativa. A lo que el partisano le replicó que de no ser espías, el cura y los hermanos entonces eran mensajeros de la Ustacha.

–¿Encontraron algo? –les preguntó el hombre a los que estaban inspeccionando el asiento del frente. Ya el lujoso interior del automóvil había sido desgarrado por las bayonetas, mientras buscaban evidencia de la verdadera identidad de los pasajeros y de su encomienda.

–¡Debajo del auto... busquen debajo del auto!

La búsqueda tardó unos veinte minutos pero a Dragánovich y los dos frailes les pareció una eternidad.

–Demasiado limpio –dijo uno de los inspectores.

–Yo no sé que pretenden encontrar –se atrevió a decirles Rádonich, acentuando cada sílaba con desprecio.

–Una razón para fusilarlos –le contestó el líder, antes de señalar el camino bosque adentro con su linterna.

Tres otros partisanos les siguieron, empujando a Dragánovich y los frailes con la punta de las escopetas. Caminaron por aquel monte casi media hora, entre las aterradoras sombras de la foresta hasta llegar a un claro al otro lado de una colina, con la luna llena y el centellar de millares de estrellas ayudando a iluminar la desolación del paisaje. Era, según el padre Dragánovich, como estar cautivo en la boca de un volcán, y aquellos pálidos rayos de luz desde el más allá la única evidencia que él seguía con vida.

Entonces vio lo que en algún momento fue el orgullo de una familia adinerada; una casa de campo de gente que seguramente se encontraba en el exilio.

La villa parecía una novia abandonada por su amante. La estructura de dos pisos estaba en un solar de tocones de árboles, víctimas de cañonazos y morteros. Todas sus ventanas y puertas estaban entabladas, parte del techo se había derrumbado y lo que le restaba de cubierta había perdido las tejas. Peor aún era la condición de su exterior; paredes agujeradas que parecían estar picadas de viruela.

Sus frondosos y bellos jardines que en su época resplandecían de color, se habían convertido en un cementerio de maquinaria pudriéndose de moho.

Poco a poco los partisanos y sus tres prisioneros se adentraron por un pasillo hasta la parte trasera de la casa, llegando al salón principal, donde la imaginación pudo revivir las noches de bohemias, la música y las risotadas de mejores tiempos. El salón, totalmente sin muebles con excepción de una silla de madera en una esquina, gozaba de una chimenea que por medidas de seguridad se mantenía apagada mientras dos lámparas de aceite alumbraban el terror.

Inmediatamente al padre Dragánovich y a los dos frailes se les ordenó desnudarse ante la vigilancia de dos soldados, que no encontraron nada de interesante en el hecho que de los tres, el padre Dragánovich era el más corpulento, mientras los hermanos Borna y Silov estaban, al igual que ellos, raquíticos.

Luego que los partisanos se convencieron de que los religiosos no ocultaban nada les ataron las manos y los pies, y todavía desnudos, ordenaron a los frailes a arrodillarse en el duro y casi congelado piso de mármol mientras que a Dragánovich lo mantuvieron de pie y con la espalda en contra de la pared.

En ese momento otros dos hombres entraron en la habitación vestidos en lo que parecía haber sido parte de un uniforme militar de un ejército u otro, con sus chaquetas de lana color verde oscuro. Lucían muy del campo con pelo negro, ojos oscuros y caras entrecruzadas de arrugas. Ellos no estaban armados, no aparentaban estar tan hambrientos como sus camaradas y su apariencia no gustaba de ser amable, colocándose cada uno al lado del cura.

Uno de los hombres era tamaño normal, tenía unos cincuenta y cinco años, su cabello se empezaba a adornar de gris y tenía un bigote fino, como los que usaban algunas estrellas de cine.

Su compañero era todo lo contrario. Era un hombre de algunos veinte años, de una fisionomía corpulenta y de cara ancha, como un oso.

Los otros partisanos en la habitación contemplaron un tanto aburridos y con brazos cruzados mientras el mayor de los recién llegados se dirigió a Dragánovich en un tono desdeñoso.

–Bueno, cura ¿y se puede saber que hacía usted en Jasenovac?

–En un automóvil Alemán y en rumbo al sur, ¿eh, cura? Eso es lo que yo quiero saber –añadió el Oso escarbándose los dientes con la punta de una bayoneta.

El inquisidor miraba cuidadosamente a Dragánovich quien aparentaba estar un poco incómodo pero no muy preocupado. Lo que el partisano debió haber hecho fue tomarle el pulso al Padre cuyo corazón desenfrenado bombeaba tanta sangre al cerebro que le causó un terrible dolor de cabeza, un pesar empeorado por la ira y el terror porque entendió que él y los frailes habían sido delatados.

–Vamos en camino a Sarajevo en una misión para la Cruz Roja. Es, le aseguro, una encomienda de paz y amor.

Y como del «amor» se ha escrito tanto y suele ser, según el Oso, tan poco sincero, él mismo enfundó la cuchilla y le pegó un puñetazo tan terrible en el lado de la cara, que la cabeza del cura dio contra la pared de cemento, sintiendo Dragánovich que la sangre se le chorreó por la frente mientras el romper de su lacerada mejilla reverberaba por la habitación.

Fue en ese momento que el padre Dragánovich sintió un gran deseo por tomar asiento cuando el Oso, con más entusiasmo, lo mantuvo de pie con un puño de abajo hacia arriba, en los testículos.

Dragánovich se dobló y bilis negra le salió por la boca y la nariz. Cuando las piernas ya no lo pudieron sostener, el cura cayó al suelo. El hermano Silov cerró los ojos y empezó a rezar, resignado a la muerte luego de oír el nombre del campo de concentración. Rádonich, sin embargo, gritaba y protestaba el abuso al cura, condenando a los partisanos al infierno infinito. Fue tanto el escándalo que uno de los guardias sacó su cuchilla y le ordenó al fraile que se pusiera de pie. Cuando Rádonich se negó el hombre le colocó la navaja firmemente en contra de la mejilla del fraile, empujando el filo hacia arriba y obligando a Rádonich a seguir órdenes o perdía mitad de la cara.

Con un gesto desafiante Rádonich echó la cabeza hacia el frente y el partisano no pudo hacer otra cosa que agarrarle el miembro, lo haló hasta donde pudo, le pegó la hoja de acero (que estaba muy fría) y le dijo estas palabras:

–Ahora te callas.

Del dicho al hecho; Rádonich dejó de gritar y de moverse, mientras no le quitó la vista a la profunda marca en su pobre e indefenso pene.

¿Cuántas veces no oyó el fraile de las atrocidades de los partisanos que obligaban a sus prisioneros a morderse los penes unos a otros hasta que los infelices terminaban castrándose?

Mientras el hermano Rádonich reflexionó sobre esa pesadilla, al otro lado de la habitación el Oso le dio una salvaje paliza al padre Dragánovich mientras le gritaba obscenidades al oído, y su compañero intentaba interrogar al cura. Lo único que lograron fue dejarlo casi muerto, con la cara deformada y sin dientes. Durante la tortura, el padre Dragánovich no perdió el conocimiento, aunque él hubiera preferido rendirse a la comodidad del vacío. En algún lugar de su mente confusa y su cabeza dolorida él trató de convencerse a sí mismo que sólo tenía que sobreponerse a las inclemencias de la crueldad de sus verdugos unos minutos más para poner fin a su pesadilla. Ese último pensamiento se cristalizó cuando uno de los dos hombres que lo brutalizaba le agarró el brazo y le talló con un puñal la hoz y el martillo, más abajo del codo.

Dragánovich no sintió nada y por fin se perdió en el deslumbrante pórtico de la muerte.

—Despiértalo –le dijo el bigote, al Oso.

El grandullón, cuyo uniforme verde se manchó de sangre sacerdotal, trató de animar al cura con una patada en las costillas y meándosele encima, lo que motivó a sus compañeros a violar a los frailes con sus escopetas y a obligarlos a cometer felatio mientras les repartían bofetadas.

El padre Dragánovich nunca se imaginó terminar su día de forma tan desagradable; él embarrado en su propia sangre y orina comunista, y los hermanos Petrónovich y Rádonich sangrando por el ano y vomitando semen partisano. El fin parecía estar a la vuelta de la esquina cuando otro tipo entró en el despacho.

—Le dijo el Oso:

—Ah, Milán, ¿has visto antes a estos hijos de puta?

—Ese no sé quién es –respondió el joven, señalando a Dragánovich–, ¡pero esos dos... !

El muchacho había aumentado de peso y se dejó crecer barba desde que compartió con los hermanos Borna y Silov. Sin embargo, los frailes lo reconocieron inmediatamente como uno de los pocos prisioneros que escapó del «campo de muerte» en Jasenovac.

—Eran ayudantes de Filípovich –dijo el muchacho–. Aquel maricón –y señaló a Petrónovich–, aguantó a mi hermanito cuando el hermano Satanás lo mató de un garrotazo.

El Oso llevó al muchacho por el brazo hasta el pasillo, y le dijo:

—¿Qué quieres hacer con ellos? Vamos, decide que tenemos prisa –justo cuando un cañonazo voló las paredes al carajo, mató a todos los que se encontraban de pie, y les salvó lo que les restaba de vida al cura y a los frailes.

Poco después del bombardeo, soldados de la Ustacha penetraron el perímetro para ver los resultados.

—¡Auxilio! ¡En el nombre de Dios! –gritó Borna, arrastrándose en dirección de las linternas–. ¡Somos católicos!

3

El edificio no tenía igual. La Ustacha evisceró el último de los siete pisos del Ministerio y de un total de quince oficinas y lujosos salones creó aquel monumental despacho que sí era digno del Dr. Ánte Pávelich, el Poglavnik, o «líder» del Estado Independiente de Croacia. La maravilla arquitectónica propasaba lo grotesco y era muy diferente a los tres cuartuchos en Italia donde, por muchos años, vivió el Poglavnik durante su exilio. Unas cortinas pesadas y gruesas escondían tres de las paredes, aquellas que daban al norte, al sur y al oeste. Tres puertas macizas y de por lo menos tres metros de altura daban a la secretaría, donde se encontraban los ayudantes del señor Presidente. Dos enormes ventanales adornaban desde el piso de mármol negro hasta el abovedado del techo, y una gigantesca lámpara de cristal tallado marcaba el centro exacto del salón.

—Estoy muy complacido que el Santo Padre esté de acuerdo con nuestros logros —dijo Pávelich sosteniendo la delicada taza de té con su platillo mientras se recostaba contra su inmenso escritorio, el cual sólo tenía encima un teléfono y un tintero.

En la pared al fondo colgaba una pintura renacentista de la Sagrada Madre de Jesús, con su niño en brazos; un obsequio de Artúkovich, Ministro de Asuntos Internos, quien fue su compañero y cómplice en el asesinato del Rey Alejandro en el 1934. A la derecha del escritorio, adornando toda la esquina del despacho, estaba la imponente asta de la bandera del Estado Independiente de Croacia.

Pávelich tenía cincuenta y dos años. Su cabello llevaba un recorte militar y al igual que sus ojos, era color negro. A sus labios casi nunca se les veía sonreír y rara vez el hombre alzaba la voz, lo que no quiere decir que tomaba la vida con calma.

Su uniforme siempre lucía impecable con una camisa y corbata negra, pantalones color caqui acogidos por botas negras altas y brillosas amarradas hasta las rodillas, un pecho adornado por una cantidad exagerada de medallas y otras condecoraciones, todo para complementar lo que se pudo haber categorizado como alta costura fascista, siempre manteniendo uniformidad con el ancho cinturón negro y una lustrosa pistolera con la Walther PP-K que le regaló el oficial Nazi de más alto rango en Croacia, el general Austriaco Edmund Glaise von Horstenau.

–Sí que está muy satisfecho –le respondió su excelencia Josip Ramiro Marcone, abad de la orden Benedictina y el representante de la Santa Sede en el Estado Independiente de Croacia. Marcone tenía sesenta y cinco años, un mechón de pelo blanco en su redonda cabeza, y ese día, por alguna razón que no se sabe, llevaba puesta la vestimenta blanca de la Orden de los Dominicos.

El abad era un hombre obeso, con una cara mofletuda, una nariz protuberante y una panza que se imponía al resto de su fisionomía, sirviéndole de plataforma a sus gruesas manos que como de costumbre se encontraban entrelazadas. Algunas veces su excelencia daba la impresión de ser un búho de plumas blancas trepado en el árbol de la sabiduría, acechando e intimidando a su presa desde lo alto, antes de saltarle encima.

–¿Un poco más de té? –le preguntó Pávelich.

Su excelencia sacudió la cabeza, le dio las gracias y añadió:

–Tengo entendido que se va a reunir con el Führer... pronto.

–Así es –le respondió el Poglavnik.

Marcone le ofreció una sonrisita. La lealtad del Presidente del Estado Independiente de Croacia era tema de controversia en la Santa Sede porque nadie sabía si Pávelich le era más fiel a Hitler y a Mussolini, quienes lo colocaron en la silla del poder, o a su Cristo, que era su fuente de inspiración. Ciertamente, Pávelich le era simpático a Pío XII, quien consideraba al Jefe de Estado croata como un buen Católico que hacía lo posible por defender la fe. Era la opinión del Santo Padre que si Pávelich poseía una que otra peculiaridad en su forma de gobernar, era menos importante cuando se comparaba con su lucha en contra de la amenaza a Europa central, por parte de la iglesia Cristiana Ortodoxa y el ateísmo de los bolcheviques. Por lo tanto, con Pávelich, el Vaticano se hacía de la vista larga.

–¿Bueno, y qué se ha sabido de Stepinac? Hace tiempo que no lo veo –le preguntó Marcone, retirando la silla y poniéndose de pie.

–Está en el norte convirtiendo a los herejes –le dijo Pávelich, con lo que se pudo considerar como una media sonrisa–. Él y el padre Dragánovich.

–¿Quién?

Pávelich apretó un botón al lado del escritorio y le explicó al abad que el padre Krúnoslav Dragánovich era el responsable de hacer cumplir las leyes de conversión.

–Estoy seguro que lo conoce; fue secretario del Instituto de San Jerónimo –añadió el Dr. Pávelich –el Instituto de San Jerónimo era una organización adscrita al Vaticano con el propósito de avanzar la autonomía de Croacia.

A Marcone le parecía recordar un cura con mucha prisa, que se pasaba de un lado a otro en Ciudad del Vaticano, siempre en reuniones con arzobispos o con cualquiera que apoyara la formación de una nación católica, independiente y Croata.

Se oyó un toque a la puerta, seguido por un soldado quien se detuvo a la entrada, esperando para escoltar a su excelencia hasta su automóvil. El abad se despidió con un abrazo y salió del despacho.

De nuevo en su escritorio, Pávelich sacó dos comunicados secretos de una gaveta. El primer papel tenía un número escrito y nada más: «425,534». Para otra persona ese número no significaba nada. La cifra podía haber sido el déficit del Estado de Croacia; como también pudo ser el desembolso para sobornar los altos dignatarios extranjeros; el costo del regalo de cumpleaños de Adolfo Hitler; el número de armas compradas a Italia; o hasta la cantidad del préstamo de la Santa Sede. Poca gente, fuera de Pávelich y su Ministro de Asuntos Internos, Artúkovich, podían identificar el número con la exterminación de los serbios, los judíos y los gitanos en Croacia.

El segundo comunicado era un memorándum del Sr. Ministro quejándose que la SS de los Nazi ejercía demasiada influencia sobre sus homólogos de la Ustacha. Como Pávelich no estaba de acuerdo, respiró profundo, miró su reloj, regresó los comunicados a su gaveta y levantó el teléfono.

–¿Dónde está Dragánovich?

En vez de una respuesta oyó un ruido horrible causado por la estática seguido por la voz tartamuda de su ayudante.

–¡A-aquí... a-aquí no está, Excelencia!

–Lo sé, pero tengo una reunión pautada con él, ¿no es cierto? ¿Así que dónde se ha metido el cura? –preguntó el señor Presidente por teléfono–. ¿Qué pasa? ¿No me escuchas?

Posiblemente el secretario le oía aunque Pávelich no podía oír al secretario y sí estaba perdiendo la paciencia. Era insoportable el ruido en el teléfono y la falta de una contestación no podía ser otra cosa que una falta de respeto.

—¡Ven acá! —ordenó el Poglavnik.

Un segundo y medio después, quizás antes, Níkola, el humilde, excepcionalmente pequeño, extremadamente estrecho, desmesuradamente frágil, excesivamente nervioso y terriblemente pálido ayudante de Ánte Pávelich; un hombrecillo de mirada caída y muy preocupada que siempre lo acompañaba una nubecita de humo de cigarrillo y su inimitable aroma a tabaco rancio, abrió las pesadas puertas con mucho trabajo, asumió lo que parecía ser la primera posición de ballet —con los talones haciendo contacto y los pies a 75°— y esperó instrucciones.

Nadie hubiera pensado que ese hombre pequeño parado a la entrada de la Presidencia cumplía con los dignos requisitos para trabajar para el Poglavnik, o de su extraordinaria fama dentro de la burocracia Croata gracias a su impresionante velocidad y precisión escribiendo a máquina.

—¡Qué esperas! —le dijo Pávelich de mala manera—. ¡Acércate, caramba!

El secretario no era un hombre joven aunque su edad era tan difícil de descifrar como un dialecto chino, con varios estimados que lo hacían entre los cuarenta y los sesenta y cinco años de edad. Además, padecía de una cojera, producto de su encuentro de niño con la poliomielitis, y sufría de enfisema, una enfermedad que no le permitía hablar excepto en voz baja; otra razón por la cual el pobre no tenía fuerza para nada.

—De nuevo, ¿dónde está Dragánovich? —le preguntó el Poglavnik.

Níkola encogió los hombros y dijo:

—Fue a Jasenovac. Se supone que estuviera de regreso. Más de eso...

—¿Qué hacía en Jasenovac?

—Sugerencia suya, Excelencia —le replicó Níkola—. Fue a buscar ayuda.

—Ahora recuerdo. Bueno... oye, estás apestándolo todo, regresa a tu escritorio.

Con Níkola de vuelta en el recibidor, Pávelich tiró abiertas las ventanas para deshacerse de la peste a cigarrillos.

El Poglavnik trató varias veces de convencer al secretario que dejara de fumar. Hasta lo amenazó con que «Hitler odia los fumadores», seguido por: «En nuestra utopía católica y croata no hay lugar para lisiados que fuman. A todos los vamos a exterminar».

Níkola trató en varias ocasiones de dejar el cigarrillo pero fue una experiencia traumática, no sólo para él, sino también para Pávelich porque el amable y humilde hombrecillo se convirtió en un ser detestable, en un monstruo imprudente; en un vago que pasaba las horas aturdido, divagando por los pasillos del ministerio.

Mientras Pávelich miraba hacía el bulevar y a la plazoleta con su fuente y sus árboles de almendras donde los ancianos se sentaban en bancos de madera tallada a conversar con sus amigos, a leer los titulares o simplemente a pasar la mañana, Níkola regresó al despacho con Katarina y Dámir Pávelich.

—¡Papá! —gritó Katarina corriendo hasta su padre.

Pávelich le había advertido a la chiquilla de no pegársele al secretario para evitar que oliera a cenicero.

El Poglavnik se puso de rodillas y recibió a la pequeña con brazos abiertos.

Katarina era una niña lindísima y feliz, de una sonrisa muy simpática. Tenía el cabello y ojos color castaño y vestía con un traje azul de terciopelo bordado con hilo dorado, acabado de llegar de Roma, medias blancas y lustrosas zapatillas negras con una hebilla dorada.

—Tu hija te quería enseñar su nuevo vestido —le dijo Marija, entrando detrás de sus hijos, mientras Kati cubría a su padre de besos. Aunque no era una gran belleza, la señora Pávelich mantenía un aire de nobleza y elegancia; su cabello, al igual que su hija, era castaño, tenía ojos oscuros y vestía las últimas modas de París.

—¿Está segura, señorita —le preguntó su padre, muy orgulloso—, qué no es usted una princesa? ¡Ese es el traje más bello que he visto en mi vida!

—¡Seguro que soy princesa! ¡Sí que lo soy! —reía la niña.

Mientras su hermanita lucía su traje, Dámir esperaba su turno. Por fin, Ánte se enderezó para recibir a su hijo de nueve años.

Dámir, o Didi, como le decían de cariño, vestía una combinación color marrón de pantalones cortos, botines con medias altas, y una chaqueta tweed sobre una camisa de lana, verde oscuro. Él era un niño callado, un poco tímido quien prefería hablar en italiano, idioma que aprendió durante sus primeros cinco años en Italia. Era un niño hermoso, alto para su edad, delgado, con ojos color avellana enmarcados por círculos oscuros que acentuaban la palidez de su rostro. Tenía pelo lacio y rubión y una tez como de porcelana, con una mirada pensante e inquisitiva y un espíritu misterioso y de cierta forma, etéreo, al punto que, luego de haber estado en su presencia unos minutos, al él marcharse, muchas personas sentían como si él nunca hubiera estado presente.

—Papá, ¿por qué no me dejan salir a jugar? —se quejó el niño.

Ánte sentó a Dámir en el escritorio y le dio un beso en la mejilla.

–Nosotros ya hablamos de esto, ¿no es así?

Dámir asintió con la cabeza.

–¿Y por qué insistes? –añadió su padre–. Te dije que es muy peligroso.

–¿Pero... por qué?

–Porque el ser... el ser Presidente conlleva una gran responsabilidad con... con nuestra gente. Sí, la gran parte del pueblo siente admiración y respeto por mí, pero siempre hay uno que otro que... bueno, harían cualquier cosa por hacerme daño, a mí, a tu hermanita y a tu madre. Por eso no puedo correr el riesgo de que salgas a jugar... aunque sea al parque del frente... y que te pase algo. Ustedes son lo que yo más quiero en este mundo.

Didi se indignó, no porque no lo dejaban hacer lo que quería, sino porque no podía imaginarse que alguien le hubiera querido hacer daño a su familia cuando su padre era un hombre tan importante y tan bueno.

Eran pocas las personas que conocían la familia del Poglavnik. Él vivía con su esposa e hijos en los últimos dos pisos del Ministerio de Estado, en un lujoso apartamento de diez habitaciones alrededor de un hermoso jardín interior. Marija y los niños casi nunca salían de los alrededores excepto con un destacamento de soldados y miembros del Servicio Secreto tan impresionantes como el que protegía a su marido. Por eso Dámir y Kati estaban obligados a permanecer en el complejo ministerial. De vez en cuando se les permitía jugar con niños cuyos padres ocupaban un alto rango dentro del gobierno, y solamente luego de esas familias haber sido investigadas por la superintendencia de la Ustacha.

Pávelich estaba consciente que la situación era problemática, particularmente para Dámir, quien añoraba la compañía de otros chicos.

–¿Por qué no hacemos una cosa? –le dijo–. ¿Por qué no te quedas aquí, conmigo, eh? Voy a dar una vuelta por la campiña. ¿Te gustaría acompañarme?

–¡Seguro que sí! –gritó el chico, bajándose del escritorio de un salto, y besando a su papá.

Aunque muy joven, Dámir entendió que ir de paseo con su padre era algo muy, pero que muy especial. También era lo suficientemente astuto para darse cuenta que su padre cambió la conversación y nunca le dijo quien les quería hacer daño.

A Marija no le entusiasmó nada que su hijo y su marido salieran de la capital, a pesar de todos los soldados y todos los guardaespaldas que los acompañaban. Ella sí se contentó porque Dámir iba a pasar un par de horas con su padre, algo que no hacía a menudo. Una hora más tarde, bajo la protección de una flota de cuatro vehículos armados, cinco camiones de soldados, más seis Citröens del Servicio Secreto de la Ustacha, Ánte Pávelich y su hijo Dámir salieron rumbo a Glina, una pequeña aldea serbia acurrucada entre Banja Luka y Zagreb.

Iban a toda velocidad sin detenerse por nada ni por nadie; arrollando a siete gallinas, dos perros y por poco a la pequeña Amela, al intentar la niña de cinco años cruzar el camino en el mismo instante que el estruendoso destacamento militar del Poglavnik se manifestó de la nada. Su hermana mayor, Zehida, vio el peligro, le pegó un grito, se tiró detrás de ella y le dio un empujón tan violento que las dos cayeron a la orilla de la carretera justo cuando el vehículo armado a la vanguardia de la caravana le espachurró todas las vidas a sus gatitos recién nacidos.

Desde la limusina, Dámir vio la niña musulmana temblando de miedo y llorando sin consuelo porque no pudo salvar a sus gatitos. Aunque sintió mucha lástima por aquella pequeña con la cara embadurnada de lágrimas y polvo, él recordó algo que le dijo su padre un tiempo atrás: los musulmanes eran gente que no creían en Jesús, eran malvados, además de sucios y traicioneros.

Entre tanto, su excelencia el arzobispo Aloysius Stepinac, miembro del parlamento del Estado Independiente de Croacia y Vicario de la Ustacha, celebraba una misa en una parcela de terreno que pasaba por plaza, en el centro de Glina; donde los árboles de almendra daban sombra y la iglesia era de denominación cristiana ortodoxa. Acompañado por cuatro sacerdotes, un centenar de soldados y unos diez miembros del Servicio Secreto de la Ustacha, el reverendo padre montó tarima y llamó a los ciudadanos a convertirse a la verdadera fe cristiana durante un ritual donde Stepinac utilizaba los símbolos del gobierno de la Ustacha –un revólver, un puñal y una granada– en forma de una cruz.

El arzobispo era un hombre delgado, de cara flaca, expresión seria, poco pelo, una personalidad carismática y una poderosa voz que inspiraba hasta a los más escépticos con su promesa de salvación. Era, en pocas palabras, un fanático luchando para aumentar el rebaño de la Santa Iglesia Católica Romana.

–¡Hijos míos! –tronaron los altavoces–, ¡vengan, vengan y dejen que la gracia de Cristo nuestro Señor les bendiga a través de su mensajero de paz y amor, nuestro Santo Padre!

Así, la aldea de dos mil quinientos serbios juró lealtad a la Santa Sede, especialmente al darse cuenta que los soldados de la Ustacha estaban determinados a enseñarle a cada hombre, mujer y niño del pueblo, el camino a la Verdad.

–¡Santo Padre, en sus manos encomendamos nuestras almas para que se nos ilumine con vuestra santa y divina gracia! ¡In nomine Patris, et Filii, et Spiritus Sancti!

–¡Amén! –repitieron todos.

Uno a uno los habitantes de Glina se acercaron a la tarima donde el arzobispo y sus acólitos ofrecieron la Santa Comunión; la Eucaristía forzosamente improvisada por un pedacito de pan campesino y vino del poblacho, cual no tardó en convertirse en uno de Católicos y nada más.

Al oír ¡Amén! todos tuvieron cuidado al persignarse porque los cristianos ortodoxos llevan la mano de la frente al pecho, del pecho al hombro derecho y luego al hombro izquierdo; donde los Católicos se persignan en dirección contraria, de la frente al pecho, del pecho al hombro izquierdo y luego al hombro a su derecha.

Stepinac le estaba invocando la bendición a una anciana que le abrió a todo ancho su boca desdentada –para que le depositara el bocadito sagrado–, cuando el arzobispo se percató de la llegada del Poglavnik. El cura dejó a la vieja con la boca abierta, le saltó por encima, desertó a sus ayudantes, se abrió camino tumbando a varios campesinos ya convertidos y reapareció al lado del...

–¡Señor Presidente, qué honor y qué gran privilegio tenerlo aquí entre nosotros!

Pávelich, rodeado por soldados y acompañado por su hijo, señaló a los convertidos, y le respondió:

–No pude evitarlo. Quise verlo con mis propios ojos. ¡Es muy conmovedor, simplemente fantástico!

Los ojos del arzobispo se deslizaron del Presidente de Croacia hasta el pequeño que estaba a su lado.

–Mi hijo, Dámir –le dijo el Poglavnik.

–En buena hora –le respondió Stepinac.

Por su parte Didi no dijo nada pero miró al cura con su acostumbrada curiosidad, cuando Stepinac le acarició la mejilla, y cometió el error de mirar al niño fijamente a los ojos.

Fue algo que Stepinac nunca olvidó porque en ese instante le escudriñaron y le juzgaron el alma. La inquietud –porque eso fue lo que sintió– fue tan intensa que el arzobispo dio dos pasos hacia el lado y desde ese momento ignoró al muchacho y le prestó toda su atención al Poglavnik, atreviéndose llevarlo del brazo a conocer a cientos de campesinos que, minutos antes, pertenecieron a la iglesia ortodoxa.

–Glina es, insignificante, sí lo es –dijo Stepinac, recorriendo un tramo donde un grupo de hombres de edad bastante avanzadas, mujeres y niños todavía esperaban su pedacito de pan y su poquito de vino–. Pero le aseguro que hay días donde hemos convertido a más de veinte mil en una tarde.

Convertido. Didi no sabía el significado de la palabra pero supuso que era algo bueno porque su padre estaba muy contento y no dejaba de darle las gracias al cura.

–Es mi deber, mi deber con mi iglesia y con mi patria –le respondió su Excelencia, el arzobispo.

Siguieron caminando por la aldea hasta encontrarse con cuatro soldados que habían detenido a un campesino y a su hijo.

El hombre, demacrado y consumido por la necesidad, era corto de estatura, con una barba de una semana, un gran bigote, una mirada caída, hombros encorvados, un montón de pelo enmarañado debajo de un sombrero más viejo que los santos de la iglesia y su cara estaba arrugada y llena de golpes. Además, el pobre estaba descalzo, vestía una camisa gris de lana gruesa, una chaqueta negra que le quedaba pequeña y pantalones sucios que le llegaban a los tobillos.

–¡Piedad! ¡Se los ruego! –les dijo el pastor, amedrentado porque lo acusaron de tratar de evadir la ceremonia de conversión–. ¡Estuvimos fuera toda la noche cuidando el rebaño! ¡Nadie nos dijo nada! ¡Cómo iba a saber lo que pasaba en el pueblo?

Al ver aquellos indeseables, Pávelich no pudo evitar comparar a su hijo con el hijo del campesino. Parecían tener la misma edad pero Dámir era probablemente el niño más privilegiado y afortunado del país; una criatura saludable, un chico hermoso, bien alimentado, elegante e impecablemente bien vestido. El otro era un asqueroso, estaba desesperado del miedo, no había comido en todo el día, estaba descalzo y tenía la cabeza afeitada para combatir los piojos.

–Papá –le dijo Dámir a su padre en voz muy baja y señalando al otro chico–. ¿Qué tiene en la mano?

–Parece una flauta, ¿no? –al no estar seguro, Pávelich le dirigió la mirada a Stepinac.

–Es una svirala –le explicó Stepinac–. Una flauta que todo pastorcillo, casi por obligación, lleva siempre consigo.

–¿Crees que me la preste? –le preguntó Dámir a su padre.

–No, no lo creo –le contestó Pávelich, al oído, sin dar más explicación; no que hubiera sido necesario–. ¿Cómo te llamas? –le preguntó al pastorcillo, sorprendiendo al chico.

Al niño le temblaba el cuerpo. Miraba rápidamente de un lado a otro y no supo responder. Trató de acudir a su padre pero éste tenía cinco soldados sujetándolo, por lo que optó por no decir nada.

Había algo en aquel chico con la svirala que a Dámir le llamó la atención, algo que él había visto antes. Desgraciadamente él era muy niño para comprender que fue la misma mirada, el mismo terror de la niña que vio en la carretera.

–¿Qué? ¿No entiendes? –insistió el Poglavnik al no responder el pastorcillo.

–Sasha.

–Sasha, ¿eh? –Pávelich nuevamente dirigió la mirada al arzobispo.

El muchacho levantó la mirada pero no pudo ver la cara del hombre que lo interrogaba porque éste se interponía con el sol y ocultaba la luz del mundo.

Le preguntó Pávelich, en un tono paternal:

–Y oye, Sasha, ¿sabes hacer la señal de la cruz?

Una vez más Sasha acudió a su padre con la mirada, pero el ovejero no hacía otra cosa más que retorcerse las manos y enjugarse las lágrimas con la manga.

–Vamos –le dijo el Poglavnik, amablemente–. Haz la cruz.

Sasha bajó la vista, respiró profundo, juntó el pulgar con el índice y el dedo del medio de la mano derecha y lentamente comenzó la rutina que le enseñó su abuelita.

Su mano flaca y huesuda primero se tocó la frente, luego el pecho y estaba por llevarla al hombro derecho cuando Pávelich desenfundó su pistola y le descargó un disparo a la sien; un tiro que debido al pequeño calibre de la PPK, nadie oyó, es decir, excepto aquellos que presenciaron el crimen.

El pequeño se desplomó en un charco de sangre y su flautín cayó a los pies de Dámir. El viejo pastor, en su agonía, se lanzó encima del cuerpo de su hijo y lo meció sin decir una palabra ni atreverse a mirar al hombre que le mató a su niño. El soldado que lo atendía, siguiendo el ejemplo del Poglavnik, entonces le puso el cañón de su pistola a la cabeza y apretó el gatillo, lo que obligó a Stepinac a suministrarles la Extremaunción al pastor y al pastorcillo, mientras Ánte Pávelich tranquilamente dio órdenes para regresar a la capital.

En el ínterin, entre la confusión, el alboroto y el correteo de las tropas y los guardaespaldas, nadie le prestó atención al hijo del Presidente, quien, aturdido por la violencia, levantó la flautita del suelo y se la guardó en el bolsillo.

Pávelich lo trató de llevar hasta el automóvil pero Didi retrocedió horrorizado de aquel hombre, de aquel asesino, y de ese día en adelante, nunca más tomó de la mano a su padre.

4

De regreso a la capital, Didi rehusó sentarse al lado de Ánte Pávelich, y lloró durante casi todo el camino porque el hombre sentado al otro lado, no era el que le leía cuentos de hadas; no era el que jugaba con él haciéndole cosquillas y morisquetas; no era el que todas las noches lo llevaba hasta su lecho cuando Dámir se le quedaba dormido en los brazos; el que le daba un beso todas las mañanas al despertar. Ese hombre a quien Didi añoraba sobremanera dejó de existir. En una bella tarde de verano un niño serbio fue asesinado y Dámir perdió a su padre.

–¿Pero... qué te sucede? Dámir, entiende esto, esa gente es un asco, son unas bestias que no merecen ninguna consideración –le dijo Pávelich, molesto por la reacción inexplicable de su hijo–. Didi, ¡esa gente es el enemigo! ¡Entiéndelo! ¡Te digo que si estuvieran ellos en el poder, de ellos controlar el ejército, tú, tu hermanita, tu madre y yo... a todos nos mandarían a matar!

El pequeño no le respondió.

–Esas bestias no son ni Católicos, como nosotros. ¿Qué crees que hacía el Arzobispo? Estaba tratando de salvarlos del infierno convirtiéndolos a nuestra fe. Sólo cuando nuestro país se libre de esa ralea, de todos los ortodoxos, de los judíos y los repugnantes gitanos que existen... sólo entonces podremos estar orgullosos de nuestra patria, una nación pura y digna. Es más, ¡el mismo Santo Padre está de acuerdo y nos bendice, insiste en que yo le haga llegar la verdadera religión de Cristo a esa... a esa gente! Y así lo haré –añadió bajando el tono de voz –. Eres muy niño. Algún día vas a entender lo que digo y te aseguro que estarás muy orgulloso de mí. Ya lo verás.

Sí, Dámir era muy niño; sin embargo, aquella profecía de Ánte Pávelich nunca se convirtió en realidad.

La caravana se encontró a menos de tres kilómetros de la aldea, cuando al virar una curva muy estrecha por poco se estrella contra un cacharro varado en el medio. Creyendo que era una emboscada, los soldados saltaron de sus camiones y los guardaespaldas rodearon la limusina del Poglavnik.

Estaban por fusilar a los pasajeros de aquel automóvil sin cristales, puertas ni ventanas cuando vieron que no valía la pena malgastar municiones porque los ocupantes estaban casi muertos; con su ropa hecha trizas y sus cuerpos ensangrentados.

El Poglavnik dejó a Dámir bajo el cuido de dos soldados y con su pistola en mano, fue a investigar.

—A ese no le queda mucho —dijo el Teniente señalando al padre Dragánovich, que permanecía inconsciente en el asiento de atrás.

Pávelich no reconoció al cura, pero sí le estuvo curioso la cruz roja pintada en la tapa del motor.

—Ayúdenlos —ordenó el Poglavnik.

De pronto, en un ataque de histeria, Silov gritó que habían muerto a golpes al pobre padre Dragánovich.

—¿Dragánovich? ¿Dijo «Dragánovich?» —preguntó el señor Presidente.

—¡Sí, Dragánovich, Dragánovich! —lloraba el hermano Borna.

—¡Por amor a Dios! ¡Sáquenlos de ahí! ¡Rápido, vamos! ¡Denle agua! —ordenó Pávelich, motivando a sus soldados a empujones.

Los frailes tardaron media hora en contar lo que les sucedió y del maltrato que habían sufrido a manos de las guerrillas comunistas.

Pávelich se indignó, no tanto por el sufrimiento de los religiosos, sino porque los partisanos estaban operando demasiado cerca de la capital.

—¡Dámir! —llamó Pávelich —. ¿Ves lo que te dije? ¿Es que no lo reconoces? Ese es padre Dragánovich. ¿Lo recuerdas? Cenó con nosotros no hace un mes. ¡Mira lo que le hicieron a ese pobre, a un hombre de Dios! ¡Y todavía te apiadas de esos cochinos?

Fue tanta la lástima que Dámir sintió por los frailes y por el cura que los ojos se le llenaron de lágrimas.

—¡Canallas! —dijo Pávelich entre dientes, antes de encomendar a los frailes y al padre Dragánovich al cuidado de uno de sus oficiales para que los llevaran al hospital, en Banja Luka; y luego dar órdenes para regresar inmediatamente a Glina.

Levantando una monumental polvareda, la escolta militar del Presidente del Estado Independiente de Croacia se dirigió hasta el centro del villorrio donde Stepinac y sus ayudantes estaban por marcharse. El arzobispo se sorprendió de ver al Poglavnik de regreso y se indignó al enterarse de la tragedia del padre Dragánovich. Los soldados se desplegaron por la aldea y detuvieron a los que se encontraban por el camino; hombres, mujeres y niños; más de dos mil almas en total, obligadas a albergarse en la iglesia.

–¡Corran! ¡Sálvense! –le gritó Dámir a un grupo de niños, desde la ventana del auto, antes de hacer lo que hace todo pequeño cuando vive una pesadilla; se tiró al suelo, cerró los ojos y se tapó los oídos. Para entonces, al otro lado de la aldea, una campesina se paró debajo de la enorme araña colgando del abovedado de la iglesia.

El humillo gris del incienso y el blanco de las miles de velas, voló hasta los más remotos escondrijos de la nave y la manada de seres humanos que escasamente unos minutos se habían creído católicos, fueron amontonados como ganado.

«Convertíos y luego jurar fe al Santo Padre, antes de lavar los pecados con vuestra sangre».

La mujer no pudo contener la risa. Todo le parecía tan absurdo, especialmente al levantar la mirada y ver la figura del Cristo Bizantino quien, desde lo alto del retablo mayor, señalaba de manera firme y acusativa a aquellos buitres de camisas negras arrimados por fuera de los cuatro ventanales.

En el sofocante calor de la tarde los dos mil habitantes de Glina quedaron apiñados dentro del santuario. Se oyó a la Ustacha atrancar las puertas. Los hombres empezaron a maldecir, las mujeres a gritar y los niños a llorar. Un rayito de sol se coló por una rendija en el techo e iluminó el altar cuando empezaron a llover granadas por las ventanas. Una de ellas rebotó de la cabeza de la aldeana antes de estallar. Fue la señal que esperaban los soldados para abrir fuego con las ametralladoras. Lo último que le pasó por la mente a la campesina fue que de saber lo que les iba a suceder, jamás hubiera perdido tiempo en cambiar de religión.

A Pávelich le extrañó y le molestó el comportamiento de su hijo, especialmente frente al arzobispo, a quien él ofreció llevar a Banja Luka, no le hizo ninguna gracia:

–¡Levántate de ahí! ¡Respeta!

Menos mal que el viaje de regreso a la capital no tuvo más contratiempos. El arzobispo trató de montar una conversación con el Poglavnik preguntándole si los ingleses iban a poder resistir el Blitz.

–No –respondió Pávelich de manera cortante.

Al fracasar en el ámbito de relaciones exteriores, su Excelencia trató de entablar un diálogo con el hijo del Presidente, preguntándole si había tenido la oportunidad de ver el Gran Circo Gitano de Hungría, que estuvo recientemente de visita en Zagreb, con una talentosa cuadrilla de payasos, acróbatas y hasta un par de animales salvajes.

Dámir no le prestó atención al arzobispo, permaneció callado y nunca levantó su mirada más allá de sus botines.

En vez de sentirse ofendido por el desaire, Stepinac pensó que quizá cometió una indiscreción hablando de gitanos porque Ánte Pávelich detestaba a los romaní casi tanto como a los serbios, y les hubiera prendido fuego a las carpas con todo y payasos, acróbatas y animales salvajes.

El arzobispo optó por no decir nada más, agradeció que no tardaron mucho en llegar a la capital, donde fue a ver como se encontraba el padre Dragánovich.

Cinco minutos más tarde, apenas se detuvo la limusina del señor Presidente a la entrada del Ministerio, Dámir subió las escaleras a toda velocidad, se llegó hasta el apartamiento y se le tiró en los brazos a su madre.

—Didi, hijo, ¿qué te pasa? ¿Por qué lloras? —le preguntó Marija, secándole las lágrimas.

Pávelich, su cara expresando impetuosidad, ira y desdén, apareció de repente en la puerta, y le dijo:

—¡Lo único que ha hecho es avergonzarme! ¡Mi propio hijo comportándose como un malcriado cualquiera frente al señor arzobispo! ¡Pero, qué se ha creído ese muchacho? —La actitud de Ánte Pávelich sorprendió a su esposa quien no se recordaba la última vez que oyó a su marido alzar la voz—. ¡Exijo que se comporte como el hijo del Presidente y no como un bufón que se pasa lloriqueando! ¡No se lo voy a permitir, no señor! —añadió, poniendo las manos en la cintura y extendiendo la quijada hacia el frente, una pose muy de Mussolini—. ¡Debería estar orgulloso de su padre, me entiendes, orgulloso! ¡Qué rayos le pasa a ese niño?

—¿Didi, qué pasó? Dime, por favor —le preguntó su madre después que Pávelich tiró la puerta y se largó a su despacho.

—¡Sasha, Sasha! —fue todo lo que dijo el niño, empuñando la svirala.

De ese día en adelante, Didi dejó de comer. Como de costumbre, la familia se sentaba a desayunar y a cenar juntos, pero él, ni un bocado. Permanecía en silencio, evitando como fuera posible dirigirle la mirada o la palabra a su padre. Así estuvo más de un mes y se puso tan débil que llegó el momento que no se podía levantar de la cama. Hasta Níkola, con órdenes de no fumar cerca del chico, hizo lo que pudo por levantarle los ánimos regalándole unos soldaditos de plomo, dos modelos de aviones y uno de un acorazado.

–Los soldados matan niños –le dijo Dámir, con voz muy débil.

Fue suficiente para que el secretario perdiera su compostura. No porque él ignoraba las repercusiones de la guerra en los niños sino que el comentario le recordó los fantasmas de su desdichada niñez; todo porque durante una de las muchas guerras de la región, un oficial serbio decidió no fusilar al niño inválido, pero sí a sus hermanos. Por eso Níkola metió los juguetes en una bolsa de papel, los tiró a la basura, y buscó consuelo en dos cajetillas de cigarrillos y en una botella de brandy.

El padre Fraticelli tampoco pudo hacer nada por Dámir, y menos las dos hermanas de la orden de Santa Úrsula que ayudaban a Marija a cuidarlo.

Dámir, quien siempre fue bastante delgado, perdió tanto peso que el Dr. Hansmann, psicólogo suizo, le advirtió a su madre que fuera haciendo los preparativos porque, en su opinión, el niño sufría de una profunda depresión emocional que le había robado las ganas de vivir.

De repente, la Primera Dama, a quien nadie nunca le había oído enfadarse, echó al doctor a la calle y confrontó a su marido.

–¡Lo vamos a perder! –le gritó desde la entrada del despacho–. ¡Todo comenzó el día que lo llevaste de pasadía! ¡Dime que sucedió!

Pávelich siempre pensó que lo más importante en un matrimonio era la honestidad y el respeto entre las partes, pero la disposición a ser honesto depende muchas veces en la manera que la honradez favorece o no otras características de la persona. En el caso de Ánte, a él se le hizo imposible justificar el asesinato de un niño frente de su propio hijo –por más serbio que fuera– dado a que Marija era madre y las madres tienden a pensar en la muerte de niños como algo extremadamente cruel y en contra de todos los principios de decencia, moralidad y honradez. Por eso, él decidió omitir los detalles más importantes de lo acontecido, culpando en vez a sus guardaespaldas. Ni se debió molestar porque comoquiera Marija lo culpó del padecimiento de Dámir, y las buenas relaciones entre marido y mujer salieron volando por la ventana.

Naturalmente, Marija no era la única preocupada por el niño. Kati se pasaba las horas rezándole a la Santa Madre para que salvara a su hermanito.

¿Y su padre, qué? A Pávelich por fin se le quitó el enfado, especialmente cuando finalmente comprendió lo enfermo que estaba el pequeño.

También aceptó, y tenía muy presente, que Dámir se había afectado mucho por el «incidente» en Glina.

Había veces que pasaba horas con Didi, sentado a la orilla de la cama, hablándole en voz baja, haciendo planes para ir a esquiar a los Alpes y quizás dar un viaje por Italia, todo cuando Dámir se recuperara. Tarde una noche, cuando la lluvia de verano sonaba contra los ventanales y una brisa coqueteaba con el delicado juego de cortinas, el Poglavnik se arrodilló, se cubrió la cara con las manos y le rezó a su Cristo y a la Virgen, por su pequeño. Hasta les pidió perdón por los pecados que, sin darse cuenta, él cometió; y que, sin querer, pudieron ofender a la Divina Providencia, desatando la Furia Divina en contra de su hijo. Dámir estaba ya tan enfermo que nunca se enteró de las visitas de su padre y por consecuencia no le dirigió, ni la palabra ni la mirada. Ofendido nuevamente por lo que pensaba era un desprecio, el Poglavnik fue dejando de visitar a su hijo, hasta el día que salió para Alemania.

Por su lado, Marija y Kati acampaban todas las noches hasta la madrugada en una mecedora al lado de la cama de Dámir. Le leían cuentos y siempre estaban pendientes a cualquier antojo que lo hubiera hecho sentir mejor.

—No te rindas, mi amor —le decía su madre porque no podía hacer nada más—. No te entregues a la tristeza.

Una madrugada, a eso de las cuatro de la mañana, una exquisita y delicada fragancia entró por la ventana del cuarto.

—*¡Dámir! ¡Dámir!* —decía una voz desde afuera—. *¡Dámir! ¡Despierta!*

Didi puso a un lado el sueño y abrió los ojos. Creyó que posiblemente un duende se había escondido debajo de su cama, pero al dar una mirada no vio nada excepto sus chinelas.

—*¡Dámir! ¡Dámir!*

La voz infantil al parecer entraba del jardín. De repente, un ventarrón tiró abiertas las ventanas francesas y Dámir, reuniendo fuerzas que no tenía, echó a un lado las sábanas y su edredón y caminó descalzo hasta el alféizar.

Las estrellas centellaban a tal punto que Didi estaba convencido de que se estaban riendo de él. La luna, que nunca disimula su envidia, decidió no hechizar el mundo con su belleza y en cambio vislumbró los miles de ranúnculos, rosas, azucenas, margaritas y hasta un arco iris de girasoles en el jardín; una flor más hermosa que la otra y todas acompañadas por azules y amarillas mariposas y un coro de ruiseñores.

–¡*Dámir, sal de la cama*!

–¿Quién es? ¿Quién está ahí? Me despertaron –le dijo Dámir, frunciendo el ceño y asomándose por la ventana.

–¡*Sal a jugar*!

–¿Quién es?

Dámir nunca había visto tantas flores resaltando contra la perfecta oscuridad de la noche.

De repente, un chico más o menos de su edad, apareció entre la flora.

–¡*Dámir, caramba... dónde está mi flautín*?

5

De la sorpresa Dámir perdió el balance y por poco se cae del alféizar.

—¡Soy yo, Sasha! —le dijo el pastorcillo, acercándose a la ventana.

—Tú no eres Sasha. ¡Sasha, Sasha no tenía pelo!

—Ah, sí, pero eso fue entonces y esto es ahora —le respondió el chico entre las flores.

¡Y qué melena tenía! Su cabello era color castaño y se mecía con la brisa. Sus ojos repicaban de alegría y eran del mismo color. Estaba vestido, no con harapos sino con una camisa blanca de mangas largas, un chaleco bordado con hilo plateado, con pantalones de lana aguantados a la cintura por una faja y naturalmente llevaba puesto un par de opanci amarillos, zapatos de punta aguda; toda pieza parte de su folclore.

—¿Dónde está mi flauta? —le preguntó Sasha por segunda vez.

—¿Por... por qué? ¿La quieres de vuelta?

—¡Seguro que sí! —le respondió Sasha.

Dámir estaba muy contento en poder devolver el flautín a su dueño.

—Espera, ¡regreso enseguida!

Y justo cuando sacó la svirala de debajo de su almohada, sintió una mano en el hombro y encontró que Sasha se había llegado a su lado.

—¡Este sitio es un palacio! ¡Debes ser muy rico! —exclamó Sasha, levantando los brazos, mirando alrededor, y riendo.

—Creí que habías muerto —le dijo Didi, muy serio.

No hay cosa que ponga a una persona de mal humor más rápido que decirle que no está entre los vivos. Sasha fingió meditar su dilema antes de volver a reírse a carcajadas.

—¡No puedo estar muerto porque tú no me lo permites!

—¿Yo?

—¡Tú! —dijo el pastorcillo corriendo a recoger un cometa que le regaló Kati a su hermanito, luego el balón favorito de Dámir, antes de soltar los dos juguetes y treparse en un caballito mecedor que estaba en la esquina, para luego tirarse de cabeza en la cama, cubrirse con la colcha, dejando sobresalir los opanci.

—Oh, sí, ¡esto sí que es vivir bien! ¡Estoy en la gloria!

Dámir pensó que era una observación interesante porque si alguien estaba bien al tanto del significado de «vivir en la gloria», era el pastorcillo.

—Oye, Sasha —empezó Dámir a preguntarle con un poco de dificultad porque no estaba del todo acostumbrado a la posibilidad de...

—¿Es que yo también... sabes... será posible que estoy muerto?

—No lo creo.

Dámir esperaba otra respuesta. Por ejemplo, que Sasha le dijera que sí, que había muerto de su enfermedad, o que no estaba muerto; lo que quería decir que estaba vivo. «No creo» quería decir que no había muerto pero que no estaba muy vivo, tampoco.

Sasha saltó de la cama y se montó de nuevo en el caballito.

—No entiendo algo –le dijo a Dámir–. ¿Por qué estás tan ansioso de... de irte para el otro lado?

Dámir no supo qué contestar y estaba muy contento de ver a su amigo jugando con todos los juguetes en su habitación.

—Para que sepas –le dijo Sasha–, que no puedes morirte. Yo no quiero.

—Y.. ¿y por qué no? –le preguntó Didi.

Sasha desmontó el corcel de caoba, y le dijo:

—Porque si te mueres, no podremos jugar más.

Dámir se sentó al lado de Sasha que estaba examinando el cometa y le preguntó:

—¿Es que no se puede jugar... allá?

—¿Allá... dónde?

—En... en el cielo —le respondió Dámir.

—¿En el cielo? ¿Tú? ¿Yo? ¿Nosotros? ¿Tú y yo... jugar en el cielo? –Sasha rió, rió y rió tan fuerte que tuvo que sostenerse la cintura de tanto reírse antes de recobrar el aliento–. Me imagino que es posible que sí. ¡Pero no podemos porque tú no estás muerto! –Y aunque Dámir hubiera muerto, explicó Sasha, llegar al cielo no era tan sencillo como la gente creía.

Sasha se puso de pie y dio con la bola en el piso varias veces antes de darle una patada y hacer como que jugaba al fútbol. Así los chicos pasaron las horas jugando, hablando, persiguiéndose el uno al otro y Sasha aprendiendo a jugar ajedrez. Al rato, Dámir se cansó y tuvo que recostarse.

—¿Quieres que me vaya? –le preguntó Sasha, un tanto preocupado.

—¡No! Es... es que necesito descansar. Pero por favor, ¡no te vayas!

—Bien, no me iré.

–¿Lo prometes?

–Lo prometo.

Y Sasha vio un libro de dibujos que le pareció interesante, se quitó los opanci y se tiró en la cama al lado de Dámir. Unos minutos más tarde los dos chicos estaban dormidos.

Eran las seis de la mañana cuando Marija entró al cuarto de su hijo y se alarmó al ver que las ventanas estaban completamente abiertas y que sus juguetes estaban regados. No pudo pensar que Dámir hubiera tenido fuerza para dejar su cama y hacer tal desorden. Por eso acusó a los sirvientes.

–¡Quién es el responsable? ¡Quién? –le preguntó desde la puerta a una criada que pasaba por el pasillo.

–Mamá, ¡shhh! ¡No hagas ruido! –dijo Didi desde la cama–. ¡Lo vas a despertar!

–*Evidentemente*, pensó Marija, *no le afectó dormir con las ventanas de par en par.* –¿Qué dijiste, mi amor?

–¡Shhh!

–¿Qué sucede?

–¡Shhh!

–*¿Estará alucinando?* –pensó Marija.

–Es Sasha. Estuvo toda la noche con ese libro y se quedó dormido. Está muy cansado –le dijo Dámir señalando con la cabeza al lado derecho de la cama donde, según él, descansaba el pastorcillo quien tenía la cabeza debajo del libro.

–¿Sasha? –preguntó su madre.

«Sí» de nuevo con la cabeza y una sonrisa.

Marija recordó que el Dr. Hansmann predijo los delirios antes del inevitable fin, –Oh, ¡mi pobre hijo! –, y fue a tomarlo en sus brazos, tratando de alcanzarlo por encima de Sasha.

–Mamá, ¡ya, por favor!

Dámir saltó de la cama y llevó a su madre por el brazo hasta la puerta.

–Tengo hambre. Quiero desayunar y me imagino que él... si es que se despierta algún día, también.

–¿Quién?

–Sasha –le contestó Dámir, con una sonrisa–. ¿Qué quieres que haga? No le puedo decir que se vaya, ¿verdad que no?

Marija se detuvo en la puerta por un momento para calmar sus nervios. Aparentemente su hijo tenía un amigo imaginario llamado «Sasha», nombre que a ella le pareció familiar, aunque no recordó de dónde.

—¡Jamón, huevos, tostadas con mermelada de fresas y un vaso grande de leche para los dos! —le dijo Dámir al oído—. Si no le gusta la leche de vaca... podemos enviar por leche de cabra, ¿sí?

Marija tuvo que repetir las instrucciones del desayuno de Dámir y su invitado varias veces a la cocinera, una mujer que llevaba trabajando para los Pávelich desde antes de nacer el niño. Ella se puso tan alegre al saber que Didi aparentaba estar mejor que se arrodilló y dio gracias a Dios. Al darle Marija las buenas noticias a Katarina, la niña salió a toda prisa y entró en el cuarto de su hermano sin siquiera tocar a la puerta. Lo encontró sentado en la cama ya vestido y tratando de amarrarse los botines.

—¡Didi! —le gritó la niña tirándosele encima y besando a su hermanito—. Didi, ¡estás mejor!

—Calla. ¿No ves que él está durmiendo? Ten un poco de consideración, caramba. Te estás comportando como mamá. ¡A la verdad!

—¿De quién hablas? —le preguntó Kati.

—De Sasha. ¿No lo ves?

Mientras Didi le trataba de explicar a su hermanita sobre su amigo, Sasha abrió los ojos, bostezó, se estiró en la cama y dijo:

—Tengo hambre.

—Ya mismo está listo el desayuno; huevos con jamón...

—Oh, ¡me encantan los huevos con jamón! —le dijo Kati creyendo que Dámir le hablaba a ella.

—Le estoy hablando a Sasha —le dijo, antes de presentarle al pastorcillo—. Este es Sasha, mi amigo. Sasha, esta es Katarina, mi hermana.

Sasha la saludó con la mano.

—Te saludó —le dijo Dámir.

—Ho-hola.

Quizá, pensó Dámir, Katarina no podía ver al pastorcillo quien hasta unas horas antes él creyó que no existía.

—¡Seguro que me puede ver, eso es, si quiere! —le dijo Sasha a Dámir, poniéndose de pie en la cama.

—Lo puedes ver, ¿sí? —le preguntó Didi a Katarina—. ¡Es mi mejor amigo!

Kati tomo una pausa antes de preguntarle a su hermano por qué Sasha le estaba haciendo muecas.

Dámir sonrió, y le dijo:

—Se está luciendo.

Marija, la cocinera y dos sirvientas estaban en el comedor preparando la mesa cuando oyeron las carcajadas y la bola dando contra la pared del cuarto de Dámir. No hizo más que entrar que vio a Dámir ya vestido y a su hija todavía en su pijama; los dos en el suelo pasando la bola de lado a lado y gozando a carcajadas.

—Mamá, ¡Dámir no se va a morir! ¡No se va a morir!

—¡Seguro que no! —interpuso Sasha—. ¡Tiene que jugar conmigo!

Marija no comprendió por que Dámir y Katarina estaban tan alegres. Sí creyó que su niño se recuperó justo a tiempo.

—Vístete —le dijo a su hija—. Vamos, regresa a tu habitación.

Pero Katarina estaba decidida a permanecer en el cuarto de su hermano —quería seguir jugando con Sasha— y Marija tuvo que ser firme:

—Recuerda que eres una niña muy bien educada y las niñas bien educadas siempre se visten para desayunar.

—¡Avanza! ¡Cámbiate! —le dijo Didi—. ¡Tenemos hambre!

Era un milagro. Aún así, Marija estaba preocupada. Dámir podía sufrir una recaída y empeorar. Pero esa mañana ¡Dámir tenía hambre!

Katarina regresó unos minutos más tarde, vestida y peinada, le pasó a su madre por el lado y se llegó a toda prisa hasta su hermano y Sasha.

—¡Ya... aquí estoy! —les dijo.

Marija les avisó que el desayuno estaba esperando y les pidió que bajaran al comedor. Entonces salió del cuarto, segura de que había dejado a Dámir y a Katarina acompañados por un milagro.

Dámir mejoró día tras día; recobró la fuerza y se notaba mucho más alegre. Él y Sasha eran inseparables, y Kati se acogió a aquella fantasía de su hermano, aunque por razones que ni ella comprendía.

La llegada del imaginario niño serbio al seno de la familia Pávelich causó un poco de resentimiento entre los sirvientes, primero por la denominación religiosa del supuesto pastorcillo y segundo porque Dámir insistía que lo trataran como lo trataban a él y a Kati, no obstante que nadie, excepto Didi, podía ver a Sasha.

Los criados, cocineras y todos los que servían al Poglavnik y a su familia aceptaron la situación por el cariño que le tenían al chico. Pávelich, sin embargo, estaba convencido que su hijo había perdido la razón, o por lo menos, que había inventado al niño serbio para burlarse de él.

Un mes después de aquella noche cuando apareció Sasha por primera vez, con Marija leyendo en su habitación y Kati ya soñando con príncipes y princesas en tierras encantadas, Dámir y Sasha estaban sentados en el piso del cuarto, jugando ajedrez, cuando Didi se dio cuenta que Sasha estaba demasiado callado.

—¿Qué te pasa?

—Nada y mucho –replicó Sasha, poniéndose de pie y caminando hasta la ventana que daba al jardín, donde se paró mirando hacia fuera, dándole la espalda a su amigo.

—Sasha...

Silencio.

—¿Te sientes mal? –le preguntó Dámir llegándose hasta el pastorcillo –. ¿Qué sucede? No te enfades.

—No lo estoy.

—¿Estás enfermo, entonces?

—No, triste.

—¿Por qué? ¿Qué quieres?

—Me tengo que ir –le dijo Sasha–. No quiero irme pero no puedo hacer nada; me tengo que ir, punto.

—¿Por qué? ¿Cuándo?

Sasha respiró profundo y dijo:

—No estaré aquí cuando despiertes, mañana. Y no puedes venir conmigo, tienes que cuidar a tu mamá y a tu hermanita.

Dámir empezó a llorar. Y las bellas flores del jardín que todas las noches le cantaban a Dámir y a su amigo el pastorcillo lloraban con él y la noche se puso friolenta, y la luna atribulada.

—¿Para... para dónde vas?

—No sé –le contestó Sasha–. Quédate con la flauta hasta que regrese.

—¡Regresas?

—Sí, –le respondió el pastorcillo–. Regreso y seré Pedro.

Las flores dejaron el llanto, la niebla se esfumó y la luna abrazó las estrellas.

—¿Pedro? ¿Cuándo? ¿Quieres que envíe por ti? Le diré a Níkola que te recoja.

Sasha no lo dejó terminar de hablar.

—No se puede –le dijo.

—¿Por qué no?

El pastorcillo encogió los hombros, le dio un empujón a su amigo y le pidió que le enseñara más ajedrez.

—¿Cómo sabré...? –le dijo Didi.

—Lo sabrás –dijo Sasha, con una sonrisa.

Al oír la noticia, el jardín de flores, sus mariposas y los ruiseñores empezaron a entonar:

—*¡Sasha, Sasha, no te vayas!*

—*¡Sasha, Sasha, no te vayas!*

6

Hitler le preguntó a von Ribbentrop:

—¿Qué hora tienes?

El Ministro miró el enorme reloj de careta ancha que colgaba justo debajo de la cornisa, y el cual, para el disgusto del Superintendente de la estación, siempre corría un poco lento.

—Cinco para las tres.

—No entiendo qué viene a buscar aquí —añadió Hitler.

El Führer, su Ministro de Relaciones Exteriores, von Ribbentrop, y un grupo de dignatarios del Régimen Nazi que incluía al Mariscal de Estado Hermann Goring, esperaban en la plataforma del ferrocarril por la delegación del Estado Independiente de Croacia, encabezada por el Dr. Ánte Pávelich.

—Es muy pesado. Ese hombre nunca sonríe —dijo Hitler—. Yo diría que es un aguafiestas, ¿no crees?

La reunión se iba a llevar a cabo en la misma estación de tren de Berchtesgaden, un pintoresco pueblo en Bavaria, muy preferido de Hitler. El cavernoso salón de espera, con sus tres chimeneas y ocho ventanas que iluminaban aquel santuario con el deslumbrante sol de Bavaria, tenía todas las robustas paredes de ladrillos forradas por la esvástica alemana y la bandera de cuadros del Estado Independiente de Croacia. Además, había sido equipado con lujosas y cómodas butacas de cuero, colocadas alrededor de una mesa surtida de jugo, café, té, dulces, pasteles de la comarca, tortas, bizcochos, strudels de manzana y toda clase de chocolates; un manjar de golosinas.

—Es un tipo ácido —observó Goring, en el momento que se oyó el silbido de la locomotora, en la distancia.

—Serbios y Croatas, son todos iguales. Eslavos —esto dicho por Hitler.

La observación del Führer hizo sonreír a von Ribbentrop. El Ministro, con su mirada irónica sabía demasiado bien que Hitler, como decía la cancioncilla, «tenía una pequeña lista» y que los Croatas estaban a la cabecera.

Cinco minutos más tarde, Adolfo Hitler le dio la bienvenida:

—Señor Presidente, ¡qué agrado verle... de nuevo!

Los líderes se saludaron al estilo de los fascistas, luego se dieron la mano. En su entusiasmo, Pávelich levantó el brazo demasiado alto y apretó la mano del Führer más de lo necesario; todo en el nombre de amistad y mutua admiración.

Después que los fotógrafos del Ministerio de Propaganda retrataron la bienvenida para la posteridad, Hitler condujo a los allí presente hasta el gran salón, donde estuvieron reunidos casi una hora, sus sonrisas y saludos transformándose, al tomar asiento, en miradas serias y ceños fruncidos.

—Creo, mi querido Dr. Pávelich, que ahora que está usted al mando, debería establecer una política nacional de intolerancia, como lo hemos hecho nosotros —le dijo Hitler al Poglavnik, a la vez que miraba de reojo a von Ribbentrop.

Pávelich, aguantando un pedazo de strudel entre sus dedos, le respondió:

—Ya lo hicimos, mi Führer. Es más, creo que ya solucionamos el problema de los judíos. Lo que quiero decir es que... se le va a hacer un poco difícil encontrar un judío vivo en Croacia.

Hitler se volvió a su Ministro, von Ribbentrop y luego dirigió la mirada a Goring.

—¡Entonces tengo que felicitarlo!

Pávelich se enderezó en su silla y levantó la cabeza con toda la dignidad y orgullo posible.

—Sin embargo, le advierto —añadió el Führer—, los judíos son como las cucarachas; se esconden y se adaptan a cualquier cosa y hasta se disfrazan para aparentar otra cosa—. Y con la misma sonrisa, Hitler le preguntó a Goring— ¿No es así, Mariscal?

Goring estaba teniendo dificultad manteniéndose despierto.

—Y de qué manera, ¡sí! —dijo abruptamente—. Los judíos son buenos actores.

Hitler encontró la comparación divertida y pausó un segundo, para ver si la reacción de Pávelich sería igual que la suya.

El Poglavnik no lo decepcionó, soltando una carcajada que sorprendió a todos del plantel. —Tiene usted toda la razón, Mariscal. Hemos logrado mucho en muy poco tiempo, pero todavía tenemos mucho trabajo por delante; debemos mantenernos alertas. Pero le aseguro, mi Führer –añadió el Poglavnik, dirigiéndose a Hitler– que Croacia será desinfectada de los eslavos y de los judíos, no tenga duda de eso.

Von Ribbentrop aplaudió, Hitler asintió enfáticamente con la cabeza y el Mariscal Goring bostezó, y dijo:

–Con todo el respeto, señor Presidente, yo estaba bajo la impresión que los Croatas... también son eslavos. ¿Sí? ¿No? ¿Será posible que esté mal informado?

Hay que mencionar que Pávelich ni parpadeó al responder:

–Me temo que está muy equivocado. Los Croatas descendemos de los ostrogodos, que como bien sabe su Excelencia, son de origen germánico.

También es importante hacer nota que al oír aquel relato de la historia de los Croatas– según Ánte Pávelich–, a Goring se le abrieron bien grande los ojos, alzó las cejas a tal punto que por poco se le desaparecen en el pelo; sus medallas se le pusieron muy pesadas y su corazón latía a tal velocidad, que sus cachetes se tornaron del color de un tomate.

–¡Extraordinario! –dijo Adolfo Hitler, dando con las manos sobre la mesa y mirando al Mariscal, antes de dirigirse al Poglavnik–. ¡Quién se lo hubiera imaginado, señor Presidente! Bueno, y ahora dígame, ¿en qué le podemos ayudar?

–Nos gustaría –le respondió Pávelich–, que nos garanticen nuestra autonomía, nuestra completa independencia. Eso para evitar que Il Duce tome una acción precipitada e imprudente. Como usted sabe, a él le molestó... y no entiendo por qué... que nosotros hayamos establecido relaciones comerciales, lo que yo creo nos beneficia a todos y es en el interés nacional del Estado Independiente de Croacia. Bueno, ahora Mussolini nos amenaza con apoderarse de Dalmacia.

El Führer estuvo de acuerdo con todo lo que dijo Pávelich, se puso de pie y lo llevó del brazo hasta la entrada.

–No se preocupe –le dijo Hitler–. Benito... es italiano. Grita, hace muecas, da golpes en el escritorio pero en fin de cuentas, no hace nada. Créame, no tiene usted por qué preocuparse.

Un soldado de la SS tiró las puertas abiertas y los dos líderes salieron al sol de Bavaria.

–¡Es con gran satisfacción y alegría –anunció Hitler a la prensa allí presente a insistencias del Ministro de Propaganda, Goebbels–, que Alemania le extiende un abrazo fraternal al nuevo Estado Independiente de Croacia que heroicamente luchó por su independencia y que nos ayudó a destruir aquella nación artificial que se llamó Yugoslavia!

Por su lado Ánte Pávelich le hizo un obsequio muy especial al Führer regalándole una bandera de la Guerra de los Siete Años y una tabla de ajedrez, que le habían pertenecido a Federico el Grande.

Más tarde, mientras el tren se retiraba de la plataforma, Ánte Pávelich, orgulloso y, según él, triunfante, le dijo adiós con la mano al Führer. En una hora logró que Hitler se comprometiera a evitar que Italia interviniera en los asuntos internos de Croacia, y hasta puso en su sitio al patán de Goring.

Hitler, reciprocando el saludo, estaba curioso de saber cómo Ánte Pávelich, el líder de una nación establecida por los artificios de Berlín pudo conseguir dos prendas sagradas de la historia de Alemania, como lo eran la bandera y el tablero de ajedrez de Federico el Grande. Y pensar que pospuso la invasión de Rusia para intervenir en Yugoslavia, un país de cretinos inclinados al fratricidio.

–¡Por favor –le dijo Hitler a su grupo–, a trabajar, que ya hemos perdido demasiado tiempo en tonterías!

¿Quién se lo hubiera imaginado? Unos meses más tarde, con el ejército alemán inmovilizado por el invierno en Rusia, Ánte Pávelich rompió relaciones con la Ustacha gracias a la intriga y a la provocación de Alemania. Entretanto Mussolini invadió a Dalmacia, territorio que la Ustacha consideraba parte de Croacia. Para entonces los partisanos controlaban 80% del territorio de la antigua Yugoslavia, haciéndole la vida imposible al Estado Independiente de Croacia. Por eso nadie se sorprendió cuando la radio de Berlín diseminó un comunicado informando de la renuncia del gobierno del Dr. Ánte Pávelich, quien conociendo personalmente las peligrosas vicisitudes de gobernantes fracasados, inmediatamente optó por el exilio.

Para el padre Krúnoslav Dragánovich la Segunda Guerra Mundial terminó la noche que fue detenido por los partisanos, y pasó aquellos últimos días del conflicto convaleciendo bajo el cuido de las Hermanas de la Providencia. El cura por fin se recuperó lo suficiente para abandonar el hospital aunque lucía diferente ya que dos cirujanos de Budapest le tuvieron que reconstruir la nariz y la quijada. El día que los comunistas lanzaron su primera ofensiva contra Banja Luka, Dragánovich, con asistencia del arzobispo Stepinac, fue a parar a la finca de su familia en las montañas al norte de Travnik, donde su madre Ana lo colmó de amor y de todos sus remedios caseros.

Los frailes Silov y Borna, acompañantes del padre Dragánovich aquella tarde del encontronazo con los partisanos, estuvieron recluidos en un hospital menos de una semana. Al ser dados de alta, ellos se armaron y se convirtieron en mensajeros de la Ustacha hasta el día que oyeron que Hitler había desaparecido –se le daba por muerto– y que Mussolini, junto a su amante, fue fusilado y su cuerpo colgado boca abajo en una plaza de Milán. Al parecer, la corrida de sangre en Europa estaba por terminar.

Seguidamente los comunistas tomaron control de Croacia, Serbia, Eslovenia, Bosnia-Herzegovina, Dalmacia y Macedonia, eliminando a sus enemigos con la misma determinación e indiferencia a la brutalidad de los alemanes y de la Ustacha; aunque de manera imparcial porque, a diferencia de aquellos, al nuevo régimen no le importaba ni tomaba en cuenta el origen étnico de sus víctimas antes de fusilarlos.

El clero católico sí se convirtió en el blanco favorito del nuevo gobierno y miles de curas, frailes y monjes fueron perseguidos, capturados y ejecutados, especialmente aquellos que, de una manera u otra, colaboraron con los alemanes durante la guerra.

Silov y Borna buscaron refugio en un monasterio pero con la mala suerte que los mismos habían sido ocupados por tropas de la nueva República Federal de Yugoslavia; y cada soldado, de acuerdo a los frailes, era un ex partisano. La situación para los hermanos se tornó insoportable y se les hizo más y más difícil encontrar de comer. Estar mendigando era una pérdida de tiempo porque casi todo el mundo en el continente en ese momento sufría de la misma desesperación. Con sus revólveres escondidos dentro de sus sotanas, con su ropa tan sucia y llena de boquetes que ya no parecía ni vestimenta religiosa, los frailes recorrieron las montañas y los llanos donde tropezaron con multitudes de seres humanos; hombres, mujeres y niños; hambrientos y desplazados por la guerra tanto como ellos; serbios, croatas y musulmanes; todos en busca de refugio y un plato de comida.

Esa tarde empezó a llover tan fuerte que a los hermanos no les hubiera sorprendido ver el famoso arca con Noé al remo. Los dos estaban tan débiles y se sentían tan desalentados y abandonados por su Dios después de llevar dos días sin echarse nada a la boca que decidieron tratar de llegar hasta el monasterio de Toranjmost, cerca del pueblo de Komar, en el corazón de Bosnia. Era el único monasterio en esa parte del mundo, pensaron los frailes, donde era imposible imaginar tropas del ejército. El cenobio era una imposibilidad arquitectónica de tres pisos construido en el siglo catorce, sobre un peñasco a la altura de las nubes, escarpado del lado de la cima de una montaña. Un tablón podrido de siete metros de largo y un metro de ancho, se usaba como puente para ir de del monasterio a la montaña, sobre un risco peligrosísimo de más de cien metros. Un impenetrable bosque cubierto de ramosas malezas que siempre estaban revestidas de una densa niebla se tragaba aquel milagro del demonio y no permitía que se vieran los matorrales de espinas venenosas que desangraban a todo el que se acercaba, antes de que el desafortunado desapareciera por una de las miles de ranuras en el suelo; abismos que terminaban, según la leyenda, en el mismo culo del infierno.

Llegar hasta el claustro durante el día era muy peligroso gracias a las ventoleras que tumbaban a cualquiera del tablón, a menos que el atrevido no se amarrase con sogas y tratara de cruzar arrastrándose hasta el otro lado. De más está decir que si de día era difícil, cruzar el supuesto puente de noche era algo que nadie trató en más de cuatrocientos años... sin matarse. Por mala suerte los hermanos Silov Petrónovich y Borna Rádonich estaban tan y tan desesperados que embarcaron en la peligrosa jornada sin esperar la salida del sol.

La subida fue tan empinada que le desafiaba los sentidos y los desorientó a tal extremo que la única forma de saber si de verdad subían aquel monte negro que olía a la pudrición del ambiente, era porque, por necesidad, sus cuerpos se inclinaban hacia el frente. Gigantescas telas de arañas se le aferraron al pelo, a las barbas y hasta a las pestañas. Cientos de gusanos e insectos de todas clases se les treparon por dentro de las sotanas, mientras que las ramas y los arbustos, en combinación con la maleza formaban una barrera que sólo se podía atravesar a la fuerza.

Luego de más de tres horas Silov y Borna llegaron a un claro. Creían que era un claro porque al extender la mano no tocaron nada excepto el vacío de una caída de más de 100 metros que terminaba en un lecho de rocas y púas como navajas. Continuaron la subida otra hora y media, caminando con mucho cuidado por el borde del precipicio hasta dar con el dichoso puente, que, como de costumbre, lo cubría la niebla, haciendo imposible ver a los tres feroces dobermans que salieron a toda velocidad del enorme portón de la abadía para tirárseles encima.

Si es cierto que Silov y Borna no vieron los perros, sí pudieron oír los ladridos y el susto fue tal que se dieron vuelta para huir en dirección contraria. Tuvieron suerte que uno de los cachorros resbaló y cayó del puente, distrayendo a los demás por un momento, tiempo que Silov y Borna aprovecharon para caer en un barranco y desaparecer.

Ellos rodaron violentamente dando contra todo lo que encontraron en la bajada y sólo evitaron desbaratarse contra un peñón gracias a los cueros podridos, ojos, dientes, huesos humanos, marañas de pelo sobre cabezas sin cuerpos, y el resto de los habitantes del monasterio que yacían mutilados y descuartizados y que le acojinaron la caída a Silov y a Borna. Aunque no podían ver nada, el tacto y el olfato les fue suficiente para darse cuenta dónde terminaron su paseo, esa noche de verano. Los pobres querían gritar y gritar y seguir gritando pero si el asco les hizo vomitar bilis, el miedo a los partisanos hizo que permanecieran una hora en aquella fosa, fingiendo estar tan muertos como los demás. Finalmente los hermanos Silov y Borna se arrastraron hasta lograr salir de aquel sitio inhumano, Silov con unos rasguños en la frente y Borna con una herida en la rodilla que le sangraba. Y como al que no quiere caldo le dan tres tazas, en el momento que lograron ponerse de pie, las nubes le descargaron encima.

En cierta forma fue una bendición porque pudieron lavarse la pudrición, la contaminación y la peste de la fosa.

–¡Esto no le pasa a nadie! –gritaba Borna a llanto tendido, estregándose con tanta fuerza que parecía que se quería arrancar la piel–. ¡Me quiero morir! ¡Esto es inhumano!

–Hazme el favor y tranquilízate –le dijo Silov con una calma que no era común–. Comprendo que estamos teniendo un poco de dificultad. Entiendo que si nos ve el ejército, nos cortan la cabeza; que no hemos comido en tres días; que llevamos así meses, todo eso lo entiendo. ¡Pero tenemos que tener fe! Dios sabe lo que hace.

–¿Qué Dios sabe lo que hace? –dijo Borna, queriendo comerse las palabras mientras la lluvia se le mezclaba con las lágrimas y una tormenta eléctrica empezó a alumbrar los cielos–. ¿Qué te dice a ti que le importamos a Dios? ¡O es que no te has dado cuenta que Dios se olvidó del mundo? –añadió cuando un relámpago le alumbró su cara demacrada–. ¡Olvídate de los malditos serbios, no pienses en los asquerosos judíos, ni te pase por la mente los hijos de perra de Mahoma! Mira lo que nos está pasando a nosotros, ¡a nuestra gente católica! ¡Quién vela por nosotros! ¡Dime! ¡No es Dios! ¡Dios... Dios se fue al carajo! ¡Dios nos abandonó!

Borna siguió maldiciendo y llorando hasta que cedieron sus rodillas y calló en el lodo.

Silov soltó un suspiró y le dijo con toda la calma del mundo:

–Es obvio que no podemos continuar como vamos, así que hagamos otra cosa.

Borna iba a decir algo pero su amigo lo interrumpió:

–En serio, si esto es lo único que nos queda –y sacó el revólver que milagrosamente sobrevivió la caída–, vamos a hacer lo que tenemos que hacer o nos morimos de hambre. Vamos a convertirnos en... en ¡bandoleros!

7

Según Silov ser «bandolero» era lo mismo que ser «bandido».

Borna soltó una carcajada y el otro no estaba seguro si se reía porque la proposición le pareció absurda o porque estaba sufriendo un ataque de nervios por la situación tan desalentadora en que se encontraban.

–No sé lo que encuentras tan gracioso –le dijo Petrónovich—. Hemos dedicado nuestras vidas al libro sagrado y a actuar por el prójimo. Bueno, es hora de hacer algo por nosotros mismos. ¡Estoy dispuesto a hacer cualquier cosa... hasta robarle a quien sea para conseguir comida, ropa y dinero antes de largarme de esta tierra maldita!

Borna se rasgó un pedazo de la sotana para usarlo de torniquete.

–¡A quién le vas a robar? ¿A los campesinos? ¡Tienen menos que nosotros!

–Creo que no –le dijo Silov, muy tranquilo–. Yo perdí mis sandalias en la caída. Ahora estoy descalzo.

–Yo también –dijo Borna.

–Como ves, nadie tiene menos que nosotros porque nosotros no tenemos nada, excepto... –Silov enseñó su arma y asumió una pose como los matones de las películas–. Le vamos a robar a quien sea. Por supuesto, él tuvo muy presente lo importante que era dominar la situación con firmeza y lenguaje fuerte para que, durante un atraco, la gente se sometiera a su voluntad.

Borna, a quien le dolía mucho la pierna con el torniquete, le preguntó:

–¿Y si no quieren?

–¿De qué hablas?

–¿Si se oponen? –insistió Borna.

–¿Quién?

–¿La gente... si rehúsan entregarte el dinero? ¿Los matas?

–No sé... depende.

Y con Silov empuñando su revólver y con Borna aguantando el dolor, decidieron pasar la noche debajo de un frondoso árbol que por lo menos los protegía un poco de la lluvia.

La luz de la mañana apenas hizo posible distinguir el desolado desvío que atravesaba el bosque, y tardaron horas antes de encontrar a un musulmán grande que tiraba de las riendas de su carreta, que viajaba en dirección contraria, acompañado de un hacha muy afilada y de un enorme y feroz perro negro, con ojos de lobo salvaje y cara cruel, que no los perdió de vista.

Asaltar aquel hombre necesitaba entrarle a tiros, a él y al can. Desgraciadamente, a Silov sólo le quedaban tres balas, por lo que decidió ahorrarle al musulmán el mal rato.

Por lo menos había dejado de llover y el sol empezaba a calentar la mañana cuando se encontraron con tres hombres que andaban juntos. Tenían diferentes edades y caras traicioneras; sus dagas tampoco aparentaban ser muy simpáticas. Debido que los tres vestían uniformes militares sucios, aunque de ningún ejército en particular, Borna pensó que podían ser desertores, algo que los hacía más peligrosos aún. Los tres les pasaron por el lado y Silov se vio en la necesidad de tener su arma lista porque los hombres los miraban a ellos como los gatos miran a los canarios. Menos mal que, al igual que Silov y Borna cuando se encontraron con el musulmán, los desertores decidieron que los frailes no valían la pena.

Caminaron más de cuatro horas sin ver un alma y el hambre, el cansancio, la debilidad, el dolor de Borna y el olor a lluvia por otra tormenta que se acercaba, todos esos elementos se combinaron para desmoralizarlos, si fuera posible, aún más.

—¡Qué nos vamos a hacer! —empezó a gritar Borna—. ¡Esto es increíble! ¿Dónde está la gente? No hemos visto a nadie desde esta mañana. ¡Quizá deberíamos buscar otro camino porque este no va a ningún sitio!

En total y completa frustración, con la ira que le causaba la impotencia de su realidad, el hermano Petrónovich alzó los brazos y se sentó al lado de su colega.

Borna cerró los ojos y le pidió fuerza al Dios Todopoderoso para sufrir el dolor y paciencia para aguantar al hermano Silov.

De pronto, Silov se percató de un puntito negro en la distancia y sus cinco sentidos se le agudizaron; sus ojos enfocaron, sus oídos estaban alertas y su nariz sospechaba hasta de la brisa.

—¿Qué sucede? —le preguntó Borna al abrir los ojos y ver a su amigo como un halcón afilando las garras para brincarle encima a un conejo que acababa de sacar el hocico de la madriguera.

Fue tanto el ensimismamiento de Silov que no se dio cuenta de un vuelo de gansos muy alborotoso y de dos mosquitos que tenía pegados en la frente, chupándole la sangre.

Poco a poco aquel punto en el horizonte creció hasta convertirse en una musulmana muy encorvada que vestía de negro de pies a cabeza.

Una mano de la mujer aguantaba un palo grueso que usaba de bastón y la otra empuñaba un saco de tela que le colgaba por la joroba de la espalda. Sus ojos, cansados y muy sufridos, eran como esmeraldas incrustadas en granito negro y era lo único de su cara que se podía ver debajo del ropaje de luto.

—¡Oye, vieja! –le llamó Silov.

Ella se detuvo y se volvió lentamente para enfrentar a los dos hombres al otro lado del camino. En una poderosa voz ronca que sin duda era el producto de miles de suplicas, les gritó:

—¿Vieja? ¿Y cómo sabe que soy vieja?

—¡Porque tiene una joroba y camina con un cayado! –le respondió el hermano Silov, con una carcajada.

—¡Y usted es más feo que los mojones que caga mi marido! –le replicó la musulmana.

—¿Será atrevida o qué? –le dijo Silov a Borna, en voz baja, antes de dirigirse de nuevo a la anciana–. ¡Oiga, abuela!

—¡Yo no soy su abuela! ¡Me meo en su abuela! –le gritó al mismo tiempo que levantó el velo, escupió y los amenazó con el bastón para que los dos malandrines no tuvieran duda que de acercársele, les iba a tumbar la cabeza.

—¡Yo la escupo a usted, puta de Mahoma! –le respondió Silo, parándose en puntillas, enseñando el revólver, y apuntando–. ¿Qué llevas ahí, ah, sucia bruja del diablo? ¿Dinero, joyas?

Como el buen hermano estaba bajo la impresión que sería fácil robarle a una vieja sola en un lugar tan desolado, Silov le gritó que la llenaría de plomo a menos que ella no le diera todo lo que llevaba consigo.

La gritería y los insultos eran para asustarla, una suposición entre otras muchas, que resultaron estar equivocadas, dejando a Silov confuso y obligándolo a reconsiderar lo que pensaba hacer porque si él gritaba, ella gritaba diez veces más fuerte; si él la insultaba, ella lo cubría de tantos y tantos improperios que a Borna hasta le dio vergüenza.

—¡Cochinos! –le gritó la mujer–. ¡Ustedes fueron los que mataron a mis hijos! ¡Qué la furia del Profeta vengue a los mártires!

—Está loca... déjala –le dijo Borna a Silov.

–¡No me había dado cuenta! –le dijo Silov, adornando sus palabras con sarcasmo–. ¿Qué tal si le pego un tiro en la cabeza? Así salimos de ella.

A lo que Borna respondió:

–Creo, no sé... pero me parece un poco exagerado.

Silov no le prestó atención a su compañero. Él apuntó el revólver en dirección de la mujer, con idea de amedrentarla, pero, por mala suerte, logró lo contrario.

Ella redobló los insultos y el vituperio y no se detuvo ni para respirar, algo que preocupó a los hermanos, no fuera que de pronto apareciera alguien por el camino y les pidiera cuentas.

Le dijo Borna a Silov, halando a su amigo por la sotana:

–Oye, ten cuidado con el revólver que se te zafa un tiro.

De pronto, cesaron los gritos, la mujer soltó el palo, se agarró el pecho, pegó un último espeluznante chillido y se desplomó en el mismo medio del sendero.

¿Qué pasó? –preguntó Borna, un poco asustado.

Sólo se oía la brisa que jugaba con la floresta.

–No sé –le respondió Silov, molesto.

–No tienes que contestarme de esa manera.

–¿Qué quieres que te diga, carajo?

Borna sacudió la cabeza. Estaba cansado de la pésima actitud del hermano Petrónovich.

–Hazme el favor de tener un poco más de consideración –le dijo Borna.

–Consideración ¿con quién? ¡La vieja está fingiendo! Está esperando que me le acerque para...

–¡Conmigo! ¿No ves que estoy herido?

–Y ¿qué quieres de mí? ¡Yo no soy médico, ni tengo culpa que te fueras por el risco! –le respondió Silov, mirando de reojo al cúmulo de ropa negra tirada en la carretera.

Pasaron casi diez minutos cuando oyeron un sonido.

–¡Te dije que estaba fingiendo! –le dijo Silov a Borna, antes de acercársele con mucho cuidado a la anciana. El viento agitó aquellos paños negros y Petrónovich, con mucho cuidado y con su dedo en el gatillo, fue a investigar.

–Para mí que le dio un infarto –le dijo Borna, manteniendo la distancia–. ¿Qué crees?

Silov no respondió. Con la agilidad de una rata carroñera, comenzó a rebuscarle todo a la anciana y no hizo más que darle una vuelta al cuerpo que encontró una copia del Corán y un bebé como de seis meses en pañales, con la cabecita cubierta por un mantón verde con un estampado de cachemir para protegerlo. La caída de la vieja no le causó daño, pero la criatura estaba despierta e incómoda.

–Borna. Acércate, por favor –le dijo Silov, impaciente y con las manos en la cintura–. Date prisa, vamos.

Borna respiró profundo y poco a poco llegó cojeando donde Silov, quien señaló con el revólver, el saco que la anciana llevó en su espalda.

–¿Lo mato? –preguntó Silov, pensando que lo mejor sería que el niño, hijo de musulmanes, terminara como la vieja.

–¿Estás loco? –le respondió Borna–. Jesús no dijo: «Hagan lo necesario para que los niños vengan a mí».

–Bien. ¿Entonces, qué? –le preguntó el otro.

Borna levantó el bebé, y dijo:

–Varón. No podemos abandonarlo.

–¿Y si fuera hembra? –le preguntó Silov, de mal humor.

–Como sea –le respondió Borna–, aquí se muere. Se lo comen los lobos.

–¡No me importa! –dijo Silov levantando el velo de la cara de la anciana que tendría unos sesenta y cinco años, pelo completamente blanco y una cara sufrida.

–Tenemos que encontrar a sus parientes –dijo Borna.

–¿No recuerdas lo que dijo la vieja? –le dijo Silov en un tono impaciente y señalando de manera acusatoria al cadáver–. ¡Mataron la familia!

–Sí, es posible, como también es posible que tenga a alguien... un tío, primos... ¡alguien! –respondió Borna mirando el bebé en sus brazos.

Silov se le acercó a Borna, le puso un dedo debajo de la nariz, y le dijo:

–¿Ahora te crees el salvador de infantes? ¡No reconoces al demonio de Mahoma en tus brazos! Bien –Silov miró a su colega con sospecha–, lo soltamos en la primera aldea, y ya. ¿Me entiendes? ¡Si no, te quedas solo porque yo, Silov Petrónovich me largo para... Roma!

–No seas imbécil –le respondió Borna, sentándose y meciendo el bebé en sus brazos–. Mira a ver si la vieja tiene papeles encima.

Silov maldijo a la anciana por traerles sólo problemas; ni dinero, ni joyas, ni comida y sí un cachorro del diablo.

El bebé estaba mal nutrido, con cachetes pálidos pero tenía una carita redonda y hermosa, con pelo rubio oscuro y cejas y ojos color marrón.

–¿Sabes qué? –le preguntó Borna.

–¡No me importa! ¿Me oyes? ¡No me importa un santísimo carajo! ¡Como si no tuviéramos suficiente! –le gritó Silov, acercándose a Borna, soltando el Corán y el mantón a su lado antes de darle la espalda –. ¡El Cristo llora lágrimas de sangre! ¡Quiero que los sepas, Borna... cómo sufre mi Cristo! ¡Eres un traidor a la fe!

Haciendo un esfuerzo para ponerse de pie y en un tono de voz como si le estuviera hablando a un adolescente impertinente, Borna le respondió:

–¿Por qué no te callas un rato? Vamos, que parece que el niño tiene hambre.

8

—Hablan muy mal de él... demasiado –dijo el Papa, enfatizando «demasiado» y disfrutando del Chesterfield.

El Santo Padre estaba reunido con el arzobispo Giovanni Montini, prosecretario de Estado para Asuntos Humanitarios y con el abad Marcone, quien salió de Croacia días antes de que la estrella de Ánte Pávelich perdiera su fulgor.

Filas de gigantes cipreses y un muro cubierto de hiedra enmarcaban el precioso jardín y agraciaba al sucesor de Pedro con sombra durante su paseo de medio día. Un pequeño estanque de baldosas de granito en forma de nenúfares era la atracción principal en aquel oasis de santa paz y tranquilidad detrás del Castillo Gandolfo, la villa de verano del Papa, con su impresionante vista del Lago Albano. A un lado del jardín había un nicho con una estatuilla de la Santa Virgen, la cual ocultaba un cenicero. Cuatro arbustos recortados por el padre Gratale en forma de enormes botones verdes, marcaban el perímetro del estanque. El estrecho camino de granito color gris oscuro que le daba la vuelta a la alberca terminaba en un portón mohoso que permitía el paso a la residencia del Santo Padre.

La «Madona del nicho» mantenía una vigilia sobre los nenúfares y aconsejaba a «este» Papa, conocido anteriormente como Eugenio Pacelli, pero celebrado por todos los católicos del mundo como Pío XII. El Papa era un hombre pequeño, de sesenta y nueve años de edad. Tenía ojos oscuros, una nariz demasiado ancha y labios demasiado llenos. El poco pelo que le quedaba se escondía debajo del solideo blanco que hacía juego con todo lo que llevaba puesto. Hasta los espejuelos oscuros ayudaban a establecer la feroz determinación que hacía de Pío XII un individuo muy comprometido a su iglesia.

–El Dr. Pávelich fue un baluarte contra los ortodoxos; hizo todo lo que le pedimos y hasta declaró, por mandato constitucional, el Estado Independiente de Croacia, una nación católica –dijo el Papa, apagando el cigarrillo en el moderno cenicero desapercibidamente detrás de la estatuilla de la Madona–. ¿Ya le informaron de nuestro plan?

–No, Santidad –le respondió Marcone–. Somos de la opinión que usted le debe dar la noticia al Dr. Pávelich.

El Papa pensó en encender otro cigarrillo, lo que hacía que aparentara más preocupado de lo que estaba.

–Bueno, ¿y dónde ha estado metido todo este tiempo? –le preguntó el Santo Padre al arzobispo Montini.

El arzobispo ojeó su cuaderno, una libretita que era un tesoro de información; una rica fuente de inteligencia sobre el ir y el venir de uno de los miembros más importantes de la Santa Sede, y por consecuencia, sobre el gobierno del Vaticano.

Giovanni Montini era de corta estatura, con un perfil de bibliotecario que aparentaba más de sus cuarenta y cinco años. Su tez indicaba el mediterráneo, sus facciones eran bastante ordinarias, y sus ojos color marrón siempre estaban acompañados por un par de ojeras muy prominentes. En otras palabras, el arzobispo era un hombre que de no ser por su extraordinario vigor, su fuerza de voluntad, y su inclinación a estar siempre a la disposición de sus compañeros, nunca hubiera sobresalido en la burocracia de San Pedro. Dijo Montini:

–Bueno, al terminar la guerra el Dr. Pávelich se llegó hasta Maribor, territorio que controlan los ingleses, dónde los británicos le ofrecieron protección durante unos meses, hasta que el padre Dragánovich hizo arreglos para traerlo al Instituto de San Jerónimo, donde permanece hasta el día de hoy –Montini cerró su libreta, dirigió la mirada a Marcone, y luego al Santo Padre–. Y justo a tiempo, porque hace un mes el Servicio de Inteligencia de los americanos ordenaron su arresto.

–¿Su familia... dónde se encuentra la familia del Dr. Pávelich? –le preguntó el Papa.

–Siguen en Yugoslavia, su Santidad –le respondió Marcone–. El padre Dragánovich está velando por ellos.

–Ciertamente, el padre Dragánovich ha estado muy ocupado –le replicó Pío XII.

–Por desgracia, esta situación del Dr. Pávelich lo complica todo. Tito exige su extradición. Además, han surgido informes de... –Montini estuvo a punto de aludir a los crímenes de guerra perpetrados por órdenes del gobierno del Poglavnik cuando el Santo Padre se volvió al arzobispo, y con un gesto brusco de la mano, le indicó que dejara de hablar.

–¡No nos interesa oír nada de eso! –le dijo el Papa, muy molesto–.

¡Esos «informes» se han convertido en una gran novedad y quiero decirles que a nosotros... a nosotros nos sorprenden, nos desorientan y nos confunden esos informes! Por un lado están los «informes» de los campos de concentración en Polonia, los «informes» de millones de hombres, mujeres y niños desaparecidos por Stalin... su propia gente, ¿quién hubiera imaginado tal cosa? Y ¿qué nos dicen de los «informes» de las matanzas por parte de Tito y los partisanos? ¿Eh? No, por favor, no nos hablen de «informes». Acaben con este asunto. ¡Saquen de Europa a ese pobre hombre para que pueda rehacer su vida! –Las dos excelencias asintieron mientras el Papa sacó su Zippo y los Chesterfield de su bolsillo–. Propaganda comunista, eso es lo que nosotros le llamamos a esos «informes».

De pronto, se oyó el chillido del portón que conducía al jardín y el padre Zanini, un cura muy anciano que dedicó su vida a ser el mayordomo de varios pontífices, se le acercó a Pío XII y le dijo:

–Llegó –antes de regresar por donde entró.

Las excelencias Marcone y Montini sabían quien llegó, y que llegó en secreto.

–¡Señor Presidente, que bueno verle... de nuevo! –le dijo Pío XII a Ánte Pávelich, en un tono muy «apostólico». El Santo Padre extendió su mano y Pávelich se la acarició con los labios; no muy a gusto, sin embargo. ¡Pensar que Pío XII no pudo vencer la tentación del cigarrillo, que además del mal olor en la sagrada sotana, le causaba un color amarillento y desagradable que manchaba el dedo de la sortija del Santo Padre!

Por obligación, y con los arzobispos de testigo, Ánte Pávelich le sembró un beso a la piadosa joya de Pío XII, y luego, de brazos con el pontífice, dio una vuelta alrededor del estanque de los nenúfares, con Montini y Marcone manteniendo la retaguardia.

Pávelich vestía un traje gris, hecho a la medida por la casa de Personeni, en Bérgamo. Aunque lucía como un banquero y no un tirano desempleado, él hubiera preferido vestir con su uniforme militar.

Le dijo el Papa:

–Hijo mío, es importante que sepa lo agradecidos que estamos, por todo lo que ha hecho por nosotros. Sí, es verdad que estamos teniendo unos contratiempos, pero ya pasarán, ya verá; la lucha continúa y así será hasta deshacernos... eliminar por completo al comunismo. Por mala suerte estamos en una posición un poco... cómo diría... incómoda. Increíble, pero los rojos en Yugoslavia exigen su captura. Ellos... sospechan que la Santa Sede le ampara. Y ¿por qué no? Haremos todo lo posible por ayudarle, a usted y a su familia, pese a que lo hagamos... en otro lado.

—¿En... en otro lado? —preguntó Pávelich con dificultad.

—Argentina —añadió el Santo Padre.

—¡Argentina! —exclamó el Poglavnik.

—En América del Sur —interpuso Montini, en caso de que Pávelich hubiera olvidado su geografía.

—No se preocupe —continuó el Papa—, será muy bien recibido, eso se lo aseguro. Tenemos muy buenos amigos en ese país. Es más, el propio Presidente Perón quiere saber si a usted le interesa aconsejarlo en asuntos de estado, como, por ejemplo, ¿de qué forma puede él combatir los comunistas?

O Perón ignoraba que Ánte Pávelich fue un fracaso como dictador —si no, ¿para qué pedirle consejos a un hombre que no pudo eliminar a los comunistas de su patio?— o el gobernante de Argentina le estaba haciendo un favor a la Santa Sede por el cual alguien, tarde o temprano, tendría que responder.

—Perón... es muy buen Católico —intervino Marcone.

—Esté tranquilo que nosotros nos vamos a encargar de todo —añadió el Papa—. Su excelencia Montini le dará más detalles.

Con la tercera y última ronda por el estanque, el Santo Padre sacó un rosario del bolsillo, se lo entregó a Pávelich, extendió la mano, le deseó un buen viaje a Argentina y regresó adentro en compañía de su excelencia, el abad Marcone.

—Señor Presidente, sé que se siente defraudado, pero no puede permanecer en Roma —le dijo Montini—. Debemos ser realistas. Belgrado lo está buscando para matarlo. Además, es injusto comprometer a la Santa Sede.

—¿Y mi familia? —le preguntó Pávelich.

Montini dirigió al Poglavnik hasta la limusina y le dijo:

—No se preocupe por su familia. Nosotros nos encargamos. Le aseguro que vamos a hacer todo lo posible para que pronto vuelvan a estar juntos. No sabe lo que siento que no nos volveremos a ver. Vaya con Dios.

Montini se movió a un lado mientras el chofer, un joven Croata de nombre Rostas, un tipo alto, fuerte, de mirada seria y quien estaba quemado del sol, le abrió la puerta del automóvil a Ánte Pávelich.

—¿Todo bien, Sr. Presidente? Se ve un poco pálido —le dijo el padre Dragánovich, sentado a su lado.

El Poglavnik sacudió la cabeza y con una mirada incrédula, le dijo:

—¡Argentina! ¿Sabía usted lo de Argentina?

Pío XII encendió otro Chesterfield. Miró por la ventana de su despacho, cuando vio el automóvil virar la curva y perderse entre los arbustos y los árboles al costado del camino.

–Es una calumnia... lo que dicen de ese pobre hombre –dijo el Papa–. ¿Por qué la gente será tan mala?

9

Mientras Ánte Pávelich sufrió la humillación de una tormenta en el Atlántico en ruta a las Pampas –la misma «ruta de las ratas» que utilizó Klaus Barbie, Andrija Artúkovich, Josef Mengele, y Adolf Eichmann para escapar de Europa– a media noche, durante una lluvia torrencial, un Citroën atravesó a toda velocidad, la campiña de Yugoslavia. Los focos del automóvil fueron pintados de verde oscuro, manteniendo una franja en el centro de cada reflector para, por lo menos, iluminar un poco el camino, y más que nada, para no llamar la atención.

Marija Pávelich y sus hijos agradecieron el mal tiempo porque hacía difícil oír el coche, lo que ayudó, más aún, a viajar en secreto. Todos vestían como campesinos, por eso de disimular, en caso de que fueran detenidos por el camino.

Níkola, el secretario del Poglavnik, iba al volante porque, no sólo sabía manejar, sino que también Marija y los niños confiaban de él. El grupo salió de Zagreb con instrucciones de no detenerse, por nada del mundo, hasta llegar a las afueras de Travnik. Tenían lo necesario para el viaje, incluyendo varios latones de gasolina y suficiente comida y agua para dos semanas.

Al terminar la guerra, Tito incluyó el nombre de Ánte Pávelich en una lista de enemigos del Estado, y de encontrarlo, el Poglavnik sería fusilado en el acto. Su familia también estaba a merced de todos los mercenarios, cazadores de recompensa y oportunistas en el país, lo que hizo necesario la peligrosa huida de la capital. A pesar de todo, Marija y los niños lucían bastante bien aunque se pasaron los últimos cuatro años brincando de sótano en sótano, de escondite a escondite y de refugio a refugio. Por desgracia, las huidas eran siempre de madrugada.

Dámir tenía apenas quince años y Katarina acababa de celebrar sus doce. Ellos iban en el asiento de atrás, arropados con mantas de lana; Dámir tratando de ver por la ventana, y Kati, buscando el sueño, durante esa larga e incómoda travesía.

Por otro lado Marija se dedicó a rezar; rogándole al Señor que les permitiera llegar sanos y salvos a la montaña. Todos, incluyendo a Níkola, temían ser capturados por los comunistas.

Los hoyos en la carretera, la inclemente tormenta y las peligrosas y apretadas curvas sacudían el automóvil de lado a lado, y en más de una ocasión, Níkola por poco pierde el control, tirando imprevistamente del volante, y a sus pasajeros a un lado.

—¡Níkola! —le gritó Marija.

—¿Qué pasa? —le respondió el secretario, sin quitarle la vista a la carretera.

—¿Tienes que ir tan rápido?

—¡Sí, tengo! —respondió Níkola, quién perdió la paciencia más o menos cuando se le terminaron los cigarrillos.

—Mamá —Katarina estaba tan asustada que no se atrevió a decir nada más.

—Pronto, mi amor —le dijo Marija, tratando de tranquilizar a su hija—. Estamos por llegar.

¿Sí, pero adónde? —pensó Dámir, preocupado por su madre y por su hermana, imaginando que las borrosas siluetas de la foresta que dejaban atrás, eran fantasmas. ¿Y su padre? Ellos no lo habían visto en más de seis meses y desconocían si estaba vivo o no. Por eso le sorprendió pensar en él; en Ánte Pávelich, su padre, el asesino. Quería de cualquier manera poder odiar al hombre y nada le hubiera gustado más que su relación con Ánte Pávelich hubiera sido un accidente, una aberración tan obscena como tan difícil de explicar. En más de una ocasión deseó que al despertar por la mañana alguien le hubiera dado la noticia que, en realidad, él había sido intercambiado al nacer y que el hombre con quien vivió toda su vida no era su padre; que su padre era otro: un campesino, un maestro, un científico, un panadero, un músico; cualquier otro, no Ánte Pávelich, el Poglavnik.

Así Dámir pasó el tiempo esa noche, cavilando lo que pudo y no pudo ser cuando de repente el automóvil chocó con algo. Níkola creyó que fue un ciervo que tuvo la osadía de retar al coche, pero esos animalitos estaban muy escasos en el país gracias a la necesidad de una población hambrienta. El violento impacto desorientó al hombrecillo y por suerte pudo detener el auto antes de estrellarse contra un enorme árbol.

—¡Dios tenga misericordia y nos proteja! —gritó Marija, agarrando a su hija.

—¡Mamá!

Mientras su madre y hermanita oraban, Dámir presintió algo desconcertante.

—¿Todos bien? —dijo Níkola, dándose vuelta y mirando a sus pasajeros.

—¿Qué pasó? —le preguntó Marija, furiosa.

—¡No sé!

Aunque hubiera preferido no hacerlo, Níkola salió del coche a inspeccionar el daño. Con ayuda de los focos y una caja de cerillas que no le sirvió de nada por la lluvia, él jamás imaginó encontrar —debajo del guardabarros— a los restos de Silov Petrónovich.

—Oh, oh —se dijo el pobre, entre dientes, antes de levantar la vista y ver, a unos tres metros de distancia el cuerpo de otro individuo quien, gracias al fenómeno de la fuerza de gravedad, cayó sentado con las piernas cruzadas, los ojos abiertos y una curiosa expresión, como para preguntar:

—¿Dónde aprendió a manejar?

Níkola por poco pierde la razón; sin embargo, atento a la terrible responsabilidad que lo estremecía, mantuvo su cordura.

—Parece un religioso —le dijo Dámir, quien, a protestas de su madre y su hermana, dejó el santuario del automóvil.

—¡Dámir, regresa inmediatamente! —le gritó Marija—. ¡Dámir! ¡Te estás mojando! ¡Vas a coger una pulmonía!

—¡Cállense, por favor —le respondió el chico, cubriéndose la cabeza con su chaqueta, y luego añadiendo en voz baja para el beneficio del secretario—, que despiertan los muertos!

—¡Soy un asesino! —dijo Níkola entre lágrimas a la vez que se persignaba.

—Fue un accidente —le dijo el muchacho sin reconocer al hermano Borna, a quien, años atrás, él vio en una situación muy similar—. ¿Qué fue eso? —preguntó con un movimiento repentino de la cabeza.

—¡Qué? ¿Qué dijiste? ¡Oyes algo? ¡Dios mío... los comunistas! ¡Mira que nos matan! —dijo Níkola, su mirada desorbitada.

—¡Shhh! —dijo el muchacho—. Suena como... un llanto. Viene de allá.

—¡Yo no oigo nada! ¿Para dónde vas?

¡Por favor, regresa! —le suplicó Níkola.

Dámir no lo oyó, como no oyó los ruegos de su madre. Él sí oyó el lamento de aquel crío quien, cubierto en el mismo chal, fue catapultado de los brazos del hermano Borna y cayó en un arbusto que le salvó la vida.

—Sasha.

—¿Qué traes ahí? —le preguntó Marija, abriendo la puerta del auto para su hijo.

–¡Un bebé! –dijo Katarina, casi brincándole por encima a su madre.

Marija empujó a un lado a su hija para ver mejor el paquete que su hijo acunaba en sus brazos.

–¡Oh, Dios tenga misericordia! Dámir, ¿dónde está la madre de esa criatura? ¡Níkola, por amor a Dios!, ¿qué has hecho? ¡No me digas que mataste la madre! ¡Níkola, contéstame!

–No fue la madre –interpuso Dámir.

–Pero ¡qué dices? –preguntó Marija a su hijo y en medio de la pregunta, agarró a Níkola por la chaqueta–. ¿Me quieres decir que ese bebé andaba solo? ¡Níkola!

El secretario temblaba tanto que los dientes le sonaban como castañuelas y las palabras no le salían de la boca. En su mente, esa noche él se ganó el infierno.

–¡Níkola, te estoy haciendo una pregunta!

–No, mamá, estás gritando –intervino Dámir a la vez que se aseguraba que el bebé no tenía heridas–. Como quiera, no se puede hacer nada. Están muertos.

–¡Quién está muerto?

–¡Dos hombres... los maté! –gritó Níkola, zafándose de Marija, poniendo en reversa el automóvil, y pisando el acelerador.

–¿Hombres? ¿Qué hombres? ¿Más de un hombre? ¿Mataste más de uno? ¡Mantén los ojos en la carretera, carajo!

–¡Cálmate! –le dijo Dámir en voz baja–. Estás asustando a Sasha.

–¡Cómo Sasha? No empieces con eso, Dámir, mis nervios no lo aguantan. Níkola, ¡vira en este instante! ¡Tenemos que regresar!

–Es muy peligroso, mamá –le dijo su hijo–. Además, ¿qué se puede hacer? Están muertos.

Marija bajó el tono de voz, respiró hondo, trató de calmarse lo más que pudo y le dijo a Dámir:

–No te puedes quedar con ese niño.

–No entiendes... es Sasha. Regresó tal y como dijo –le replicó Dámir.

–¡Esa criatura no es Sasha!

–¡Sí, lo es!

Marija dejó de discutir con su hijo y empezó a quejarse con el secretario porque pensaba que no era ni propio ni moral dejar el lugar de un accidente sin tratar de averiguar la identidad del bebé.

Níkola le indicó que era costumbre suya respetar a los muertos y nadie estaba más muerto que los dos hombres que dejó tirados en la carretera.

–¡Entiendo, sí! –le dijo Marija–. Pero ¿cómo vamos a averiguar quién es o de dónde viene este pobre niño?

–Óyeme bien... Sasha ha vuelto y no voy a dejar que nadie se lo lleve –le refutó Dámir.

–Ese niño ¡no es Sasha! Ese niño tiene familia, ¡no puedes secuestrarlo! –Marija le pudo haber estado hablando al hermano Borna.

–Tiene una carita linda –dijo Katarina–. ¿Crees que tiene hambre? Y la niña le dio un poco de queso y jugo.

–Está seco. Dios mío –dijo Marija tocándole la frente al bebé–, ¡tiene fiebre! ¿No tiene golpes ni algún hueso roto? Quítale esos trapos.

Entre los tres desvistieron al bebé y lo arroparon con una frisa.

–Espera –le dijo Dámir sacando el viejo flautín de su bolsillo y tocando una canción que los pastorcillos de su país interpretaban cuando la noche los sorprendía en la pradera y ellos descansaban bajo las estrellas, y no hizo Dámir más que dejar de tocar, que el bebé le puso la manita en la cara.

–Es un bebé simpático –le dijo su hermana.

Dámir abrazó el bebé y le puso el flautín en la mano–. Toma, la guardé para ti.

Unos minutos más tarde el pequeño se quedó dormido en brazos de Dámir, la noche aclaró y el coche atravesó a Turbe, hasta llegar a un desvió donde había el letrero anunciando la distancia a Travnik.

–Ahí está –dijo Níkola, deteniendo el automóvil.

Según las instrucciones del cura, ellos debían doblar a la izquierda, y continuar montaña arriba por quince minutos hasta encontrar una carreta atravesada en el camino.

–¿Y ahora? –le preguntó Marija.

De pronto, de detrás de unos árboles, una poderosa linterna por poco los deja ciegos, y un hombre grande, armado con una escopeta y vestido con una capa verde oscura y botas de goma, empujó la carreta a un lado del camino, abrió la puerta del conductor, empujó a Níkola a un lado sin decir una palabra y tomó el volante antes que nadie protestara.

–¿Quién es usted? –le preguntó Marija, asustada.

–Trabajo para el padre Dragánovich y ¡llevo más de dos horas esperando!

–¿M-me-me puede cargar en... en su espalda? –le dijo Níkola.

–Es un poco tarde para contraseñas –le contestó el hombre sin mirarlo–. ¡Qué vamos a hacer! ¿Quién crees que soy, San Cristóbal?

Misión cumplida, pensó Níkola, sintiéndose muy orgulloso. Le dijo al hombre:

—Lo siento mucho, pero... tuvimos un accidente... en... en el camino.

—No me interesa –le replicó Rostas, de mal humor. El hombre no dijo nada más y nadie parecía estar dispuesto a entrar en una conversación durante la última etapa del viaje que tardó cuarenta minutos, llegando por fin a una subida muy empinada que terminó casi en el tope de la montaña, donde se encontraba la finca.

Ana Dragánovich estaba sentada en la sala, leyendo la biblia cuando oyó llegar el automóvil.

—Ya era hora –se dijo a sí misma.

El Tiempo, ese verdugo del Hombre había tratado a Ana Dragánovich con cierta gentileza. Tenía sesenta y siete años de edad; poseía una mirada seria, ojos grandes oscuros y, de no ser por su pelo que era completamente blanco y amarrado con una cinta detrás de la cabeza, la doña hubiera podido pasar por una mujer diez años más joven.

—¡Vamos, todo el mundo adentro! –fue lo primero que les dijo, enfatizando sus palabras con un empujón por aquí y un empujón por acá, hasta que vio al bebé–. Hola... Nadie dijo nada de ningún bebé. Kruno, ven a ver esto.

El padre Dragánovich, vestido como un campesino, se estaba tomando un café en la cocina.

—Buena pregunta –le dijo su hijo, acercándosele, mientras le dirigió la vista al hombre que había negado ser San Cristóbal–. ¿Rostas?

Rostas encogió los hombros. Dragánovich puso la taza en una mesa, y se dirigió a Marija:

—Me alegro verlos.

—Oh, padre Dragánovich –y Marija por poco se desmaya.

Dragánovich y Rostas la llevaron a una silla y doña Ana le consiguió un vaso de agua.

—¡Nos persiguen como a criminales, padre! –se quejó Marija.

Dragánovich se volvió a Didi y le preguntó:

—¿De dónde salió? –dijo, señalando al bebé.

—Su nombre es Sasha –le respondió el chico–. Me estaba esperando en el camino.

—¿Sasha? ¿Qué camino?

—Oh, Dios, oh Dios –se quejó el secretario, llorando y subiéndose en puntillas–. Ay, padre, he pecado, ¡he pecado!

—Haga el favor de no hacer eso, que me molesta mucho –le dijo el cura.

–Padre, ¿usted por casualidad no tendrá un cigarrillo?

–No.

Níkola enterró la cara en sus manos.

–Kruno, yo entendí que era solamente la madre y sus dos hijos –le dijo doña Ana a su hijo en voz baja.

–No dejes que eso te preocupe, mamá –le contestó Dragánovich, y nuevamente se volvió a Dámir–. ¿Quién es esa criatura? Necesito una explicación.

–Ya le dije –respondió Didi, antes de contarle lo sucedido.

–¿Y qué te hace pensar que se llama Sasha? –le preguntó el cura.

Dámir contestó de la siguiente forma:

–Porque sé quien es... lo conozco bien.

–El pobrecito estaba cubierto en trapos... todo asqueroso –interpuso Marija.

–¿Y dónde están... los trapos, quiero decir?

–En el auto –le contestó Marija.

–Bueno –le dijo Dragánovich a Didi–, hablaremos de esto más tarde.

Dámir no respondió. Atendió a Sasha y dejó que el cura creyera lo que quisiera.

–Padre Dragánovich, ¿dónde está mi marido? –le preguntó Marija.

El cura se sentó al lado de la señora Pávelich y le sostuvo la mano.

–¿Cómo se encuentra? –añadió ella.

El padre no respondió...

–¿Cuándo fue la última vez que vio a mi esposo?

... no contestó...

–¿Sigue en el país?

... y terminó no diciendo nada.

–¡Oh, Dios! –dijo Marija, abrazando a su hija y con las lágrimas rodándole por las mejillas.

Finalmente, el padre Dragánovich se dirigió a cada uno de sus invitados, comenzando con Marija:

–Señora, usted y su familia son bienvenidos. Aquí estarán seguros. Esta finca está aislada del mundo y casi nadie se aventura a llegar hasta acá. Eso no quiere decir que no debemos tener cautela; todo lo contrario.

–¡Ya creo que no! –dijo doña Ana.

–Rostas... mi ayudante, vive en el pueblo con su mujer. Él se entera de todo lo que pasa en Travnik, especialmente lo que tiene que ver con la milicia. También tenemos un hombre que trabaja para nosotros desde hace mucho –dijo Dragánovich–. Él atiende la finca y los animales. Le dijimos que ustedes son primos de Banja Luka y que su apellido es Dragánovich. ¿Me entienden? Estas precauciones son necesarias. No puedo decirlo de otra manera.

–Ellos tendrán mucho cuidado, ¿verdad que sí, mis niños? –dijo Marija, volviendo su mirada a Didi y a Katarina–. ¡Yo se los advertí, padre, sí que lo hice!

El cura se puso de pie y ayudó a Marija a hacer lo mismo.

–Ahora, estoy seguro que están cansados. Hablaremos mañana –le dijo el cura.

–Pero... esa criatura, Kruno, ¿qué vamos a hacer con el bebé? –le preguntó doña Ana enfáticamente señalando al crío.

–Yo me encargo de Sasha –le dijo Dámir.

Doña Ana miró de su hijo a Dámir y de Dámir a su hijo.

El padre Dragánovich encogió los hombros y le dijo a su madre:

–Ya lo oíste, él se hace cargo.

Doña Ana pareció estar turbada.

–¿Pero... pero cómo puede? ¿Un niño cuidando a otro? –protestó la señora–. Oh, ¡qué nos vamos a hacer! Ven... ven conmigo, ¡dale, vamos!

Y Dámir, cargando al bebé, subió detrás de doña Ana, hasta el segundo piso, aunque no tan rápido como ella, quien subía dos escalones a la vez.

Llegaron a la puerta del altillo, una entrada tan pequeña que podía fácilmente ser la de una casa de muñecas. Le dijo Ana, acariciando al bebé:

–Parece de seis o siete meses.

–No –le respondió Dámir–. Tiene mi edad.

Doña Ana frunció el ceño, aparentemente desconcertada y le respondió:

–Lo único que sé es que se va a pasar la noche llora que llora, se va orinar y lo va a cagar todo. Pero... ya verás, ya tú verás. No digas que no te lo advertí.

Doña Ana se adentró en la pequeña habitación farfullando que los muchachos no sabían nada de cuidar críos.

–Ten cuidado con la cabeza –le dijo, tocando el techo con la mano–. Cuando Kruno tenía tu edad... digo, el padre Dragánovich... él se pasaba las horas sentado en esa ventana, leyendo. A cada rato se daba un cantazo en la cabeza. Oye, creo que todavía tengo su cuna, debe estar en el sótano. Ahora te la traigo; es más, creo que quedan los pañales y la ropa de cuando él era de... de ese tamaño. Yo nunca boto nada porque uno nunca sabe.

Dámir le dio las gracias a doña Ana por sus atenciones, y ella lo dejó sólo con Sasha en aquel nicho en forma de triángulo, que tenía una gran y espléndida vista de las montañas. Él acostó al bebé en la cama con mucho cuidado, abrió la ventana y vio el cielo de noche más negro que nunca, una luna enorme y brillante que jamás había visto y millares de millares de estrellas que chispeaban con tanto brillo que parecía como si estuvieran cantando.

–Mira, Sasha, ¿ves la luna? –le dijo Didi, llevando el bebé a la ventana–. ¡Te quiere dar la bienvenida!

Mientras Sasha se maravilló con la luna y las estrellas, Dámir vio al cura, al hombre que le decían Rostas y a Níkola montarse en el Citroën y emprender camino, cuesta abajo.

Eran casi las cinco de la mañana cuando todo el mundo por fin pudo cerrar los ojos, todos menos Níkola, quien tuvo que conformarse con un catre en el sótano, al lado de la caldera, algo que no le entusiasmó nada, no porque fuera él un ingrato, sino porque el monstruo de metal con el vientre de fuego le recordó que en vez de ganarse la gloria del cielo por su disposición para ayudar a otros él iba a terminar en las catacumbas del infierno que se ganó ese día por no fijarse bien en la carretera.

10

La casa en la finca del padre Dragánovich era de ladrillos y mortero, tenía dos pisos y un tejado de paja y reflejaba algo así como «prosperidad anticuada». Fue construida en la montaña y gozaba de una majestuosa vista del valle, rodeado de un exuberante bosque con toda clase de animales salvajes, incluyendo muchos lobos. Ivo Dragánovich, el patriarca de la familia, taló más de doscientas cuerdas de los alrededores y eliminó a varias generaciones de los predadores para que su novia, quien, después de todo, pagó el mobiliario con su dote, estuviera orgullosa de su hogar, en donde, además, podía criar cabras y ovejas con toda tranquilidad.

Si algo revelaba esa casa en la montaña era la devoción religiosa de Ana Dragánovich. La iluminación dependía de quinqués y velas pero, sin embargo, gozaba de un moderno sistema de plomería, calefacción central de vapor; pisos de madera; paredes cubiertas de tapices y adornadas por crucifijos de varios tamaños; una sala amplia y muy cómoda con una enorme chimenea; una cocina con estufa de madera y un fregadero; un comedor; un cuarto-biblioteca donde el padre Dragánovich tenía su escritorio; y en la segunda planta cuatro dormitorios, un lujoso y moderno cuarto de baño con elementos italianos —incluyendo un bidet— y el altillo que se había convertido en la habitación de Dámir y su cargo.

Los terrenos a su alrededor no podían tener más árboles de frutas ni más vegetales sembrados en enormes parcelas de verduras al lado del establo, lugar donde vivían cien gallinas, dos vacas, diez cerdos, setenta y cinco ovejas, quince cabras, un sinnúmero de conejos y liebres, un perro, siete gatos, un caballo flaco y muy viejo y Vélimir Bójich, el pastor octogenario que era más flaco, más alto de estatura que nadie en la comarca y más viejo que el rocín.

La mañana que llegaron los primos de Banja Luka, Vélimir, como de costumbre, se levantó con el cantar del gallo. Extendió sus extremidades, parpadeó veinticinco veces por eso de ejercitar los ojos, se llegó hasta la bacineta, se lavó la cara, se puso el sombrero y salió a darle de comer a las gallinas.

Al rato sintió... no, él no sintió... él supo que lo estaban observando mientras le regaba la comida a un arremolinado grupo de gallinas que cacareaban sin cesar. Todo buen pastor sabe cuando lo vigilan; todo buen lobo sabe cuando se descuida. Esa vez, sin embargo, no era un lobo quien velaba desde el altillo, sino un chico con un bebé en sus brazos.

—Hola —dijo Vélimir sin levantar la mirada.

—Hola —le respondió Dámir, sin estar muy seguro que era a él a quien le hablaban.

—¿Su hermano?

—No.

—¿Su hermana?

—Tampoco.

—¿Su tío?

Dámir soltó una carcajada y dijo:

—Es mi amigo.

—¿Su amigo? Bueno, ¿y cómo se llama ese... amigo suyo? —le preguntó Vélimir.

—Sasha —contestó Dámir.

—Yo soy Vélimir.

—Yo soy Dámir.

—Bueno, Dámir, apuesto cualquier cosa a que no baja a ayudarme a darle comida a los cerdos.

—¿A los cerdos?

—Puede traer a ese amigo suyo, Sasha, para que nos ayude.

Vélimir terminó con las gallinas y entró en el establo, entretanto Didi decidía si alimentar a los cerdos o no. El chico cerró la ventana, puso a Sasha en la cama y estaba por cambiarle el pañal cuando doña Ana, Marija y Katarina entraron en la habitación.

—Ten mucho cuidado con lo que le dices a Vélimir —le dijo doña Ana—. Él es un hombre bueno, pero es serbio.

—Sí, señora —le dijo Didi.

—¿Qué haces? —le preguntó Katarina, riendo.

—¿Qué parece? —le contestó Didi, un poco soso.

—Tú vas a hacer muy buen padre... algún día —le dijo doña Ana.

—¿No te dio problemas anoche? —le preguntó Marija.

Dámir sacudió la cabeza. Él durmió poco pero fue debido a que se pasó mirando a Sasha en la vieja cuna y no pudo evitar pensar en el pastorcillo rodeado por los soldados de la Ustacha, antes de que una bala le cegara la vida. Entre ese y el chiquillo en la cuna hubo otro que le dijo: «*Ya verás. Lo sabrás*».

–Creo que tiene hambre –dijo Didi–. Está masticando la flauta.

–Tráelo, ven... que el desayuno está en la mesa –le dijo doña Ana.

Si alguien había dormido poco, fue la madre del padre Dragánovich. Doña Ana estaba determinada a que Marija y sus hijos se sintieran como en su casa. Les preparó un desayuno de huevos duros, jamón, queso, frutas, pan con tres clases de mermelada, café, y té; una comida a la que contribuyeron casi todos los animalitos de la finca.

–No sabe lo agradecida que estoy –le dijo Marija–, con usted y con el padre Dragánovich.

–Es nuestro deber, mi niña. Ahora, por favor, siéntense a comer, vamos.

–¿Dónde está Níkola? –preguntó Katarina.

–Fue al pueblo con mi hijo. Regresan esta noche –le contestó doña Ana, sin estarse quieta un segundo–. Didi, es así como te dicen, ¿no? Dame acá esa criatura. Yo me encargo de él y tú te me desayunas. Vamos.

Sasha ya estaba embarrado con un huevo duro que Dámir le había puesto en la manita. Doña Ana levantó a la criatura, le limpió la cara con un paño mojado y le dio un pedazo de queso porque él no quiso la botella de leche que le habían preparado.

Mujer astuta, doña Ana. A los Pávelich se les hacía mucho más difícil depender de ella, que ella tratar de hacerlos sentir bienvenidos. De toda forma, las primeras dos semanas fueron muy difíciles para los primos de Banja Luka. Para evitar el aburrimiento y los exabruptos de impaciencia, el malhumor, la ansiedad y la exasperación que indudablemente llevaban a quejas, al lloriqueo y a cogerse pena uno, a Marija, Dámir y a Katarina se les dio algo que hacer todos los días, porque en la opinión del padre Dragánovich, lo peor era que no tuvieran nada que hacer.

Ana asumió la difícil tarea de enseñarles a Marija y a su hija como coser su ropa, lo que quería decir que aquellos elegantes trajes de lujo que mandaban a buscar a París, con bordados en oro y plata y volados de seda, fueron sustituidos por simples faldas negras y camisas blancas de lana. Katarina también aprendió a cocinar un poco, a hacer las camas, y a barrer, en fin, a aprender los quehaceres del hogar, algo tan desconocido para ella como lo era el caminar en la luna.

El colorete, el lápiz de labios y todo el maquillaje con el cual las mujeres se embellecen, además de los perfumes; todos esos exquisitos adornos femeninos pasaron, si no al olvido, por lo menos a una gaveta donde permanecieron todo el tiempo que los Pávelich estuvieron exilados en la montaña.

Dámir se dedicó a cuidar a Sasha y fue el que menos dificultad tuvo acostumbrándose a la vida sencilla del campo. Marija y Katarina lo mimaban, y hasta doña Ana, quien se las daba de ser una disciplinaria, quedó tan impresionada con la humilde y tierna naturaleza del chico que lo prefirió sobre su madre y su hermana. Sólo el padre Dragánovich trató a Dámir con cierta indiferencia. Donde las mujeres de la casa veían el interés de Didi por el bebé como una curiosidad, el cura pensó que reflejaba la personalidad obstinada de un adolescente malcriado, quien, por ser terco, estaba complicando una situación que de por sí era bastante difícil.

En todo caso, Dámir y Sasha eran inseparables y gracias al amor que le rendía todo el mundo al bebé, además de que se alimentaba muy bien, en menos de siete meses aquel pequeño se convirtió en un saludable y corpulento juguetón. Aprendió a caminar antes de lo que se suponía y al año estaba disparando palabras y oraciones que sacaban a todo el mundo de quicio. «Maja» era Marija, «Ina» quería decir Katarina, «Nana» era Ana, «Ola» Níkola, «Tata» representaba al padre Dragánovich, y «Veli» indicaba al viejo pastor. A la única persona que Sasha llamó por su nombre era Dámir, aunque a veces le decía Didi.

Ya se hacía imposible cargarlo en contra de su voluntad y no había manera, por ejemplo, de que Katarina lo acunara para darle de comer, como lo hizo por casi un año, porque él tiraba la botella al suelo y en su incomprensible lengua exigía un pedazo de «cocho desa» (bizcocho en la mesa), no se estaba quieto y pateaba y gritaba hasta que lo soltaban a correr, con o sin pañales, por la finca.

Vélimir, quien era un hombre muy tranquilo y que quizás por sus años, pocas cosas le molestaban, en más de una ocasión se le oyó decir: «*¡Mira que jode este Sasha!*»

–¿Oíste eso, Sasha? –le dijo Didi riendo–. ¡Veli dice que eres un jodón!

¡Qué sí lo era! Entre sus muchos logros, Sasha aprendió que todo se le hacía más rápido si no caminaba y sí corría. Adquirió la mala costumbre de abrir puertas a empujones, lo que hacía que la gente brincara del susto.

Un día, haciendo alarde de gente grande, el pequeño salió de la casa como un cohete, tropezó y fue rodando cuesta abajo hasta que se estrelló contra un grupo de ovejas que estaban pastando. Afortunadamente, el único daño lo sufrió su orgullo porque las ovejas se rieron de él.

–¡Dámir! ¡Dámir!

Meses más tarde, Sasha aprovechó que Didi estaba discutiendo con su madre, quien le llamó la atención por decir malas palabras –vocabulario que aprendió de Vélimir– y el bebé, vestido en pañales y descalzo, se fue detrás de las gallinas, de los conejos y hasta persiguió a un gato. Demás está decir que nunca más molestó al felino, aunque esa experiencia no le hizo recapacitar cuando decidió agarrar a un cerdito por el rabo y montarlo como a un caballo.

Ofendida, la madre del animalito causó un escándalo en el establo, asustó a los otros animales, quienes echaron a correr.

–¡Se salieron los animales! –gritó Vélimir, dando con su bastón en el suelo.

A Dámir no le preocupó tanto los animales como Sasha. Encontró al angelito aferrado al cerdito, en el lodo, y con una puerca enorme atacándolo con el hocico.

Los gritos de Sasha, las maldiciones de Vélimir y los alaridos de los cerdos se podían oír a leguas. Marija y doña Ana se alarmaron muchísimo; Níkola trató de prestarle ayuda al viejo pastor y por poco se mata por la colina.

–¡Dime que hago! –le gritó Katarina a su hermano.

–¡Agarra la puerca... quítasela de encima! –le respondió Didi, tratando de aguantar a Sasha, quien no soltaba su presa.

A todo esto, Sasha estaba embarrado de mierda de puerco y lodo. Como todo resbalaba, no hizo Katarina más que tratar de agarrar la puerca, que perdió el balance y cayó de cara en la misma apestosa mezcolanza, acabando debajo de la puerca.

Pasaron por lo menos cinco minutos antes de que todos salieran del establo embarrados de pies a cabeza. Marija regañó a Dámir por no estar pendiente de Sasha y le ordenó a que fuera a ayudar a Vélimir a buscar los animales. Katarina llevó a Sasha hasta el pozo, y, fingiendo estar furiosa con él, le ordenó no mover un pelo en lo que lo bañaba, y dijo:

–¡Qué mucho jode este Sasha!

Menos mal que el padre Dragánovich estaba de viaje por Yugoslavia; saltando de un campamento de refugiados a otro como parte de la comisión establecida por el Vaticano para ayudar con la repatriación en el país. Ese esfuerzo por parte de la jerarquía de la iglesia católica, se prestaba para ayudar a individuos clasificados como criminales de guerra a escapar de Europa vía salvoconductos clandestinos de la Cruz Roja.

De vez en cuando su automóvil negro y decorado con las insignias de la Cruz Roja, aparecía de pronto estacionado entre el establo y la casa; como un pariente que había llegado a pasar unos días con la familia.

Durante una de esas visitas en otoño, el padre Dragánovich llegó por la tarde, y luego de la cena, todos pasaron a la sala para ver a Sasha lucir un nuevo par de pantalones y una camisa que le había cosido Katarina.

Todo el mundo lo aplaudió y lo aclamó, diciendo: «*¡Pero mira que buen mozo!*» cuando, sin que nadie se lo esperara, el pequeño fue donde el padre Dragánovich y le pidió que lo tomara en brazos.

Dámir se vio tentado a coger el niño por el brazo para que no molestara al cura (o quizás porque sintió celos) pero Dragánovich, para sorpresa de todos, sentó a Sasha en su falda, y le dijo a Dámir:

—¿No crees que es hora que se bautice... este niño?

—Oh, ¡qué idea tan maravillosa! —interpuso Marija.

—Seguro que sí —dijo doña Ana.

—Se... se de-debió ha-hacer hace tiempo —les dijo Níkola.

Dámir creyó lo contrario.

—No —él respondió—. No es buena idea.

—¿Y eso por qué? —le preguntó Marija luego de una breve e incómoda pausa.

—Hay que bautizarlo —dijo doña Ana—. Se tiene que hacer.

—Quizá ya lo bautizaron —dijo Katarina, pensando que era una posibilidad porque el bebé había tenido casi un año cuando lo encontraron.

—¿Pero cómo estar seguro? —le dijo doña Ana—. ¿Y qué si lo está? Siempre se le puede bautizar de nuevo. —Según ella, mientras más veces bautizaban a una persona más oportunidad tenía de alcanzar la gloria.

—A Sasha no se le puede bautizar —insistió Dámir.

—Pero... no entiendo —dijo doña Ana, intercambiando miradas con Marija y su hijo, el cura—. ¿Qué hay de malo en que esa criatura... ?

—¡Dije que no!

—¡Dámir, baja la voz! No seas impertinente —le dijo su madre.

El padre Dragánovich le devolvió Sasha a Dámir y les dijo a los presente:

—Estoy seguro que Dámir tiene una buena razón para no querer que se bautice el niño. Una razón que, desafortunadamente, él no comparte con nosotros. Sin embargo, Dámir es un chico responsable y no tengo duda de lo mucho que quiere al niño.

—Bueno... sí, eso es verdad —admitió doña Ana.

—Así que —añadió el cura—, dejemos que él decida si la criatura alcanza la salvación o no. Estoy seguro que él hará lo correcto.

Esa noche no se volvió a mencionar la palabra «bautismo» y la conversación se mantuvo entre ovejas, el invierno que se acercaba y la vida en Zagreb, Belgrado, Roma y Berlín.

Doña Ana sacó sus utensilios de tejer, Marija se puso a leer una revista de moda que le trajo el cura de Roma, Níkola esperó en vano a que alguien le prestara atención, el padre Dragánovich atendió la chimenea, Dámir y Katarina se pusieron a jugar ajedrez y Sasha se sentó al lado de doña Ana, quien le pidió que aguantara el hilo en sus manos. Una vez completada esa labor el niño fue donde Dámir, colocó todas las piezas vencidas en una fila, bostezó y al rato se quedó dormido en el piso.

—Mejor lo llevo a la cama —dijo Didi.

—Jaque mate.

—¿Cómo? ¡Imposible! —respondió Dámir, mirando el tablero.

—Kati —interpuso Marija con una sonrisa— ¿por qué no dejas que te gane de vez en cuando? Recuerda que él es mayor que tú.

—¿C-cuándo fue la última vez que te ganó un p-partido? —le preguntó Níkola.

—Nunca —contestó Katarina, riendo—. Él no tiene paciencia.

—Lo que pasa es que te tengo pena —le replicó Didi— y dejo que me ganes... para que no te sientas mal.

—¡Ya lo creo! —le respondió Katarina, burlándose de su hermano.

Dámir estuvo a punto de contestarle de forma muy descortés pero su madre no le dio la oportunidad.

—Didi... buenas noches.

—Buenas noches, mamá... doña Ana, Padre... Níkola.

—Buenas noches, Didi —le ofreció su hermana, todavía riendo, con todo el mundo observando al chico subiendo las escaleras con Sasha al hombro.

Unos minutos más tarde doña Ana, Katarina y Níkola fueron retirándose uno a uno hasta que el padre Dragánovich y Marija se quedaron solos.

—¿Le gustaría un poco más de café? —le preguntó el cura.

—Sí, gracias —le contestó Marija—. Sabe, padre, yo no estaba acostumbrada a tomar café; prefería el té. Pero le confieso que su café es positivamente exquisito.

—Ah, sí, es que es un café muy especial; crece en una isla del trópico y yo lo traigo de Roma —le respondió Dragánovich.

—Interesante —observó Marija llevándose la taza a los labios, aunque no le interesaba nada el peregrinaje del brebaje.

—¿Interesante? No tiene idea —añadió el cura, tomando asiento al lado de Marija antes de relatar todo lo que aprendió del café—. Hace un par de años descubrí que para eso del 1840, un arzobispo puertorriqueño estuvo en Roma. Para congraciarse con el Santo Padre, quien era Pío VII en aquel entonces, el arzobispo le ofreció al Papa un kilo de café, como recuerdo de la devoción del arzobispado de San Juan, en la isla de Puerto Rico.

—¿Puerto... qué?

—Puer-r-r-to R-r-r-ico —y el padre Dragánovich rodó las «r» como evidencia de lo mucho que había estudiado y siguió el relato:

—Puerto Rico es una colonia americana; aunque no entiendo como una gente con una cultura que produce esta delicia permite que se les subordine. En todo caso, días más tarde ese mismo arzobispo se quejó al Papa porque su isla carecía de una reliquia. El Santo Padre inmediatamente le ofreció un mártir, parte de la colección de santos que se encuentra en las catacumbas, en cambio, naturalmente, de una cierta cantidad de café al año.

—¿Un santo? —le preguntó Marija, frunciendo el ceño.

—San Pío, un mártir del primer siglo de la época de nuestro Señor, cuyos restos mortales residen hoy día en la isla de Puerto Rico.

—Caramba, padre —le dijo Marija—, cambiar un santo por café, ¿no le parece un sacrilegio?

—Todo depende —le respondió el cura.

—¿En qué?

—En la prominencia del santo y la calidad del café.

Marija disimuló una sonrisa, esperó unos segundos, puso la revista a un lado, bajó la mirada y con palabras que parecían flechas ensangrentadas de sufrimiento, le dijo:

—Padre, si me lo permite, ¿cuándo vamos a poder irnos de aquí? ¡Llevamos casi dos años y medios en la montaña!

El padre Dragánovich colocó su taza en la mesita a su lado y le respondió:

—Bueno, lo primero que tenemos que hacer es determinar para dónde se pueden ir, ¿no es cierto?

—¿Adónde sugiere? —le preguntó Marija.

—Lo más lejos posible.

—¿Inglaterra? Francia, quizás —le cuestionó Marija, con tanto miedo que se la hacía difícil hablar.

—Señora, no quiero que me malinterprete, pero, por favor, tiene que tener fe. Todo se va a arreglar, se lo prometo, solo que no puedo decirle

cuando. Sí le puedo asegurar que se está haciendo lo imposible para re-
unirlos a ustedes con... —el cura no se atrevió a decir el nombre de Ánte
Pávelich, y sentía mucha lástima por Marija.

—No crea que no le estamos agradecidos por todas sus atenciones...
con usted y su madre. Ella ha sido tan y tan buena y generosa... —Y Marija
temía que iba a echarse a llorar—. Pero sabe, ya es hora de rehacer nuestras
vidas. Mis niños tienen que regresar a la escuela. ¿Entiende lo que le digo?
¿Qué nos vamos a hacer, padre? Tengo tanto miedo.

—Le digo la verdad. A mí me preocupa Dámir —le dijo el cura, aunque
la palabra «preocupa» no era la más apropiada porque él no estaba tan
«preocupado» como estaba «consternado» por la naturaleza rebelde del
chico—. Yo sé que la separación de su padre tiene que haberle afectado
mucho. Estoy seguro que él adora al Poglavnik... es su deber... pero no
comprendo su infatuación con el pequeño. ¿Él no estará, por casualidad,
pensando en llevarse ese niño?

Ella le respondió:

—Hace unos años, Didi cayó muy enfermo y creímos que lo íbamos
a perder. Estuvo en cama más de tres meses; no tocaba alimento y perdió
tanto peso que parecía un tuberculoso. Dios me lo proteja. Bueno, de
pronto una mañana se levantó con hambre y pidió su desayuno, no solo
para él, sino también para su nuevo amiguito imaginario; un niño serbio
que se llamaba Sasha.

—Ya veo —le dijo el padre Dragánovich, aunque nunca supo del vín-
culo tan especial que existía entre Dámir y el pastorcillo llamado Sasha,
gracias al complejo mesiánico de Ánte Pávelich.

11

Los años que Dámir vivió en la montaña fueron los más felices de su vida porque pudo disfrutar de la tranquilidad y la paz espiritual que por costumbre conviven con la naturaleza. Es verdad que no le permitieron explorar la campiña, visitar el pueblo, subir hasta el tope del Monte Vlasich o tratar de encontrar la misteriosa cueva que según Vélimir, estaba escondida en una colina cerca de la finca. Desgraciadamente, su único entretenimiento era cuidar a Sasha y ayudar al pastor con sus tareas.

A veces él y el pequeño acompañaban a Vélimir cuando llevaba las ovejas a pastar. Salían al amanecer, caminaban una hora y acampaban cerca de un riachuelo donde Didi pasaba el día hablando, comiendo y velando a Sasha jugar con los animales, mientras Vélimir perdía las horas fumando su pipa y bebiendo raki, un potente brandy que le calentaba hasta los pelos de la nariz. Como a menudo hacía frío, Vélimir se arropaba con una gruesa frazada de lana y Dámir se echaba su edredón por encima. Al único que no le preocupaba la temperatura de la montaña era a Sasha, a quien doña Ana vestía con tantas camisas, camisetas, suéteres, chaquetas, guantes, bufandas y un sombrero de lana rojo que lo hacía parecer una ovejita en dos patas con una cresta de gallo en la cabeza. El pequeño, que ya tenía como tres años, le corría detrás al perro que perseguía las ovejas que estaban cansadas de que no las dejaran comer en paz, mientras su pastor rumiaba y Dámir escuchaba.

—Si usted fuera en un bote y ese bote se hunde en una tormenta, ¿verdad que usted lo pensaría dos veces antes de montarse en un barco otra vez?

Dámir pensó que era una pregunta a la cual no se suponía que él ofreciera una respuesta, por eso no dijo nada. Entre tanto el pastor seguía hablando:

—O vamos a decir que se le quema la casa, ¿no cree que le tendría miedo al fuego?

Tarde o temprano, pensó Dámir, el viejo pastor llegaría al punto.

–Bueno –añadió Vélimir–, ¿cómo se imagina usted que despúes que Jesús muere en la cruz, le guste regresar al mundo y encontrarse crucifijos por todos lados?

Como Dámir no creía tener la capacidad ni el conocimiento para opinar, abrió los ojos, alzó las cejas, encogió los hombros y mordió una paja.

–Y otra cosa –añadió Vélimir–, ¿cree que tiene sentido que Jesús, quien, según el Santo Libro fue el creador del Todo antes de ser carpintero, haya creado la polilla... un insecto que no hace otra cosa más que devorar la madera?

–Creo –le respondió el muchacho–, que lo hizo para no quedarse sin empleo.

Vélimir se volvió a Didi, y con la pipa en la boca, dijo:

–Fíjese que lo pensé.

–¡Dámir! ¡Didi! –le gritó Sasha desde el medio del pastizal–. ¡Ven acá!

–¡No molestes los animales! –le contestó Dámir–. ¡Te lo advierto!

Él pudo advertir todo lo que quería porque el pequeño Sasha no le hizo caso.

–Además de jodón, ese Sasha no le teme a nada –dijo Vélimir, a quien le fascinaba el comportamiento de los seres humanos, grandes y chicos.

–Sasha nunca le ha tenido miedo a las ovejas –le dijo Dámir. A Vélimir le estuvo curiosa la respuesta, y preguntó:

–¿Nunca?

–Nunca.

–¿Tenía ovejas en Banja Luka?

Dámir no respondió; si pausó un momento antes de plantear su propia pregunta:

–¿Estuviste en la guerra?

–Toda mi vida... usted sabe que siempre estamos en guerra. No recuerdo un año sin que alguien no le pegara un tiro a otro.

–Quiero decir –añadió Dámir–, ¿qué si luchaste en la guerra?

–¿Luchar yo? ¿Contra quién? ¿Contra las ovejas? ¿Contra las cabras? –fue la respuesta de Vélimir.

Para Dámir era claro contra quien se luchaba en la guerra; contra el enemigo.

–Pero, ¿quién es mi enemigo? –le preguntó Vélimir–. ¿Los croatas? Usted es uno de ellos... ¿es usted mi enemigo?

–¡No!

–Pues, no sé qué decirle. Yo no tengo enemigos –le respondió Vélimir–. Todavía recordaba sesenta años atrás cuando Ivo Dragánovich pedía que se fusilaran a todos los que no eran croatas en la provincia, antes de invitar al serbio a tomar un vodka; o al judío a beberse un vino y al musulmán a tomar café.

No olvidó las noches que el pastor serbio y su amo, el intolerante croata, bebieron y coquetearon con las chicas del pueblo hasta las tantas; y eso sin contar las veces que Vélimir lo cargó borracho y apestando a perfume barato, hasta a la finca–. No, yo no tengo enemigos. ¿Y usted?

Nuevamente, Dámir no le respondió. Se quedó pensando un minuto y, de repente, salió corriendo persiguiendo a Sasha, quien imitaba el balar de las ovejas.

–¡Ven acá! –le dijo al niño.

De ninguna manera. Sasha alzó vuelo hasta que... y Dámir juró que lo vio con sus propios ojos... una oveja hizo la zancadilla y Sasha cayó de bruces y todo el mundo, incluyendo las ovejas, se echaron a reír.

Recitó Vélimir:

–Pequeño y muy jodón, ¡qué amigo se gasta! Un chico de grandes ojos, de poco pelo y pocos piojos.

Dámir sonrió tímidamente, se frotó la cabeza y le limpió la nariz a Sasha.

–¿Y su padre? –le preguntó Vélimir, tirándole una frisa por encima al pequeño.

–Sasha... es huérfano.

–Ah. ¿Y usted?

Dámir no supo que responder y se puso muy nervioso.

–Mi... mi padre...

El pastor levantó la mano y no dejó que continuara:

–No mienta sólo porque se supone que no me diga algo que no quiere que yo sepa, y que, además... no es asunto mío –y Vélimir metió la nariz en la botella de brandy–. Usted sabe una cosa –añadió–, yo conozco a los Dragánovich hace muchísimo tiempo, es más, mucho más tiempo de lo que me hubiera gustado conocerlos. De saber que yo iba a vivir tanto, hubiera hecho algo para evitarlo. Sí le aseguro que el chico... fue buena gente.

–Es buena gente –le corrigió Dámir.

–Hablo del cura, no de Sasha el huérfano –dijo el viejo–. Una vez, cuando tenía diez años, me pidió que le enseñara la cueva, pero se nos hizo tarde y no pude. Al otro día el muy tonto trató de encontrarla por su cuenta y se perdió... estuvo todo el día tratando de llegar a la finca. ¡Ha! Ana... ¡Ana se puso furiosa! Hasta me dio con la escoba y me botó de la casa. –Vélimir levantó los ojos al cielo y se tocó la cien con la botella de brandy–. Yo... a mí no se me olvida nada. Lo tengo todo encerrado aquí.

–Vélimir, ¿qué crees? ¿Crees que Dios existe? –le preguntó Didi, ayudando a Sasha a que se quitara los guantes.

–Oiga, ¿pero qué pregunta es esa... un chico tan católico como usted? ¿Qué si Dios existe? ¡Seguro que sí!

–¿Cómo estas tan seguro? –insistió Dámir. Sasha ya se había quedado dormido a su lado.

–Mira alrededor –le dijo el pastor gesticulando con la mano para cubrir todo el impresionante panorama–. Él está en todo; está en los árboles, en las nubes, en las ovejas; hasta en esta criatura que se chupa el dedo. Dios está en usted y está en mi.

–¿Qué? ¿Dios no está en el cielo?

Vélimir se recostó a fumar su pipa, contento de poder compartir su sabiduría con el muchacho, y dijo:

–Nosotros ya estamos en el cielo.

–¿Cómo?

–Sí, en el cielo y en el infierno también.

Dámir frunció el ceño y lucía preocupado.

–No me diga que usted cree que Dios tiene una barba larga y blanca; que se sienta en un trono y manda sobre el universo como un abuelo, ¿verdad que no? –le preguntó Vélimir.

Dámir jamás se imaginó la barba blanca y el trono.

–Le voy a decir la verdad –le dijo Vélimir botando círculos de humo por la boca–, Dios lo es... todo.

–¿Todo? Pero ¡si Dios es todo, entonces Dios también es malo!

Primero Vélimir señaló al oeste, luego al este, y le respondió:

–Bueno, para tener uno hay que tener el otro. El bien y el mal son como el día y la noche; como el frío y el calor; como lo feo y lo hermoso.

–Puntos opuestos... –le dijo Dámir con una sonrisa.

–...de donde brota la vida del universo –añadió Vélimir.

–Si lo que dices es verdad, entonces la mitad de la gente en el mundo es mala –le replicó Didi.

–No –le contestó Vélimir–. Todo el mundo tiene un poquito de los dos, de lo bueno y de lo malo. Sin embargo –continuó el pastor–, cuando podemos, los seres humanos preferimos hacer el bien antes de hacer el mal; de la misma manera que preferimos las cosas bonitas a las cosas feas; aunque siempre hay su excepción.

–¿Cómo cuál? –le preguntó Dámir.

–Lo que pasa es que hay gente que le gusta lo feo, que hacen el mal; son gente estúpida... ignorante. La ignorancia los ciega, y hombre ciego es un hombre que no ve la diferencia entre la belleza y lo feo; la diferencia entre el bien y el mal.

–Entonces –le dijo Didi, acariciando al pequeño a su lado, y con una mirada muy preocupada–, ¿cómo se puede castigar a un pecador cuando muere? Si no acaban en el infierno, ¿a dónde van a parar?

–Aquí.

–¡Aquí! –la expresión de Dámir era alarmante–. ¿Me quieres decir que estamos en el infierno?

–Tal como lo oyes –le dijo Vélimir, muy serio–. A mí me parece que cuando uno ha hecho algo malo en una vida pasada, tienen que pagarlo de alguna manera cuando vuelvan a nacer.

–¿Cómo es eso? –fue la primera vez en su vida que Didi oyó algo que él estaba seguro era mucho más que una mera posibilidad.

–Todo depende del daño, el dolor y el sufrimiento que causen antes de morir –terminó diciendo el pastor.

–Mucho... mucho daño y mucho dolor –le dijo Didi, alzando la voz un poco.

–Me imagino que uno puede volver a nacer ciego, mudo, sordo, retrasado; sin brazos o más feo que el culo de una cabra... y así paga sus deudas a la humanidad. Es la manera en que ese individuo puede recobrar un balance y armonía entre su alma y el Dios del Todo.

–¿Qué otra cosa le puede pasar a un hombre que ha sido malo, pero malo de verdad? –preguntó el muchacho, tratando de imaginarse el destino tan triste que le esperaba a su padre.

Vélimir disfrutó de su pipa unos segundos, cerró los ojos y empezó a reírse tanto que no pudo sostener la pipa en la boca.

–¡Pasamos la vida trabajando para los Dragánovich!

–¡Pero qué malo fuiste! –le dijo Didi, riendo tanto que despertó a Sasha, quien se puso triste porque creyó que se estaban burlando de él.

No fue hasta que Dámir lo cogió en sus brazos, lo abrazó, le hizo cosquillas y le dio un beso que el pequeño empezó a reírse también.

–Oye Vélimir, ¿dónde aprendiste todo eso? –le preguntó Didi, asombrado con la astucia de un hombre tan simple.

–Viviendo entre las criaturas de Dios –le contestó el pastor.

Dámir tenía mil preguntas que hacerle a su amigo porque él necesitaba entender muchas cosas que le intranquilizaban sobremanera; dudas que con tiempo esperaba que Vélimir el pastor, le pudiera aclarar. Sin duda, Vélimir era el hombre más sabio que Didi había conocido en su vida.

–Oiga, Dámir de Banja Luka... ¿cuántos años tiene?

–Diecisiete.

–Y dígame, Dámir de Banja Luka, ¿nunca se enamoró? ¿Tiene novia esperándolo en Banja Luka, o le rompió el corazón cuando la dejó?

Dámir sacudió la cabeza y pretendió que estaba aburrido. No fue la pregunta que le confundió, sino la idea de estar enamorado.

–¿Y tú? ¿Te casaste alguna vez?

La pregunta hizo que el pastor, nuevamente, improvisara en rima:

–El matrimonio es invento del diablo; nos hace sufrir y nos lleva al carajo.

El sol se había puesto ya y la luna estaba por enseñar la cara cuando comenzaron el regreso a la finca. Vélimir y Dámir al frente, mientras Sasha ayudaba al perro con las ovejas, hasta que se adentró en el bosque.

–Mejor lo buscas –le dijo Vélimir–. Lobos...

–¿Lobos? –y Didi fue tras el niño–. ¡Pobrecitos de ellos si tropiezan con Sasha!

No tardó en encontrar al chiquillo escondiéndose detrás de un árbol, y le dijo:

–¿Cómo puedes correr tan rápido con pañales? ¡Ven!

Lo iba a subir a los hombros cuando tuvo una idea. Sacó una cuchilla y talló su nombre en la corteza del pino.

–Ahora tú –le dijo, antes de pasarle la cuchilla al niño y ayudarle a escribir «Sasha» al lado de «Dámir».

El resto del camino les tomó media hora y eran más de las siete de la noche cuando Vélimir por fin pudo tirar su cuerpo en el catre. Dámir y Sasha llegaron justo a tiempo para cenar y el chiquillo estaba tan lleno de energía que se pasó todo el tiempo contando lo que hizo en el campo, con excepción del «incidente» con la oveja que lo hizo caer. Eso lo contó Dámir y todo el mundo dijo, entre carcajadas, que el niño se lo merecía.

La cena fue cortesía de Katarina, quien impresionó a la familia con un guisado de conejo que gustó mucho. Estaban a punto de probar su bizcocho de chocolate cuando se oyeron unos fuertes golpes a la puerta que hizo temblar la casa.

–¡Padre Dragánovich! –gritaron de afuera.

Era Rostas, armado con un revólver y una escopeta. Sudaba como si hubiera sido una tarde de verano en vez de una noche en otoño. Detrás de él estaba su medio de transportación; un caballo tan negro que brillaba contra la oscuridad de la noche, entre una niebla tan densa que hacía volutas cada vez que el animal agitaba el rabo.

–¡Tienen que irse... salir de aquí... ahora! ¡No podemos perder tiempo! –le dijo Rostas al cura, a la vez que miraba carretera abajo–. La milicia está de camino... cinco o seis de ellos... armados y vienen en dos autos. ¡Están por llegar!

–¡Busca a Vélimir! –ordenó el cura–. Luego te escondes... lleva el caballo al bosque. Te haré señal de arriba cuando se vayan los militares.

–¿Qué sucede, padre? –le preguntó Marija.

–Tienen que salir de aquí –le respondió el cura, preocupado–. No tengo tiempo para explicarle. Dámir, el niño se queda.

–¡No! –le dijo Dámir en voz alta, agarrando a Sasha con toda su fuerza.

–Oye lo que te voy a decir –le dijo Dragánovich acercándosele–. Vélimir los llevará a un sitio donde nadie los va a encontrar. Pero llegar hasta la cueva es peligroso, especialmente de noche... y aun más en esta niebla. ¡No pueden correr el riesgo de que algo los retrase y eso es exactamente lo que pasará si te llevas al niño! ¡Sería el fin... para tu madre, tu hermana... para ti y para nosotros! Ahora... ¡suéltalo!

–Dámir, amor mío, piensa en tu hermana –le rogó su madre, muy asustada.

Sasha sintió que algo malo estaba sucediendo. Miró de un lado a otro; de Dámir al padre Dragánovich, hasta que comenzó a llorar.

–¡Dámir! ¡Suéltalo ya! –le ordenó Marija.

–¡No! –insistió Dámir, aguantando la criatura, su espalda contra la pared.

–Si te lo llevas, te arrestan; si te quedas te arrestan. De cualquier manera jamás veras a ese niño de nuevo. ¡Decide! –le dijo el padre Dragánovich en voz baja, aunque en un tono tan firme y cortante que le pudo haber estado gritando en el oído.

El chico le lanzó una mirada desafiante al cura, una mirada llena de ira.

–¡Dámir! ¡Dámir! –lloraba el chiquillo, aferrado a Didi.

–¡Volveré por ti, Sasha, te lo juro! –le dijo Didi, llorando.

Doña Ana tomó el niño en sus brazos y el cura les dio un quinqué y sabanas para cuando llegaran al escondite.

–Níkola, te vas con ellos –ordenó el cura.

El hombrecito había estado mirando de lado a lado, confuso, esperando a que alguien le dijera que hacer.

—¡No-no me quedo por n-nada d-del mundo! —dijo el secretario, cojeando en círculos alrededor de la sala, como un trompo, antes de salir por la puerta a toda prisa.

De pronto Vélimir apareció a la puerta.

—Llévalos a la cueva —fue todo lo que el padre Dragánovich le dijo—, hasta que yo los mande a buscar.

El pastor nunca se preguntó por qué los primos de Banja Luka tenían que esconderse en la montaña como ladrones; estaba curioso por saber, pero nunca se atrevió a preguntar.

El padre Dragánovich vio el grupo agarrarse de la soga —para evitar perderse en la niebla— y momentos más tarde, desaparecer. Con suerte... de Vélimir encontrar el camino a esa hora de la noche... llegarían a la cueva en una hora.

La milicia... o la policía... dependiendo el punto de vista, llegó cuarenta minutos más tarde, lo que le dio suficiente tiempo a doña Ana para hacer las camas, lavar los trastes; en fin, con ayuda de su hijo, hicieron desaparecer todo rasgo de los Pávelich.

—¡Buenas noches tengan todos! —les dijo el Camarada Pupín.

El cura recibió al policía, seguido por seis militares y a un hombrecito gordo y de mejillas coloradas, en un abrigo de cuero negro.

Pupín era un tipo ordinario, pálido, de unos treinta y cinco años que necesitaba, de mala manera una cita con el barbero. Lucía cansado y su tez, como sus dientes, era color gris.

—Siento tanto tener que molestarlo, padre, especialmente a esta hora de la noche —le dijo Pupín—. Solo necesito hacerle unas preguntas. ¿Puedo? ¿Está ocupado? ¿Le gustaría que regresáramos otro día?

Dragánovich le respondió que estaba muy ocupado, que hubiera preferido que el Camarada se fuera, se llevara a sus hombres y que no regresara nunca más.

—Sí... bueno... oiga, nos dicen que usted es muy amigo de Aloysius Stepinac. ¿Es cierto, verdad?

—Yo conozco a su excelencia —le respondió Dragánovich.

Pupín dirigió su mirada a doña Ana. Ella estaba sentada en una esquina, y el policía se preguntó quién era el infante a quien ella le susurraba, antes de interrogar al cura:

—Y dígame usted, padre... ¿cuándo fue la última vez que vio a Stepinac?

—Hace un par de meses —le contestó Dragánovich.

—¿Antes de que lo arrestaran por complicidad con los alemanes?

–Así es.

Pupín sonrió y preguntó si era posible dar una mirada alrededor de finca.

–No tiene inconveniente, ¿verdad que no... padre?

–¿Se puede saber que buscan? –le preguntó Dragánovich.

–Varias cosas –le contestó el policía, luego de dar órdenes a sus hombres de comenzar la pesquisa–. ¿Le molesta si fumo, padre?

–Mucho.

–Pues... sí que lo lamento –le respondió Pupín encendiendo un cigarrillo.

Ana pudo oír a los hombres rebuscándolo todo en el segundo piso y en el sótano.

–Tiene una casa muy acogedora, señora Dragánovich –le dijo el Camarada.

–Esta finca le pertenece a mi familia hace más de cien años –interpuso el cura.

–¿Cien años? De acuerdo con nuestros archivos, Ivo Dragánovich... era su padre, ¿no es cierto?... él la compró en el 1907. Quizás es un error de...

–¿Se puede saber que quieren con nosotros? Nosotros no molestamos ni nos metemos con nadie. Yo soy una pobre vieja y mi hijo es un hombre de Dios. Así que dígame... ¿qué buscan?

–¿Ese niño, señora? ¿Su nieto? –le preguntó el Camarada Pupín. Sabía que, como había dicho la señora, ella estaba entrada en años y su hijo era cura, y los curas usualmente no tenían hijos. Y dado que el padre Dragánovich era hijo único, ¿quién era la criatura en los brazos de la doña?

–Este es mi... mi sobrino nieto –le respondió Ana.

–¿*Por que miente*? –pensó el Camarada Pupín–. ¡No se olviden del establo!

De pronto, se oyó el romper de cristales desde el segundo piso.

Pupín se llegó hasta las escaleras y regañó a los soldados antes de volver su atención al cura:

–Lo siento. Ellos deberían ser más cuidadosos, pero... ¿qué podemos hacer, eh? Se hace lo que se puede. Si gusta, pueden radicar una querella... no que les sirva de nada.

–De nuevo le pregunto, ¿a qué viene la visita? ¿Qué buscan? –preguntó Dragánovich.

El Camarada le hizo señas al hombrecito gordo y colorado quien le entregó al cura una copia de un documento, con el membrete del Ministerio de Relaciones Exteriores del desaparecido Estado Independiente de Croacia. El mismo contenía la siguiente información:

RECIBO.
1.Un baúl sellado con dos candados, designado AB-I.
2. Un baúl sellado con dos candados, designado AB-II.
3. Tres baúles sellados con un candado, designado PAV-I-III.
4. Un baúl sellado con dos candados, designado OL-I.
5. Un baúl sellado con un candado, designado OL-II.
6. Un baúl pequeño sellado con un candado, designado RZ.

Las llaves de todos los candados y los baúles han sido transferidos por órdenes del Poglavnik.
Recibidos en Zagreb, el 6 de mayo de 1945.
A. Stepinac,
Arzobispo

El padre Dragánovich le dio una mirada por encima al papel, encogió los hombros, se lo devolvió al policía, y le dijo:

–¿De qué se trata?

–Vamos, padre, usted sabe leer, ¿sí? Es un recibo por el botín de guerra de la Ustacha. Como ve, lleva la firma de su amigo Stepinac.

El padre Dragánovich se mantuvo sin expresión alguna, excepto por un poco de indignación en el tono de voz.

–¿Qué quiere con nosotros? –dijo Dragánovich.

–Con nosotros, nada, padre Dragánovich, pero con usted mucho –le respondió el Camarada Pupín, apuntando con el dedo manchado de nicotina, al cura–. Todo el mundo conoce de su amistad con Stepinac. Eso nos pone a pensar; esta finca es casi inaccesible, un sitio ideal para esconder los «frutos de la derrota».

–Me temo que está perdiendo su tiempo –le dijo el padre Dragánovich.

–Y yo me temo que no tengo otra alternativa que seguir buscando –le replicó Pupín, con una sonrisa.

Esa búsqueda tardó más de una hora y durante todo ese tiempo, Dragánovich permaneció parado en el medio de la sala; entretanto Ana llevó a Sasha a su habitación y el Camarada Pupín y el hombrecito gordo se fumaron una cajetilla de cigarrillos entre los dos.

–Nada –anunció un soldado subiendo por las escaleras que daban al sótano–. Pero ¿sabe una cosa, Camarada?

Pupín tiró su colilla en la chimenea.

–Todo está demasiado... en su sitio –añadió el soldado.

–¿Qué me quiere decir con eso? –le preguntó Pupín.

El soldado, quien era un hombre joven de alrededor de veinticinco años, con pelo oscuro, un tremendo bigote y una nariz particularmente alargada, a la cual al parecer, él le daba buen uso, le respondió:

–El sótano de mis padres está lleno de polvo, de telarañas, de basura que nadie quiere pero que nadie quiere tirar a la basura. Aquí –y el hombre señaló a la puerta del sótano–, bueno, es que me da la impresión que alguien vive allá abajo.

–¿Alguna visita últimamente, padre? –le preguntó Pupín.

–Tanto como visita, no. Vélimir, el hombre que cuida los animales... dejamos que duerma en el sótano cuando hace frío.

–Ah, sí... seguro... naturalmente –dijo Pupín–. Y ¿donde se encuentra Vélimir?

–Pues le diré que no tengo idea –le respondió el cura–. Lo llamé hace unas horas pero parece que bajó al pueblo. Si lo busca, lo más seguro es que lo encuentre borracho en la taberna. Vélimir es un hombre bueno, pero moralmente reprensible.

El Camarada Pupín miró fijamente al padre Dragánovich, y con una sonrisa marcada por incredulidad, se dirigió al soldado, y le dijo:

–Buen trabajo –antes de ordenarle salir de la casa–. Vámonos.

Con toda la calma del mundo, los soldados y el hombrecito gordo de mejillas coloradas salieron en fila y abordaron sus autos. Pupín se encontró justamente afuera de la puerta cuando se volvió al padre Dragánovich, y le dijo:

–Siento cualquier inconveniente que le hayamos causado, padre Dragánovich. Ahora, por favor, tenga presente que lo estamos vigilando. Sabemos cuando usted sale del país, con quien se junta, cuando regresa... es más... sabemos casi todo lo que hace. Y lo que no sabemos, lo vamos averiguar porque usted nos interesa muchísimo, padre. Tenga muy buenas noches.

Un minuto más tarde y la milicia, al parecer, fue devorada por la niebla. Dragánovich esperó cinco minutos y le hizo señas a Rostas.

–¿Crees que regresen? –le preguntó doña Ana, muy molesta.

–Sin duda. Quizá no regresen esta noche, pero estoy seguro que regresaran, le respondió su hijo.

–¿Qué vamos hacer?

En ese momento, Rostas tocó en la ventana de la cocina. De ser una trampa, el hombre estaba listo para entrarse a tiros con cualquiera.

Dragánovich le abrió la puerta y le dijo:

—Quiero que te lleves el niño para tu casa.

—¿Cómo fue? ¡Sasha? —interpuso doña Ana—. ¿Cómo se va a llevar a esa criatura, Kruno? ¡No puede, no señor!

—¡Mamá!

—¡Tú le prometiste a Dámir... !

—¡Hay que hacerlo, punto! —le dijo el cura a su madre, a la vez que le indicó a Rostas con la mano que buscara al chiquillo en el altillo.

—Dámir... ¡le vas a destrozar el corazón! —le dijo doña Ana, llorando—. ¡Y Sasha adora a Didi!

—Oye lo que te voy a decir porque no puedo perder tiempo —dijo de forma firme, pero en un tono comprensivo y tomando en cuenta el cariño que su madre le tenía al joven Pávelich—. Tengo que sacarlos de aquí. Todos estamos en peligro. Ahora, tú sabes bien que Dámir no va a querer irse sin el niño. Primero, no tengo tiempo para discutir con él. Segundo, aunque tengo los papeles necesarios para sacarlo a él, a su madre y a su hermana de Yugoslavia, no tengo documentos para el chiquillo ni puedo pensar en eso ahora. Por lo tanto, es importante que Dámir crea que la milicia se llevó al niño. Una vez se encuentren sanos y salvos... fuera del país, y si nadie reclama la criatura, entonces... veremos. Mientras tanto... —y Dragánovich se volvió a Rostas quien bajaba por las escaleras cargando a Sasha, dormido—, ¿Qué dirá tu mujer?

—Nada —le respondió el hombre—. A ella le gustan los pequeños.

—Es solo por unos días, pero... no dejes que nadie sepa que está en tu casa —añadió Dragánovich—. Y hazme el favor de regresar lo antes posible; tenemos mucho que hacer.

Ana arropó a Sasha lo mejor que pudo, le dio un beso, ayudó a Rostas a montarse en el caballo, y no dejó de llorar en toda la noche. Entretanto el padre Dragánovich se puso una chaqueta de invierno, botas y salió en busca de los Pávelich.

Todos, incluyendo a Vélimir estaban sentados a la entrada de la cueva, alrededor de una fogata.

Él pastor no había visitado la cueva en más de diez años; sin embargo, no tuvo problema en encontrarla, a pesar de su edad avanzada, la niebla y la noche sin luna. La cueva estaba muy bien escondida detrás de unos arbustos y una enorme peña. Medía ocho metros de ancho y tenía un techo de seis metros de altura. Marija y Katarina permanecían asustadas.

Níkola no se sentía bien y Dámir no se podía perdonar haber dejado a Sasha en manos del cura. La única persona que aparentaba no molestarle la excursión a la cueva era Vélimir, quien fumaba su pipa y una que otra vez tomaba un poco de raki.

Así estuvieron casi una hora hasta que Dámir se cansó de esperar, y para calmar su ansiedad, decidió dar una vuelta por la cueva.

–¿Para dónde crees que vas? –le preguntó su madre al ver el muchacho ponerse de pie y agarrar una linterna.

–De paseo.

–Hazme el favor de quedarte donde estás. Es peligroso... sabe Dios que hay...

–¡Para ti todo es peligroso! –le dijo Didi, enojado y en un tono que aumentaba de volumen y énfasis con cada sílaba–. ¡No puedo hacer algo que tú no creas que es peligroso! ¡Nunca he podido hacer nada que no creas que es peligroso! ¡Yo nunca he podido tener amigos porque tú creías que era peligroso! ¡No pude jugar afuera nunca porque de acuerdo contigo, era peligroso! Bueno, ¡ya me cansé de que todo sea peligroso! Así, que ¡déjame en paz! Y para que sepas, ¡ojalá tropiece con un murciélago gigante que me chupe la sangre!

De acuerdo con Katarina, ese fue el primer arrebato adolescente de su hermano. De más está decir que el momento no pudo ser menos propicio. Hasta el secretario, quien había estado medio dormido, despertó y lo reprendió por insolente; a lo cual Didi le respondió:

–¡Vete al carajo!

–¡Dámir! ¡Cómo te atreves! –le gritó su madre–. ¡Regresa aquí inmediatamente! ¡Es una orden!

–¡No!

Níkola, que no recordaba la última vez que alguien lo mandó para el carajo, se indignó de tal manera que se puso de pie, enderezó su cuerpo adolorido, y le dijo al muchacho:

–¡Tienes suerte que tu padre no está presente, porque si no, el... ! – Níkola no pudo articular «Poglavnik» porque vio la mirada de horror de Marija y Katarina y eso fue suficiente para pensar que una estalactita le iba a clavar la cabeza al suelo.

Para entonces, Dámir había desaparecido caverna adentro.

–¡Dámir! –Le gritó su madre, aunque esa vez no recibió respuesta.

Si era verdad que su ira fue disminuyendo, Didi se sintió muy abochornado y triste; abochornado por haberle gritado a su madre e insultar al pobre Níkola, y triste porque pensó que a Sasha le hubiera encantado explorar la cueva con él; quizá descubrir en aquel misterioso ambiente dibujos prehistóricos en las paredes de la caverna o extraños jeroglíficos jamás vistos por ningún ser humano. Lo único que encontró, sin embargo, fue una bandada de murceguillos que echó vuelo cuando él iluminó su guarida y un riachuelo que se vertía en un estanque de agua tan negra como la noche que arrebujaba el universo.

Él creía que había llegado al final del camino porque no pudo seguir adelante, hasta que vio la oquedad a su izquierda, que daba a una gruta donde tropezó con varios baúles, todos con candados y marcados con pintura blanca: *AB-I; AB-II; PAV-I-III; OL-I; OL-II; y RZ.*

Dámir no lo pudo creer. Estaba seguro que había encontrado el tesoro secreto de un grupo de piratas a pesar de que el Monte Vlasich no estaba ni remotamente cerca del mar. Eso no quitó que trató de abrir uno de los cofres, pero se le hizo imposible.

−¡Aquí estás! −le dijo Vélimir, quien apareció de pronto, dándole un tremendo susto al chico−. Tu madre está muy preocupada... y furiosa −añadió, antes de Dámir echarse para un lado y así el pastor poder ver el extraordinario hallazgo.

−¡Mira esto! −le dijo Dámir, con sus ojos desorbitados−. ¡Mira lo que encontré! ¿Tienes la cuchilla?

−Qué... −Vélimir alumbró uno de los baúles, limpiando con su mano el polvo acumulado encima.

−¡Es un tesoro!, ¿no crees? −le dijo Dámir, tan excitado que se le hacía difícil hablar, a la vez que gesticulaba como un loco.

−¿Tesoro? Mmm... −dijo el pastor, inspeccionando otro baúl.

−¡Deja que se lo cuente a Sasha! ¡Dale, qué esperas para abrirlo! −le dijo Dámir.

Por mala suerte, Vélimir había salido con tanta prisa de la finca que se le olvidó la cuchilla.

−Espera un momento −dijo, levantando del suelo una piedra negra, dura y dos veces más grande que su puño. Estaba por darle un golpe al candado del OL-I, cuando Dámir le aguantó el brazo, y con un poco de temor, le dijo:

−Quizás no debamos... podemos meternos en un lío.

−Tienes toda la razón −le respondió Vélimir, dándole un golpazo y reventando el candado en pedazos.

−Parece oro −le dijo Dámir, aunque no estaba seguro.

−Sin duda que es oro −le respondió Vélimir, sosteniendo la tapa abierta, con la mano−. Pedacitos de oro...

–Parece... parece como un diente, ¿no? –le dijo Dámir cogiendo un trozo al mismo tiempo que se fijó en un pedazo de papel en la esquina del baúl, que llevaba el membrete del Ministerio de Relaciones Exteriores del Estado Independiente de Croacia:

«Campo de Adiestramiento de la Defensa Ustacha en Jasenovac: Por órdenes del Poglavnik».

–¿Qué rayos dice? –le preguntó Vélimir.

Dámir no pudo contestar. Empezó a temblar tanto que tuvo que aguantarse del pastor. Aunque él desconocía el verdadero contenido de aquel cofre, las palabras «Por órdenes del Poglavnik...» fueron más que suficiente.

–¿Qué te sucede? –le preguntó Vélimir–. Léemelo.

Fue tan grande el trauma que Dámir comenzó a hiperventilar. Haciendo un esfuerzo mientras las paredes de la cueva parecían dar vuelta y con las palabras atragantándosele en la garganta, leyó aquel nefasto pedazo de papel, antes de hacerlo trizas.

–¿Jasenovac? ¿Campo de Adiestramiento de la Defensa Ustacha? –dijo Vélimir, rascándose la barbilla–. ¡Jesús! ¡Son... dientes... oro... de las víctimas de Jasenovac! –añadió, horrorizado–. ¡Seguro que sí! ¡La Ustacha... bajo órdenes del Poglavnik!

–Mi padre.

–¿Cómo? ¿Qué dijiste? –y Vélimir dejó caer la tapa.

–Mi padre –le repitió Dámir, sin poder contener el llanto–. ¡Mi padre hizo esto!

–¿Tu...?

–Me llamo... mi nombre es Dámir Pávelich. Soy el hijo de Ánte Pávelich –le confesó Didi.

Vélimir sintió que lo apuñalaron. Sus rodillas le temblaron y se tuvo que reclinar en contra del baúl antes de caer de rodillas.

Aquel chico que él siempre pensó ser la persona más misericordiosa, más generosa y más llena de amor que él conoció en su vida; ¡qué aquel muchacho fuera hijo del asesino Ánte Pávelich...!

Dámir se percató de la decepción en la cara de su amigo.

–Vélimir –le dijo en voz baja–, una vez me preguntaste si yo era huérfano. Lo soy... ¡todos somos huérfanos gracias a Ánte Pávelich!

–¡Pero, cómo es posible! –le preguntó Vélimir.

Dámir se arrodilló al lado del anciano y con el semblante manifestando nada más que una profunda angustia y dolor, le confesó todo; hasta su encuentro con Sasha, el pastorcillo.

—Oh, Dios —lloraba el chico—, ¡no sabes cuánto lo siento!

Las lágrimas dieron paso a un silencio angustioso; sólo se oía la delicada caída del agua en el estanque y fueron varios minutos antes de Vélimir recobrar su compostura. Con voz temblorosa y cargada de una pena punzante por el jovencito, le dijo:

—Esto... esto no tiene nada que ver contigo.

De regreso, Vélimir cayó en cuenta que si Dámir era el hijo de Ánte Pávelich, Marija era la esposa del Poglavnik y Katarina su hija. ¿Y quién era Níkola, el guardaespaldas? ¿Un sirviente? ¿Y qué hacían los baúles en la cueva? Que él supiera, nadie pero nadie sabía de la existencia de la cueva; nadie excepto...

—¿Dónde estaban? —le preguntó el padre Dragánovich quien fue por el grupo y se sorprendió al ver que Dámir y Vélimir regresaban del interior de la cueva.

Marija y Katarina estaban furiosas con Dámir y no se dieron cuenta que el muchacho tenía la cara hinchada de tanto llorar.

—¿Dónde está Sasha? —fue la manera que Dámir le respondió al cura.

—Les hice una pregunta. ¿Qué hacían? —insistía el padre Dragánovich.

—Fui... fui a dar una vuelta —le respondió Didi, sin mirar al cura.

Dragánovich le levantó la barbilla para hacer que Dámir lo mirara a los ojos, pero Dámir le sacudió la mano y se apartó del grupo.

—Vélimir... —dijo Dragánovich, observando al viejo con cuidado.

—Como dijo el muchacho —y Vélimir hizo seña con la cabeza en dirección de Dámir.

—¿Qué sucede, padre? —preguntó Marija—. ¿Podemos regresar a la casa? ¿Pasó el peligro?

Sin Dragánovich quitarle la vista a Vélimir, respiró hondo, y respondió:

—Tenemos un problema serio. Me temo que no pueden permanecer en la finca. Estamos corriendo demasiado riesgo. Dámir, tengo malas noticias. La milicia...

Dámir se volvió, y se le acercó hasta estar nariz a nariz con el cura.

—¿Dónde está Sasha? —le preguntó en voz baja, pero furioso—. ¡Le pregunté que dónde está Sasha?

Dragánovich miró fijamente al muchacho y le respondió:

—Se lo llevaron los soldados.

—¡Mentiroso! —le gritó Dámir—. ¡Qué hizo con él? ¡Dónde está Sasha?

–Dámir... –le dijo Dragánovich, haciendo un esfuerzo sobrehumano por no perder la paciencia.

–¡Por qué... por qué me miente? ¿Qué hizo con Sasha? –le gritó Dámir, histérico.

–¿Qué se llevaron el bebé? ¡Dios mío! ¡Pobre niño! –interpuso Marija–. ¡Pobrecito niño!

Al oír la noticia, hasta Níkola empezó a maldecir a la milicia. El único que permaneció aparentemente impasible ante la noticia fue Vélimir, quien no pudo entender qué motivo tendrían los soldados para llevarse la criatura.

Marija y Katarina se le acercaron a Dámir tratando de consolarlo con besos y abrazos.

–No sabes qué pena me da, hijo mío –le dijo su madre, sollozando porque el bebé se había convertido en parte de su familia.

Katarina abrazó a Dámir. Él lloró sin consuelo porque recordó la criatura que encontró durante una tormenta, una noche de terror, en medio de una carretera insólita; lloraba por aquel chiquillo a quien él le dedicó todo su tiempo su amor y devoción; por aquel pastorcillo que compartió sus sueños y sus pesadillas; por el amigo tan lleno de risa y alegría quien lo rescató de la muerte; por el infante que le corría detrás a las ovejas y que tanto quiso a su Didi; encontrarlo fue un milagro, el perderlo una tragedia que obligó a Dámir a entregarse a la triste y abrumadora decepción.

LA HIJA DEL TENOR

12

Por supuesto que el Jefe se molestó. Dijo él:
—¡Prensa? ¿Qué prensa? ¡De qué habla? —al enterarse que un diario de Buenos Aires envió a varios periodistas, fotógrafos y hasta a un noticiero para tomar películas de la llegada de un famoso cantante al país, quien, por casualidad viajaba en el Afortunato, el mismo transatlántico en que se encontraba su familia—. Oiga bien lo que le voy a decir —añadió en voz baja pero sin disimular su disgusto—, asegúrese bien, ¡no quiero fotógrafos por todo eso cuando desembarquen! ¡Usted me responde! ¿Entiende? ¡No quiero sorpresas!

Pávelich tiró el teléfono y se quedó mirando la pared, tratando de calmarse. Alguien le debió informar del famoso personaje a bordo del barco porque, de él saberlo a tiempo, hubiera hecho otros arreglos para el viaje de su familia. Él aún no estaba convencido que fue buena idea traerlos a Argentina. Llevaban más de tres años sin verse. Además, él y su esposa se habían distanciado y sus hijos, especialmente el mayor, lo trataban con indiferencia. Desgraciadamente el padre Dragánovich no le dio alternativa:

«Dávilas llegando a Buenos Aires el día tres. Punto. Buena suerte. Punto. KD. Punto».

Claves secretas y mentiras; cosas que no cambian.

Al llegar a Buenos Aires, Pávelich se alojó en un pequeño apartamento, situado en una base del ejército a veinte kilómetros al norte de la capital. Él se comunicaba con el padre Dragánovich, en la Santa Sede, a través del arzobispo de Buenos Aires, con quien hizo amistad. Al año, el ex presidente del Estado Independiente de Croacia alquiló una moderna residencia de dos plantas que sirvió por un tiempo de base en tierra firme para un almirante cuya estrella, según el almirantazgo, perdió el brillo.

Escondida detrás de una tapia alta y un portón de hierro en el barrio de Fincas, en el extrarradio de Caseros, a las afueras de Buenos Aires, la

casa era de color amarillo claro y con techo de tejas rojas, estilo mediterráneo. Pávelich la alquiló con todo: preciosos muebles importados de
Italia, una biblioteca con cuanto libro existía sobre estrategias militares de
alta mar y un salón de música con millares de discos de música clásica;
una cocina ancha y cómoda; cuatro dormitorios; dos cuartos de baños,
un balcón con puertas francesas en el segundo piso –de donde, con un
poco de imaginación, uno podía ver a Julieta evocando a Romeo– y un
garaje cuya puerta abría y cerraba automáticamente. Detrás de la residencia, había una casucha para los sirvientes, donde Pávelich colocó a
un tal Rubén, su chofer, agente de seguridad y cocinero. Habiendo sido
la casa de un militar de alto rango, de más está decir que la misma estaba
bien protegida por dos dobermans que velaban los alrededores a todas
horas del día.

Al otro lado del Atlántico, Marija y sus hijos dejaron Travnik, pasaron
varios días en un lugar secreto en Mostar, viajaron hasta una pequeña e
insignificante aldea en la costa sur, se cambiaron de ropa, atravesaron el
mar Adriático en una lancha y llegaron a media noche al puerto de Pescara, en Italia. Allí Rostas les entregó las últimas instrucciones del padre
Dragánovich, continuaron en automóvil hasta Nápoles, donde finalmente
abordaron el Afortunato.

El transatlántico, originalmente bautizado como Titán de los mares
durante la guerra, se dedicó al transporte de tropas y pertrechos para Mussolini. Debido a que durante su valerosa trayectoria de puerto en puerto
no atacaron al buque ni una vez, al finalizar las hostilidades sus dueños
decidieron volverlo a bautizar con un nombre más apropiado: Afortunato.

La embarcación tenía tres chimeneas que arrojaban humo negro que
delataba su posición mucho antes de que se viera en el horizonte y nueve
cubiertas, con los camarotes de primera clase y el alojamiento del capitán
y sus oficiales ubicados en la número ocho, inmediatamente detrás del
puente de gobierno. Como de costumbre, cuando más pobre el viajero,
más cerca del mar viajaba y los «Dávila», expatriados de Mallorca en
busca de mejor vida, viajaban en segunda clase (por eso de no llamar la
atención), en dos camarotes conectados por una puerta, en la cubierta
número siete.

El cruzar el Atlántico era algo común y sin peligro, no como durante la guerra, a menos que el barco tropezara con una mina extraviada, olvidada y flotando, como una medusa. Con todo y eso las rabietas y la falta de paciencia aumentaban día a día porque nadie, ni Marija, ni Katarina ni Dámir tenían idea de lo que les esperaba en la tierra del che y el gaucho.

Marija, al igual que sus hijos, hubiera preferido permanecer en Europa, lejos de Ánte Pávelich, de sus compinches, de sus intrigas y del inevitable riesgo que corrían todos en su compañía. De todos modos, el padre Dragánovich les aconsejó que no confraternizaran con los otros pasajeros, como era común durante un viaje tan largo, para evitar tener que enfrentar a otros ciudadanos españoles a bordo añorando hablar de la madre patria en castellano, o, en el peor de los casos, confrontar a asesinos de Yugoslavia, viajando en negocios.

No se les hizo fácil. A Marija le dio pena tener a Katarina encerrada en el camarote, cuando podían oír a otros niños jugando y corriendo por los pasillos y por la cubierta. Además, le preocupaba mucho Dámir.

Él dejó de hablar excepto cuando era necesario. Cada vez que ella trataba de levantarle los ánimos con juegos y conversación, él siempre terminaba hablando de Sasha, se le llenaban los ojos de lágrimas y su mente divagaba a la montaña, donde pasó tantos momentos de felicidad en compañía del chiquillo y el viejo pastor. Ella temía que su hijo se volviera a enfermar, como cuando niño, en Banja Luka, cuando tuvo a su disposición los mejores doctores y enfermeras. Con todo y eso, por poco lo pierde. Era cosa seria que de haber una emergencia en alta mar solamente podían depender de los pocos recursos médicos a bordo.

Un día, a Katarina le pareció ver un filamento color marrón en la distancia y creyó que era la costa de Argentina.

—¡Por fin! —dijo, brincando de alegría y halando la manga de su hermano—. ¡Llegamos!

Casi casi, pero no. Al Afortunado le faltaba tres días antes de tocar puerto en Buenos Aires pero la anticipación de una vida sin necesidad de estar escondiéndose o huyendo de asesinos y mercenarios, además de que por fin asistiría a una escuela como otras chicas y tendría la oportunidad de hacer amigos, era suficiente para que Katarina estuviese tan ansiosa de llegar como si hubiera estado esperando abrir sus regalos de Navidad.

Contrario a su hermana, a Didi le daba lo mismo llegar o no. Había perdido el interés en todo y no salía del camarote excepto por las noches cuando paseaba de proa a popa a pesar del mal tiempo y el movimiento del barco. A veces Katarina lo acompañaba; una que otra vez Marija iba con él, pero generalmente el muchacho insistía que lo dejaran solo.

Un triste atardecer cubierto de neblina, mientras Marija y Katarina se entretenían en su camarote, Dámir salió a caminar por el barco. Vestía con pantalones de corderoy que le llegaban a los tobillos, una camisa de lana gruesa color marrón, una capa negra que parecía las alas de un murciélago nervioso y botas de goma. Él no tardó en llegar a la primera cubierta, al mismo vientre de la nave, donde lo único que lo separaba de las profundidades del atlántico era el doble fondo del barco. Allí se encontró con un grupo de gitanos procedentes de Bohemia; una verdadera algarabía de gente pobre y de todas las edades.

Una del grupo –toda en seda color rojo, verde, amarillo y azul, con la blusa y la falda bordadas con lentejuelas y decoradas con abalorios que la poca luz destellaba como rayos de sol detrás de un arco iris; con un pañuelo en la cabeza con pinceladas color oro y plata; con docenas de collares y brazaletes que le cubrían hasta los codos, enormes sortijas de piedras preciosas y estrambóticos aretes que embellecían y hacían lucir aún más impresionante aquellos párpados azules; labios tan rojos como una gota fresca de sangre, cachetes tan colorados que parecían bolitas de queso holandés, tez embarrada de purpurina y un par de cejas cuidado-samente pintadas tan negro que, a decir verdad, daban miedo– cercó su esquina con velas e incienso para separarse de los demás.

A Dámir, aquella vieja le pareció un espejismo y ella ofreció leerle la buenaventura.

Él no entendió lo que decía y se hizo el desapercibido.

–¿Dich spreche Deutsch? –insistió en alemán.

Como los padres de Dámir hablaban muy buen alemán, el chico respondió:

–Nein.

–¿Parla italiano?

–Sí.

–Ah, bene, bene –le dijo en una voz terriblemente ronca y monó-tona, señalando con su dedo encorvado pero muy bien adornado donde el muchacho debió sentarse–. Perdiste a alguien querido en más de una ocasión... tengo mucho que decirte –añadió en un italiano tan deshilvanado como las arrugas arropando su cara.

Dámir cruzó las piernas y ella le tomó la mano.

–¿Es usted... gitana? –él le preguntó.

–Tan gitana como la Magdalena, aunque puedo ser zapatera de tu zapato y darme cuenta que sufres –le respondió, escudriñándole el alma; describiendo su tristeza con tanta exactitud que pareció estar dotada de poderes mágicos y sobrenaturales. Era su aura, dijo ella, además, una irradiación gris y verde oscuro que lo rodeaba, reflejando desaliento y avisando algo terrible–. Pon a un lado tu angustia –añadió, soltando la mano de Didi, encendiendo un cigarrillo y botando humo por la nariz y por entre los dientes–. Naciste de la contradicción, pero tienes suerte; fuiste bendecido por dos, ahora lo serás por tres. ¡Vete, que estás perdiendo tiempo! ¡Sube y encuentra la soberana que te confortará y te hará feliz!

–¡Qué?

La gitana no le respondió; se levantó y desapareció en el tumulto.

Por un momento, Dámir pensó haberse imaginado el encuentro pero cayó en cuenta cuando se encontró subiendo por la escalera de la próxima cubierta donde vio al patriarca de los gitanos de Bohemia, quien pagó extra para colocar a su familia, a una docena de gallinas y a tres cabras en seis camarotes con catres y portillas, por donde, de no estar cansados del mar, podían admirarlo de cerca.

–¡Sube!

En el próximo nivel se tropezó con la clase de refugiado político que después de sobornar a todo el mundo para que lo dejaran escapar del continente, no le sobró dinero para conseguir mejor alojamiento.

–¡Encuentra la soberana!

Avanzó hasta llegar al puente donde encontró los camarotes de primera clase. Miró alrededor, dio un suspiro, se aguantó de la barandilla, sintió el pegajoso rocío del mar, cerró los ojos, cayó en picada y le pasó por el lado a los camarotes de segunda clase de donde Katarina le dijo adiós; vio a los refugiados políticos sin dinero, a la familia de gitanos con sus gallinas y cabras, a la vieja bruja que se lo advirtió, antes de dar contra las aguas negras y perderse en lo más profundo de la eterna oscuridad.

Fue cuando Dámir oyó lo que le pareció ser una canción de cuna dedicada a los ángeles de Nuestro Señor. Abrió los ojos, sacudió la visión de muerte y se llegó hasta la entrada de un lujoso camarote en donde una voz dulce y apasionada acariciaba una romántica melodía.

Siendo la música la divina expresión del alma, los tiranos, o aquellos hombres que alguna vez se las dieron de ser tiranos; tipos de almas pervertidas que carecen de conciencia, no le dan importancia a la música porque piensan que es irrelevante y una pérdida de tiempo a pesar de que muchos de ellos la utilizan como herramienta de propaganda para provocar e incitar a las masas con himnos y marchas patrióticas. Sin embargo, es difícil imaginarse a un tirano cómodamente sentado en su hogar disfrutando de un minué, de una sinfonía o de una cantata y así atiborrarse del amor que trasciende la infatuación y el deseo; el amor en su forma más pura; ese amor que venera la vida. Por eso Didi y Katarina se criaron en un ambiente donde un piano, un violín o el cantar de un coro era tan ajeno como un libro del folclore de Serbia.

Quizá fue por eso que el aria lo entusiasmó de tal manera que casi no pudo respirar y no encontró palabras para expresar lo que sintió ni pudo aguantar las lágrimas. Dámir estaba completamente turbado y su cuerpo temblaba como el mástil del Afortunado. ¿Cómo se iba a imaginar el chico que por primera vez en su vida estaba frente al altar del sentimiento y la pasión absoluta del querer?

Lentamente Didi se dejó llevar por la melodía hasta la puerta de aquel lujoso y espacioso aposento con paredes forradas en madera, con una enorme araña de cristal tallado colgando del techo; con tres anchas butacas de cuero, alfombras de Persia y un candelabro de plata encima de un lustroso piano de cola negro.

Una mujer alta y morena y con dedos largos que parecían patas de araña acompañaba al piano a un hombre pequeño y fornido, de unos cincuenta y cinco años, de cara chata, con pelo negro, lacio y brillante peinado hacia atrás.

El caballero vestía muy elegante una chaqueta esmoquin de seda, zapatillas negras de terciopelo timbradas con un emblema dorado y un pañuelo de seda carmesí que le protegía la garganta, la cual no podía ser más ancha y musculosa, especialmente cuando él abría la boca.

Didi se recostó en contra de la barandilla en el pasillo y comenzó a llorar. La ira y la terrible melancolía que mantuvo enterrados tanto tiempo bajo el doloroso remordimiento, por fin se vertieron como un manantial cuando el tenor alcanzó una de esas notas musicales que transforman a hombres pequeños, regordidos y feos en leyenda.

–¿Scusi?

La música cesó y a Didi lo sacudió otro sonido tan hermoso como el de antes, excepto que era la voz de una chica como de su edad; una niña adorable, con pelo suave y rubio, ojos azules y alegres que parecían sonreír aun cuando ella no lo hacía. Se llamaba...

–¡Isabella!

–Aquí estoy, papá –le contestó ella al hombrecito en el camarote, antes de dirigirse de nuevo a Dámir–. ¿Qué hace aquí? ¿Cómo se llama?

Al parecer la noche se había convertido en una de disparidades exageradas y Dámir estaba tan y tan nervioso que se le olvidó sus nombres, el verdadero y el supuesto nombre español. Al no poder responder, él se secó las lágrimas con la manga, se le quedó mirando a Isabella un rato largo antes de atreverse a preguntar:

–¿Quién... es ese que canta?

–El mejor tenor del mundo; el más famoso después de Caruso; el magnífico Beniamino Gigli; mi padre.

Dámir tenía otra pregunta pero Isabella no le permitió hablar porque lo llevó de la mano a donde se encontraba el gran Gigli.

–Papá, este chico no me quiere dar su nombre. Creo que se emocionó mucho con tu <u>Nessun Dorma</u> –dijo Isabella antes de coger aire, soltarle la mano a Dámir, pararse al lado de su padre y añadir–, y no lo puedo culpar. ¿No es bello, papá? Creo que estoy enamorada de él.

Dámir abrió los ojos a tal grado y sus cejas se unieron tanto que Gigli tuvo que rendirle una explicación:

–Por favor, no se preocupe. Isabella... Isabella es una romántica y yo tengo la culpa porque me paso cantando Puccini, Verdi y Bellini día y noche –y justo cuando Dámir empezó a calmarse un poco, el tenor se volvió a su hija y le dijo–, Creo que van a hacer una pareja muy hermosa.

Isabella insistió:

–¿Cómo te llamas?

–Dámir.

–Da-mir –repitió Isabella dando a cada silaba un toque musical–. Yo soy Isabella Gigli. Esta dama es Elvira Tucci, la secretaria personal y acompañante al piano de mi padre.

En una muestra de respeto y buenas maneras, Didi inclinó su cabeza.

–Enchanté –saludó doña Elvira, con su voz grave y resonante, y sin moverse de la banqueta.

A su vez, Isabella no se fijó en los detalles que mucha gente utiliza para juzgar al prójimo; por ejemplo, en la ropa de campesino que Dámir llevaba puesta, ni en su recorte de pelo que estaba fuera de moda. Nada de eso. Y si es verdad que, posiblemente, en ese momento la joven Gigli no pudo expresar lo que sintió por el muchacho a quien acababa de conocer, sí la conmovió su franqueza –aparentemente libre de pretensiones–, su vulnerabilidad, su bondad, su mirada tierna y sobre todo, su perfecta sencillez.

–¿Dámir? –interpuso Gigli–. ¿De dónde eres?

–Cro... España –le respondió el muchacho.

–¿Cro... España? Eso... ¿queda en España? Yo la conozco bien, sabes... quiero decir a España –le dijo el tenor, con una carcajada.

–¿Te fijas, papá, que bien habla el italiano? –observó Isabella.

–*Demasiado bien para ser de España* –pensó su padre.

En contra de la antipatía que Dámir siempre tuvo por la mentira, pero recordando las advertencias de su madre, él se vio obligado a aceptar que de niño vivió en Florencia donde aprendió la lengua de Boccaccio, de Dante y de... Isabella.

Por otra parte, nadie obligó al gran Gigli a decir que su repertorio incluía obras que él cantaba alrededor del mundo; en francés en París, en alemán en Berlín –por supuesto, antes de la guerra– y en castellano en Madrid, lengua que dominaba y podía conversar, para hacerle todo más fácil al joven.

Al enfrentar la cortesía del gran cantante y los ojos de Isabella –que lo miraban con adoración– Dámir no pudo hacer otra cosa que salir corriendo, brincar los resbalosos escalones de dos en dos, hasta llegar a su camarote.

–¡Didi! –le gritó Katarina, molesta porque al abrir la puerta el viento hizo volar las barajas–. ¿Qué pasa contigo?

Dámir aseguró la puerta, miró por debajo de la cortina que cubría la portilla para asegurarse que no lo habían perseguido y se sentó, sin aliento y asustado, al borde de la cama, antes de dar un brinco para apagar las luces.

–¿Qué sucede? –le preguntó su madre, con un poco de miedo. Ellos estaban en segunda clase y no había teléfonos en caso de que necesitaran pedir ayuda, cuando se oyó un ligero tap-tap-tap a la puerta que la hizo llevarse la mano al corazón y aguantar la respiración a la vez que su hija agarró la lámpara de noche, lista para defender a su familia.

¡Tap-tap-tap!

Esa vez los golpes de la puerta fueron seguidos por el llamado de un dulce ruiseñor:

–¿Dámir?

–¿Quién es esa? –le susurró Kati, en la oscuridad.

–Dámir, ¿estás ahí?

–Quizás no es su camarote.

–Lo vi entrar, papá.

Marija escuchó suficiente. Encendió las luces, pero Didi brincó de la cama y las apagó de nuevo. Ella volvió a encenderlas y le advirtió a su hijo con la mirada a que no se atreviese a volver a dejar el camarote sin luz.

–Buenas noches –dijo Marija, sorprendida al abrir la puerta y ver a Isabella y a su redondo padre en el pasillo–. ¿Les puedo ayudar en algo?

–Buenas noches, señora. Soy Isabella Gigli y este es mi padre, el gran Beniamino Gigli. ¿Dónde se encuentra... Dá-mir?

–Creo –le respondió Marija volviéndose a un lado y viendo a Didi con un pie en su camarote– que está tratando de esconderse. Dámir, ven aquí, por favor –y Marija de nuevo se volvió hacía los Gigli–. Soy la señora Dávila. Esta es mi hija, Katarina... niña pon la lámpara en su sitio... y ya ustedes conocen a mi hijo, Dámir. Si tienen la amabilidad, pasen, por favor.

El gran Gigli hizo una reverencia y se disculpó porque no era su intención molestar a los Dávila de esa manera, pero tuvo que írsele detrás a su hija... su impulsiva hija... quien creyó haber dicho algo para ofender al joven Dámir, ya que el chico salió disparado del camarote –de los Gigli– sin dar explicación.

Fueron las últimas palabras dichas por ninguna otra persona por diez minutos porque Isabella fue de un lado a otro del camarote halagando a sus nuevos amigos. Primero comentó que Marija lucía demasiado joven para ser madre de un chico de la edad de Dámir; observó que Katarina poseía la tez más bella que ella había visto en su vida antes de anunciar a todos los presentes su intención de casarse con Dámir en cuanto él estuviera disponible, lo que hizo que el chico sudara gordo, que Marija tosiera, que Kati se rascara la cabeza y que el gran Gigli volviera a explicar lo de Puccini, Verdi y Bellini.

Seguidamente, Isabella invitó a los Dávila a cenar a la vez que daba vueltas y piruetas por la cabina. Marija disfrutó mucho el momento, más que nadie se pudo imaginar. Su amable sonrisa jamás expresó el placer que sentía en ver como la mirada de Dámir, una mirada que hasta muy reciente fue triste, solitaria y pesimista, adquirió un brillo especial; esa mirada ya no temía por su vida o por la tristeza de perder a Sasha, pero por estar en la envidiable posición de ser asediado, no por asesinos ni por secuestradores, sino por una chica encantadora.

Marija conocía la fama del gran Gigli porque, aunque ella nunca sintió interés por la ópera, lo vio cantar una vez, cuando un general italiano la invitó a ella y a su esposo al Teatro Comunale durante su estadía en Florencia. También era cierto que, aunque muy lejos de Croacia, ella y sus hijos todavía estaban en peligro, por eso se volvió a Isabella y a su padre, y les dijo:

–Señorita, Maestro, es un honor conocerles, pero no podemos aceptar su invitación; sería una terrible imposición.

—Oh, ¡seguro que puede, seguro que sí! –le respondió Gigli.

Marija se volvió a Kati y a Didi, vio lo mucho que ellos añoraban salir del camarote y divertirse un poco, suspiró, sonrió y se dio por vencida.

Más tarde, caminando de regreso a su camarote, Beniamino Gigli aconsejó a su hija como tratar a los Dávila:

—No les hables en castellano. No les preguntes dónde fueron a la escuela y por nada del mundo trates de averiguar el nombre de su padre. ¿De acuerdo?

Era de esperarse. Isabella, Katarina y Dámir estuvieron juntos el resto del viaje gracias a las insistencias de la señorita Gigli y a la promesa que le hizo su padre a la señora Dávila asegurándole que Dámir y Katarina sólo estarían en compañía de su hija.

Aunque Isabella era mayor que Kati por dos años, ellas se llevaban de maravilla, y entendían que su amistad se basaba en puro interés. Para Isabella, el estar con Kati era estar cerca de o poder hablar de o poder observar a Dámir. Kati, por su parte, pensaba que Isabella era su pasaporte a una vida que nunca conoció, además de ser la primera amiga que tuvo en su vida.

¿Y Dámir? Él pasó el tiempo sentado en una esquina viendo ensayar al gran Beniamino. Los ojos de Sasha todavía lo perseguían y lo hacían sentirse terriblemente culpable, algo que tuvo que malabar con la confusión que sintió con Isabella. Él no comprendió el interés de la chica en él y su franqueza lo ponía nervioso. Una vez, al otro día de conocerla, se atrevió mirarla a los ojos y ella le respondió con una mirada inocente y ojos como campanitas de cristal que repicaban: «Te quiero».

Naturalmente, la llegada del Afortunato a Buenos Aires, aunque un alivio, les causó a todos un poco de tristeza. Al gran Gigli le llegó la hora de prepararse para las innumerables entrevistas, para bregar con los directores de escena y orquesta –más entrevistas– para recibir a los miembros de la junta de directores de la compañía de ópera –más y más entrevistas– y lo peor de todo era tener que compartir ese proceso tan desagradable con los otros cantantes del elenco. A Marija también le preocupó la llegada, pero a diferencia de Gigli, ella no sabía que esperar; lo inevitable, fuera lo que fuera, estaba por suceder.

Eran las tres de la tarde y el grupo paseaba por la cubierta luego de que el maestro Gigli invitara a los Dávila a almorzar. El día estaba precioso pero hacía un poco de frío. El Maestro vestía con una elegante capa y sombrero y Marija con un abrigo que le quedaba muy bien.

–Tenemos apenas un par de horas antes de desembarcar –les dijo
Gigli. Tenía la costa de Argentina a su espalda, y se recostaba de la barandilla–, y creo que sería un verdadero obsequio que Isabella nos deleite
con una canción.

–¿Isabella? ¿Ella canta? –preguntó Katarina, tan sorprendida como
su hermano.

–¡Qué si canta? –le respondió Gigli, riendo–. ¡Hay gente que dice
que es la única con talento en la familia!

–Papá, por favor –le dijo Isabella tomando el brazo de su padre–.
Para que dañar la tarde. –A pesar de sus protestas doña Elvira dirigió el
camino al camarote, se sentó al piano, Isabella esperó a que su padre y
sus invitados tomaran asiento y las primeras notas le dieron entrada a
Vissi d'arte, de la ópera Tosca.

De pronto la voz alegre de Isabella entonó la melodía como si un hilo
de plata bordara el sentimiento. Su mirada adquirió un aire meditativo,
extendiendo así el pesaroso pianissimo con:

–Vissi d'arte, vissi d'amore...

El cambio en la chica fue asombroso. No sólo Isabella tenía una
voz preciosa sino que poseía el talento para interpretar aquella aria de
manera vibrante, cada frase denotando la pasión, la angustia, el ruego, el
reto y hasta el lamento de un amor que ni la muerte pudo traicionar. Al
difuminarse el último compás, el gran Gigli saltó de la butaca.

–¡Bravo! –le dijo, dándole un beso–. ¡Bravísima!

Los Dávila se unieron a la ovación con el mismo entusiasmo del tenor.

–¡Qué voz, qué talento! –dijo Marija.

–¡Maravilloso! –añadió Katarina, aplaudiendo.

Sólo Dámir permaneció sentado, boquiabierto, sin poder expresar su
asombro y admiración.

–Bueno, ya –dijo Isabella, riendo–, que no es para tanto.

Los elogios y los aplausos continuaron hasta que a Isabella se le
ocurrió sugerir que Kati y Dámir desembarcaran con ella y su padre y
así enfrentar juntos a la prensa y poder conocer a los dignatarios que
seguramente estarían presentes en el muelle para darle la bienvenida a
Beniamino Gigli.

Como Katarina no supo que decir, ella miró de reojo a su madre. Dámir no se había recuperado del todo de Puccini, por lo tanto no dijo nada.

–Querida –le dijo Beniamino con una mirada que su hija entendió de
inmediato–, Kati y Dámir... ellos no están acostumbrados a esas cosas.
Sabes que bregar con la prensa es una tortura.

Marija agradeció mucho las palabras del tenor de voz grande y poca estatura.

—Tienes razón –le dijo Isabella, un tanto desilusionada, antes de volverse a Kati–. Ahora, me tienes que visitar al hotel –e inmediatamente a Dámir –, y tú... ¿me llamas por teléfono? ¿Me lo prometes?

Antes de que Dámir le pudiera responder, alguien tocó a la puerta –¡Seguro que te llama! ¿Cómo no te va a llamar? –dijo Gigli, riendo y dejando entrar al camarote al Capitán del Afortunato acompañado a dos hombres vestidos con abrigos negros, sombreros y gafas de sol, recién llegados a bordo por medio de un bote pequeño. Luego de dar la bienvenida a Argentina en un tono bastante seco, los caballeros pidieron hablar con la señora Dávila en privado.

Un minuto más tarde, Marija regresó al camarote, se volvió a sus hijos, y dijo:

—Nos tenemos que ir –antes de darle las gracias al Maestro Gigli por todas sus atenciones y a Isabella por alegrarles el viaje a Katarina y a Dámir.

Katarina besó y abrazó a Isabella, a Beniamino y doña Elvira. Dámir estaba tan nervioso que no supo qué hacer, por lo tanto Isabella fue donde él y le extendió la mano.

Él inclinó la cabeza y besó la mano de la chica, cuando oyó a su hermana decir:

—Por lo que más quieras, Dámir, ¡dale un beso, caramba! ¡No te va a morder!

Dámir e Isabella se miraron tímidamente por lo que pareció una eternidad hasta que él le dio un beso en la mejilla. Y si es verdad que cuando uno se despide esos besos suelen ser un convencionalismo mecánico que no significa otra cosa que el simple roce de mejillas, donde los labios no tienen nada que hacer, en esa ocasión, Dámir sí besó el cachete de Isabella.

—Da-mir –le dijo ella en el mismo tono musical y con una sonrisa–. Ten –y sacó de su bolsillo un papelito timbrado con su nombre y rociado con su perfume que incluía el nombre, la dirección y el teléfono del hotel Alvear Palace, en Buenos Aires.

—¡Basta ya, que me van hacer llorar! –les dijo el gran Gigli.

Y antes de lo que nadie creyó posible los besos, los abrazos y las gracias se acabaron y los Dávila fueron escoltados hasta su camarote, donde recogieron sus pertenencias y se montaron en el pequeño bote con los dos hombres.

Desde la barandilla, Isabella, Beniamino y doña Elvira los vieron alejarse hasta desaparecer entre los buques anclados en el puerto.

–Pueden ser miembros de alguna familia real que viaja incógnito –le dijo Isabella a su padre.

El gran Gigli le puso el brazo por encima, sacudió levemente la cabeza, respiró profundo, y dijo:

–No lo creo.

13

El chofer abrió la puerta del automóvil americano estacionado al otro lado del muelle donde, en un par de horas, anclaría el Afortunato.

–¿Y el equipaje? –le preguntó Marija

–Lo llevarán a la casa –le respondió Rubén en un italiano pasable–. Bienvenidos a Buenos Aires, señora. El Jefe los espera en la casa.

–¿Quién, dijo usted? –le preguntó Marija entrando en la limusina y mirando de reojo a su hijo.

–El Capo –aclaró Rubén.

–¿Quién? –interpuso Dámir, tomando asiento.

–Su padre... me parece, ¿no? Creo yo... –le contestó Rubén, cerrando la puerta, caminando al otro lado del Pontiac y tomando asiento detrás del volante.

Rubén era del alto de Katarina, lo que quiere decir que era alto para ser una niña de 15 años pero pequeño de estatura para ser un hombre de 34, lo que provocaba su complejo napoleónico. Quizá por eso siempre vestía de negro, usaba zapatos con plataforma, un sombrero ancho y cargaba una pistola Colt calibre .45 que pesaba casi tanto como él. Este hombre que hacía de todo un poco para Ánte Pávelich, tenía ojos y pelo negro, tez pálida, una boca pequeña, labios embutidos, mejillas anchas y una sobresaliente quijada que le daba la apariencia de ser un poco lento. La cicatriz que le adornaba el lado izquierdo de la cara corría desde la oreja hasta un poco más abajo de la mejilla, aparentando él ser un tipo dispuesto a la violencia; que sí lo era, aunque su temperamento no tuvo nada que ver con el costurón, porque ese fue regalo de su madre durante una borrachera cuando él tenía apenas cinco años de edad.

En ruta a Caseros, Didi hizo la observación que hacía mucho frío aunque estaban en pleno verano. Marija le explicó que el fenómeno se debía a que Argentina estaba bien al sur de la línea del ecuador, por lo tanto las temperaturas de las estaciones del año eran contrario a las de Europa.

–Ah, como en Australia –dijo Didi.

–Como en Argentina –le corrigió Rubén, orgulloso de su patria–. Esta es la Avenida 9 de julio, en honor al día de la Independencia. Es el bulevar más ancho e impresionante del mundo, y eso incluye a Park Avenue en Nueva York.

–Con su permiso –le interrumpió Marija–, vamos camino a la casa, ¿verdad?

–Sí, sí –le contestó Rubén–. Estaremos llegando como en quince minutos. ¿Es esta su primera visita a Argentina, señora?

–Sí.

–Como puede ver esta hermosa ciudad es parte de un país enorme y...

Marija se inclinó hacia el frente, puso la mano en el espaldar del asiento delantero y no dejó que Rubén terminara la oración:

–Le ruego me disculpe, señor...

–Rubén... por favor, me puede llamar Rubén.

–Bien, Rubén. Me imagino que sabe que estuvimos en un barco dos semanas y aunque no quiero ser descortés, mis hijos y yo estamos muy cansados. Por eso no nos interesa ir de paseo a ningún sitio, ni tenemos ganas de hablar. Le ruego que nos lleve lo antes posible a donde se supone que nos lleve, a encontrarnos con quien sea...

–...con su esposo, ¿no es así? –le respondió Rubén.

–¡No me interrumpa, por favor! –le dijo Marija subiendo el tono de voz–. Por favor, préstele atención a la carretera.

De alguien preguntarle en ese momento a Rubén cual era el peor pecado en todo el universo, él se hubiera quitado el sombrero, se hubiera rascado el garabato de su cara y hubiera dicho: Ingratitud, especialmente cuando hizo más de la cuenta, cuando fue más allá del deber, todo por hacer sentir a los extranjeros bienvenidos a la ciudad más encantadora del mundo. Ser malagradecido era peor que ser infiel y evidentemente el Jefe estaba casado con una puta alemana que era una malagradecida de primera y que, de ese momento en adelante, jamás gozaría de la amistad ni de la galantería de Rubén Torres; en otras palabras, la cabrona se podía reventar en el mismísimo carajo.

–¿Sabes qué? –dijo Dámir, hablando en serbocroata sin quitar la mirada de la ventana y en un tono salpicado de ironía–, creo que debemos ir a la ópera.

Ya había oscurecido cuando abrieron los portones que conducían al interior de la propiedad. Cuatro poderosos focos alumbraron los alrededores y el Pontiac se llegó hasta el garaje. Rubén apagó el motor, se bajó de la máquina y les abrió la puerta a los pasajeros sin decir una palabra.

–¿Dónde está mi marido? –le preguntó Marija.

Con un gesto de la mano, Rubén dirigió la familia hasta la sala donde encontraron a Ánte Pávelich disimulando que miraba por la ventana.

A él le pareció que habían pasado mucho más de tres años desde la última vez que vio a su esposa. Ella, según él, había aumentado de peso. Él, según ella, se veía viejo y cansado. Dámir, de acuerdo al Poglavnik, había crecido muchísimo. El Poglavnik, de acuerdo a Dámir, tenía una mirada provista de todo menos de bondad. Kati, era la opinión de Pávelich, se había convertido en una chica bella. Su padre, era la opinión de Kati, no era tan alto y apuesto como ella lo recordaba.

–Ah, por fin –les dijo su padre y esposo–. Rubén, tenga la gentileza... asegúrese que traigan las maletas lo antes posible... y gracias. Se puede retirar.

El guardaespaldas asintió con la mirada, se pellizcó la nariz y abandonó el despacho.

De ser optimista, el Jefe hubiera pensado que luego de tantos años de no ver a su esposa y a sus hijos ellos se le tirarían encima a abrazarlo y a darle besos. Ánte Pávelich sería muchas cosas pero no era optimista y por lo tanto ni Marija, Dámir o Katarina lo decepcionaron.

–Marija –le dijo Ánte en un tono que por lo menos invitaba a que ella se le acercara.

Su esposa colocó la mejilla contra la de él, y se puso a un lado para que Katarina saludara a su padre. La chica lo besó con un poco más de entusiasmo y Dámir permaneció a la entrada, inclinando la cabeza en reconocimiento de que su padre estaba presente.

–¿Tienen hambre? –fue lo único que se le ocurrió decir a Pávelich–. ¡Rubén!

Un minuto más tarde todos se sentaron en la cocina, alrededor de una mesa rectangular de madera clara, mientras Rubén les sirvió un pequeño manjar que él mismo preparó de antemano que incluía jamón, papas hervidas, quesos, frutas y vino. Una vez cumplida su misión, el hombrecito hizo mutis.

–Ese hombre... ¿va a estar aquí mucho tiempo? –preguntó Marija a su marido.

–Rubén es necesario –le respondió el Poglavnik–, como lo son los perros... dos dobermans que vigilan la propiedad; no son mascotas.

Y así, poco a poco Ánte fue describiendo para su familia lo que ellos podían esperar viviendo en Argentina. Todo iba a ser diferente a lo que estaban acostumbrados. Para empezar, les dijo, era imperativo que cada uno asumiera otra identidad, lo que quería decir que de ese momento en adelante usarían el apellido «Bianchi», un nombre de familia común en la colonia italiana de la Argentina. Ánte había decidido en «Daniel», Marija se convertiría en María, Katarina en Sara...

—¡Sara! —exclamó la niña, alarmada—. ¡Qué nombre más horrible!

—Es un nombre bíblico —explicó el Poglavnik, encogiendo los hombros—. Dámir, de ahora en adelante tu nombre es Miguel.

—Ridículo —interpuso el chico.

—Ridículo o no —le dijo su padre sin molestia alguna—, son cambios necesarios para la seguridad de todos. Los nombres ya fueron registrados con el gobierno y los carnets de identidad les serán entregados la semana que viene. Ustedes... Sara y Miguel... ya están inscritos en una academia privada y comenzarán las clases en dos semanas. La escuela fue seleccionada porque casi todos los estudiantes son de descendencia norte americana e inglesa. Otra cosa, toda amistad o contacto con gente de Yugoslavia, o personas viviendo en ese país está prohibido... ni siquiera por correo.

—¿No puedo escribirle al padre Dragánovich? —le preguntó Dámir, quien pensaba bombardear al cura con cartas preguntando por Sasha.

—Especialmente no deben ni pensar en el padre Dragánovich —le respondió Ánte, en un tono firme.

—¡Pero... ! —empezó a protestar el chico, cuando su madre intervino:

—Mi amor, hay que evitar que sepan dónde estamos.

—¿Por qué? —le preguntó Dámir.

Ánte levantó la mano, hizo que su esposa dejara de hablar y desde el centro de la habitación y mirando fijamente a su hijo, le dijo:

—Ya no son pequeños. Estoy seguro que entienden que el tiempo que pasaron en la montaña no fue para que aprendieran a ordeñar cabras. El gobierno de Yugoslavia está vigilando al padre Dragánovich. Cualquier intento a comunicarse con él será interceptado por el Servicio Secreto de los comunistas poniendo a todos en esta familia en gran... y quiero estar claro... en gran peligro. Fuera de estas paredes ustedes hablarán solamente en italiano hasta el día que aprendan a hablar castellano. Eso es todo lo que les tengo que decir por ahora, a menos que María... ¿tienes algo que añadir?

—¿Podemos tener amigos? —preguntó Kati a su padre pero mirando a su hermano de reojo.

–¿Amigos? ¿Qué clase de... amigos? –preguntó Ánte, un poco sorprendido.

–Lo que Kati... –interpuso Marija...

–Sara... –le corrigió el Sr. Bianchi.

–...quiere saber, lo que ella quiere saber –Marija trató de añadir, cuando Dámir la interrumpió.

–¿No entiendes? –le dijo Didi a su hermana, furioso–. ¡Hemos viajado al otro lado del mundo para nada! ¡Todo sigue igual!

–Didi, por favor, contrólate –le ordenó su madre.

–«Miguel», su nombre es Miguel –interpuso su esposo, ganándose una mirada de desdén de parte de la Sra. Bianchi.

Para entonces los chicos habían regresado a la mesa de la cocina. Marija se volvió a su marido, y le dijo:

–Quiero que entiendas que, o cambian las cosas, o nos regresamos a Europa. ¡Yo no voy a permitir a que sufran más!

–Para empezar, aquí se hace lo que yo digo.

–¡No si eso significa que sigamos viviendo como ratas! ¡No, señor! ¡De ninguna manera! –le dijo Marija.

–¿Qué sucede contigo? –le preguntó Pávelich, de manera seria y en un tono indicando frustración–. ¿Te olvidas quién soy?

–Eso es imposible –le contestó Marija con despecho.

–Si es imposible, piensa que no tienes a nadie a quien pedirle ayuda. ¿Adónde vas a ir? ¿Con qué dinero? –le preguntó Ánte.

La pregunta calló a Marija. Él tenía razón. Aparte de sus hijos, ella estaba sola en el mundo.

Ánte, por su lado, no se acordaba la última vez que su esposa de tantos años le faltó el respeto. Él no podía permitir ese cambio de actitud, esa inclinación a disputarlo. Sin embargo, el Sr. Bianchi estaba consciente que los Generales eran tan caprichosos como los Papas, y que tanto su estadía como la de su familia en la Argentina dependía, en gran parte, del soborno a altos funcionarios del gobierno más al hecho que nadie los reconociera para así evitar que el nuevo gobierno de Yugoslavia ejerciera presión sobre el gobierno de Juan Perón para el arresto o la deportación de Ánte Pávelich, el ex Poglavnik. No había país en el mundo donde Marija y sus hijos podían ir sin exponerse al insaciable apetito de Belgrado por vengarse de él.

Aun así, era humillante pensar que él no pudiera controlar a su mujer o a sus hijos, por lo tanto, era hora de llegar a un arreglo.

–Bien... a ver, ¿qué se te ocurre? –le preguntó Ánte.

14

El dormitorio de Didi era mucho más espacioso y cómodo que el pequeño cubículo que compartió con Sasha en la montaña, aunque no tenía ni chispa de personalidad. Las paredes estaban desprovistas de cuadros o anaqueles de libros. Sólo había una cama y una mesa de noche que la acompañaba una insípida lámpara de piso.

La ventana daba a la parte trasera de la casa de donde pudo ver la casucha donde dormía el guardaespaldas y la caseta de las dos sombras, silentes y terribles que patrullaban el jardín.

–*Lo mismo de siempre* –pensó Didi antes de dirigir la mirada al cielo y verlo lleno de estrellas que acompañaban una luna que hablaba español y no conocía sus secretos.

Lo más que añoraba era despertar de nuevo en el campo, donde Sasha jugaba con las ovejas y Vélimir le contaba de la vida y el universo.

¿Y Sasha? ¿Quién lo cuidaba? ¿Se acordaría el pequeño de Dámir en un par de meses?

–Da-mir –dijo en voz baja, imitando a Sasha–. Da-mir –dijo en voz cantarina, como Isabella–. Da-mir bienvenido a la Argentina –repitió, antes de tararear *Vissi d'arte*.

La familia Bianchi tuvo un alegre despertar gracias a la despampanante brillantez del alba argentina, el cual, de acuerdo a los ciudadanos de esa gran nación, deslumbra a todas las salidas del sol en el mundo. Tanto es así que el «Sol de mayo» está en primer plano en la bandera de la Argentina, como símbolo de la independencia lograda en julio de 1816. El hecho que el Sol de mayo esté en primer plano durante el mes de julio, mes de la independencia, no parece inquietar a los argentinos.

Didi sintió cuando don Daniel, acompañado por su pequeño guardaespaldas salió temprano a hacer diligencias. Eran las siete de la mañana. Él casi no pudo dormir porque el dormitorio carecía del estrepitoso ruido de olas dando contra de las paredes, y de las sacudidas de una nave en alta mar. Pensó esperar a que su madre lo llamara a desayunar pero como

131

tenía un poco de hambre, decidió bajar a ver que encontraba de comer en la cocina.

Vestido con una camiseta y los mismos pantalones del día anterior, él ni se preocupó en ponerse los zapatos, caminando descalzo sobre los álgidos pisos de mármol.

Al no ver nada de su gusto en el frigorífico, fue explorando el resto de la residencia hasta llegar a la biblioteca. Un tiempo atrás, a él no se le hubiera ocurrido entrar en el despacho de su padre; en el sanctum sanctorum de Ánte Pávelich; además, que se le hubiera hecho imposible porque la puerta hubiera estado bajo llave y bajo la vigilancia de la Ustacha. Sólo Ánte Pávelich y Dios conocían los secretos escondidos en las gavetas del escritorio; misterios que a Dámir no le interesaban en nada porque ya conocía demasiado bien a su padre... excepto que le estuvo curioso una caja cuadrada cubierta en cuero color marrón con un mango plateado en la tapa y una manivela por el lado, que fue abandonada al otro lado del despacho.

Con mucho cuidado, como si hubiera invadido un emplazamiento arqueológico lleno de mortíferas trampas para sorprender al intruso, Didi se llegó hasta el tocadiscos, levantó la tapa y le dio vueltas al plato. Fue cuando se dio cuenta que la oficina estaba forrada de discos de música clásica, todos colocados en orden alfabético; parte de una impresionante colección, particularmente de ópera.

Kati pensó que estaba soñando. Al igual que su hermano, la tranquilidad del ambiente la mantuvo despierta hasta muy tarde y no hizo más que cerrar los ojos... cuando la retumbante voz del tenor estremeció las paredes de la casa:

—¡*Riiiiidi pagliaaaaaaccio*!

Kati abrió los ojos y desorientada por completo, brincó de la cama, salió corriendo del cuarto y tropezó con su madre en el pasillo quien estaba tan atolondrada como su hija.

Las dos avanzaron hasta el despacho de Ánte Pávelich donde encontraron a Dámir con una tremenda sonrisa, examinando la carátula de un disco que tenía una fotografía de... ¿quién va a ser?

—¡Gigli! —les anunció el muchacho, muy orgulloso.

—¡Fuera! ¡Sal de aquí inmediatamente! —ordenó su madre.

—Pero... ¡él salió!

—¡No importa! ¡Respeta!

–¡Bien! –le contestó Didi, soltando la carátula a un lado y caminando hasta la puerta–. Entonces... por favor... pregúntale de mi parte si puedo oír música cuando él no está en casa.

–¡Tú tienes boca! ¡Pregúntale tú mismo! –le respondió Marija sacándolo a empujones hasta el pasillo.

–¡No quiero hablar con él!

–Entonces... cero música –le replicó Marija cerrando la puerta del despacho y regresando con Kati a su habitación.

No era que ella no quería hacerle el favor a Dámir y no era por miedo a su esposo que ella se negó a intervenir en el asunto. Marija pensó que de reinar la paz en su hogar era necesario que Dámir se reconciliara, por lo menos un poco, con su padre. Obligándolos a establecer una comunicación, por más forzosa que fuera, podía resultar en algo positivo.

Dámir pasó horas en su dormitorio esperando el regreso de Ánte. Eran las tres y media de la tarde cuando oyó el automóvil y a las tres y cuarenta y cinco, cuando ya Pávelich se encontraba detrás de su escritorio, Didi se le presentó a la puerta.

De todos en la casa, Dámir era el último que Ánte esperaba de visitas en su despacho.

–Necesito hablar con usted –dijo Dámir de forma directa y firme que sorprendió un poco a su padre, especialmente cuando mencionó que deseaba oír música.

La petición sorprendió a Pávelich quien creyó que Dámir le iba a pedir algo diferente; por ejemplo, que él –Dámir– quería regresar a Croacia, mudarse a vivir solo, no asistir a la escuela prefiriendo buscarse un empleo o ir a la escuela en otro país. Después de todo, Dámir ya tenía edad suficiente. Y... ¿cuántos años tenía el muchacho? Ánte trató de recordar la edad de su hijo, quien ya era más alto que él, y le dijo:

–¿Qué dijiste?

–Me gustaría, con su permiso, oír música –repitió Didi.

–¿De qué rayos habla este chico? ¿Música? ¿Qué música? No entiendo –En más de siete meses que Ánte llevaba viviendo en la casa del ex almirante, nunca se percató del tocadiscos, la misma máquina que su hijo le señalaba, ahora–. ¿Qué es eso?

–Un tocadiscos –le contestó Didi–. Con su permiso, me gustaría pasar el rato... aquí oyendo música.

–¿Cuándo? –le preguntó su padre.

Didi tuvo mucho cuidado al responder. Él estaba listo para argumentar su petición, al punto que, de ser denegada, estaba dispuesto a irse de la casa. Por eso, en un tono firme, pero respetuoso, le dijo:

—Cuando usted lo permita.

Ánte sintió un gran alivio porque la petición de su hijo resultó razonable. Le respondió:

—Como no, seguro que puedes oír música.

—Gracias —le dijo Dámir, caminando a la puerta.

—Dámir...

Didi se detuvo, se dio vuelta y miró a su padre a la vez que su corazón se le fue a la garganta porque pensó que en ese corto plazo del centro del despacho a la puerta, Ánte Pávelich había cambiado de parecer.

—Se me ocurre... —empezó a decirle Ánte—, ¿por qué no esperas a que yo me vaya... tengo que salir pronto... por qué no esperas y te llevas esa máquina y todos los discos a tu habitación?

—¿A mi... ?

Ánte levantó las cejas y añadió:

—Lo que pasa es que, bueno... no tengo ni tiempo ni interés en oír música.

Didi asintió con la cabeza y salió del despacho sin dejar que su padre notara lo contento que estaba. Inmediatamente, fue a la cocina, se preparó algo de comer y esperó a que Ánte saliera nuevamente de la casa para empezar a mudar todo lo relacionado con música a su habitación.

Entretanto, su madre y Katarina pasaron el día limpiando, arreglando los muebles, y removiendo de las paredes todo los trofeos del viejo Almirante, quien fue dueño de la propiedad.

A Dámir le tomó dos días llevar diez mil discos a su dormitorio, donde comenzó a pasar el tiempo... todo el tiempo... disfrutando de ópera; horas muertas leyendo los libretos que acompañaban la música, y, en más de una ocasión, trató de entonar algunas de las arias, algo que le causó mucha gracia a Katarina, quien trató de disuadirlo para que dejara de cantar.

Así, el muchacho fue creando su propio mundo adornado de pentagramas, de armonías, cadencias y acordes; melodías que le permitían olvidar por el momento, quien él era, donde se encontraba, por qué estaba allí; su amor por un pequeño en una tierra ya lejana y la confusión que le creaba el «Isabella» perfumado en un pedazo de papel.

—¿Sabes qué? —le dijo a Marija una tarde, luego de que ella despertara de su siesta y se encontraba tranquila y descansada, en la cocina, preparándose una taza de té. Él también había previsto que Katarina estuviera presente, de su apoyo ser necesario–. Debemos llamar a Isabella. Es nuestro... deber.

–¿Deber? –Marija dirigió la sonrisa a su hija para que Dámir no se sintiera incómodo.

–Bueno –respondió Kati, con un poco de duda–, yo le dije que la llamaría.

–Y va más de una semana. Sabe Dios lo que piensa de nosotros – añadió su hermano.

–Sabe Dios –repitió Katarina.

Marija miró de su hijo a su hija, antes de regresar a la taza frente a ella. Recordó lo generoso que fue Gigli con sus hijos.

–Marija –le dijo Dámir, pensando que ella estaba tardando mucho en darles una respuesta–, le dimos nuestra palabra.

La madre miró a su hijo con una curiosa expresión al darse cuenta que Dámir ya no le llamaba «mamá» sino que había cogido la costumbre de llamarla por su nombre. Ella no recordaba el momento exacto cuando ocurrió la transición de «mamá» a «Marija» y hubiera preferido que no hubiese habido el cambio porque le gustaba más que él le dijera «mamá», una palabra que, de cualquier manera, sonaba mucho más dulce e inocente que...

–¡Marija!

–Perdona, Didi... me distraje.

–¿Oíste lo que te dije? –le preguntó su hijo.

–Lo que sucede es que... a decir verdad, yo nunca los oí a ustedes decirle a Isabella que la llamarían –les dijo Marija a sus hijos con una expresión demasiado seria para ser sincera.

–¡Seguro que... ! –comenzó a protestar Katarina mientras Dámir no se recordó exactamente lo que le dijeron a Isabella.

–Lo que sí recuerdo –añadió Marija–, es que Isabella les pidió a ustedes que la llamaran y la vi darle a Didi su teléfono y el nombre del hotel donde se está quedando. Pero... ¿ustedes decirle a ella que la iban a llamar? No señor, de eso sí estoy segura.

–Pero... –dijo Dámir buscando una razón para comunicarse con Isabella–, ¿no crees que debemos... por lo menos... no sé... darle una llamada por teléfono?

–Ah, bueno, eso ya es otra cosa –le respondió su madre, cuando Rubén entró en la cocina con un periódico bajo el brazo.

–El Jefe desea hablar con usted, señora –dijo el guardaespaldas, quien no esperó a que Marija le contestase, antes de salir de la cocina.

Ella terminó el té, enjuagó la taza, la secó, la devolvió al aparador y estaba a punto de salir de la cocina cuando le dijo a Dámir y a Katarina:

–Le preguntaré a tu padre.

–Puedes decirle que es una cuestión de honor –dijo Dámir con una sonrisa, antes de mirar a su hermana.

Marija encontró a su marido haciendo anotaciones en una libretita mientras que su guardaespaldas estaba sentado en una esquina leyendo los resultados del partido de futbol entre Córdoba y Rosario.

–Marija... –dijo él Poglavnik al levantar la mirada por un instante y al ver a su esposa en la entrada, antes de regresar a su libreta–. Rubén, si tiene la amabilidad... –y esperó a que el hombrecito saliera de la habitación–. Creo que debemos emplear a una criada. No me gusta que estén limpiando casa... como sirvientas–. Eran, después de todo, la esposa y la hija del Poglavnik de Croacia.

–Hicimos eso y mucho más... en la montaña –le contestó Marija.

–Sí, bueno... pero no estamos en la montaña. ¿Tienes algo en contra de una criada? –le preguntó Ánte.

Nada. Lo único que se le ocurrió era que ella no hablaba castellano y se le iba hacer difícil entrevistar las candidatas. Por su parte Ánte había anticipado esa dificultad y ya tenía una persona en mente; una mujer recomendada por un alto funcionario de gobierno conocido suyo –de Ánte–, que era muy trabajadora, muy buena cocinera, humilde, de una predisposición tranquila y sosegada, y hablaba un poco de italiano.

–Espero que no sea pariente de tu amigo en el pasillo o familiar de algún matón, conocido tuyo –le dijo Marija–. Ya tenemos bastantes «animalitos» dando vueltas por los alrededores.

El Poglavnik miró detenidamente a su esposa y por poco ríe. Le dijo:

–Estás más insolente que nunca. Me imagino que aprendiste a faltar el respeto en la montaña. Le diré a la mujer que pase por aquí para que hables con ella. Como dije, ella habla italiano, pero tú decides sí o no. Otra cosa –y nuevamente Ánte levantó la mirada y esta vez puso a un lado la pluma fuente antes de reclinarse hacia atrás–, Damir y Katarina visten como campesinos.

–Hace años que no les compro ropa –le replicó su esposa.

Ánte sacó un sobre del escritorio, se lo entregó a Marija, y dijo:

–Vivimos en una ciudad muy cosmopolita, sofisticada y consciente de la moda. Aquí tienes dinero para que los lleves de compra.

–Dámir necesita un barbero. Además, deben ver un médico y a un dentista –añadió su señora.

–Sí, eso es importante –contestó Ánte, en un tono soso–. Lo tendré presente. En cuanto a lo otro, bueno, mi barbero viene todas las semanas. Le diré que pase por aquí mañana a mediodía. ¿Qué más?

–Necesitamos un jardinero. El frente de la casa parece una selva y las selvas engendran alimañas y toda clase de porquerías.

Ánte hizo una anotación al respecto.

–Y Dámir y Kati quieren visitar a una amiga.

Ánte incluyó otras anotaciones en su libreta y al llegar al final de la página, la puso a un lado, entrelazó sus manos sobre el escritorio, y le dijo:

–¿Cómo fue? ¿Amiga? ¿Qué amiga? ¿Quién? ¿Hace cuanto tiempo ellos conocen esa «amiga», si se puede saber?

Marija relató el encuentro de Damir y Kati con los Gigli a bordo del Afortunato, lo mucho que gozaron y su deseo de reunirse con Isabella antes que ella regresara a Italia.

–¡Gigli! ¡Gigli! ¡Gigli! ¡Gigli! –pensó Ánte–. Es un cantante –añadió en voz baja, que, como Marija sabía muy bien, indicaba que el Poglavnik estaba molesto.

–Cantante de ópera –aclaró Marija.

Cantante de ópera o de tango. Para Ánte Pávelich no existía diferencia alguna porque su oposición a los cantantes no tenía nada que ver con música y si con los fotógrafos de la prensa que los perseguían a todas partes. Particularmente un cantante de fama como Beniamino Gigli. ¿Por qué no escogieron a otra persona... a la hija de un albañil o de un contable?

–Porque Dámir no escogió a Isabella. Al contrario, Isabella quedó muy impresionada con tu hijo –le dijo su esposa, sin poder reprimir una sonrisa–, y Katarina, bueno, ella tiene suerte que le permiten compartir esa amistad.

Ánte dejó su escritorio y se llegó hasta una de las ventanas, tiró abiertas las cortinas y permitió que el despacho se llenara de luz; no porque él creyó que estaba oscuro, sino para enfatizar lo vulnerable e indefensa que estaría la familia de él permitirle a Dámir y a Katarina visitar a su «amiga». ¿Por qué no despedir al guardaespaldas? ¿Por qué no deshacerse de los perros? O mejor todavía, ¿por qué no pegar fotos de todos ellos... incluyendo su dirección... por los alrededores de Buenos Aires? –No –dijo sacudiendo la cabeza; no había necesidad de eso ¡porque lo único que tenían que hacer era asistir a la ópera y retratarse con Beniamino Gigli para que los asesinaran al día siguiente!

La exhortación, una que se convirtió en una diatriba, duró quince minutos. En ese tiempo el vigoroso timbre de voz de Ánte Pávelich fue disminuyendo poco a poco hasta convertirse en un susurro.

—¡Nadie va a tomarle fotos a mis hijos! —le respondió Marija, indignada—. ¿Me crees una idiota? A la misma vez te digo que no voy a permitir que Dámir y Katarina se conviertan en reclusos, en seres paranoicos. ¡Ellos tienen derecho a disfrutar lo poco que les queda de su juventud!

El Poglavnik miró hacía el jardín y al vacío infinito de un día que amenazaba lluvia, y como un experto malabarista, tiró diez alternativas al aire, y al no gustarle ninguna, dejó que dieran contra el piso mientras él sacaba la número once de su bolsillo. Le dijo:

—Haz lo que te dé la gana.

15

Isabella y su padre se apoderaron del último piso del extremadamente lujoso, irrazonablemente costoso Alvear Palace, un hotel que parecía un palacio Francés en la Recoleta, ya que Beniamino Gigli, siendo una luminaria del mundo de la ópera, exigía siempre lo mejor.

Cada habitación estaba decorada con delicadas cortinas bordadas, una preciosa colección de arte, lámparas de araña de cristal tallado, lujosas sillas y butacas, alfombras persas, un piano de cola y los pisos más suntuosos de madera pulida de todo el hemisferio occidental.

Además, los apartamientos que ocupaba el gran Gigli incluía un Chef, disponible a toda hora, día y noche, en caso de que el Maestro Gigli –como una estrella de Hollywood que no vamos a mencionar –se antojara de comer faisán acompañado por huevos hervidos sobre lascas de piña hawaiana, a las tres de la mañana.

De alguien tener la osadía de preguntarle a don Manolo Ortiz, el Gerente General del hotel Alvear Palace, por qué a Beniamino Gigli se le rendían tantas atenciones y cortesías, él simplemente hubiera respondido que a todos los huéspedes del hotel Alvear Palace se les atendía con la misma gentileza, refinamiento y elegancia.

Naturalmente, a Isabella le importó poco la comodidad de su habitación porque los Dávila, mejor dicho, Dámir no se había comunicado con ella. Le preguntó a su padre:

–¿Crees que perdió el número?

–No, querida, no creo que se le perdió nada –respondió el Tenor, tirándose el abrigo por encima de los hombros mientras Elvira daba instrucciones por teléfono para que le tuvieran lista la limusina–. Y, si por casualidad ese niño es tan descuidado estoy seguro que su madre o su hermana se acordarán que nos estamos quedando en el hotel más famoso del país. Dámir solamente tiene que buscar el número de teléfono en el directorio de Buenos Aires.

Antes de responder, Isabella se llegó hasta la ventana, disfrutó de una vista espectacular que incluía, por mala suerte, un cielo completamente desanimado, y dijo:

–Pero ¿y si no consigue un directorio, papá?

–Entonces no está interesado en hablar... con nosotros, querida –replicó el gran Gigli.

–¡Pero papá!

El Maestro retrasó su partida para hablar un momento con su hija.

Isabella había cambiado mucho desde la tarde que abandonó el Afortunato. Aunque disimulaba lo contrario, ella había perdido su mirada alegre y pasaba los días ansiosa y apática mientras esperaba noticias de Dámir.

–Mi niña, ¿por qué estás tan... ? –Beniamino no dijo más. A él le preocupaba que Isabella creyese estar enamorada de Dámir, o como se llamara el muchacho. El primer amor era siempre el más intenso y solía producir un gran desasosiego.

Ella le respondió:

–¡Él me necesita, papá!

–Ah, ya veo –le contestó el gran tenor, aunque no se podía imaginar la razón–. Amorcito, quiero que entiendas que es posible que no volvamos a saber más de esa gente... de los Dávila.

–¿Pero por qué? –le preguntó Isabella, tirándose en el diván a llorar.

–No porque Dámir no quiera verte, amorcito, es que quizás no pueda hacerlo. Oye, tú... nosotros... desconocemos quien es ese chico; no sabemos nada de él ni de su familia. La guerra acaba de terminar. Hay toda clase de gente abandonando a Europa. Bien sabes que Dámir no es un nombre español, como tampoco lo es Kati ni... ¿cómo es que se llama su madre?

–Marija –le respondió Isabella secándose las lágrimas.

–Por eso digo, si son españoles yo soy musulmán. Dios sólo sabe por qué vinieron a parar a Argentina. Esperemos que su actitud en el barco haya sido sólo un rasgo de excentricidad, pero recuerda que su madre no permitió que Dámir ni su hermana se juntaran con más nadie. Lo que quiero decir es que estoy seguro que su apellido no es Dávila. Sólo espero que no sea Bormann, o algo por el estilo. Eso sería... bueno... muy triste.

–¿Quién es Bormann? –preguntó Isabella.

–Martin Bormann –le explicó el gran Gigli a su hija–, fue el secretario personal de Adolf Hitler que desapareció después de la guerra.

No lejos del Alvear Palace, aunque lo suficientemente distante para que los kilómetros no significaran nada, Dámir no se atrevió; Marija se rehusó porque ella no tenía nada que ver con el asunto, por cuanto Kati se vio obligada a llamar a Isabella por teléfono.

–Buenas tardes... Alvear Palace Hotel –contestó la operadora.

–Isabella Gigli –dijo Kati, a la vez que empujó a su hermano a un lado porque él insistió en oír la conversación.

–¿Isabella Gigli? Un momento, por favor –le respondió la operadora del hotel y Katarina lo entendió todo, bueno, excepto «por favor», ya que «un momento» quiere decir y se pronuncia en castellano de la misma manera que en italiano–. Lo siento, pero no contestan–, dijo la señora del hotel luego de una pausa–. ¿Gusta dejar un recado?

Katarina cubrió el teléfono con la mano, miró a su hermano y le dijo:

–¡No entiendo lo que dice!

–Háblale en italiano –, le sugirió Dámir.

–Scusi, ma non...

–Ah, ¿parla Italiano? –. Más no faltaba que la telefonista del primer hotel en Buenos Aires no supiera hablar italiano.

–¡Sí, sí, Italiano!

–Non ce risposta da la habitazione de la signorina Gigli. Vuole lasciare un messagio?

Lo que quería decir que nadie contestaba en la habitación de Isabella y que si Kati quería dejar un mensaje. Como ya su madre le había advertido a ella y a Dámir que de ninguna manera le dejaran su número de teléfono, la chica simplemente respondió:

–Sí, sí. Communicarli a la signorina Gigli che la ha chiamato Kati e Dámir. La chiameró piú tarde. Grazie molto.

–Debe estar con su padre –explicó Marija–. Traten luego.

Así lo hicieron. Entre las cuatro y las seis de la tarde Katarina llamó a Isabella siete veces en total, sin ningún resultado. Una pena, porque de las seis y diez en adelante, todo intento por conseguir a Isabella por teléfono iba a resultar inútil gracias al diligente e industrioso Director del Alvear Palace Hotel, don Supencio Martínez del Arrollo, mejor conocido como don Supi.

Resulta que exactamente a las 5:58pm, don Supi se encontraba detrás del elegante mostrador de mármol verde, ojeando el registro del hotel, viendo cómo podía mudar a un huésped de la suite, para acomodar a un Americano, director de cine, que llegaba esa misma noche.

Naturalmente, la llegada del gran Gigli lo había complicado todo porque, detrás de él, llegó una manada de periodistas, dignatarios, fanáticos y hasta varios cantantes del patio; todos con la intención de rendirle pleitesías al famoso tenor. Como era de esperarse, el gentío mantenía ocupado al ejército de recepcionistas, botones, cocineros y criadas del hotel; todos bajos la rigurosa supervisión de don Supi.

Él era un hombre pequeño, de unos cincuenta y ocho años, con un fino bigotico negro y una calva muy digna, enmarcada por franjas grises en la sien; y pelo que mantenía perfectamente en sitio. Como de costumbre, el señor Director vestía de frac y adornaba su chaqueta con un clavel blanco y una leontina del reloj que le colgaba del bolsillo.

—¡Psst!

Don Supi levantó la mirada y se sorprendió al ver a dos individuos con abrigos de cuero negro, anchos sombreros del mismo color y gafas de sol. Parecían monos, pensó el gerente, quien en un tono de voz que le hubiera caído muy bien a un miembro de la realeza del Reino Unido, preguntó:

—¿En qué les puedo servir?

Los hombres sacaron sus carnets identificándolos como miembros de un departamento de seguridad del gobierno; una rama del Estado que en ese momento obligó a don Supi a prestarles toda su atención.

—¿Sos vos el gerente? —le preguntó el simio más alto.

—No, señor. Soy el director del hotel; Supencio Martínez del Arrollo, para servirle. El Gerente General es el señor...

—Gigli —interpuso el pequeño, de forma que don Supi entendió ser una pregunta.

—No, no. El Maestro Gigli no es el... —y don Supi levantó la ceja de la derecha.

—El cantante —interrumpieron los simios a la vez.

—Sí, él canta y entiendo que lo hace muy bien —les aseguró don Supi antes que los antropoides le preguntaran de forma directa si Beniamino Gigli había recibido alguna llamada de teléfono desde que llegó al hotel.

Don Supi respondió que Beniamino Gigli era una estrella internacional de la ópera y que por lo tanto recibía muchas llamadas de todas partes del mundo. Él personalmente supervisaba las llamadas para evitar que la fiel fanaticada del Maestro lo molestara innecesariamente. Dijo don Supi:

—¿Es que sucede algo, caballeros? —Para don Supi el llamar a los dos orangutanes «caballeros» denotaba su elegante y distinguida alcurnia.

Inmediatamente el más corpulento de los gorilas deslizó un pedazo de papel a través del mostrador. Era una lista de personas que tenían prohibido, desde ese momento en adelante, comunicarse, no sólo con el gran Gigli, sino con todos los miembros de su séquito. Añadió el tipo:

–A ninguna hora, bajo ninguna circunstancia; si está en esa lista, no pase la llamada. ¿Entiende lo que le digo?

Don Supi leyó en silencio los nombres: Dámir, Katarina y Marija. Nombres extranjeros. De más está decir que él estaba muy consciente de su responsabilidad como ciudadano, algo que su cuñado, Quique, nunca entendió hasta que una mañana dos gorilas como los que se encontraban en ese momento frente a don Supi le dieron una paliza que lo hospitalizó por más de tres meses.

–Lo sabremos... si pasan las llamadas, ¿me entiende? –le dijo el pequeño gibón antes de que él y su compinche desaparecieran entre la multitud.

Don Supi sonó la campanilla del mostrador y de inmediato un chico pecoso bastante delgado, de unos trece años apareció a su lado. Le dijo don Supi:

–Muy bien Sr. Ferrín. Haga el favor de echar los hombros para atrás y el pecho hacia el frente, ¡vamos! Excelente.

–¡Sí señor, don Supi! –respondió el botones, aguantando la respiración.

–No, no, haga el favor de no dejar de respirar, que va y se desmaya y eso no se vería bien –le ordenó el señor Director–. Vaya de inmediato y pídale a doña Inés todos los mensajes esperando por el Maestro Gigli. Me los trae de vuelta. No pierda tiempo, ¡camine!

Un minuto más tarde el joven Ferrín regresó con un paquete de papelitos verdes, mensajes que el gerente del hotel cuidadosamente examinó.

–Uy, pero que mucho insiste esta Kati... deben haber unas siete, ocho llamadas. Kati... deber ser la Katarina de la lista. ¿Qué clase de nombre es ese?

–Seguro que no sé –respondió el joven Ferrín.

–No hablo con usted. No sea tan entrometido. Mire, que aquel caballero necesita ayuda con el equipaje. No pierda más tiempo, Sr. Ferrín –le dijo don Supi al chico, antes de echar los mensajes de Kati a la basura, e ir a darle instrucciones a las operadoras del hotel.

Por su parte, Kati estuvo llamando al hotel hasta que dieron las once de la noche; y siempre con el mismo resultado: «*¿Quién llama? Oh, lo siento, la línea está ocupada. ¿Quiere dejar un mensaje?*» y «*No contestan. ¿Quiere dejar un mensaje?*»

–Traten mañana –les dijo su madre, antes de darles un beso y retirarse a su habitación.

Al otro día, Dámir y Kati comenzaron a llamar al hotel a las siete y media de la mañana, pero con los mismos resultados de antes. El chico pensó que quizá las operadoras no entendían el italiano de su hermana.

–Eso no es posible –dijo Kati.

–¿Y entonces? –le preguntó Dámir.

–¿Quizás... está muy ocupada? Yo qué sé –dijo Kati.

–¿Ocupada? ¿A las siete y media de la mañana? ¿Qué puede estar haciendo a esa hora? ¿Se habrá olvidado de nosotros?

–No de mí. Soy muy difícil de olvidar –le contestó Katarina–. Además, tendría que ser una retrasada mental. Digo, no hace ni una semana que estuvimos compartiendo con ella.

–¿Y no hay duda que se iba a quedar en el Alvear Palace? –le preguntó Dámir.

–No lo dijo, lo puso por escrito –le aclaró Kati.

–Y ¿estás llamando al número correcto? –de nuevo cuestionó el chico.

–A menos que esta ciudad tenga dos hoteles con el mismo nombre –le respondió Kati.

–Lo único que se me ocurre es que Isabella no quiere hablar con nosotros –dijo Dámir.

–Dudo que Isabella sea tan hipócrita –le dijo su hermana–, aunque uno nunca sabe.

A Dámir le dolió pensar que Isabella hubiera resultado ser tan falsa especialmente cuando él y Kati quedaron tan impresionados con la chica. Por otro lado, ellos habían pasado toda su vida protegidos de la duplicidad del ser humano por lo que la hipocresía le resultaba tan insólita como una ballena que baila tango.

Dámir sí había conocido la maldad en su padre, pero, aunque malvado, Ánte no era hipócrita. También existía la posibilidad de que Isabella simplemente había decidido no ser amiga de ellos. Eso no quería decir que ella fuese hipócrita sino que cambió de parecer y todo el mundo tenía derecho a cambiar de parecer aunque ese cambiar de parecer le causara dolor a otros.

–¿Piensas que Beniamino le tenga prohibido vernos? –le preguntó Dámir a Kati. El muchacho estaba seguro de que Beniamino nunca les creyó que ellos eran de España o que se llamaban «Dávila». En ese caso, ¿quién podía culpar al gran Gigli por tratar de proteger a su hija de gente que tenía tan poco que ofrecer y tanto que esconder?

–¿Quién sabe? –le respondió la niña–. En ese caso, ¿por qué no llamas tú como si fueras el... el tío de Isabella?

–¡Su tío! ¿Quieres que mienta para averiguar la verdad? –preguntó Dámir, un poco molesto.

–Lo hace todo el mundo, Dámir –observó Kati.

Dámir, sin embargo, no era como todo el mundo, y mientras pensaba que hacer, Marija los llevó a comprar ropa a una tienda muy exclusiva en la Avenida Diagonal Norte, en el mismo corazón de Buenos Aires, lo que resultó ser un poco complicado porque ni Dámir ni Kati coincidían con el gusto de su madre ni con las sugerencias de la Sra. Almirón, la propietaria del establecimiento, quien dedicó toda su mañana a atenderlos.

Ella era una doña pequeña, de descendencia portuguesa, quien hablaba muy buen italiano.

–Viví en Sicilia en el '39 –les dijo la modista, quien, además de diseñar mucha de la ropa en su negocio, importaba cortes muy elegantes de las principales capitales de Europa y Nueva York–. Joven–, le dijo a Dámir, señalando una camisa roja de franela y pantalones verde oscuro.

–¿Qué pretende, que parezca un árbol de Navidad? –le preguntó el muchacho.

Después de ambos chicos pasarse casi todo el tiempo quejándose de todo y discutiendo entre sí, Marija no tuvo otro remedio que amenazarlos con no comprarles nada y con dejarlos sin ropa el resto del año.

–Imagínense lo que pensará Isabella –les dijo su madre, lo que los hizo recapacitar, mantener silencio por unos minutos y permitirle a los adultos a decidir por ellos.

Por fin, cargando cada uno varias bolsas y paquetes de ropa y zapatos, los más finos que pudieron encontrar en Buenos Aires, regresaron a casa cuando Kati sugirió pasar por el Alvear Palace para ver si se encontraban con Isabella.

–Eso sería una impertinencia de nuestra parte –le respondió Marija–. Recuerda que su padre es un hombre muy ocupado.

De regreso, la limusina pasó frente a la Plaza de Mayo y a la Casa Rosada, la residencia del Presidente de Argentina. Naturalmente, ni Marija ni sus hijos se enteraron porque Rubén estaba convencido que ellos no eran otra cosa que una partida de Rusos pelotudos y rehusó decirles nada.

Al llegar a la casa Katarina, de nuevo, intentó llamar al hotel. Eran las seis de la tarde; también trató de llamar a las siete y media, a las nueve y a las once de la noche, antes de darse por vencida e irse a dormir.

Dámir no. Él no estaba cansado y se le hizo imposible pensar que Isabella no quería saber de él. Por eso pasó más de una hora parado junto a la ventana, mirando a la luna, escuchando <u>Vissi d'arte</u> e imaginándose a Isabella cantando la famosa aria. Quizá Isabella estaba mirando la luna al mismo tiempo que él.

A eso de las dos de la mañana, el chico no pudo aguantar más la ansiedad, abandonó su habitación, bajó hasta el primer piso, se llegó hasta el teléfono y marcó el número del hotel.

–Alvear Palace, buenas noches –contestó la operadora en una voz cansada.

–Buona será –dijo Dámir, dándole a entender a la operadora que él hablaba italiano.

–¿Sí?

–Isabella Gigli –añadió Dámir.

–Gigli. Ehhh... –la operadora titubeó un segundo. Después de todo, era de madrugada–. È molto tardi. È che aspetta la chiamata?

Era ahora o nunca y no hubo otra manera; Dámir tuvo que mentir porque tenía que averiguar si Isabella era un fraude o la criatura más bella que él había visto en toda su vida. Dijo:

–Sí.

–Nome, per piacere.

–Eduardo –le respondió Dámir, cuando le preguntaron el nombre, diciendo dos mentiras en menos de un minuto.

El timbre del teléfono despertó a Isabella de un sueño incómodo porque se quedó dormida pensando que quizá ella asustó a Dámir con su franqueza o que posiblemente él la encontró antipática, contrario a lo que él aparentó a bordo del Afortunato.

–Hola –contestó, medio dormida.

–Señorita, tiene una llamada... de Eduardo –le informó la operadora.

Aunque hacía frío, a Dámir le sudaba la frente, parado allí, descalzo en el pasillo, convencido que la operadora reconoció su mentira.

–Eduardo –dijo Isabella, casi a sí misma–. Yo no... –y en menos tiempo de lo que un suspiro llega al corazón, Isabella por poco pone fin, una vez y por todas, a la mera posibilidad de poder ver a Dámir nuevamente; excepto que esa noche, de lo más profundo de su esperanza, una esperanza envuelta en la memoria de un chico a quien vio por primera vez en el Afortunato, Isabella tuvo el presentimiento que aquella llamada de madrugada no fue por equivocación–. Sí, por favor... seguro. ¡Déjeme hablar con él!

–Adelante, señorita –le dijo la operadora.

–Buenas noches, ¿quién habla?

–¡Isabella! –le dijo Dámir, atragantándose las palabras.

–¡Tú! –le respondió Isabella sentándose en la cama–. ¿Qué pasó? ¿Por qué no llamaste antes? ¡Me tienes muy preocupada!

–Te hemos llamado... ¡todos los días! ¡Te dejamos toda clase de mensajes!

–Oh, Dámir... ¿dónde estás?

Click.

La operadora, la muy eficiente recepcionista del Alvear Palace, teniendo presente las advertencias de don Supi, permaneció en línea, y al oír «Dámir» desconectó la llamada sin aviso alguno.

–¡Dámir!

Isabella quedó aturdida; confundida porque primeramente Dámir llamó con otro nombre y según él, había tratado de comunicarse con ella anteriormente. ¿Pero cuándo? ¿Y dónde estaban los supuestos mensajes que él y Katarina le habían dejado? Además, ¿por qué se desconectó la llamada en cuanto ella dijo su nombre?

–¡Isabella!

Dámir permaneció con el teléfono en mano, tratando de entender la situación. Al parecer, Isabella estuvo esperando su llamada. ¡Ella quería hablar con él pero alguien lo evitaba!

De nuevo, el chico marcó el hotel y le dijo a la operadora:

–Se cortó la llamada.

La operadora lo puso en espera antes de desconectarlo.

La situación era insoportable. ¿Qué podía hacer? Él hubiera ido al Alvear Palace, pero no tenía la más remota idea cómo, así que llamó por tercera vez, y sin contener su ira, exigió hablar con Isabella o...

–Senti, non farà alcuna merce. Abbiamo ordini di non permettere le vostre telefonate –interpuso la recepcionista, cansada por las inconsideradas insistencias de la persona, ya fuera Dámir o Eduardo, quien supuso era un joven que el gran Beniamino deseaba mantener lejos de su niña.

Terminando de hablar con Dámir, el cuadro telefónico recibió otra llamada, esta vez de parte de Isabella. Luego de disculparse con la chica, la operadora le informó sus instrucciones antes de dar, una vez y por todas, las buenas noches.

De no ser las dos y media de la mañana, Isabella hubiera marchado furiosa donde su padre a exigirle una explicación. Dámir, sin embargo, no pudo esperar la salida del sol y se dirigió inmediatamente a la habitación de su hermana.

El Zeus de bronce levantaba el mundo –la bombilla– sobre su cabeza cuando Didi le dio al botón, levantó al dios por los hombros, y en vez de sacudir a Katarina, enfocó a su hermana y le dijo:

–¡Kati, despierta! ¡Kati! ¡Kati!

Pasó un momento antes que la chica abriera los ojos y se sentara en la cama. Ella miró alrededor, distraída, como si estuviera todavía contemplando las exóticas aventuras del sueño, antes de identificar a su hermano. Le dijo:

–¿Dónde estoy?

–¡Oye, hablé con Isabella! –le dijo Dámir en un tono de voz urgente.

–¿Qué hora es? –preguntó Kati, frotándose los ojos.

–No sé... ¡qué sé yo! Son como las tres –le contestó su hermano.

–¿Por qué todo está tan oscuro?

–¡Las tres de la mañana! ¡Despierta, caramba! Te digo que hablé con Isabella! –le dijo Dámir, volviendo a Zeus a su lecho y sacudiendo a su hermana por el brazo.

–¡Isabella! –respondió la chica, por fin–. ¿Cuándo? ¿Cómo?

Dámir no le respondió por miedo que su conversación despertara a sus padres, quienes se encontraban al otro lado del pasillo, pero sí le indicó para que se fueran a la cocina, donde podrían hablar sin molestar a nadie.

Una vez sentados el uno frente al otro en la mesita donde solían desayunar, Dámir se inclinó hacia el frente y apoyando los codos en la mesa mientras las siluetas de los hermanos decoraban las paredes en la tiniebla de la madrugada, relató lo sucedido.

–Quizás... quizás la operadora dijo que era inútil llamar porque era muy tarde –le dijo Kati.

Dámir estaba seguro que no. Alguien intentaba evitar que ellos contactaran a Isabella; de eso no tenía duda. Lo único que faltaba era averiguar «el quién y el por qué», aunque era mucho más fácil saber «el por qué» que descubrir «el quién».

–¿Beniamino? –preguntó Kati.

–No creo –respondió Didi. De Gigli no haber estado de acuerdo con la amistad entre ellos e Isabella, él no hubiera permitido el tiempo que pasaron juntos en el barco.

–¿Mamá?

Dámir sacudió la cabeza; Marija se hubiera opuesto desde el principio.

Además, su madre tampoco tenía medios para interceptar las llamadas entre sus hijos y la joven Gigli.

–No es Beniamino, no es mamá... entonces ¿quién puede ser? –preguntó Kati, cuando su padre entró de repente a la cocina.

Ánte se detuvo en la puerta. Con una mano trató de encender la luz, mientras que en la otra, tenía una pistola, la misma arma negra que usó para asesinar a Sasha.

–¡Qué hacen aquí? –dijo el padre, de muy mal humor.

Dámir no respondió. No pudo. Él no vio ni la mano que sujetaba la Walther, ni el hombre dueño de la mano que lo hacía. Es más, en ese momento él perdió toda conexión con su entorno, estando sólo consciente de aquella pistola diabólica que amenazaba a su hermana. Toda la ira e indignación suprimidos por tantos años se desbordaron en una manifestación de terror y con la misma, se le tiró encima a su padre.

–¡Huye! ¡Corre! ¡Salva tu vida! –le gritó a Kati–. ¡Te va a matar! ¡Asesino! –le gritó a su padre–. ¡No vas a hacerle daño a mi hermana! ¡Desgraciado!

Menos mal que la pistola tenía puesto el seguro cuando cayó al piso; menos mal que Rubén oyó el escándalo y dijo presente; menos mal que Marija se tiró una bata por encima, bajó la escalera de dos en dos, y pudo asistir a su hija y al chofer-guardaespaldas a quitarle de encima el hijo a su padre. Menos mal, porque si no , de seguro que Rubén le hubiera pegado un tiro al muchacho y eso, naturalmente, lo hubiera complicado todo un poco.

En aquel revuelto, con todo el mundo gritando, Katarina ayudó a su padre a levantarse del suelo, cuando Marija le brincó encima a su marido, dándole bofetada tras bofetada.

–¡Qué has hecho, villano?

–¡Mamá, basta! ¡Papá no hizo nada! ¡No hizo nada! –le gritó Kati, su cara empapada de lágrimas. Trató de apartar a sus padres mientras el guardaespaldas hacía un esfuerzo sobrehumano por mantener a Dámir contra la pared.

–¿Has perdido la razón? –le gritó Ánte a su Mujer–. ¡Oí ruidos!

–¡Asesino! –le gritó Dámir al Poglavnik, antes de perder el conocimiento.

Unas horas más tarde, los pajaritos brincaban de rama en rama, dándole los buenos días a Buenos Aires con su cantar. Don Supi admiraba el espectacular jardín interior desde la ventana de su despacho, un espacio pequeño, pero cómodo, con las paredes pintadas de verde. El buró gozaba de un escritorio con su teléfono, una máquina de escribir con varias hojas de papel a su lado, alguno que otro retrato de fenecidos parientes, tres acuarelas de la majestad de las pampas colgando de las paredes y nada más; todo más que suficiente para una persona que se pasaba todo el día de un lado al otro del Alvear Palace, supervisando a sus empleados.

El señor Director disfrutaba de su matutina taza de café cuando la llamada del Gerente General perturbó su tranquilidad.

—¡Venga inmediatamente al 8111!

El 8111 era, por supuesto, la suite de Beniamino Gigli.

—¿Qué será lo que pasa ahora? —se dijo don Supi, colocando la taza sobre el escritorio, se ajustó la chaqueta, respiró profundo, se fijó que eran exactamente las ocho de la mañana, se enderezó la chalina, se aseguró que el clavel rojo en su solapa estuviera fresco y fragante, y con la cierta alegría de un hombre en control de su universo, se montó en el elevador, llegó hasta el último piso, tocó a la puerta, entró en la habitación y tropezó de nariz con un desastre, el cual, como todos los desastres a través de la historia, nunca avisó su presencia.

El gran Beniamino estaba parado al lado de su hija, quien estaba sentada en una butaca. Al otro lado de Isabella se encontraba doña Elvira, la asistente del Maestro.

El Gerente General, agitado como siempre, recibió a don Supi con una mirada muy preocupada.

—*Menos mal que no está borracho* —pensó don Supi, llegándose hasta su jefe.

Ortiz era un hombre un poco de todo; cuarentón, mal vestido, alto, común de apariencia, calvo y grueso. A diferencia de don Supi, don Manolo no tenía bigote, usaba lentes gruesos y el clavel en su solapa era color blanco.

—Supencio —le dijo don Manolo, dirigiéndose al Director formalmente, lo que indicó un grave problema—, el Maestro Gigli tiene una queja.

Las quejas en el Alvear Palace lo abarcaban todo, desde jugo de naranja tibio, ventanas sucias con excremento de palomas y llamadas de teléfono de madrugada.

—¿Quién dio órdenes de no pasar las llamadas? —preguntó don Manolo, cuando Beniamino tomó dos pasos al frente, lo empujó a un lado, enfrentó a don Supi, y le dijo en un tono de voz mucho más apropiado para un escenario:

–¡Interceptar llamadas! ¡Quién? La operadora dijo que estaba siguiendo instrucciones. De nuevo... ¿quién fue el atrevido que ordenó interceptar nuestras llamadas?

–Le expliqué al Maestro –intervino don Manolo, frotándose las manos–, que no es nuestra costumbre ni es política del Alvear Palace interceptar o escuchar las llamadas de nuestros huéspedes. El que se atreva a violar esas reglas, que para mí son sacrosantas, ¡será despedido en el acto!

–*Qué hombre más ingenuo* –pensó don Supi.

Él decidió mantener silencio mientras el gran Gigli desahogaba su indignación, hasta que el cantante por fin se quedó sin aliento, algo que no pasa a menudo con cantantes de ópera.

–Don Manolo –le dijo don Supi –, ¿me permite unas palabras... en privado?

–¡En privado! –vociferó el gran Beniamino–. Déjeme decirle, caballero, que el Ministro de Cultura y el Director Artístico del Teatro Colón, quien, entiendo es allegado a Madame Perón, están por llegar. ¡Vamos a ver si ellos también van a conversar en privado cuando les diga que cancelen Turandot porque lo que soy yo, Beniamino Gigli me regreso a Roma! ¡Esto es un escándalo! ¡Y dejen que se entere la prensa!

–Maestro, ¡por favor! Estoy seguro que todo ha sido un malentendido –le dijo don Manolo, antes de dirigirse a don Supi–. Supencio, por favor, si tiene algo que añadir, hágalo frente al Maestro Gigli porque nosotros, la gerencia del Alvear Palace ¡no tenemos nada que esconder! Por favor, se lo ruego, ¡adelante!

–Muy bien, como usted diga –comenzó don Supi, luego de confirmar con su reloj que eran exactamente las ocho y media de la mañana; después de suplir sus pulmones de aire, elevar su nariz un poco y mantener una postura vertical y aristocrática–. Como puede comprender, y aunque detesto y repudio tantos los hechos como el hecho que hayan ocurrido, admito que algunas de sus llamadas han sido interceptadas.

–¿A razón de qué? ¿Quién dio la orden? –preguntó el Gerente General.

–¡Esto es intolerable! –cantó el tenor, en una voz muy a tono con su Pagliacci en La Scala.

Al oír la descarga, cualquier otra persona, por ejemplo, un infeliz pusilánime se hubiera arrojado a los pies del gran Gigli para pedirle perdón y que tuviera misericordia. Cualquier otro, quizá, pero no don Supi. Él no flaqueó, no titubeó; sí levantó la ceja de la izquierda, echó un vistazo a su reloj, vio que transcurrieron apenas cuatro minutos desde que llegó a la suite, y tomando todo el tiempo que creyó necesario, relató la visita de los policías... miembros de una rama del ministerio de seguridad del gobierno.

—¿Por qué no se me informó? –le preguntó el Gerente General.

—Estaba por escribir el memorándum –le respondió don Supi.

—¡Y yo? Se me debió informar inmediatamente –añadió el gran Gigli–. ¿O es que no comprende las consecuencias de algo tan bochornoso y despreciable?

—¿Bochornoso y despreciable? Tsk, tsk, Maestro –dijo don Supi, con una mueca como si la peste de una temeridad absurda impregnara la habitación–. No lo creo. Para mí que la palabra correcta es «sensato». Yo nunca me he involucrado... ni antes ni ahora... en los asuntos de otra gente– Don Supi enfatizó levemente «otra gente» para que no hubiera duda que él se refería a todos los miembros de la raza humana sin excepción de rango y buena o mala fama–. Francamente me importa muy poco quién confraterniza, habla o se relaciona con quién. Sin embargo, cuando la autoridad... en este caso fielmente representada por dos detectives debidamente identificados... solicita mi ayuda, es mi deber como ciudadano, es más, es mi responsabilidad patriótica ejercer mi poca autoridad como Director General del hotel más prestigioso del mundo para impedir una que otra llamada telefónica; algo que, como les mencioné anteriormente, encuentro deplorable, pero que decidí era necesario, ya que cuando está por medio la seguridad del estado, a Supencio Martínez del Arrollo no le queda más remedio que asentir, consentir y obedecer. –La exposición de los hechos duró, según el propio Supencio, cuarenta y cinco segundos–. Quizás Maestro, podemos aclarar un poco la situación si le doy a conocer los nombres de las personas que específicamente nos prohibieron comunicar con su grupo, ¿no cree? Son nombres raros... extranjeros – añadió don Supi, sacando un papel de su bolsillo–. Kitty o algo parecido, aunque no creo que tenga que ver con gatos. Eh, le ruego disculpen la pronunciación pero jamás he oído semejantes apelativos. El otro es Didi y el último es Mari... marica o mariachi– don Supi ejecutó un floreo con la mano, devolvió el papel a su bolsillo, entrelazó sus manos detrás de sus espaldas y ofreció una sonrisa.

—¡Papá!

—Para que sepa –le dijo Beniamino a don Supi–, Didi y Kati son amigos de mi hija. ¡Son unos niños que conocimos en ruta a Argentina! ¿Es qué me quiere decir que en este país no se le permite a los chicos hablar con gente de su edad?

Beniamino trató de consolar a su hija cuando las puertas se abrieron de repente y don Anastasio Gómez, el Ministro de Cultura y don Fulgencio de Jesús, Director Artístico del Teatro Colón, el teatro nacional de la ópera, entraron muy agitados.

—¡Finalmente! —les dijo Beniamino Gigli.

—¡Maestro! ¡Qué sucede! —preguntó el Ministro, muy preocupado.

—¡Nada! ¡Ni siquiera ópera sucede, porque yo me regreso a Italia! —y seguidamente Beniamino arremetió en contra de Argentina, y el Alvear Palace y su nido de confabuladores y espías.

El Ministro y el Director Artístico se miraron el uno al otro y le imploraron al gran Gigli que no cancelara el espectáculo.

El Ministro era un hombre bajito, delgado; el retrato de un hombre nervioso y fumador irreprimible. Él dijo:

—¡Sería escandaloso!

—¡Una desgracia para la nación! —añadió el Director Artístico, un señor bastante grueso, con un pico de viuda muy marcado y mucho más alto y amanerado que su compañero—. ¡Sepa usted, Maestro, que la Primera Dama y el señor Presidente piensan asistir al estreno! ¡Además, Maestro, recuerde que tenemos un contrato!

—¡Sí señor, tenemos un contrato! —respondió Gigli, acercándose al Director Artístico—. Y como sabe, el contrato tiene una cláusula que me permite cancelar una o todas las funciones por enfermedad —y de pronto, el tenor comenzó a toser y a estornudar como no se oía en Argentina desde la epidemia de influenza del 1918.

Al Ministro se le abrieron los ojos, se volvió a don Supi y a don Manolo, y les dijo:

—¡Qué quede claro que ustedes son los responsables de todo este lío y voy a hacer... si es lo último que hago en esta vida... de que los despidan a los dos —y le dirigió una mirada malévola a don Supi—, ¡si no los fusilan! Ahora, ¡lárguense y no quiero más chanchullos con los teléfonos!

—Estamos para servirles —dijo don Manolo, ofreciendo una reverencia.

—¡Señores, Supencio Martínez del Arrollo, a sus órdenes!

Seguidamente, los dos oficiales del Alvear Palace caminaron de espaldas hasta dar contra la puerta y salieron a toda prisa de la habitación.

—Maestro, diga usted —comenzó el Director Artístico—, ¿cómo podemos resolver esta situación?

—Empiecen por averiguar quién rayos no quiere que mi hija hable con sus amigos —le respondió el tenor—. Si no, búsquense a del Mónaco. No canta tan bien como Gigli, pero a Gigli le duele la garganta.

–Haremos lo posible –le dijo el Ministro.

–Espero sea antes del estreno –insistió Beniamino, tosiendo que parecía bronquitis.

16

La habitación estaba como él la recordaba, y tuvo que tener cuidado con la viga que tantos chichones le causó. Su cama estaba en el mismo sitio pero al parecer Ana regresó la cuna de Sasha al sótano; como ya no se necesitaba.

–Me haces tanta y tanta falta, Sasha –se dijo a sí mismo–. Nunca te olvidaré, ¡nunca! Mi pequeño Sasha.

Bueno, ¿y qué del pastor? De seguro que Vélimir se pondría muy contento al verlo. Él le quería contar de su viaje a Argentina y sobre todo, hablarle de Isabella.

La luna estaba preciosa, resplandeciente e irreal. Adornaba la cima del Monte Vlasich mientras las estrellas... tantas y tantas y una más hermosa que la otra... chispeaban como diamantes contra la noche.

Él se acercó al rincón donde Vélimir acostumbraba a caer rendido, al oscurecer, y dijo:

–¡Vélimir! ¿Dónde te encuentras? ¡Soy yo, Dámir!

Nada. Silencio. Se habían llevado el catre, la pileta y hasta el perro no estaba por todo aquello.

–¿*Dónde estará metido el viejo*? –pensó el muchacho–. ¡Vélimir, soy yo!

Fue cuando, a lo lejos, oyó los quejidos, los llantos y una pena que lo conmovió. Dámir se llegó hasta el dormitorio de Ana y allí encontró a una mujer a quien no reconoció, sentada a la entrada de la habitación. Ella tendría unos treinta y cinco años y lloraba sin consuelo. Al lado de la cama se encontraba un niño como de seis años, arrodillado, que se quedó dormido, sus brazos acolchonando su cabeza al lado del cuerpo de Ana Dragánovich, quien yacía boca arriba, sus brazos cruzados en el pecho, con su rosario entre los dedos y su rostro cubierto por un velo de tul.

–Ana... –dijo Didi en una voz que sólo él pudo oír. El humo blanco de las velas alrededor de la habitación llegaba al techo–. ¡Ana! –repitió, recordando el cariño que siempre le tuvo por todo su amor y comprensión, no sólo con él, sino también con el bebé–. ¿Y dónde está el cura?

Dámir no hizo más que pensar en el padre Dragánovich cuando este entró en la habitación. Lucía envejecido y cansado. Vestía como un campesino y la mujer en la entrada le besó la sortija; una prenda que Dámir no recordaba; era la sortija de un arzobispo.

El cura se persignó, se acercó al lecho de su madre, y ofreció una oración en voz baja. Luego, con mucha ternura, se echó al niño a los hombros y lo llevó al altillo, le quitó las sandalias, lo acomodó en la cama, lo arropó con la frazada y se despidió del chico con un beso en la mejilla.

Pasaron unos minutos... quizás mucho más tiempo... cuando el chiquillo, aparentemente dormido, sacó su flautín de debajo de la almohada, el mismo que Dámir le regaló hacía tantos y tantos años atrás.

–Te quiero, Sasha –le dijo Dámir, al oído.

Pasaron dos semanas desde que Dámir sucumbió nuevamente a la depresión que de pequeño, por poco le quita la vida. La travesía por las tenebrosas regiones del espíritu también lo afectó sobremanera. El abatimiento fue más intenso que antes debido a su separación de Sasha y al trauma de ver a su padre empuñando el arma, que según él, amenazó a su hermana.

Sus ojos llorosos, sin expresión, no fijaban la mirada en nada y su mente poco a poco encontró refugio sólo en el feliz recuerdo de su tiempo en la montaña.

En eso, mientras la familia se sumió a la desesperación; ya cuando Marija había dado por hecho que habría que hospitalizar a su hijo; luego de reprochar a su marido, acusaciones que amenazaron con desenmascarar el resentimiento y la pudrición de su matrimonio; en medio de esa confusión apareció «la Fritz».

Sucedió unos días después del incidente en la cocina. Alguien tocó el timbre del portón, Katarina se asomó a la ventana y vio al otro lado de las rejas, a una mujer haciéndole señas de debajo de un periódico que la protegía de la lluvia.

–¡Soy Juana, Juana Fritz! –le gritó la señora.

–Es la criada –le dijo Marija a su hija–. ¿Dónde están los perros?

–Amarrados... atrás.

–Abre el portón, por favor –le dijo Marija a Kati.

La Fritz era una mujer de algunos cuarenta y seis años, bastante alta de estatura, delgada pero con caderas como alforjas y con un pescuezo que parecía de avestruz. Con todo y eso, no era fea sino de una apariencia curiosa. Su nariz, sus ojos oscuros, su boca y sus orejas eran pequeñas para el resto de su fisionomía y ella mantenía su abundante melena de pelo negro y lacio muy en sitio, debajo de un mantón amarillo. Se puede decir, también, que la Fritz no creía en maquillaje, aunque detrás de las arrugas no faltaba siempre la mirada sincera y una sonrisa simpática. Dijo la Fritz, doblando el periódico y ofreciendo su mano:

–¿Señora Bianchi?

–Sí... buenas. Pase adelante, por favor –le respondió Marija.

Marija simpatizó con la Fritz desde el principio y luego de una corta entrevista le ofreció trabajo por un mes, como termino de probatoria.

La Fritz resultó ser más hábil de lo que nadie se esperaba; rápida para todo, extremadamente cuidadosa y una excelente cocinera.

Al verla por primera vez, Dámir pensó que era un espejismo, que su mente enfermiza le causó una distorsión en la apariencia de su madre. La segunda vez creyó que Juana era Kati, y no fue hasta el cuarto encontronazo con la Fritz que el chico cayó en cuenta que alguien, además de su madre y de su hermana, entraba en su habitación.

Juana se conmovió muchísimo al ver a Dámir tan débil, debilidad que ella atribuyó a la tristeza que se había apoderado del muchacho.

El día antes que se suponía ingresaran a su hijo en un hospital psiquiátrico, Marija y Ánte Pávelich se encontraban en lados opuestos de la biblioteca cuando Rubén dio paso a Beniamino Gigli y a su hija, Isabella.

–Maestro, que placer es verle de nuevo –dijo Marija, recibiendo a los Gigli–. No sabe lo que agradezco su visita. Sé lo ocupado que está.

–Madame –y el gran Gigli le ofreció una reverencia, y le besó la mano.

–Isabella –dijo Marija, dándole un beso y un abrazo–, estás tan preciosa como siempre –antes de moverse a un lado y dar paso a Pávelich, a quien introdujo, no por su nombre, sino como «Mi esposo».

El gran Gigli rindió otra reverencia, y dijo:

–Distinguido... es para mí un... un inesperado honor... un verdadero placer conocerle... al fin.

Isabella ofreció una tímida sonrisa, antes de preguntar por Dámir.

–Ven conmigo –le dijo Marija, tomándola de la mano y saliendo al pasillo, permitiendo así que el gran Beniamino Gigli se familirizara un poco con el Poglavnik.

–Si me permite –le dijo Ánte, relevando al Maestro de su capa y su sombrero, colocándolos a un lado y ofreciéndole un asiento–. Entiendo que usted... canta.

Entre tanto, en ruta a la habitación de Dámir, Marija se detuvo, y le dijo a Isabella:

–No te voy a mentir. Dámir está muy enfermo y su padecimiento es... no sé ni cómo te lo explico. Él está muy deprimido por razones que ahora no vienen al caso. Al parecer ha perdido las ganas de vivir. Querida Isabella –le dijo tomando las manos de la chica entre las suyas–, sé lo mucho que Dámir te aprecia, se pasa hablando de ti y no dudo que se va a alegrar mucho verte.

–¿Muy... muy enfermo? –dijo Isabella, aguándosele los ojos.

Kati recibió a Isabella con besos y abrazos; había estado acompañando a su hermano, esperando la llegada de su amiga. Dámir estaba dormido cuando, de lo más profundo de su inconsciencia, oyó la voz en sus sueños.

–Da-mir –le dijo Isabella, una y otra vez, presionando la mano del chico contra su mejilla–. Dámir, soy yo, Isabella. Vine a verte.

Lentamente, Didi abrió los ojos, sonrió y murmuró unas palabras.

–¿Qué dijo? –le preguntó Kati a su madre.

Marija encogió los hombros, se sentó al otro lado de la cama, y dijo:

–Didi, ¿no querías hablar con Isabella? Bueno, aquí la tienes.

Haciendo un esfuerzo, en susurro y casi sin mover los labios, él le respondió:

–Sasha.

–¿Quién es Sasha? –le preguntó Isabella a Marija.

–Un chiquillo... amigo nuestro –dijo Marija, sin añadir más particulares, pensando que tal vez, el hablar de Sasha con Isabella le levantaría los ánimos a su hijo–. Pregúntale quién es y dónde conoció al bebé.

Dámir sacudió la cabeza y le dijo:

–Ya no es bebé. Creció.

Kati aprovechó el momento para contradecir a Dámir, obligándolo a seguir conversando. Le dijo:

–¡Seguro que lo es! Usa pañales y todo, Didi. ¿De qué hablas?

Didi no le respondió a su hermana, pero le dirigió la mirada a Isabella, y le preguntó:

–¿Cómo diste con nosotros?

–Tu madre nos envió un recado con el chofer –le dijo Isabella–. Usted no me dijo que estaba enfermo, ¡don Eduardo!

Dámir se echo a reír, y le dijo:

–¿Y el gran Gigli?

–Abajo, hablando con tu padre –le contestó Isabella.

Dámir levantó un poco el cuerpo de la cama y se dirigió a su madre.

–Enséñale lo que encontré.

Marija señaló al tocadiscos y a un disco muy en particular; una grabación de <u>Tosca</u>, con Beniamino Gigli en la carátula. Le dijo Marija a Isabella:

–Nos tiene locos con esa música.

–Y sabes –le dijo Didi a su amiga–, Caniglia no canta tan bien como tú –refiriéndose a María Caniglia, la soprano en la grabación; una de las cantantes más famosas de todos los tiempos.

Isabella echó una carcajada, abrazó a Dámir y le dio un beso en la mejilla.

Mientras Dámir e Isabella restablecían su amistad, Beniamino y Ánte Pávelich se dieron cuenta que algunas cosas no cambian. Le dijo el gran Gigli:

–Sí, soy cantante. ¿Y usted? Si bien recuerdo Madame Dávila...

–Bianchi –interpuso Ánte, reclinándose para atrás sobre su escritorio y mirando fijamente al tenor, quien podía ser o no un cantante, o podía ser o no un asesino enviado por sus enemigos en Belgrado, quién, luego de hacer contacto con Marija en el barco, y aprovechándose de su ingenuidad, ganó su confianza con el propósito de llegar hasta él y asesinarlo–. ¿Usted se refiere a mi esposa, no? Sí, es Bianchi, no... ese otro... ese otro nombre.

El gran Gigli sonrió y citó al Bardo:

–¿Qué es un nombre? Lo que llamamos rosa sería tan fragante con cualquier otro nombre.

A Pávelich no le hizo gracia que lo compararan con una flor.

–Sabe usted –añadió el tenor–, yo tenía un gran amigo de nombre Mascagni, Pietro Mascagni. ¿Alguna vez oyó de él?

–No creo –le respondió el padre de Dámir.

–Un gran compositor... –y el gran Gigli se detuvo un segundo y realizó un floreo con la mano antes de proceder–, perdone, como compositor fue bastante mediocre... compuso <u>Cavallería rusticana</u>... su única pieza que vale la pena. De todos modos, Mascagni era amigo de Mussolini, y le confieso que yo también. ¿Sabe de quién le hablo, no? Le decían Il Duce.

–Por supuesto –le dijo Pávelich poniendo la mano en el bolsillo de su chaqueta y luciendo un tanto aburrido.

–Sí, bueno, como le decía –continuó Beniamino–, nosotros éramos un grupo de artistas dedicados al fascismo. Ya no. Las cosas cambian, sabe, aunque, le digo... a veces añoro cuando el fascismo estuvo de moda –y el gran Gigli, respiró profundo.

Pávelich no se inmutó; no hizo comentarios, no miró para el lado y Beniamino Gigli nunca supo si su anfitrión estaba a favor o en contra del fascismo.

–A todo esto –añadió Gigli, cruzando las piernas–, fue para el '33... Mussolini dio un banquete para sus admiradores. Éramos unos 150 en aquella villa a las afueras de Roma. Recuerdo que había un hombre parado detrás de una columna que me despertó la curiosidad; era un tipo callado, muy serio, acompañado de otros señores... tan serios como él, que hablaban entre sí. Fue tanto lo que me llamó la atención aquel individuo que le pregunté a Pietro... a Mascagni... y él... Pietro... me dijo que se llamaba Ánte Pávelich y que era el líder de la resistencia en Croacia. A todo esto, eso fue mucho antes que se le conociera como el Poglavnik. Naturalmente, desde aquel día, cada vez que veo ese nombre en el periódico, recuerdo aquella velada tan interesante y me digo a mí mismo: «Yo conozco ese señor». ¿Qué pequeño es el mundo, verdad?

Vale la pena mencionar que Pávelich no desmintió ni negó quien era. Sí soltó la pistola en el bolsillo, y le dijo:

–Así que ha venido a cantar a Buenos Aires.

Respondió Beniamino:

–Aunque les advertí que no lo haría.

A lo que Pávelich añadió:

–Bueno, ¿sí o no?

–Sí.

–¿Y qué le hizo cambiar de parecer?

–Usted –respondió el tenor, sin ofrecer otra explicación.

Pávelich se llegó al otro lado del salón, le ofreció una copa de vino al cantante, y le dijo:

–Primero que nada, quiero darle las gracias por todas sus atenciones con mi familia.

Beniamino hizo un gesto con la mano, para indicar que no había necesidad y que era él quien estaba muy agradecido por la amista de Dámir y Kati con Isabella.

Añadió Pávelich:

–De todos modos necesito que entienda lo siguiente: Usted está aquí porque mi señora piensa que su visita... y la de su hija... puede aliviar, quizás hacer que mi hijo Dámir, mejore. Personalmente yo me opongo a la amistad entre nuestras familias y le voy a explicar por qué. Yo lo encuentro a usted muy simpático, pero como estoy cansado de reiterarle a mi señora esposa, usted es una figura muy conocida que vive su vida muy diferente a nosotros. A nosotros no nos gusta, ni podernos darnos el lujo de llamar la atención. Eso es algo que no se puede evitar y que no va a cambiar. Por el momento, le ruego que mantenga su opinión... de quién puede ser, o pudo ser quién... para sí mismo porque no es digno especular sobre cosas que uno desconoce además de que no sirve de nada y puede resultar peligroso.

Pasaron unos treinta segundos antes que Beniamino se puso de pie, colocó su copa de vino en la mesita a su lado y con el respaldo de su inmenso talento histriónico, respondió de la siguiente manera:

–Lo que yo hago, mi muy distinguido caballero, lo hago por mi hija. Es más, son muy pocas las cosas que yo no haría por ella, excepto causarle la infelicidad.

Su adorada esposa, Edda, una santa mujer a quien quiso como a nadie, murió al dar a luz, porque, al parecer, invistió a su querida recién nacida con tanta belleza, inteligencia, determinación, generosidad y viveza, que le consumió toda pretensión a la vida.

Isabella pasó sus primeros cinco años bajo el tierno cuido de sus abuelos, en una mansión que gozaba de un jardín mágico donde mariposas doradas agitaban las alas al ritmo del <u>Baile de las horas</u>, donde las abejas sonaban a <u>Guillermo Tell</u>, donde los conejitos –con ruiseñores haciendo coro– llamaban su nombre; donde dos gatos Persas, uno blanco y el otro azul oscuro, constantemente tatareaban <u>Aída</u>; donde Pucho el pequinés pasaba las mañanas pitando <u>Turandot</u>, y en donde un par de cuervos, por eso de variar un poco, armonizaban con la <u>Flauta mágica</u>. Hasta su poni cabalgaba por el predio a los impresionantes movimientos de la <u>Obertura de la Caballería Ligera</u>. Añadió el tenor:

–Traté siempre de que su vida fuera un cuento de hadas sin duendes malvados ni madrastras de ningún tipo, ni buenas ni malas –y Beniamino pensó tomar asiento cuando se le ocurrió algo más–. Yo comparto con mi hija la aventura, la euforia, el júbilo, la satisfacción y los muchos pero muchos privilegios de mi fama, aunque estoy muy consciente de que me quedan, quizás, cinco años antes de que pierda la voz. En quince años, mi nombre pasará a los archivos de la nostalgia y sólo los verdaderos amantes... los fanáticos de la ópera... se acordarán de mí. No importa –añadió el cantante, tomando asiento–. Para entonces, Isabella hablará seis idiomas, habrá conocido alguna de la gente más importante de nuestros tiempos, cruzará la selva de la amazona, navegará para arriba y para abajo por el Nilo; desayunará en Nueva York y cenará en Cantón.

–Tiene suerte... la chica –le dijo Pávelich, dándole gracia la intensidad del tenor.

A lo que respondió Beniamino:

–Sí y no. Por desgracia, ella nunca disfrutó de una infancia normal... de la amistad con chicos de su edad y los niños necesitan de otros niños, sabe... seguro que esa es una de las razones por la cual ella se ha apegado tanto a Dámir y a Kati –añadió levantándose un poco los pantalones por la cintura–. No tengo duda que esa amistad es una experiencia saludable para los tres. Sin embargo, estoy muy consciente de su situación y estoy dispuesto a hacer lo que usted crea sea necesario. Si, por dar un ejemplo, usted piensa que la relación entre sus hijos e Isabella, durante el corto tiempo que nosotros vamos a estar en Buenos Aires es... como le digo... es demasiado comprometedora... no tiene más que decirlo y ya. Si no, encontrará que soy un ser bastante comprensivo aunque Dios sabe que estoy muy ocupado y no necesito perseguir fantasmas ni me gusta que intercepten mis llamadas de teléfonos.

Unas horas más tarde, de regreso al Alvear Palace, Isabella se sintió muy feliz porque logró salvar a Dámir de algo terrible, pese a que nunca supo lo que era. Con ojos que reflejaban su tremendo júbilo, y riendo casi a carcajadas, le preguntó a su padre:

–Bueno, ¿qué dices? ¿El padre de Dámir... es Martin Bormann?

El gran Gigli apretó los labios, suspiró y dijo:

–Peor.

17

Dámir mejoró poco a poco, e Isabella se convirtió en un poderoso símbolo de esperanza para el muchacho, quién, a la mañana siguiente, corrió las cortinas de las ventanas para que la luz del día disipara la melancolía y el pesimismo tan evidentes en su habitación.

Por su lado, Isabella insistió visitarlo casi todos los días. Ella llegaba a media tarde y junto a Kati, entretenía a Didi, pasando horas enteras contando historietas, oyendo música, disfrutando de los pastelillos de la Fritz y siempre manteniendo su encantadora sonrisa.

Ella, además, hizo planes para ir de paseo al parque, para visitar el museo y el zoológico, y muy particularmente, para asistir a uno de los ensayos de su padre en el Teatro Colón.

Ese día, Isabella llegó a media mañana en una limusina a recoger a Dámir y a Katarina, pero justo cuando estaban por partir, Kati prefirió permanecer en casa, porque, según ella, no se sentía bien, e insistió de todas maneras que Dámir e Isabella se fueran sin ella.

En ruta al Teatro Colón, Didi no hizo otra cosa más que preguntarle a Isabella sobre ópera, especialmente sobre todo lo que tenía que ver con la producción de Turandot, en la cual participaba el gran Gigli.

Le respondió Isabella:

—Yo amo la ópera... es para mí una combinación muy especial; algo así como mitad espectáculo teatral y mitad circo. No creo que exista nada más glorioso en todo el mundo, pero te confieso, que a veces... bueno, a veces es tan y tan absurdo lo que se ve en escena que parece más circo que teatro.

La comparación desconcertó un poco a Didi porque «teatro» y «circo» eran conceptos que, aunque consciente de su significado, él jamás tuvo la oportunidad de presenciar ni uno ni el otro —o siquiera una función de ópera— y su mirada, esa expresión enmarcada por el ceño fruncido, un aire inquisitivo insinuando contemplación, esa cara que Isabella siempre encontró adorable y tentadora, obligó a la chica a explicarle todo con más detalles.

–Por ejemplo, ¿te imaginas algo tan ridículo como once brujas con sus escobas, volando de un lado al otro del escenario? ¿Y qué me dices cuando las sopranos, doñas que pesan más de quinientos kilos... mujeres tan anchas como la retaguardia del ejército de Napoleón... qué me dices cuando esos titanes del bel canto se desvanecen en escena, fingiendo que se están muriendo de hambre, tiradas en divanes que poco les falta para que se derrumben en pedazos gracias a la preponderancia del peso y el volumen que tienen que sufrir? –añadió Isabella, con una carcajada–. Sabes, hay gente que piensa que la ópera se debe escuchar y no ver, porque en fin, en ópera lo que vale, lo verdaderamente imprescindible...

–¿La música? –interpuso Didi, encogiendo los hombros.

Isabella le tomó la cara en sus manos, y le susurró al oído:

–La música.

Al llegar al Teatro Colón, el automóvil se detuvo frente a la marquesina por donde entraban los artistas y los empleados de la casa. Adentro, Dámir e Isabella tropezaron con gente corriendo, gritando, cantando y llorando; hombres y mujeres sentados en los pasillos y hasta merendando tras bastidores porque, como siempre ocurre durante una producción teatral –desde aquel día hace miles de miles de años cuando un emprendedor cavernícola con ilusión a ser otra cosa se puso de pie y empezó a gritarle a su tribu– la escenografía y el vestuario no estaban listos, el coro no se había memorizado la partitura y el Director Artístico insultaba a todo el mundo –menos al gran Gigli– en la innovadora interpretación de mandarinos, sin considerar el do, ni el re y mucho menos el mi.

–¿Sabes que hubo otro Teatro Colón? –le preguntó Isabella–. El primero se estableció en 1857 y cerró sus puertas en al 1888, para convertirse en la sede del Banco de la Nación Argentina. Este inauguró en 1909, y para mí, es simplemente el teatro de ópera más bello del mundo... más que el Metropolitan de Nueva York, que la Scala de Milán o el Royal Opera House en Covent Gardens. Fíjate en el decorado; combina elementos del Renacimiento italiano pero su estilo... yo diría... es ecléctico, ¿no crees? –añadió, pasando del Salón de los Bustos al glorioso y ostentoso Salón Dorado.

Dámir quedó atónito con la altura de las enormes columnas talladas con detalles en oro, los altos espejos que asemejaban a los grandes salones de Versalles; los muebles franceses con lujoso trabajo de marquetería, sillones y sillas tapizadas en color rosa pálido y una serie de grandes arañas que realzaban aún más la majestuosidad del recinto. De allí, pasaron a la entrada principal con su magnífico mármol de Verona, los fabulosos vitrales de la cúpula y por fin, a la escalinata de mármol blanco de Carrara, con sus barandas de mármol de Portugal y sus dos cabezas de león talladas a mano y en piezas completas que decoraban las mismas.

–¡Increíble! –exclamó el muchacho, maravillado por la gloriosa cúpula.

–Sí lo es –le respondió Isabella, riendo y empujando las puertas de la gran sala en forma de herradura, que cumplía con las normas más severas del teatro clásico italiano y francés. Explicó Isabella:

–No encontrarás mejor acústica en ningún otro sitio y observa que la planta está bordeada de palcos hasta el tercer piso, con una capacidad total de 2,478 butacas. Sabes una cosa –interpuso Isabella, después de una pausa–, los argentinos son muy buena gente pero orgullosos y yo diría que hasta un poco arrogantes. Sin embargo, no los culpo. Una visita al Teatro Colón y entiendes por qué.

Dámir imaginó la sala llena de gente elegante, los caballeros vestidos de frac y las damas con la última moda, disfrutando de la música más bella en el mundo.

Al fin, llegaron al escenario. Le dijo Isabella:

–Es común tener más de 150 personas en escena, y no se diga de los animales; caballos, tigres... ¡hasta elefantes! Ya te dije, a veces es como un circo.

Y no sólo como un circo, sino también como un manicomio. Por ejemplo: Isabella y Didi regresaban a encontrarse con el gran Gigli, cuando Elvira les pasó por el lado a toda prisa, y les dijo:

–Voy a hablar con de Jesús porque ahora le ha dado con que quiere el vestuario de la Scala. ¡Y qué se ve muy gordo! ¡Está imposible! No entiende que ya no hay tiempo para nada –en el momento que una estrepitosa tronada sacudió los basamentos del legendario aposento operático, y una mujer, flaca, pequeña y cubierta de pies a cabezas con cintas de medir, cintas de cuero, agujas y alfileres, salió a toda prisa del camerino del gran Gigli... como si le hubieran propinado una patada en el trasero.

Sus dos ayudantes –por lo menos aparentaban ser ayudantes suyos– también encapuchados con cintas de medir, agujas y alfileres, fueron expulsados con la misma violencia. Uno de ellos, un señorito un poco delicado, estaba en llantos, cuando se detuvo –¡ni un segundo!– en la entrada del nicho y le cayeron encima tres pantalones, cuatro camisas, dos chaquetas, cinco correas, tres cintas, tres pares de botas y cuatro sombreros de linaje oriental.

–¡Usted sabe tanto de vestuario como yo de pepinillos! ¡Dedíquese a ordeñar cabras y no me haga perder tiempo! –le gritaron–. ¡Imbécil!

El pobre no tuvo más remedio que recoger el vestuario del piso, correrse como la belladona, jorobarse en la primera esquina que encontró y evaporarse como el éter.

Entre tanto, Isabella se asomó a la puerta del camerino de su padre y vio que él seguía ocupado.

–¡Yo me paro donde me da la gana! –le dijo el tenor al Director de Escena, rompiendo el libreto en pedazos–. ¡Pero... qué se cree usted? Sepa que Puccini me dedicó el personaje... sí, Calaf, me lo dedicó ¡a mí!... y él jamás ni nunca tuvo la osadía, el atrevimiento ni los cojones de sugerir donde me debí parar en escena. Es más, ¡fuera! ¡Fuera, he dicho! ¡Antes que pierda la paciencia!

El Sr. Director, un hombre muy orgulloso, por lo menos un metro y medio más alto que el gran Gigli; un tipo de mucho garbo y elegancia con enormes gafas de sol; vestido con un sombrero ancho de terciopelo, varias bufandas de seda, y brazos, muñecas y manos con tantos brazaletes, sortijas y cadenas de oro que parecía, no un hombre, sino un árbol de Navidad, le temblaron los labios y se puso tan rojo, que poco le faltó para que le diera un infarto. Seguidamente, y por eso de evitarse más malos ratos, se echó una bufanda por el hombro izquierdo, le rindió una reverencia al gran Gigli y salió por la puerta, segundos antes que «¡*Morón!*» sonara contra las paredes, como el penetrante repicar de una campana a medianoche.

–¡Papá, mira quién está aquí! –le dijo Isabella.

Beniamino, su ceño liso, con una sonrisa y sin rasgos de malhumor, se dio vuelta, tomó a Dámir en sus brazos, y le dijo:

–¡Benvenuto! Dámir, mi niño, ¡cómo te sientes? Isabella, amorcito, lo veo un poco cansado. Oigan, ¿por qué no salimos a comer algo? Isabella, déjale una nota a Elvira en la puerta... que nos fuimos a almorzar. Dámir, ¿qué te apetece?

Pensó Dámir:

–*Estos cantantes de ópera... ¡qué gente más rara!*

Veinte minutos más tarde, Beniamino Gigli, su hija y su invitado llegaron a Armand, un excelente, pintoresco, pequeño y extremadamente costoso bistró a dos cuadras del Teatro Colón, donde el propio Armand los recibió efusivamente.

–¡Maestro! –le dijo el propietario, con tantas reverencias que por poco se queda sin cintura–. ¡Qué placer! ¡Qué honor es tenerle con nosotros nuevamente! Señorita... –y Armand le rindió pleitesías a Isabella a la vez que miró a Dámir de reojo–. Ayer nos quedamos esperándolo y cuando no vino, bueno... todos nos pusimos tan tristes, Maestro. Ay, sí, hasta la mesa lloró... ¡lloró la mesa y lo mojó todo con sus lágrimas... porque se sintió como una fiel gatita que añora a que su amo regrese de alta mar!

El restaurante era un local pequeño de dos salones con paredes blancas discretamente decoradas con acuarelas –originales, según Armand– de la campiña francesa, una barra a la derecha de la entrada, y un total de diez mesas.

Le dijo Beniamino al dueño, mientras dos meseros lo relevaron de abrigo y sombrero:

–Tienes razón, Armand. Ayer tuve una conferencia de prensa en La Cabaña.

A lo que el dueño del bistró respondió:

–Ah sí, esa insidiosa cantina donde sirven pan viejo y la comida... –y Armand pinchó la punta de su pequeña y puntiaguda nariz–, mais, j'ai comprend –añadió en un Francés tan malo como lucía su peluquín. Él no era de Francia, naturalmente, sino era tan porteño como un tazón de chimichurri, vestía de frac, tenía ojos de pescado, orejas que en tamaño combinaban con la nariz y un bigote muy a la moda con Hitler–. Inmediatamente regreso con... por cierto... acabamos de recibir tres cajas de Chateau Margaux '42 ¡Simplement exquis!

–D'accord, merci –le respondió el gran Gigli.

Armand imitó a un trompo y con un chasquido de los dedos llamó:

–¡Pepe!

Estar en compañía de Beniamino Gigli en cualquier otro restaurante, era tener gente pidiendo su autógrafo o interrumpiéndolo para tomarse una foto con la Gran Voz, imposiciones que él gustosamente sufría porque esa era la gente que pagaba buen dinero para oírlo cantar; la misma fanaticada que hacía posible su extravagante salario.

En Armand, sin embargo, sólo los meseros estaban autorizados a acercársele al cantante y toda persona que violase la regla, la escoltaban a la puerta.

El vino fue servido y los entremeses estaban en camino cuando apareció Elvira, y le dijo:

–Maestro, aparentemente se le olvidó el almuerzo con la Primera Dama.

Gigli se le quedó mirando a su asistente, hasta que por fin dijo:

—¿Qué hora es?

—Hora de irnos —le respondió Elvira, haciéndole señas a Armand para que consiguiera el abrigo y el sombrero del tenor—. El automóvil lo espera.

—Querida —le dijo Beniamino a su hija—, no sabes cuánto lo siento. Te diría que vinieras conmigo, pero... Dámir, te ruego me disculpes. ¡Armand! ¡Te los encomiendo!

—¡No diga más, Maestro! —le respondió el dueño, escoltando al tenor a la puerta.

Y así fue. Por accidente o por premeditación del destino, Dámir e Isabella compartieron su primer momento solos, bajo la romántica y tenue influencia de la vela del centro, disfrutando de una botella del mejor vino, hablando de ópera, de Gigli, de ópera, de Gigli, de Isabella y de todo un poco menos de Dámir, gracias a las advertencias del tenor a su hija, a bordo del Afortunato.

Eran casi las cuatro de la tarde cuando los jóvenes salieron del restaurante, luego que Dámir disfrutó de ternera a la Florentina —porque vivió en Florencia de chico, no porque sabía lo que estaba ordenando para comer—, e Isabella de una trucha a la parrilla, coronando la tarde con una variedad exquisita de postres y delicioso café expreso.

Isabella le ordenó al chofer de la limusina que regresara por ellos en una hora, y llevó a Dámir por la mano hasta el parque, al cruzar la calle.

Allí, bajo la sombra de hileras de árboles severamente empinados, rodeados de flores silvestres, lámparas de bronce, una fuente de traviesos querubines que se retozaban en las aguas, banquetas donde las madres le daban de merendar a sus chiquillos, los viejos se sentaban a leer los periódicos y los novios se acurrucaban a hablar sandeces, Isabella mencionó por primera vez... el tango.

—¿El qué? —preguntó Didi.

—Tango. Es el baile típico de Argentina... muy divertido.

—¿Tú... tú bailas tango?

Le respondió Isabella:

—Sí y no.

—¿Por... ?

—Porque dicen los que saben... de tango... que sólo se debe bailar tango... con alguien que adoras —le contestó Isabella, sonriendo.

—Quiero preguntarte algo —le dijo Dámir, al pasar unos minutos—. Eres muy amable conmigo. ¿Por... por qué? —que no fue lo que él quiso preguntar. La pregunta que él tuvo en mente, la misma que allí se quedó con todas las dudas y su temor, fue: ¿Qué le atrajo de Dámir? ¿Por qué ella le profesó su amor aquella noche cuando lo encontró vestido casi en harapos, desesperado y triste, divagando por la cubierta del enorme transatlántico?

Ella le respondió:

—Ya te dije, porque te amo. Ahora, por qué te amo, no sé, pero sí sé lo que siento por ti.

Bueno, con lo único que todos los seres románticos, los filósofos y los cínicos que habitan el mundo están de acuerdo es que el amor es algo muy complejo; que es un fenómeno milagroso que de la misma manera se convierte en la inspiración de la creación y de la gloria, como en el demoledor y destructor de toda esperanza. Es la chispa divina que hace que las partículas en el cuerpo de un ser humano vibren de extraordinaria felicidad o tiemblen de inexplicable desesperación. El amor empaña la vista con lágrimas de júbilo o de melancolía y a veces dota a una persona con una fortaleza sobrehumana, como también la convierte en un ser débil que sufre de dolores de cabeza, y cambios de temperamento que saltan de la depresión a la euforia, condición a la que siempre se suma la de la falta de apetito y sueño. El amor aparece cuando uno menos lo espera y muere tan caprichosamente, lo que hace imposible el querer amar, como lo contrario. En conclusión —y para bien o para mal— Isabella Gigli no pudo evitar ser víctima de ese inquieto capricho de la indiscreción humana.

Dámir llevó a Isabella a una banqueta y en una voz seria y hasta con un poco de tristeza, le dijo:

—Tú no sabes nada de mí. No conoces ni de dónde vengo... ¡nada!

Ella le respondió:

—Te llamas Dámir Pávelich. Eres el hijo del exilado Presidente de Croacia, Ánte Pávelich. Da la casualidad que mi padre conoció a tu padre en 1933, en una recepción para Mussolini. ¿Qué más?

—¿Qué... qué hacía tu padre con... Mussolini? —preguntó el chico.

—No sé —le contestó Isabella.

—¿Beniamino es... fascista?

—Era fascista.

—¡Sabes lo que es un fascista? —le preguntó el muchacho.

—No. Lo único que sé es lo que me dice mi padre y él me dijo que para aquel entonces Mussolini era un gran líder y gozaba de la admiración de casi todo el mundo en Italia, hasta el día que esa misma gente, por razones que desconozco, se le fue en contra. Como te dije, ni sé ni me interesa... y no cambia lo que siento por ti.

Dámir miró a un lado, respiró hondo, y en un tono de voz urgente, como para ahuyentarla del peligro, le dijo:

—Isabella, mi padre es un monstruo, es un asesino responsable de la muerte de cientos de miles de gente inocente.

—Y yo te quiero —ella le contestó.

Dámir le dijo de Jasenovac.

—Te quiero como quiera.

Le relató lo que sucedió en Glina, cuando Ánte mató a Sasha, el pastorcillo...

—Y te seguiré queriendo.

—Oye, ¿qué pasa contigo? ¿No entiendes lo que te estoy... ?

—¡Seguro que sí! —le respondió Isabella, horrorizada que Ánte Pávelich estuviera viviendo como un rey, en Argentina, mientras los restos de sus víctimas yacían desperdigados por Yugoslavia. A ella le dio náuseas saber que de pequeño Dámir presenció la muerte cruel y sangrienta del niño pastor—. Oh, Didi, no pienses por un momento que no estoy consciente de lo que sufres. ¡Qué no daría por hacer desaparecer todas esas pesadillas de tu vida... por eliminar a esos demonios que no pierden la oportunidad de convertir un feliz pensamiento en un infierno! ¡No es que no quiero que sufras, es que quiero que te consuma la esperanza y el amor, no la desgracia ni la muerte!

—¡Es mi sangre —le dijo Dámir—, llevo su maldición conmigo!

—No. Él será maldito. Tú eres noble, de gran virtud y yo te amo —respondió Isabella, besándole las manos.

Didi pasó la noche desvelado e intranquilo. Había pasado un día de maravilla y faltaban apenas 48 horas para la noche de gala, para el estreno de <u>Turandot</u>, el evento más importante de su vida... en cuanto a ser emocionante de manera positiva.

Allí estaría él, por supuesto, acompañado de su madre, su hermana e Isabella. Isabella. Isabella. Pensaba en el nombre, la cara que iba con el nombre y los ojos, los labios, la sonrisa y la voz que fijaba todo de Isabella en su corazón.

Sasha... Sasha hubiera querido mucho a Isabella pensó Didi, antes de cubrirse la cara con la almohada y echarse a llorar.

El día siguiente Dámir permaneció en su habitación durante la mañana y sólo bajó a contestar una llamada de Isabella y a desayunar algo liviano porque no aguantaba la ansiedad de tener que esperar 24 horas para la gran noche de gala.

De vez en cuando llamó a Kati para preguntarle cosas que... bueno, por ejemplo, si era obligatorio vestir de etiqueta, si un traje oscuro era suficiente o si debían comer algo antes de ir al teatro.

−¡Qué sé yo! −le dijo Kati, la quinta vez que subió a ver de que se antojaba su hermano−. ¡Hazme el favor y déjame tranquila! Oye, ¡nos estás volviendo locos!

Al fin llegó el momento, y la Fritz, al ver a Dámir luciendo su etiqueta y zapatos de charol, comentó que según ella, el chico era el más hermoso de la familia. Marija por su lado fue al estreno emperifollada hasta la coronilla, como cuando se le conocía por esposa del Poglavnik; con un vestido largo de gala, de seda negra, guantes blancos, un abrigo de visón y un collar de perlas. Kati también lucía bella con un vestido de seda azul y zapatillas plateadas.

Ellos llegaron al Teatro Colón una hora antes de la subida del telón y encontraron a Isabella vestida de seda verde y con una espectacular tiara de esmeraldas adornando su cabello.

−¡Kati! −le dijo Isabella−, ¿dónde conseguiste ese traje tan precioso? −antes de dirigirse a Marija−. Madame, no la podemos perder de vista. El teatro está lleno de chicos guapos, incluyendo el hijo del embajador de Venezuela, quién anda por ahí. No es tan guapo como Dámir, por supuesto−, añadió, dándole un beso a Didi en la mejilla y haciendo que él se pusiera muy rojo−. Disculpen si estoy un poco nerviosa. Es que... bueno, los estrenos son imprevisibles.

−¿Te vas a sentar con nosotros? −le preguntó Kati.

−No puedo. A papá le gusta verme tras bastidores. ¿Me disculpan?

−Por supuesto, cariño −le dijo Marija.

−¡Este sitio es una maravilla! −exclamó Kati, mirando alrededor−. Isabella, sabes si Evita...

−Está por llegar.

El palco reservado para los invitados de Beniamino Gigli estaba cerca del palco presidencial, que, como era de esperarse, lo protegía un destacamento del Servicio de Inteligencia del Ejército.

El resto de los palcos estaban ocupados por miembros del gobierno −un Ministro por aquí, un Almirante por allá−, todos esperando a que Beniamino Gigli interpretara a Calaf en el <u>Turandot</u> de Puccini.

En cuanto Marija, Dámir y Kati tomaron asiento, Isabella se excusó y fue a toda prisa a estar con su padre.

Dámir abrió el programa con Beniamino Gigli en la portada, el cual incluía datos de las futuras producciones del Teatro Colón.

Dijo Kati al ver el mismo:

—El gran Gigli se ve delgado.

—Y más alto –añadió Marija.

—Dime –le dijo Kati a su hermano, acomodándose en su butaca en caso de que se quedara dormida–, ¿de qué trata esta cosa?

A lo que Dámir, arqueando las cejas, respirando profundo y en un tono muy condescendiente, le respondió:

—Esa «cosa», como tú le llamas, es una fantástica pieza musical, una ópera que se titula Turandot.

—¿Y? –le dijo su hermana, tratando de hacerle la vida difícil a Dámir–. ¿Es divertida?

—¡Divertida? La pobre es tan niña –le dijo Didi, a su madre, antes de explicar la trama.

Turandot fue la última ópera de Giacomo Puccini, el compositor más fabuloso de ópera de todos los tiempos –según Dámir–. Trata de una princesa China, de nombre Turandot, que se quiere vengar de todos los hombres, especialmente de aquellos que se quieren casar con ella.

—¿Por qué? –interrumpió Kati.

—¡No importa por qué! ¡Se quiere vengar y punto! –le dijo Dámir, abriendo exageradamente los ojos e inclinando un poco la cabeza, antes de regresar al cuento.

—Ella... Turandot... pretende darles a todos sus pretendientes de la nobleza...

—¿Por qué de la nobleza? –otra vez interrumpió Katarina.

—¡Porque ella es una princesa! No se va a casar con cualquiera, ¿no crees? Por eso le da a todos los interesados tres enigmas que deben contestar, o mueren.

—¡Se lo merecen! –dijo Kati, riendo.

—Entonces, llega Calaf. Ese es el personaje de Gigli. Él... Calaf... es un príncipe pero nadie lo sabe. Luego de un encuentro con su padre... quien estuvo perdido, pero de pronto reaparece... Calaf ve a Turandot en la distancia y se enamora de ella.

—¿Cómo se perdió el padre de Calaf? –interpuso Katarina.

—¡Déjame hablar! –replicó su hermano, perdiendo la paciencia–. Lo que importa es que Calaf le ruega a Turandot que le dé la oportunidad de adivinar los enigmas, para poder casarse con ella.

—No tiene sentido –observó la hermana de Dámir.

–¡Si me permites terminar con el cuento! –le dijo Dámir, de malhumor.

–Kati, basta –intervino Marija.

–De todos modos, –dijo Dámir –, Calaf adivina todo correctamente, pero, sin embargo, Turandot no quiere casarse con él. Ella trata de anular el pacto con Calaf pero el gran Emperador no lo permite. Calaf, por otro lado, no quiere casarse con la princesa si la princesa no quiere casarse con él y le dice a Turandot que él está dispuesto a olvidarse del pacto y a ser sentenciado a muerte si ella adivina su nombre. Por supuesto, Turandot le ordena a todo Pekín que averigüe el nombre del extranjero para luego enviarlo a la muerte. Cuando nadie descubre su nombre, Calaf toma a Turandot en sus brazos, la besa y le revela su nombre, exponiendo su vida. El beso transforma a Turandot, quien se enamora de Calaf antes de dar a conocer su nombre.

–Se llama Calaf, ¿sí? No veo cual es el gran misterio –dijo Kati cuando Dámir detuvo el relato.

–No de acuerdo al libreto –le respondió su hermano, ignorando a su hermana y dándole otro vistazo al programa.

En ese momento Isabella regresó al palco y se oyó una gran conmoción en la sala.

–*¡Perón! ¡Perón! ¡Perón! ¡Perón!*

–¡Kati, ahí llegó Evita! –le dijo Isabella.

–*¡Perón! ¡Perón! ¡Perón! ¡Perón!* –gritó la sala completa, acompañando el llamado con aplausos.

El Sr. Presidente vestía muy elegante con un traje gris oscuro y una corbata de seda blanca, y Evita, lucía resplandeciente en un vestido de corte italiano, adornado con un collar de diamantes que le costó muchas camisas a los descamisados.

–*¡Perón! ¡Perón! ¡Perón! ¡Perón!*

–Didi, ¿qué te sucede? ¿Por qué esa cara tan seria? –le preguntó Isabella.

Dámir se le acercó al oído, y le dijo:

–El fascismo... sigue de moda en Argentina.

Isabella le respondió con un beso y regresó tras bastidores y Dámir regresó al programa, que anunciaba la próxima producción del Teatro Colón: <u>María Stuarda</u>, la ópera de Donizetti, donde uno de los personajes se llamaba Elizabetta.

De pronto, bajaron las luces de la sala, el Director de Orquesta apareció en su tarima, rindió una reverencia al Palco Presidencial y el Teatro Colón estalló de música y de fantasía.

Dámir por poco se desmaya. ¡Era música de verdad, no el sonido artificial de un tocadiscos! Era música acompañada por *¡Gigli! ¡Gigli! ¡Gigli!* cuando Beniamino Gigli entró en escena, retumbando las paredes del Teatro Colón.

—*¡Gigli! ¡Gigli! ¡Gigli!*

Al bajar el telón del primer acto el gran Gigli recibió la primera ovación de la noche:

—*¡Gigli! ¡Gigli! ¡Gigli!*

—¿Kati, qué te parece? —le preguntó Marija.

—¿Ya terminó? —preguntó la chica, lo que hizo que Didi acudiera a los dioses de la musa, con su desagrado.

—Falta lo mejor —él le contestó, tratando de ignorar a su hermana leyendo su programa.

Ahora bien, da la casualidad que una de las grandes facultades del ser humano es la asociación de ideas, ideas que a veces tienen sentido y a veces no.

Por alguna razón Dámir no le pudo quitar la vista a «Elizabetta», el nombre de uno de los personajes en la ópera de Donizetti. ¿Por qué? Elizabetta. Isabella. Isabella. Elizabetta. Eran nombres totalmente diferentes. Elizabetta, fue reina de los ingleses, aunque también así se llamó la emperatriz de Austria y la zarina de Rusia.

Dámir pasó el resto de la función pensando en Elizabetta y no fue hasta el comienzo del tercer acto, cuando volvió a dirigirle la palabra a su hermana. Le dijo:

—Ahora viene lo bueno.

—¿Matan al chino? —le preguntó Kati—. ¿Qué estará haciendo Isabella?

—Está ayudando a su padre —le dijo Marija.

Sí, definitivamente Elizabetta no tenía nada que ver con Isabella, pensó Dámir, el nombre de Isabella d'Este, una dama de la nobleza italiana, famosa por ser mecenas del arte durante el renacimiento, y de Isabella la Católica, la reina que hizo posible que Colón descubriera a América.

Solamente el silencio solemne que acometió la sala distrajo a Dámir de su pensamiento, esperando, como todos allí bajo la cúpula de la gran sala el momento culminante de la ópera Turandot: Nessun dorma.

Dámir se inclinó hacia el frente, cerró los ojos y volvió a sentir el abrumador olor a salitre, el estupendo salpicar de las olas, y hasta las caricias del rocío del mar; tal como lo sintió a bordo del Afortunato, lo que evocó el momento cuando por poco se lanza al mar si no hubiera sido por Beniamino Gigli cantando:

–¡Vincero! ¡Vincero!

Silencio. Silencio absoluto. La sala permaneció anonada, estremecida por la sublime belleza del aria, antes que la multitud estallara en aplausos y ¡Bravos!

Tal fue el escándalo, la adoración del público... todos de pie... que hasta el señor Presidente y Evita se sumaron a la ovación que duró más de quince minutos, al punto que el gran Gigli tuvo que repetir el aria más famoso del repertorio operístico.

Por otro lado, nadie se dio cuenta que Dámir había dejado de aplaudir y miraba, como hechizado, al vacío. Lentamente recogió el programa de la silla, salió al pasillo, y vio, casi en la última página del folleto, que Carmen, la famosa ópera de Bizet estaba pautada para la próxima temporada en el Teatro Colón. Todo el mundo conocía a Carmen, la opera que trataba de una gitana...

–¡Didi, regresa! –le dijo Marija, asomando la cabeza entre las cortinas que daban al palco.

Dámir ni vio ni oyó lo que le dijo su madre. Permaneció parado en el medio del pasillo, como si se hubiera electrocutado.

–¿Qué pasa contigo? –de nuevo, de parte de su madre.

Dámir se alejó del palco, primero caminando rápido, hasta que alcanzó la gran escalinata, que bajó de dos en dos, salió a la calle, viró a la derecha, le dio la vuelta a la cuadra, y llegó a la entrada de los artistas.

–¡Sube y encuentra la soberana que te confortará y te hará feliz!

Dámir fue directo al camerino de Beniamino pero no encontró a Isabella. Ella estaba tras bastidores, observando a su padre, en escena.

–¡Isabella! –llamó el Didi, haciendo señas desde la puerta del escenario.

Menos mal que la fabulosa música no permitió que se oyera a Dámir llamando a Isabella.

Él le pasó por el lado a varios miembros del coro, todos vestidos de chinos, y al señor Gerente de Producción.

Al fin, allí estaba la chica, al otro lado del escenario, junto a Elvira quien le hizo señas para que saliera al pasillo, no fuera a ser que distrajera a los cantantes. Por suerte, Dámir tampoco vio a la asistente del gran Gigli, ni a los cantantes... es más, él ni tan siquiera se fijó cuando Gigli levantó los brazos y alzó la voz para cantar. Dámir sólo vio a...

–¡Isabella! –hasta que dio con ella.

No importó que las trompetas, el fagot, las trompas, los trombones, las tubas, los tambores, el címbalo y un millón de violines llamaban a los ángeles del cielo...

—¡Isabella!

—¡Dámir!

...en ese momento; en ese mismo instante que el coro mandarino evocó la gloria, Turandot elevó su mirada, confesó... «¡*So il tuo nome!*»

...y Didi le declaró su amor a Isabella.

El Obispo

18

El padre del pequeño se aferró a su hijo con toda su fuerza pero el culatazo en la cara lo obligó a soltar al niño, a quien el mismo Ustacha le proporcionó una bofetada que lo hizo sangrar por la boca y la nariz.

–¡Papá! –gritó el pastorcillo. Aunque aturdido, él nunca soltó el flautín; a pesar de que tres otros soldados se entretuvieron sacudiéndole las piernas para mantenerlo tirado en el suelo. El propósito de aquel juego era, por supuesto, hacer sufrir a la criatura, pero, ¿cómo iban a saber los militares si estaban teniendo éxito cuando el niño se negaba a rendir lágrimas de dolor?

Su padre, casi histérico, con un poco de baba chorreándole de la boca y el terror sofocándole las palabras, le gritó:

–¡Haz lo que te pidan! ¡Qué no se enfaden contigo! –Los pobres estuvieron cuidando su miserable rebaño de dos ovejas cuando los sorprendieron los soldados.

–¿Oye idiota, cómo te llamas? –le preguntó un recluta, embistiéndole las costillas con el cañón de la escopeta.

–¡Iván!

–¿Este mocoso es hijo tuyo? –le dijo el mismo hombre, propinándole al niño una lluvia de golpes en la cabeza.

–¡Sí, sí, lo es! Le... le ruego... ¡somos gente pobre! ¡No le hacemos daño a nadie! –le contestó el ovejero, suplicando de rodillas–. ¡No le haga daño, por lo más que quiera!

–¡Cállate la boca, serbio cabrón, o los mato aquí mismo! –le replicó el Ustacha, levantando a su prisionero por el gollete.

–¡Papá! –gritó el niño, extendiendo los brazos hacia su padre, cuando otro soldado lo haló por el cuello y por poco lo desnuca.

–¡Caminen, hijos de puta! –les ordenaron con otra repartida de patadas y golpes.

Rónnoco gritó y se sentó en la cama empapado en sudor. Hubiera preferido seguir durmiendo pero le era imposible regresar al sueño. Esa maldita pesadilla de muerte lo perseguía.

Según los números rojos del reloj electrónico –que parecían ojos de lobo– eran apenas las seis de la mañana. Él sintió el dolor de cabeza empezando a molestar, se tambaleó hasta el baño, echó a un lado la cortina de la ducha y permitió que el agua caliente fluyera un rato, suficiente tiempo para convertir la habitación en una sauna. El vapor, por lo menos, le ablandaría la barba y le permitiría relajarse un poco.

Así estuvo más de media hora cuando oyó sonar el teléfono.

–¡Excelencia! –lo llamó la hermana Angelina del otro lado de la puerta.

–¿Qué sucede? –le respondió Rónnoco, dejando que los chorros de agua tibia le acariciaran la espalda.

–¡Seráfio al teléfono!

–¿Tan temprano? –dijo Rónnoco, sorprendido por la llamada del secretario del Papa–. ¿Qué hora es?

–¡Seis treinta y cinco!

–¡Dígale que estaré allí como a las nueve!

–Voy a abrir las ventanas para ventilar un poco la habitación.

–Como quiera, hermana –dijo Rónnoco, a sí mismo.

La hermana Angelina tiró las ventanas abiertas, arregló la cama, escogió la ropa del obispo para ese día –una sotana de botones color violeta, un solideo y un fajín del mismo tono, una cadena de plata colgando su crucifijo, y medias y zapatos negros– y regresó inmediatamente a la cocina, para terminar de preparar el desayuno de su Excelencia.

Ella tendría sesenta y dos años y Rónnoco estaba seguro que, de joven, la monja de Calabria fue una mujer bella; de joven, porque ahora, a pesar de su mente ágil y un temperamento listo para reprender a cualquiera de ella creerlo necesario, la hermana era típica de esas mujeres devotas de apariencia ordinaria, que viven su vida bajo la impresión que la mejor manera de servir al Cristo es dedicando su vida sirviendo a los hombres al mando de la Iglesia. Dijo la hermana cuando el obispo entró en la cocina:

–Se ve muy cansado.

Rónnoco colocó el maletín sobre la mesa, se bebió su taza de café expreso, mordió un pedazo de pan y encogió los hombros.

–¿Vendrá a cenar, Excelencia?

–No sé. Depende del Santo Padre. Le dejo saber antes de medio día –le respondió, terminando su jugo de toronja, agarrando el maletín y saliendo por la puerta a toda prisa.

Eran las siete y cuarenta y cinco cuando llegó a su oficina, en el Palacio del Gobierno en Ciudad del Vaticano, un despacho interesante al final de un ancho y largo pasillo en la parte posterior del edificio, de donde Rónnoco, podía ver los helicópteros despegar y aterrizar del helipuerto.

Las puertas de entrada eran de acero, anchas y pesadísimas, y estaban protegidas por una cerradura de combinación Zeffir, garantizada a frustrar los taladros y las ganzúas más imponentes. Adentro, las paredes eran color blanco, sin más decoración que un cuadro de San Jerónimo, que escondía una caja fuerte.

Había dos ventanas con cortinas de color amarillo pálido, un escritorio antiguo con dos teléfonos; uno color negro y el otro color blanco; un abrecartas y varios bolígrafos. En una esquina, al lado de una de las ventanas había una máquina de fax, una impresora y un receptáculo parecido a una canasta para tirar papeles, con la diferencia que en ese los papeles se quemaban todas las tardes.

Rónnoco colocó el maletín sobre el escritorio, sacó su computadora portátil, se conectó al internet, revisó su correo electrónico, le dio una última lectura a un documento marcado «Secreto», y comenzó a escribir un resumen del mismo para el Santo Padre –también marcado «Secreto».

Su secretario, un cura de nombre d'Stesi llegó quince minutos más tarde. Era un hombre pequeño, de unos treinta y cinco años, delgado y con mucho pelo color marrón, que cubría una frente ancha. El hombre hablaba siete idiomas, tenía una nariz que olía las ratas a una milla y de la misma manera que el hermano que ocupó su puesto anteriormente, d'Stesi sólo respondía al Guardián de San Jerónimo, aunque, a diferencia de su predecesor, la mente de d'Stesi era meticulosa y muchas veces complementaba la naturaleza distraída del obispo Rónnoco. Le dijo d'Stesi:

–Buenos días, Excelencia.

–¿Por qué tan temprano? –le preguntó Rónnoco.

–Quiero estar seguro que tiene todo lo que necesita para la reunión con el Santo Padre.

–Todo está listo. Gracias.

–Recuerde... tiene una reunión con los Cuatro Jinetes... a las dos de la tarde.

Rónnoco levantó la mirada de la pantalla. «Los Cuatro Jinetes» era como el obispo le llamaba a cuatro de los miembros más importantes de la Curia, a los consejeros más allegados al Papa, después del propio Rónnoco. Entre ellos se encontraba Giuseppe Cardenal Pino, el Secretario de Estado, John Cardenal Bailey, encargado de Comunicaciones y

Relaciones Públicas para Ciudad del Vaticano, además de ser el único
Norte Americano del grupo; Lorenzo Cardenal Numa, Secretario de la
Congregación para las Causas de los Santos del Vaticano y Paolo Cardenal
Tomaso, Prefecto de la Casa Pontifical.

–¿Café? –le preguntó d'Stesi.

–Eh... no gracias. Ya tomé mi cuota de cafeína, por hoy –dijo, sonriendo, y el secretario salió del despacho.

Más o menos a esa hora, al otro lado del Vaticano en el Palacio
Apostólico, su Santidad Leo XIV, el primer Sumo Pontífice de la Iglesia
Romana en casi 500 años no nacido en Italia, paseaba de un lado al otro
de su despacho deteniéndose de vez en cuando para leer nuevamente el
papel que llevaba en la mano. Una palabra muy en particular le llamó la
atención: «Aparición».

Cansado, sufriendo los mismos achaques de «Grandiosa Antigüedad»
que afligían a la Santa Sede, el Papa tomó asiento. A pesar de llevar 16
años en el Trono de Pedro, con su cuerpo corroído por artritis y un caso
bastante avanzado de glaucoma, su sueño –una visión fundada en su determinación indomable– para expandir los intereses de la Iglesia y de esa
manera convertir la Santa Sede en la institución religiosa más poderosa
del mundo, no disminuían por nada.

Bajo la sagrada mirada de la Santa Madre, quien, de lo alto de la
pintura renacentista observaba al Papa con amor; mimado por el lujo a su
alrededor –por las delicadas cortinas color crema que adornaban paredes
de mármol tan blanco que parecían del paraíso celestial; en los pisos de
parqué, en los sillones de madera tallada y cojines de terciopelo rojo; en
la variedad de suntuosas plantas verdes en jarrones de porcelana china y
una exquisita librería de caoba a lo largo de la habitación– Leo regresó
sus ojos al pedazo de papel entre sus dedos y a «Aparición».

Agustino Seráfio, su secretario, era un simple hermano Franciscano
oriundo de Argentina, un hombre de sesenta años, de agudas facciones, a
quien nunca se le conoció con pelo y con una cabeza que brillaba como
una bola de billar, le dijo, entrando en el despacho:

–Su Eminencia Carelli... espera en el vestíbulo, Santidad.

Respondió el Papa, molesto:

–¿Carelli? ¿Qué hace aquí tan temprano ese hombre? ¿Qué quiere
ahora?

Le replicó Seráfio:

–Evidentemente necesita hablar con vos. Lleva tres días esperando... allá afuera... estuvo aquí ayer, y anteayer.

–Bueno –respondió el Papa–, no nos interesa hablar con él... es insoportable.

–De varias maneras –comentó Seráfio, a sí mismo.

–Dile que se vaya. Y no queremos ver a nadie... excepto a Félix.

–Sí, Santidad –dijo Seráfio, saliendo a darle las malas nuevas a Antonio Cardenal Carelli quien ocupaba dos sillas en el vestíbulo.

El «Jorobao de San Pedro», como le llamaban sus detractores, leía Time en italiano, cuando Seráfio se le acercó, y le dijo:

–Su Santidad no quiere visitas... en este momento.

Su Eminencia nunca levantó la mirada del artículo que profetizaba una catástrofe del medio ambiente en las selvas de Brasil. En completo y sigiloso silencio, el solideo rojo dobló el magazín y empezó a desplegarse por el pasillo como un aerodeslizador cuando el hermano Seráfio dijo en voz alta:

–Ah ah... el magazín.

Lenta-y-premeditadamente Carelli, sin detenerse un segundo, es más, sin romper el flujo de su movimiento, el cual lucía espectral, se ladeó para la izquierda, volvió sobre sus pasos finos y regresó la revista a su sitio.

A pesar de que no dio señal de estar molesto, la indiferencia del Papa lo afectó un poco. ¿Por qué, se preguntó su Eminencia, él no le era simpático al Santo Padre? ¿Por su apariencia, quizá? ¿La insignificante protuberancia en el lado derecho de su espalda? Él era Jefe de Operaciones del Vaticano; un hombre muy importante dentro de la jerarquía de la Santa Sede, que, sin embargo, nunca le consultaban nada. Eso, sin mencionar lo que le costó el solideo rojo: 1,522,500,000 liras a nombre del Concilio Nacional de Croacia, el fondo secreto establecido por Leo XIV para apoyar a los croatas en su guerra contra Yugoslavia. Por eso, la indiferencia del Papa le afectó tanto. Extranjeros –gusanos extranjeros– que, según Carelli, habían infectado su gloriosa Iglesia.

–Ah, ¡buenos días, hermano Carelli! –le dijo Rónnoco, al pasarle por el lado.

Carelli respondió con un leve e indiferente movimiento de la cabeza, viró la esquina y se perdió de vista.

–Buenos días, Excelencia –le dijo Seráfio.

–Buenos días, hermano –le respondió Rónnoco.

–¿Quiere qué... ? –Seráfio pensó anunciar la llegada del obispo, pero éste ya se encontraba en el despacho del Santo Padre. Por lo tanto, el secretario no tuvo otra alternativa que morderse el labio, hacer un puchero y ponerse a trabajar.

–Veo que Seráfio tiene un nuevo juguete –le dijo Rónnoco al Papa, refiriéndose al PC sobre el escritorio del secretario.

–¡A buena hora! –dijo Leo, recibiendo al obispo con un beso y un abrazo–. Sí, ya no pueden decir que vivimos en el pasado, aunque a veces pensamos que...

–...que las cosas eran más fáciles. ¿Es lo que me va a decir? –dijo Rónnoco colocando su maletín sobre el escritorio del Santo Padre.

–Eran tiempos... menos difícil –añadió Leo.

El comportamiento de Rónnoco en presencia del Papa era relajado y familiar porque entre ellos no existía pretensión ni protocolo; ni títulos ni actitudes condescendientes, solamente respeto, amor y lealtad. Sólo cuando estaban en presencia de otra gente, Rónnoco trataba al Santo Padre con la veneración que merecía, no su mentor, sino el líder de la Iglesia de Roma.

Como era de esperarse, los rumores, los chismes, los comentarios rezumados de insinuaciones y miradas de celo y resentimiento se extendían a través de la alta jerarquía de la Santa Sede, especialmente en aquellos que añoraban los mismos favores que el Papa le confería a Rónnoco.

Su Excelencia Rónnoco y el Papa Leo se reunían casi todos los días, generalmente por las mañanas, cuando el obispo resumía todo lo que tenía que ver o todo lo que podía afectar a la Santa Sede o a cualquier diócesis arzobispal a través del mundo; información tan distinta como lo era el avance logrado por una federación secreta de estados europeos, establecida por mandato pontifical para evitar la diseminación y la propagación de fundamentalistas islámicos en el continente, y la influencia de la iglesia ortodoxa en los Balcanes y en Rusia; o el qué hacer con un hermano, ya fuera un simple cura o un príncipe de la Iglesia cuyas indiscreciones afectaban negativamente la imagen de la Santa Sede.

El tema de esa mañana, sin embargo, era el desafío a la Iglesia por parte de muchos gobiernos que no estaban de acuerdo con algunas de las doctrinas del Vaticano; desacuerdos de ideología en cuestiones de moral y ética, tales como el aborto, la anticoncepción y el divorcio. La oposición era tal que promovía el disentir y la división entre los 800 millones de feligreses alrededor del mundo.

Para entender mejor el problema y el razonamiento de la grey rebelde, lo que ayudaría a diseñar una estrategia para enfrentar la controversia, Leo, a instancias del obispo, ordenó un abarcador estudio, que se llevó a cabo en secreto. La encuesta de 200 mil católicos en todos los continentes, tardó dos años en completar y el resultado fue cuidadosamente detallado y tabulado.

Le dijo el Papa, regresando a su escritorio:

—Tenemos una pregunta, ¿hay problemas?

Rónnoco le ofreció una copia del informe, y respondió:

—Aquí está el resumen. Creo que los números están claros.

—No queremos leer nada —le dijo Leo, retirando los papeles—, sí pedimos que nos digas qué pasa.

Rónnoco encogió los hombros, rescató el informe, lo devolvió a su maletín, tomó asiento, y dijo:

—Para empezar, en los últimos quince años la Iglesia ha sufrido una baja de un veinticinco por ciento en concurrencia, lo que indica una pérdida de ingreso por esa misma cantidad en recaudaciones durante la misa. Eso no refleja pérdidas en contribuciones que la Iglesia recibe todos los años; esa cifra es de un treinta y cinco por ciento, ya que la gente que todavía asiste a misa, ha disminuido los donativos un diez por ciento. Al parecer, esta situación no va a mejorar, es más, las cosas van a empeorar, algo que amenaza a muchos arzobispados, especialmente aquellos que se encuentran en países subdesarrollados. Este fenómeno, este mal que sufre la Iglesia no es nada nuevo, no; lleva casi treinta años enconándose, y todo comenzó con la saturación de los medios de comunicación... especialmente con la televisión... y el impulso de ideales democráticos en el mundo. Es interesante ver que es esa mezcla tan peculiar entre la democracia y los medios de comunicación lo que ha afectado la manera en que los Católicos piensan de la Iglesia. Por siglos y siglos, la Iglesia Católica era parte de la vida diaria de los feligreses. Los niños iban a escuelas católicas y sus padres eran miembros de sociedades y entidades singularmente atadas a la parroquia. De surgir algún problema, ya fuera de índole personal, o hasta profesional, antes que nada, ellos acudían al cura. Los católicos siempre se sintieron protegidos por la Iglesia y seguros que de algo sucederles ellos podían depender del respaldo de su Iglesia. Ya no. Hoy, gran parte de esa manada de parroquianos rehúsa seguir las enseñanzas de la Iglesia. Algunos protestan abiertamente, exigen cambios en nuestra política, en nuestra doctrina. Esos cambios, por supuesto, no se han realizado y mucha gente cree que la Iglesia se ha convertido en un monolito, en una institución inflexible incapaz de enfrentar los problemas de una sociedad moderna. Sesenta y cuatro por ciento de todos los católicos en el mundo no están de acuerdo con las directrices de la

Santa Sede en cuanto al aborto y creen que poner fin a un embarazo, por ejemplo, como resultado de una violación o incesto, no es moralmente reprensible. A eso, le podemos añadir el cuarenta y ocho por ciento que están en completo desacuerdo con la Iglesia en cuanto a la homosexuali-dad... no creen que tener relaciones íntimas con un miembro de su propio sexo debe estar prohibido.

—Esto es peor de lo que nos imaginamos —interpuso el Papa, en voz baja y su mirada preocupada.

—Uno de los problemas... y no creo que le sorprenderá —añadió Rónnoco—, es que no tenemos suficientes curas. Desde el 1985 el número de candidatos para el clero ha disminuido casi un quince por ciento, y como sólo a los curas se les permite dirigir las ceremonias y los ritos más sagrados, esa falta de líderes en la Iglesia amenaza la experiencia del ser Católico. Como sabe, un diez por ciento de nuestras iglesias no tienen su propio cura. Los curas sí visitan las iglesias, pero a estas las manejan los propios miembros de la congregación, por lo general, mujeres. Son ellas los líderes de sus iglesias, las que llevan a cabo el trabajo que tra-dicionalmente era responsabilidad del cura. Además, son ellas las que aconsejan a los otros miembros, las que dirigen las escuelas católicas y hasta intervienen directamente durante misa.

—¡Basta! ¡Basta ya! ¡Hemos oído suficiente! —dijo el Papa, casi a gritos, empujando para atrás la silla de su escritorio y poniéndose de pie.

—Pero... es que faltan las buenas noticias —le dijo Rónnoco, con una leve sonrisa.

—¡Buenas noticias!

—Sí. Usted le es simpático al ochenta y cinco por ciento de los miem-bros de nuestra Iglesia en el mundo... creen que usted es un gran hombre y lo admiran mucho —respondió Rónnoco.

—¡Pero no me hacen caso! ¡No hace mucho, el dudar de la sabiduría del Papa hubiera sido escandaloso, una vergüenza!

—Lo que pasa es que ya no se trata de campesinos analfabetos. Hoy la plebe es sofisticada y duda de todo. Tampoco creo que este fenómeno nos afecta a nosotros nada más. Estoy seguro que los Protestantes, los musulmanes y los judíos están pasando por lo mismo. En conclusión, tenemos que hacer algo para recuperar nuestra relevancia en el mundo para que nuestra gente pueda, otra vez, depender ciegamente en nuestra religión y en nuestra institución. Para comenzar, necesitamos reclutar gente que verdaderamente se dedique a llevar la Palabra al pueblo... curas. Aquí tengo una lista de recomendaciones.

–¿Cuánta gente sabe de la encuesta? –preguntó Leo, aún más preocupado.

–Nosotros.

–¿Y qué de la gente que llevó a cabo la investigación?

–El estudio se llevó a cabo en cuatro partes para que, en todo momento, nadie pudiera inferir nada o llegar a ninguna conclusión. Para enmascarar todavía más el propósito del informe, incluimos muchísimas preguntas que no tenían nada que ver con religión ni con la Iglesia Católica y una vez los resultados fueron tabulados, di órdenes de destruir todo el material relacionado con el proyecto, algo que supervisé personalmente.

Leo regresó a su silla, y le dijo:

–Nadie se puede enterar.

–¿Ni los Cuatro Jinetes? –preguntó Rónnoco.

–¡Especialmente ellos! Empezarían a formar comités y a presentar proclamas, en otras palabras, harían lo que hacen siempre: ¡nada! ¡Son una partida de viejas que le temen a sus propias sombras! –dijo Leo, llegándose donde Rónnoco–. Dios querido, ¿cómo nos metimos en este lío?

–Bueno, es verdad que hemos cometido muchos errores, pero también, también creo que esta crisis era inevitable –le dijo Rónnoco.

–¿Inevitable? ¿Por qué? –preguntó el Santo Padre.

–Perdimos la magia... ese, ese misticismo que nos hizo únicos entre las otras religiones del mundo. Abrazamos la nueva tecnología, las comunicaciones y el progreso, pensando que quizás, nos iba a servir de algo, cuando en verdad, lo que hicimos fue darle rienda suelta a la duda. Se nos olvidó que la iglesia Católica se fundó en la fe de lo sobrenatural. Por ejemplo, ¿sabe que un noventa y cinco por ciento de todos los Católicos consideran que tomar la Eucaristía, la transubstanciación, es un acto simbólico?

El Papa quedó estupefacto, y le dijo:

–¡Noventa y cinco por ciento?

–Así como lo oye. El otro cinco por ciento no saben lo que significa transubstanciación –añadió Rónnoco, riendo.

Leo miró al vacío por lo que pareció largo rato y Rónnoco aprovechó para poner en orden el contenido de su maletín. Le dijo el Papa:

–Necesitamos analizar esto a fondo y no da el tiempo... ¡el tiempo no da! Regresa esta tarde... a las cuatro, a ver que se nos ocurre.

–A las cuatro –repitió Rónnoco, cerrando el maletín y dirigiéndose hacia la puerta.

Diez minutos más tarde, entrando en su oficina, oyó la línea privada del Papa que no dejaba de sonar.

Le dijo Leo:

—¡Regresa ahora mismo!

—Cómo no, Santidad —respondió el obispo, con una carcajada. Nuevamente, empuñó el maletín y salió de su despacho.

—¿Uno de esos días? —le preguntó d'Stesi, cuando Rónnoco le pasó por el lado.

—Es un régimen de ejercicio... divino —le respondió el obispo.

—¡Tienes toda la razón... 100% en lo correcto! —le dijo el Papa a Rónnoco, cuando el obispo entró en su despacho.

—Me alegro saberlo. Ahora, ¿a qué se refiere, Santidad? —le preguntó Rónnoco, tomando asiento.

Leo le mostró la carta de América, que mencionaba a dos chiquillos en Luisiana que alegaban una visita de la Santa Virgen. La aparición causó tanta sensación que miles de miles de feligreses invadieron el pueblo. Le dijo Leo:

—Esto es lo que quieren, lo que añoran... ¡lo que necesitan!

—¿Un milagro? —cuestionó el obispo.

Leo asintió con la cabeza, y dijo, abriendo los brazos para incluir a la Santa Sede:

—Nos olvidamos del factor principal... de lo que hizo todo esto posible. Entiendes, ¿verdad? ¡Necesitan milagros para sostener la fe!

—Y yo me creía cínico —le dijo Rónnoco.

—¿Cínico? No somos cínicos; hablamos la verdad. Piensa en esto, Félix, nosotros somos los celadores... los guardianes... diles como quieras... los protectores de un cofre lleno de milagros. ¡Ese es nuestro patrimonio!

—Sí, es verdad, pero...

—Hemos estado demasiado ocupados mirando hacia el futuro, cuando debimos siempre mantener el dedo en el pasado. Oh, Félix, ¡sí que necesitamos un milagro, uno que encienda la imaginación, que enfoque la atención del mundo en la Iglesia Católica Romana; un fenómeno que convenza a los que no creen que somos nosotros los que llevamos la llave de la salvación colgada de la cruz!

Rónnoco, por supuesto, le señaló al Santo Padre del proceso canónico establecido para validar toda aparición, revelación y la cantidad de milagros y otros actos sobrenaturales que se inventaban los oportunistas, los charlatanes y la gente de mente enferma.

–A menos que nosotros digamos que el milagro sucedió –le replicó Leo–. Es nuestra palabra y nuestra palabra es la ley de la Iglesia Católica. ¡Si decimos que esos niños vieron la Virgen, la vieron porque la vieron!

–Y... por eso de preguntar... ¿qué les dijo María a los pequeños?

Leo sonrió, y le dijo:

–¿Qué tú crees?

–Bueno... pudo haber dicho... la Santa Madre del Señor... les dijo que... que está molesta; que se siente abandonada. Por eso, hizo una declaración, una declaración que de saberse, hará temblar a todo buen y fiel cristiano de júbilo, alabando a María.

–¿Y... qué más?

–No tengo idea –le respondió Rónnoco, caminando a la puerta–. Necesito un poco de tiempo para ver que se me ocurre.

–¿Adónde vas? –le preguntó Leo.

–A mi oficina. Tengo mucho que hacer. ¿Seguro que no quiere que le mencione nada a los Cuatro Jinetes... sabe, de la encuesta?

–¡Dijimos que no!

–Bien. Sin embargo, tenemos que hacer algo para enfrentar el problema –dijo el obispo, con un pie en el pasillo.

–Y ya te dijimos lo que se necesita: ¡un milagro!

Rónnoco soltó el pomo de la puerta, regresó al Papa, y le dijo:

–Yo estaba bromeando.

Le respondió Leo:

–¡Nosotros, no!

–¿En serio?

–¿Cuándo nos has visto de otra manera? –le dijo Leo, llevando a Rónnoco hasta la puerta, por el brazo.

–Tata... –interpuso Rónnoco, usando el apodo que los pequeños de su tierra le llaman a sus padres–, es una tontería, es ¡positivamente absurdo!

–No es absurdo, ¡es extravagantemente escandaloso... digno de inspiración divina y exactamente lo que necesitamos!

–Jamás lo vas a lograr –dijo Rónnoco, preocupado.

–No pensamos lograr nada, Félix. Eso de milagros... eso te lo dejamos a ti.

–¡A mí?

Leo miró fijamente al obispo Rónnoco, y le dijo:

–Nosotros nos encargamos de los burócratas; son un estorbo pero los podemos controlar o... los ignoramos, punto. Pero tú... tú, mi niño, serás el maestro de ceremonias, ¡el taumaturgo, porque nosotros insistimos en un milagro! Ve, corre y averigua qué le pasó a esos chicos americanos. Deshazte de todo lo que impida nuestro éxito y haz la aparición... de la Virgen, no la tuya... una cosa real. Sal lo antes posible. ¡No podemos perder más tiempo!

A Rónnoco le tomó un momento considerar el problema que a decir verdad, era su problema. Todos los años que estuvo al servicio de la Iglesia y del Papa –que según él, eran uno y lo mismo– el obispo siempre fue un leal defensor, un paladín de la fe en parte porque para él, su mentor era la encarnación de la justicia –justicia Católica, por supuesto– con toda la gracia y el amor al prójimo que conlleva esa divina cualidad humana. Hasta ese día, Félix nunca cuestionó los motivos del Papa porque la lógica detrás de su razonamiento fue siempre clara y correcta. Sin embargo, falsificar un milagro, una aparición era un descaro, un fraude para manipular la opinión del mundo y así lograr una meta que se podía lograr mucho más fácil corrigiendo los equívocos y los errores de la Iglesia. Desgraciadamente, su amor por Leo era incuestionable y su lealtad no tenía limite; todo eso a pesar de que Félix reconoció que su Santidad trataba de lograr algo que a él, como hombre de Dios, como hombre de la Iglesia, le aborrecía.

Entre tanto, Leo besó a Rónnoco en los dos cachetes, y le dijo:

–Tenemos mucho que hacer.

Rónnoco se llegó hasta la puerta y se volvió por última vez. El Santo Padre lucía anciano y frágil. Rónnoco lo complació con una sonrisa y salió al pasillo. Cuatro horas más tarde, su Excelencia, Félix Rónnoco estaba en ruta a Luisiana, en los Estados Unidos de Norte América.

19

Sí, no fue nada fácil hacer un boquete en el techo para instalar un tragaluz exactamente donde la Santa Madre, en toda su gloria, se les apareció a los pequeños Teddy y Alice Miltedew. Ray era de opinión, sin embargo, que ya que estaban pidiendo un donativo de dos dólares y cincuenta centavos por dos minutos en el santuario, los devotos disfrutarían más el momento si la luz del sol los cegaba al ellos levantar la vista, supuestamente imaginándose la gloria de los cielos. Además, instalaron una fuente exactamente debajo de la claraboya, donde, por un dólar adicional, los visitantes podían refrescarse, a menos que, por supuesto, les interesara llevarse un poco de agua consigo en un frasco azul claro, líquido que aunque oficialmente no era bendito, parecía que sí lo era. También, Ray y Harriet alquilaron dos solares al lado de su humilde residencia, los que convirtieron en un enorme estacionamiento. Allí, por el costo de una donación de un dólar cincuenta por hora, los miles de feligreses que viajaban de todas partes del país para visitar con los niños bienaventurados podían estacionar sin problemas. Ray añadió un porche con treinta sillas de plástico, y las hizo disponible a un dólar por quince minutos. Era cuando la gente se sentaba a esperar a Teddy y a Alice, quienes se presentaban cuando les daba la gana porque, de otra manera, según Harriet, la presencia de los niños se convertía en una exhibición sin el drama de la expectativa. En un rincón de lo que fue la sala, Harriet estableció un kiosco para vender retratos de Teddy y de Alice en tres poses diferentes y todas a colores. En una de las fotografías Teddy y Alice estaban arrodillados, uno frente al otro, los dos vestidos de seda blanca, su mirada apelaba a la Santa Madre de Dios y ellos sujetaban una copia del catecismo. En otra foto, los niños estaban de pie, sus cabecitas tocando a la vez que aguantaban un figurín de la Virgen María y ellos miraban a cámara. Sin embargo, la foto favorita de la gente y la que más se vendía era una donde Teddy y Alice, vestidos como pastores, dormían bajo un frondoso árbol en el medio de un llano, con la luna y las estrellas

191

resplandecientes en el trasfondo y un grupo de animalitos del bosque – entre ellos dos ciervos, una ardilla y un conejito–, y la Madre del niñito Jesús acompañada por un coro de ángeles, velaba por ellos.

Aunque el ser famoso resultó ser una terrible imposición, nadie se quejó porque ser pobre era peor. Si a los Estados Unidos de América se le conocía como la Tierra de la Oportunidad, ¿por qué no aprovecharse de la visita de María y atar el milagro con cintas satinadas de colores, como un regalito de Navidad? Es más, según Ray, el no hacerlo hubiera sido antipatriótico.

Harriet nunca se imaginó el resultado de aquella noche cuando regresó del trabajo y encontró a su marido y a sus pequeños apiñados en una esquina, rezando y alabando a la Virgen, luego que Ella los escogiera a ellos sobre todos los demás.

Como bien le dijo Ray a una periodista al día siguiente, la experiencia fue «una verdadera chulería», que, tanto él como Harriet consideraron y cavilaron un día completo antes de informárselo al padre O'Malley, porque, además de ser una chulería, el encontronazo con María fue un acontecimiento divino y nadie entendía más de cosas divinas que ese santo hombre, el cura de la comarca.

Desgraciadamente, como tantos curas sufriendo el exilio de su pequeña parroquia, el padre O'Malley no tenía otra cosa que hacer, excepto entretenerse dándole a bolas de tenis contra la pared y chismear con selectos miembros de su congregación; entre ellos, la Sra. Lindgren, quien pensó que la aparición era muy buena noticia para la parroquia, tanto así que se tomó la molestia de llamar por teléfono a todas sus amistades para informarles que la Madre de Jesús estuvo de visitas en casa de los Miltedew.

Era de esperarse; Prensa Asociada, así como Prensa Unida Internacional corrieron la voz y CNN, que tiene más experiencia cubriendo guerras al otro lado del mundo, fue la última red de información en comunicar lo sucedido a su tele audiencia. El Canal 21 de Nueva Orleans obtuvo exclusividad a entrevistas con los niños, porque todo el mundo estaba muy interesado –bueno, con excepción de los Protestantes, los judíos y los musulmanes– en saber más de lo acontecido.

Los pequeños eran una parejita de inocentes preciosos, adorables; en otras palabras, eran dos criaturas, no una, lo que hacía difícil que el cuento fuera el invento o la fantasía de un chiquillo con una imaginación católica demasiado activa o creativa, a menos que los dos estuvieran bajo el efecto de algún medicamento que resultara en alucinaciones, que sufrieran de un virus estomacal o fueran mentirosos compulsivos. De no ser así, entonces Teddy y Alice sí vieron a María. Además, de acuerdo a las personas que tuvieron el privilegio de conocerlos en persona, las caritas de Teddy y a Alice denotaban la bendición de la Santa Madre de Jesucristo.

El padre O'Malley refirió todas las preguntas de la aparición a su Excelencia Cuyas, Obispo de Nueva Orleans, quien sostuvo en un comunicado de prensa que lo sucedido estaba «bajo investigación».

Por otro lado, aunque hubiera sido preferible conseguir el visto bueno de la Iglesia porque ayudaría a las ventas del libro «Los ángeles del pantano», los pequeños negocios de la región que dependían del turismo, por ejemplo el 7-11, el motel y la cafetería Mimí, la gasolinera de Harry, y los vendedores de ostras, langostinos, cangrejos y figurines de santos y de los benditos Miltedew a la orilla de la carretera, todos se lucraron del milagro.

Ray se convirtió en el gerente del santuario, y Harriet se hizo a cargo de la contabilidad y la prensa.

Ni a Teddy ni a Alice le preguntaron si les gustaba ser el centro de tanta atención, pero, aparentemente, no les molestaba en nada y cada vez que se presentaban frente a un grupo de desconocidos, lo hacían sonriendo y sin decir nada más que «Buenos días».

La reticencia fue parte de una estrategia preventiva por parte de sus padres, porque, si fue verdad que los niños fueron agraciados por la Santa Virgen, también era verdad que ni Teddy ni Alice se acordaban bien del evento porque se desmayaron. Por eso, para evitar incomodarlos con preguntas tontas e innecesarias por parte de los feligreses, Harriet y Ray decidieron no permitirles mencionar la Aparición, ofreciendo una disculpa acompañada por la explicación que el milagro fue un hecho sagrado e íntimo entre Teddy, la pequeña Alice y María.

Uno de los pocos inconvenientes, por lo menos para Teddy, fue que ya no podía ir de caza con su padre, como solía hacer, porque, según le explicó su madre, matar animales indefensos, aunque salvajes, no era lo más indicado, luego de conocer personalmente a la Madre del Creador de dichas criaturas. También, muchos de sus compañeros de escuela no simpatizaban con su religión, y se burlaron de él, llamándole «Teddy el Bendito» y jugándole bromas irreverentes, incluyendo una donde un muchacho muy grueso de antecedentes Protestantes se le sentó encima durante el recreo, lo que se pudo interpretar como un símbolo más de la palpable disminución de influencia que sufría la iglesia Católica en la parroquia.

Una tarde, Teddy regresó a su casa con el labio partido y un ojo morado. Su madre, indignada y furiosa por el maltrato de su hijo, decidió no enviarlo más a la escuela pública y acudió al padre O'Malley para que la ayudara a colocar al pequeño en la Academia San Lucas, una institución privada y católica.

Le dijo ella al cura, mientras éste ayudaba a un monaguillo a mover los bancos de la iglesia para practicar su revés bajo techo:

—Padre, ¡no voy a permitir que ni los Protestantes ni los judíos me sacrifiquen a Teddy!

O'Malley miró fijamente a Harriet, pensó que ella era un par de años más joven que su marido, y aunque de apariencia simple, no era fea y tenía una boca muy linda.

Él era un hombre de mediana estatura, de unos cincuenta y cinco años, delgado, de ojos claros y nariz perfilada. Le respondió el cura:

—Entiendo perfectamente, Sra. Miltedew. Veré lo que puedo hacer, aunque, recuerde que yo sólo soy el cura de la parroquia y no tengo nada que ver con San Lucas.

Le replicó Harriet:

—Mi Teddy es un chico muy especial, Padre; él es único. Fue escogido por la Madre de Jesús para llevar Su mensaje al mundo. Y si mi Teddy es lo suficientemente importante para la Santa Virgen, entonces debería serlo para el arzobispado, a quien le conviene sobremanera, me parece a mí, colocar a Teddy en San Lucas.

O'Malley le quitó la cubierta a su raqueta de tenis, y dijo:

—Quizás usted debe hablar directamente con el padre Zaragai; el director de San Lucas. Fíjese, eso haría dos cosas, primero elimina al intermediario... en este caso, a mí... y por consecuencia, aceleraría mucho el proceso.

Le contestó Harriet, en un tono humilde, pero firme:

—Usted comprende, Padre, que no puedo arriesgar que a mi Teddy me le hagan daño. Piense nada más en que la Santa Madre de Dios se tomó la molestia de llegar hasta La Place, escogió a mi hijo entre cien millones de niños en el mundo... ¿y para qué? ¿Para que abusen de él en la escuela? No lo creo, Padre.

Le respondió O'Malley:

—Yo soy un simple cura y en este caso, me temo que no... no puedo rendir una opinión.

—Padre, estoy decidida a hacer lo necesario.

–No lo dudo –interpuso O'Malley, sacando una bola de tenis de su bolsillo–. Yo haría lo mismo... de estar en su lugar, por supuesto.

–Estoy pensando escribirle al Santo Padre para... para hacerle saber de mi preocupación –añadió Harriet.

–Sra. Miltedew –le dijo O'Malley–, ¡qué excelentísima idea! No sé por qué no se me ocurrió. Es más, es brillante. Eso es exactamente lo que debe hacer– y el padre O'Malley le dio a la bola contra el piso–. Ya verá usted que rápido se arregla todo, una vez el Papa reciba su carta, se lo garantizo. ¡Pero que idea más extraordinaria, Sra. Miltedew!

Ciertamente, Harriet nunca pensó en dirigirse directamente al Papa, pero, una vez recibió el incondicional apoyo del padre O'Malley, ¿por qué no?

Dos semanas más tarde, un martes por la mañana, para ser exacto, el cura recibió una llamada de teléfono procedente de la Santa Sede y demás está decir que las cosas cambiaron para siempre.

–¡Excelencia! –llamó el padre O'Malley, al ver al obispo Rónnoco salir de aduana–. Bienvenido a los Estados Unidos. Deje que le ayude con las maletas, por favor. ¿Su primera visita a Nueva Orleans?

–Sí –le respondió Rónnoco.

–En mi humilde opinión –interpuso O'Malley–, se la deberían devolver a los franceses.

Evidentemente, pensó Rónnoco, disfrutando del paisaje de pantanos y animales muertos en la carretera, el padre O'Malley no era natural de Luisiana.

–¿Le molesta si fumo? –le preguntó O'Malley.

–Mucho –le contestó Rónnoco.

–Entonces, mejor me doy prisa –le dijo O'Malley, acelerando.

Media hora más tarde, llegaron a la casa parroquial, anexa a la iglesia del Sagrado Corazón, en el pueblo de La Place, en la parroquia de San Juan Bautista al norte de Nueva Orleans, Luisiana.

Además de que la iglesia no sufría de pretensiones, por muchos años, nadie, ni tan siquiera la poca gente que asistía a misa de vez en cuando, le daba mucha importancia hasta que se hizo famosa por ser el lugar donde Teddy y su hermanita Alice Miltedew fueron bautizados y donde los santos niños iban a misa tres veces por semana. El pequeño santuario de los pantanos era blanco por fuera y color marrón por dentro, a pesar de que descansaba en una base de postes de madera, cubiertos de musgo podrido, que evitaba que se hundiera en el cieno. Dos preciosos árboles de magnolia se interponían entre la iglesia y la casucha, y un ciprés se recostaba de la vivienda, vencido por el calor, la humedad, la bruma de la tarde y la neblina de la madrugada.

Detrás de la iglesia había un pequeño cementerio que muchos años antes dejó de invitar a nadie a quedarse para siempre.

El Buick le pasó por encima a miles de acacias que cubrían el camino como una manta negra, antes de detenerse frente a la residencia. O'Malley salió a toda prisa del auto, luego de advertirle a Rónnoco que entrara de inmediato en la casa o se arriesgaba a ser víctima de los mosquitos, que en Luisiana eran grandísimos y más sanguinarios que en ninguna otra parte del mundo.

–¿Y usted, a dónde va? –le preguntó Rónnoco.

–A fumar un cigarrillo –le respondió O'Malley, con un Malboro en los labios–, a menos que usted se oponga a que yo busque la muerte en privado.

Rónnoco entró en la oficina de la rectoría, un despacho sin atractivo alguno. Estaba decorada con planchas de imitación de madera en las paredes, una chimenea de piso –algo que no tenía sentido en Luisiana– un escritorio, tres sillas de metal, dos lámparas de piso, un armario, un acondicionador de aire y una pequeña nevera en la esquina.

–¡Aquí estoy! –dijo O'Malley, al regresar, apestando a nicotina–. ¿Le enseño su habitación?

–En un momento. Primero, necesito hablar con usted –le dijo Rónnoco, entregándole el mandato del Santo Padre, el cual autorizó a Rónnoco a tomar control de la iglesia y si fuera necesario, de la parroquia.

El padre O'Malley leyó el comunicado del Papa, levantó las cejas, encogió los hombros, se la devolvió al obispo, y le dijo, en un tono irónico:

–¿Estoy despedido?

–No tanto como eso. Por el momento, necesito ver el expediente de los Miltedew –le dijo Rónnoco.

–¿El qué?

–Todo lo relacionado con los niños que vieron a la Virgen.

–Ah, sí, seguro... ¿para cuándo? –le preguntó el cura.

–Lo antes posible –le respondió Rónnoco.

–Como no. Le advierto que es todo un embuste de mierda, nada más.

–Padre O'Malley, le ruego sea un poco más discreto. No me interesa su opinión al respecto, como tampoco necesito que se entere nadie de lo que usted piensa de la Aparición.

Una hora más tarde, el padre O'Malley colocó un letrero en la puerta de la iglesia, que leía: «Cerrada hasta nuevo aviso. Para más información, llamar al arzobispado». Luego, le entregó todos los archivos, documentos, reportes, informes, cuentas de banco, y correspondencia de la iglesia al obispo llegado de Roma, incluyendo una lista completa de las personas empleadas por la misma, en los últimos cinco años.

Rónnoco por fin subió a su habitación, tomó una ducha, durmió un par de horas, se cambió de ropa, regresó a la oficina, y estaba revisando por encima los documentos que le entregó O'Malley, cuando le llamó la atención una denuncia a la policía por parte del cura, contra un tal Louie Peps, conserje de la iglesia, por robo; documento que incluía una lista de los artículos presuntamente desaparecidos por el acusado. Le dijo Rónnoco:

–Padre, ¿recuperó algo de lo que se robó ese hombre, Peps?

–No, Excelencia... y no creo que vayamos a recobrar nada... que, como sea, no tiene gran valor. Yo lo denuncié a la policía para justificar su despido, porque yo había decidido deshacerme de él.

–¿Cuánto tiempo estuvo trabajando aquí? –le preguntó Rónnoco.

–Un par de años. Es uno de esos personajes de pueblo que todo el mundo conoce, desprecia pero tolera porque no tienen otro remedio.

–¿Dónde viven esa gente... los Miltedew? –le preguntó Rónnoco, y cinco minutos más tarde, él y el padre O'Malley llegaron al portón con el letrero que leía:

«El Paraíso de María ¡Bienaventurados sean!»

...por donde entraban los visitantes, quienes se vieron obligados a dejar sus autos al costado de la carretera.

Parecían como hormigas Católicas, con sus Biblias debajo de sus brazos, todos bien vestidos –los caballeros en trajes con corbatas, y las damas con sus cabezas cubiertas– como si hubieran estado en camino a misa.

Al padre O'Malley y a Rónnoco les tomó diez minutos darse paso entre tanta gente –siendo cura, por supuesto que se le facilitó un poco. El primo de Ray, Billy, reconoció al Padre y le dio una calurosa bienvenida.

A pesar de la mucha gente haciendo fila para entrar en el santuario, Ray pensó que había menos gente que la semana anterior, posiblemente debido al calor y a la humedad infernal, algo injusto, según Harriet, quien era de opinión que lo menos que pudo hacer la Santa Virgen era proveerles una brisa refrescante para no sofocar a los devotos.

–Buenas tardes, Harriet –le dijo el padre O'Malley, subiendo los escalones del soportal.

Harriet sonrío, se secó la frente, miró de reojo al hombre acompañando al padre O'Malley, y respondió:

–¡Hola, Padre! ¡Qué gusto verlo, de nuevo!

–Harriet, quiero que conozca a su Excelencia, Félix Rónnoco, obispo y representante de la Santa Sede. Él necesita hablar con ustedes.

–¿Obispo... aquí? Ray, ¡date prisa! ¡Es Padre O'Malley con un obispo de Roma!

–Sra. Miltedew, ¿podemos hablar en privado? –le preguntó Rónnoco en inglés con acento italiano que a Harriet le estuvo gracioso porque le trajo a la mente los comerciales de espaguetis en la televisión.

–¿Tiene que ser ahora? –le respondió Harriet–. Como ve, estamos bastante ocupados en el momento.

Interpuso Padre O'Malley:

–Harriet, esto es muy importante.

Y antes de que Harriet tuviera oportunidad de decir algo más, Rónnoco se le acercó al oído, y le dijo:

–Si no le dice a esta gente que se largue, yo les diré que este espectáculo ridículo es un insulto a la fe y un fraude.

A Harriet, por supuesto, se le fue el corazón a la boca, y luego de informárselo a su marido, les dijo a los visitantes que debido a la llegada inesperada de un alto funcionario del Vaticano, el Paraíso de María tenía que cerrar sus puertas por el momento, pero que todos estaban bienvenidos a regresar y que, en cambio de su compresión y gentileza, a todos se les regalaría un retrato de los niños.

Con «¡Oh!» y «¡Ah!» poco a poco la gente fue desalojando el lugar, después que Billy les hiciera entrega del obsequio.

Ray invitó a su Excelencia y al padre O'Malley adentro, donde hacía más fresco, gracias al acondicionador de aire.

–¡Alabado sea! ¿Así que usted viene de Roma, en Italia?

Le respondió Rónnoco:

–El «Alabado sea»... es cosa de Protestantes. De toda forma, estoy aquí para informarles que al Santo Padre le interesa mucho saber que sucedió cuando los niños vieron a la Madre de Nuestro Señor. Si como alegan ustedes, María visitó a los pequeños, Leo bendecirá el evento sagrado... sin esperar los casi cien años que por costumbre se requiere para estas cosas. Sin embargo, para eso ustedes necesitan hacer unos cambios. Para empezar, se acabó el circo... es repugnante... y las ventas de todo, ¿entienden lo que les digo?

–¡Pero... Excelencia! –comenzó a protestar Ray, cuando Rónnoco levantó la mano, y le dijo:

–Tampoco quiero que hablen más del asunto... ni con la prensa ni con nadie.

–Pero... ¿por qué? –le preguntó Harriet.

–La Santa Sede no da explicaciones. Esas son nuestras condiciones. Si no hacen lo que les pido, enviaremos un comunicado a los medios y yo personalmente anunciaré a los periódicos y a la televisión que la Aparición fue un invento de ustedes, que no son otra cosa más que una partida de charlatanes.

–Con todo el respeto que se merece, Excelencia –dijo Harriet, indignada–, ¡mis niños vieron a la Virgen!

A lo que Rónnoco replicó:

–Eso, Sra. Miltedew, no viene al caso. Los quiero ver a todos... a usted, a su esposo, y a los niños, mañana por la mañana, a las nueve. Primero, entrevistaré a los pequeños por separado, y luego a ustedes.

Inmediatamente, Rónnoco dio las buenas tardes y salió de la casa.

–Ese tipo no es un obispo, ni nada parecido –le dijo la Sra. Miltedew a su esposo, al ver al padre O'Malley y a Rónnoco salir de la propiedad.

–Fíjate, a mí me parece que sí –le respondió Ray, mordiéndose el labio.

La mañana siguiente, Harriet y Ray llegaron a la iglesia con Teddy y la pequeña Alice halando de su falda. Ellos permanecieron en la cocina con la niña y O'Malley llevó a Teddy a su entrevista con el obispo. Dijo O'Malley, entrando en el despacho:

–Teddy Miltedew, Excelencia.

Le respondió Rónnoco:

–Ah, sí... gracias, Padre. Hola, Teddy... Padre O'Malley, me cierra la puerta, si tiene la bondad. Teddy, por favor, siéntate en esa silla. Gracias.

Teddy, vestido de jeans, una camiseta blanca y zapatillas, no pareció estar nervioso ante la presencia de aquel hombre tan importante, quien le explicó que el Papa Leo, de la Iglesia Católica Romana, le mandaba saludos a él –a Teddy– y a su hermanita.

–Usted habla raro –le dijo el niño.

Rónnoco sonrió. —¿Tú crees? Bueno, después que entiendas lo que digo. Dime, por favor, que pasó cuando viste a la Sagrada Virgen.

De manera completamente sincera e inocente, el niño relató lo sucedido.

—¿No tuviste miedo? —le preguntó el obispo.

Teddy enderezó su cuerpo, colocó sus manos sobre sus rodillas, y contestó:

—¡Tanto que me desmayé!

Rónnoco colocó su silla al lado de Teddy, tomó las manos del niño en las suyas, y le dijo:

—No te desmayaste. La Virgen María hizo que te durmieras para que sus ángeles te llevaran a Ella.

—¿Cómo lo sabe? —le preguntó el chico.

—Yo sé de esas cosas —le contestó Rónnoco.

—¿Por qué quiso que me durmiera?

—Porque tenía algo muy importante que decirte.

Teddy fijó la vista en el obispo, y con el ceño fruncido, le dijo:

—Pero si estaba dormido...

—Es parte del misterio —añadió Rónnoco.

—Si es así, ¿cómo voy a saber qué me dijo la Virgen? —preguntó Teddy.

Unos minutos más tarde, Alice repitió casi palabra por palabra lo que dijo su hermano.

—¿No te dio miedo? —le preguntó Rónnoco.

—¡Tanto que me desmayé!

Luego de la pequeña, Harriet entró para hablar con Rónnoco. Ella, por supuesto, sí estuvo nerviosa, aunque el obispo hizo lo que pudo por no incomodarla. Le dijo:

—Sra. Miltedew, no vine a juzgarlos. Sólo me interesa saber que sucedió esa tarde.

Le respondió Harriet:

—La verdad es, Excelencia, que no sé. Ese día... fue horrible... estuvo lloviendo y hasta hacía frío. Para colmo, tuve que caminar desde el trabajo... ¡en la lluvia! Me dolía el cuerpo, me sentí febril y cuando llegué a casa encontré a mi esposo y a mis niños rezando en el medio de la sala, llorando porque habían visto un milagro. Quiero estar clara que no sólo le creo a mi esposo, si no que no tengo duda de la palabra de mis hijos. A ellos se le hace imposible mentir. Son criaturas sin malicia. Y otra cosa, nosotros no le pedimos dinero a nadie. Sí aceptamos las donaciones porque... ¿de qué otra manera podemos dar a conocer el evento?

Le respondió Rónnoco:

–Quizás otro día tendré tiempo para explicarle a usted y a su esposo las sutilezas de la ética y la moral, y como corresponden a su pequeña empresa.

–La gente pide que los niños recen por ellos, Excelencia. Les escriben y les mandan regalos y dinero de todas partes del mundo. Ray cree que es necesario que Teddy y Alice estén cómodos y que no les falte nada. Sólo así pueden llevar al mundo el mensaje de María.

–¿Y qué mensaje es ese? –le preguntó el obispo.

–No sé. Yo llegué a casa y ya María había desaparecido. Lo que sí quiero saber es... ¿por qué Ella escogió a mis niños? ¿Por qué tuvimos que ser nosotros?

En vez de ofrecerle una explicación Rónnoco indagó aún más en el misterio de la Virgen.

Esa entrevista duró un poco más de una hora. Sólo faltaba Ray.

Rónnoco lo dirigió a una banqueta que trajo de la cocina exclusivamente para la entrevista con el Sr. Miltedew, y le dijo:

–Describe lo qué pasó.

Ray miró de reojo la butaca al otro lado del despacho, y por no ofender al obispo, cuya presencia lo intimidaba, se ajustó como pudo a la incomodidad del asiento, y dijo:

–Fue a media tarde. Estaba un poco deprimido porque llevaba mucho tiempo sin empleo y me quedé dormido esperando a que Teddy y Alice regresaran de la escuela, y al despertar... no sé, una hora más tarde... encontré a Teddy y a Alice desmayados y tirados en el suelo.

–Oye Ray, ¿conoces a un tal Louie Peps? –interpuso Rónnoco.

Ray juntó las cejas, y dijo:

–No... no me suena.

Rónnoco se acercó por detrás, le puso las manos en los hombros, y le dijo:

–Voy a explicarte las reglas del juego. Yo hago preguntas y tú respondes con la verdad. Si no, vas a querer morirte y acabar en el infierno. Yo sé que el Sr. Peps te visita a menudo porque me lo dijo tu señora... como también sé que él pasó por tu casa el día del milagro. Como ves, yo pregunto cosas que ya sé, pero a pesar de eso me interesa conocer si eres un mentiroso, un ladrón sin escrúpulos aprovechándose de sus hijos o un buen padre de familia. Tú bien sabes que Louie Peps fue conserje...

aquí en la iglesia, como también conoces que al Sr. Peps se le acusó de robo y por eso perdió el empleo, ¿verdad que sí?

Ray asintió con la cabeza.

—¿Sabes qué fue lo que Louie Peps robó de la iglesia?

—No.

—Vamos, Ray... ¡ibas tan bien! Tú sabes de que hablo, ¡seguro que sí! Quizás no te acuerdes de todo lo que se llevó, pero no tengo duda que recuerdas el proyector de películas que el padre O'Malley usaba para dar clases de religión.

Ray, según Rónnoco, se mantuvo tan quieto que parecía que había dejado de respirar.

Añadió el obispo:

—Te voy a decir lo que yo creo... y me puedes interrumpir si digo algo que no concuerda con los hechos. Sucedió que Louie, como tu esposa le llama al Sr. Peps, se robó el proyector de aquí, lo llevó a tu casa, te lo vendió o te lo regaló... no importa cual... y tú, en desesperación, utilizaste la máquina para hacer un poco de plata. ¿Cómo? Aprovechándote de la inocencia de tus pequeños. ¿Cómo? Esperando a que llegaran de la escuela para que disfrutaran de una tanda de esas películas melodramáticas del padre O'Malley, con la Virgen María rodeada de ángeles y querubines. Los pequeños inocentes, estando muy bien adoctrinados en asuntos de la fe, creyeron estar en presencia de la Madre de Jesucristo a pesar de que sólo era una tonta película de religión. Un filme que tú empleaste para defraudar a cientos de hombres y mujeres que necesitan creer en milagros para sostener su fe. Así te burlaste de todo el mundo, incluyendo de tu familia. Yo me pregunto qué pensará Harriet cuando le diga lo que en realidad sucedió esa tarde en tu casa. Jamás te perdonará. ¿No es cierto, Ray?

Ray empezó a llorar, le tembló el cuerpo y dijo que la Aparición fue un accidente.

—¡Mientes! —le gritó Rónnoco al oído.

Ray confesó que Louie Peps lo visitó esa tarde y que, luego de una violenta discusión, se marchó sin el proyector ni la películas. Sintiéndose abrumado por su situación, Ray intentó quitarse la vida.

—Evidentemente fracasaste —interpuso Rónnoco.

—Se me vino encima el techo —añadió Ray, sollozando.

—¡Mientes!

—¡Todo estaba oscuro y parece que al llegar a casa, Teddy y Alice tropezaron con el proyector, poniéndolo a trabajar por accidente!

–¡Mientes, Ray!

–¡Le juro que no!

–¿Le dijiste a tu mujer que trataste de suicidarte?

–No.

–Como tampoco le mencionaste el proyector de películas.

–No –le respondió Ray, pensando que de darse a conocer la verdad del «milagro», su familia, especialmente sus hijos, se convertirían en un ridículo. La humillación sería terrible. Harriet lo abandonaría de seguro y se llevaría a los niños a vivir a otro lado. ¿Qué haría Ray, solo? Era mejor estar muerto.

–Te voy a decir lo que vas a hacer –le dijo Rónnoco–. Eso de la Aparición fue un insulto patético a la fe, pero, ahora hay que salvar la situación. Presta atención. Te vamos a ayudar. Lo que acabas de confesar, nunca sucedió. ¿Dónde está la máquina... el proyector y las películas? ¿Qué hiciste con ellas?

–Las... las enterré –dijo Ray, con dificultad, pensando que quizá el obispo lo iba a ahorcar allí mismo.

Se equivocó. Rónnoco lo levantó por la camisa, y le dijo:

–Oye bien, imbécil. Me regresas la máquina y las películas o llamo la policía y a la prensa. Louie Peps... ¿dónde se encuentra ese tipo? ¿Cuándo fue la última vez que lo viste?

–Vive... vive al lado de las vías del tren, como a tres kilómetros de casa... y no lo he visto más. Si quiere, lo voy a buscar...

–No. No quiero que hagas nada –le dijo Rónnoco, tomando la cara del hombre en sus manos, como hizo con el hijo–. Yo me encargo del resto. Si haces lo que te digo, es posible que te sirva de lección. Te aseguro que a tus hijos no les faltará nada y tú y tu esposa se van a lucrar de ser los padres de los niños que vieron a la Madre de Dios. Ahora, lárgate y busca lo que te pedí.

Ray Miltedew tardó una hora, regresó con el talego que Louie Peps dejó en su casa la noche de la Aparición y se la entregó a Rónnoco, quien le advirtió que se olvidara del asunto. Dos horas más tarde, después de examinar cuidadosamente el contenido de la bolsa Rónnoco quemó las películas y regresó el proyector a su sitio. En cuanto a Louie Peps, no había por qué preocuparse de un hombre que todo el mundo conocía como un ladrón y un mentiroso.

20

L eo XIV se reunió con sus asesores en su despacho. A la derecha del trono apostólico se encontraban el cardenal Pino y el cardenal Bailey; al otro lado, el cardenal Numa y el cardenal Tomaso, a la vez que Seráfio colocó una mesa pequeña, con una impresionante cantidad de documentos y fotografías en el centro de la habitación.

Les dijo el Papa, enseñándole varios papeles que llevaba en la mano, y señalando con ellos la mesa:

—La evidencia es irrefutable. Hemos hasta tomado la precaución sin precedente de administrarles pruebas con un detector de mentiras, no sólo a los pequeños, sino también a los padres. De esa manera nos aseguramos que todos dicen la verdad. Los resultados, como pueden apreciar ustedes, hermanos, son contundentes.

De alguien tomar la molestia de darle un vistazo a la prueba, o de preguntarle al Santo Padre uno que otro particular al respecto, sin ofenderlo, naturalmente, los presentes se hubieran dado cuenta que la única persona que en ese momento sobornaba la verdad era el propio Leo ya que dichas pruebas e investigaciones nunca se llevaron a cabo.

A pesar de eso, el cardenal Bailey, quien era un hombre elegante y buen mozo, tan alto como el Papa, y con cabello no del todo blanco, se dirigió al Sumo Pontífice en una voz resonante de barítono:

—Santidad, eso no significa que la Santa Madre estuvo en presencia de esos niños, aunque ellos... los pequeños... estén convencidos que así fue.

El cardenal Pino, quien era demasiado grueso, demasiado pequeño y demasiado buena gente; quien tenía una sonrisa demasiado amplia, ojos demasiado oscuros y cabello demasiado desarreglado; además de que era demasiado listo, añadió:

—Tiene sentido... lo que dice el hermano Bailey.

El Papa se puso de pie y los cuatro solideos rojos saltaron de sus sillones. Les dijo el Santo Padre:

—Lo que tiene sentido es que viajemos a América para conocer esos chicos; lo que hace sentido es que la Iglesia reconozca la Aparición porque no es otra cosa que un milagro.

Los consejeros del Papa intercambiaron miradas pero no se atrevieron a interrumpirlo, ni siquiera mencionaron que tal vez, Leo estaba siendo un poco impulsivo.

Añadió Leo:

—No tenemos que recordarles que uno de los fundamentos de nuestra Santa Fe es el milagro de la resurrección. ¡El Cristo murió en la cruz y unos días más tarde dejó la tumba y subió al cielo! Al lado de un milagro como ese, la Aparición de la Santa Madre no es gran cosa. Y... ¿por qué nuestro Señor Jesucristo ascendió a la gloria en cuerpo y espíritu? ¿Por qué? ¡Porque no tuvo más remedio! ¡El Hombre se estaba condenando a las llamas del infierno y nuestro Padre, nuestro Dios Todopoderoso, con su astucia divina decidió enviarnos a su único hijo a que intercediera por nosotros! Por lo tanto, les preguntamos a vosotros, ¿es que le vamos a permitir a los tecnócratas, a los escépticos y a los ateos que pongan en duda nuestra fe? Porque de hacer eso, entonces, mejor nos convertimos en abogados y nos olvidamos de nuestra gloriosa institución que se basa en lo que no es tangible, en lo que no se puede medir con instrumentos ni con computadoras, pero que es tan real como la sangre que Cristo derramó por nosotros; ¡tan verdad como el amor y la fe en nuestros corazones! Han pasado más de dos mil años y todos los días miles de inocentes son aniquilados; el hambre, el crimen, la perversión y las drogas están en todas partes. ¿Quién va a poner fin a esta locura? ¿Cuándo? La Aparición en América no es un engaño. ¡Es una advertencia al Hombre para que medite sobre su futuro antes de que sea tarde!

El cardenal Tomaso, un hombre delgado, de pelo blanco, aliado del Santo Padre en todo, además de ser tan conservador como Leo, y quien a los setenta y cuatro años ocupaba el puesto más alto del grupo midió sus palabras con mucho cuidado, y dijo:

—Con su permiso, Santidad. ¿Es posible saber lo que la Madre de Jesús les comunicó a los niños?

A lo que Leo respondió:

—Eso es un secreto sagrado que la Santa María, la Madre de Dios le pidió a los niños que no dieran a conocer hasta dentro de treinta y tres días, a partir de hoy.

—Santidad, entiendo que esos niños son norteamericanos.

—Entendemos que sí —le contestó Leo.

–Y la Santa Madre... ¿les habló en inglés?

Leo se llegó hasta su amigo, lo miró fijamente, y le dijo:

–María les habló en la lengua universal del amor eterno.

–Santo Padre –intervino el cardenal Numa–, como usted bien sabe, en los últimos cien años han surgido varias apariciones de la Virgen alrededor del mundo. De Japón a Roma; de Irlanda a Grecia; de México a vuestra tierra natal de Croacia. Entiendo que la última aparición fue ante una supuesta profeta de nombre Yolandita. Antes de eso, en diciembre de 1996 hubo gente que juró ver a la Virgen de Guadalupe en las ventanas de una compañía de finanza en la Florida, la cual se convirtió... la compañía de finanzas... en un santuario. Es algo que yo encuentro extraordinario... que un edificio que le pertenece a una compañía de finanzas se convierta en un santuario a la Madre de Dios. Sin embargo, eso fue lo que pasó. La Santa Sede siempre se ha mantenido al margen de estos espectáculos porque como usted bien sabe, ninguno, incluyendo el de Yolandita, aguanta un examen riguroso de lo sucedido.

–¿Qué quiere decir con eso, hermano? –le preguntó Leo, en un tono de voz impaciente.

–¿Quién está a cargo de la investigación? –añadió Numa.

Leo regresó al trono apostólico, y le dijo:

–Su Excelencia, Rónnoco.

–¡Ah! –exclamaron todos, en admiración, cada uno añadiendo una sonrisa y asintiendo con la cabeza.

–Tomaso –le dijo Leo–, prepare todo para nuestro viaje a América. Bailey, este tiene que ser el evento religioso más importante del siglo. ¡Por fin vamos a legitimar un milagro! Pino, trata de que el Sr. Presidente de los Estados Unidos nos reciba en el aeropuerto... es católico y debería estar orgulloso de que el milagro sucedió en su país. Numa, no vamos a tolerar ni impedimentos, contratiempos o entrometimientos, ¿estamos claros?

–Sí, Santidad.

–Santidad –dijo Tomaso, acercándose al Papa–, para estar seguro que entiendo bien... ¿usted desea que la Iglesia autentifique la Aparición y luego beatifique a los pequeños... en vida?

–¿Algún inconveniente? –les preguntó el Papa, saltando con la vista de cardenal a cardenal. Como nadie se atrevió a interponer nada, ni una observación, Leo les pidió a sus asesores que se pusieran a trabajar–. ¡Tenemos mucho por delante!

Al otro lado del océano, el obispo Rónnoco invitó al padre O'Malley a cenar a La Colombina, uno de los restaurantes más exclusivos de Nueva Orleans, decorado con abanicos de techo indolentes, pisos de lozas blancas, tiestos enormes de cerámica oriental con plantas indígenas y paredes que resaltaban de finísimas acuarelas de artistas del patio.

Los dos, el cura y el obispo vistieron de civil; Rónnoco en jeans y una camisa color menta con rayas blancas y el padre O'Malley con pantalones negros y una camisa azul de mangas cortas. Ambos ordenaron la especialidad de la casa: costillar de cordero acompañado de arroz silvestre, una botella de Barbera, un vino tinto de California que resultó ser una nueva experiencia para el obispo, café expreso, frambuesas frescas en crema, y brandy.

Durante la cena, el padre O'Malley, en un tono salpicado con ironía, comentó que el obispo Rónnoco era diferente a otros altos oficiales de la Iglesia, a quien él tuvo el privilegio de conocer. Le preguntó O'Malley:

—¿Dónde nació? No suena italiano.

—Croacia —le contestó Rónnoco.

—Ah. Igual que el Santo Padre —observó O'Malley.

—Igual que el Santo Padre —confirmó Rónnoco.

—Y... ¿a qué se dedica usted, Excelencia... cuando está en la Santa Sede?

—¿A qué me dedico? —preguntó Rónnoco, tomando un poco de vino.

—Sí... ¿qué hace usted para Su Santidad... cuando no está inventando milagros?

Le respondió Rónnoco:

—Padre O'Malley, me gusta la gente que dice lo que piensa.

—Ese soy yo.

—Sabe —añadió Rónnoco—, su expediente indica que usted es rebelde, que es un provocador y que le fascina el tenis. ¿Será por eso que terminó en este... paraíso?

—¿Porque me gusta el tenis? —preguntó O'Malley, riendo.

—Porque es imprudente.

—Es posible. La Iglesia siempre ha sufrido de ese mal... condena a los que tienen otra forma de pensar —dijo O'Malley, encogiendo los hombros—. Es parte de la tradición.

–No creo que se trate de condenar a nadie –le dijo Rónnoco–. Sí es una manera de evitar que usted se meta en problemas. Entiendo que pensaron enviarlo a Nuevo México... a enseñarle a los indígenas sobre Jesús y María. Está aquí y no allá porque el arzobispado está bajo la impresión... y estoy de acuerdo... que es más difícil uno meterse en líos con este calor y esta humedad.

–¡Ah, y usted acaba de llegar! –le dijo O'Malley, a carcajadas.

–Lleva en La Place veinte años y en ese tiempo el número de personas que van a misa ha disminuido un cincuenta por ciento. ¿Coincidencia?

–La gente está desilusionada, Excelencia –le dijo O'Malley–. Creen que la Iglesia perdió su propósito y se convirtió en una burocracia que vende misticismo para prolongar... para perpetuar su existencia.

–Me entristece oír eso, padre.

–Pero no le sorprende –le dijo O'Malley–. Le voy a ser sincero, Excelencia. Yo permanezco en la parroquia porque se me hace imposible abandonar a los infelices que fielmente van a misa en busca de un poco de paz espiritual. Yo los aconsejo, los trato de ayudar, si puedo. De no ser por ellos, hace tiempo que me hubiera dedicado a otra cosa... a dar clases de tenis, por ejemplo. Le confieso que hace tiempo que perdí la fe. Primero, que estoy convencido que Jesucristo, el personaje en el cual se funda la iglesia cristiana, nunca existió. Sólo hay que leer los escritos de Eusebio y las minutas del Primer Concilio Evangélico para entender que todo ha sido un fraude. Desgraciadamente, vengo a descubrir eso un poco tarde. Por eso me mantengo fiel a la Iglesia, no porque creo en lo que representa, sino porque me convertí en un burócrata más al servicio de una multinacional que vende la salvación como otros venden crema dental. De más está decir que si nuestra Iglesia... y sí, me considero parte de ella... de más está decir que si la iglesia Católica sufre de tantos males, peor es la iglesia Protestante que no es otra cosa que una industria de estafadores y charlatanes, tan ignorantes como los musulmanes; que son la gente más infeliz del mundo... culpando a otros por su miseria, miseria que se debe, en gran parte a una doctrina que rehúsa ser parte del mundo moderno. El islam es una filosofía atrasada y fraudulenta que mantiene en la ignorancia a gran parte de sus feligreses porque así puede controlar sus vidas, al punto que les da lo mismo amarrarse un cinturón con explosivos y matar a docenas de inocentes sin pensarlo dos veces. Reconozco que nuestra Iglesia hizo lo mismo... pero ya no. Y no olvidemos a los judíos y lo que han hecho en Palestina. Son una partida de oportunistas que han sabido aprovechar la desgracia de la Segunda Guerra Mundial y las imbecilidades del Viejo Testamento para despojar a los Palestinos de su tierra. Eso no es cuestión de religión, eso es robo. Lo que encuentro tan interesante es que ¡es una violación del octavo mandamiento de la ley de Moisés! Menos mal que nosotros estamos enfrentando y adaptándonos poco a poco a este mundo que cambia día a día, gracias a la ciencia y al descabellado desarrollo en las comunicaciones que permite el intercambio de ideas, no entre naciones o entidades, sino de tú a tú... y de un lado a otro del planeta. Esa es la realidad que enfrentamos... por lo menos, esa es mi opinión, Excelencia.

Rónnoco levantó los brazos, como para decir «¡*Basta ya, me rindo!*» echó una risa, y le dijo:

—¿Otro brandy?

—Seguro.

—Padre O'Malley, dígame... y no crea que no agradezco su franqueza... pero, y ahora, ¿qué se supone que yo haga con usted? Las cosas en la parroquia se van a complicar un poco.

—¿Y usted tiene miedo que le eche a perder el milagro?

—Sé que no haría eso –le dijo Rónnoco, mirando su copa de vino.

—Y tiene razón. Así que... dígame lo que necesita, Excelencia. A pesar de que soy un bocón, nunca desobedezco órdenes.

—Me encanta la gente como usted, Padre. Oiga, ¿cómo le gustaría unas vacaciones? Luego, si quiere, puedo hablar para que lo saquen del pantano. ¿Le gustaría trabajar en el Vaticano?

—¿Yo? ¡En la Santa Sede? –le preguntó O'Malley, sorprendido–. ¿Haciendo qué?

Rónnoco soltó una carcajada porque fue la primera vez que vio al cura interesado en algo. Le dijo:

—Eso es lo de menos, ¿no cree?

Dos semanas más tarde, un grupo de monjes franciscanos procedentes de Roma se estableció en la iglesia de La Place como secretarios, mensajeros y guardaespaldas.

El hermano Giovanni, un hombre grande y fuerte se convirtió en el ayudante de Rónnoco, quien asignó a otros tres a proteger a los Miltedew, día y noche.

Los hombres ayudaban a Harriet con el trabajo de la casa y mantuvieron a la familia fuera del alcance de la prensa, de los curiosos, de los turistas, de los amigos y hasta de la abuelita de los niños, además de interceptar las llamadas de teléfono. También instalaron una cerca con sensores electrónicos, cámaras de vigilancia e instrumentos que despedían

interferencia acústica para evitar que alguien oyera –o grabara– desde
lejos las conversaciones de los Miltedew, aunque la familia tenía prohibido
hablar o hacer comentarios sobre la Aparición.

Una tarde, Ray salió un momento al porche a disfrutar una cerveza
y quedó atónito al ver a casi cien individuos construyendo la tarima de
donde el papa Leo XIV, con Teddy y Alice a su lado, iba a dirigirse a
todos los católicos del universo.

De pronto, le faltó la respiración y por poco no puede regresar a
la sala al sentir que el sudor le bajaba por la frente, que el estómago se
le encrespó y que sus rodillas le temblaban, al darse cuenta que él y su
familia eran rehenes de la Iglesia Católica Romana.

¡Leo XIV viaja a conocer los santos niños de Luisiana!

Esa fue la primera plana del periódico más importante de Nueva
Orleans; un titular que se repitió alrededor del mundo. Los estuches de
prensa que produjo el cardenal Bailey ayudaron mucho a la diseminación
de la propaganda que utilizó todos los medios disponibles a la Santa
Sede, incluyendo Radio Vaticano y su red de confederados en Europa,
los Estados Unidos y Sur América. Algunos medios –controlados por los
judíos y los Protestantes, según los católicos– se preguntaron por qué el
Papa arriesgó el prestigio de la Santa Sede en un evento tan extraordina-
riamente increíble y frívolo. Y como siempre ocurre, esos mismos medios
resolvieron no ofrecer ninguna opinión fuera de cubrir el evento, para
que no se les acusara de intolerantes.

Entre tanto la prensa internacional, con camiones cargando satélites
de comunicaciones, potentes lentes y cámaras y poderosos micrófonos,
acampó a las afuera de la residencia de Ray y Harriet Miltedew, resignados
a la larga espera. Por su parte, su Excelencia Félix Rónnoco estaba listo
para cualquier cosa.

Y mientras Nueva Orleans esperaba ansiosamente la visita del Sumo
Pontífice, un Ford color oscuro se detuvo en una gasolinera, en ruta a La
Place. Era la una de la mañana y el conductor llenó de gasolina un tanque
plástico de dos litros.

El hombre era el tipo de persona que no importa a qué hora del día o de la noche, él parecía su propia sombra; vestido de gris y guantes negros; sin rasgo alguno que alguien hubiera podido reconocer más tarde, lo que hacía posible que el tipo se paseara entre multitudes sin nadie prestarle atención.

A pesar de la fuerte lluvia, los relámpagos y los truenos, al espectro le tomó menos de media hora encontrar el elevado, al lado de la vía del ferrocarril, entre dos corrientes de lodo y escombros. Allí detuvo el automóvil, sacó el tanque plástico de gasolina y le asombró la ferocidad y la determinación de miles y miles de mosquitos, tan enormes que parecían mutaciones de la especie, que lo perseguían a pesar del diluvio.

—¡Qué mierda! —dijo entre dientes, muy asustado, cuando vio una comadreja y creyó que era una rata gigante—. ¡Sólo a un retrasado se le ocurre vivir en esta asquerosidad!

Al fin, el hombre gris vio la casucha —unas planchas de madera y zinc— que Louie Peps consideraba su hogar, ya que el Zorro estaba acostumbrado a vivir entre sabandijas.

—¡Buenas noches! —llamó el fantasma, alumbrando con una linterna la rendija, por donde pudo ver la pobre figura del Louie el Zorro, tirado en un colchón, y arropado por una bolsa de basura plástica.

¡Qué puñeta! —dijo el Louie, protegiéndose los ojos del potente rayo de luz que casi lo ciega.

—Perdone la molestia, ¿es usted Louie Peps? —dijo el extranjero.

A lo que el Sr. Peps respondió:

—¡Qué coño le importa? ¡Váyase al carajo!

Louie no estaba de buen humor, pero, ¿quién iba a estarlo a esa hora de la noche, con el diluvio y sin mencionar que el maricón no le quitaba la luz de la cara?

A lo que replicó el otro:

—¿Es usted Louie Peps, o no?

—¿Quién pregunta y por qué?

—Soy de la Cruz Roja y tengo un poco de dinero para usted... si es que usted se llama Louie Peps... es para que pueda salir de aquí... para pagar un sitio donde vivir. Por fin lo encuentro. Llevo días tratando de dar con usted... si usted es Louie Peps.

—¡Vaya a coger por el culo y déjeme tranquilo! —dijo el Zorro.

—Perdone la molestia, entonces. Tenga buenas noches —le dijo el hombre, dando vuelta para regresar al auto.

—¡Un momento! —le gritó Louie—. ¿Adónde va?

–Busco a Louie Peps.

–¿Qué tiene dinero? –preguntó el Zorro.

–Cien dólares... para el Sr. Louie Peps.

No era mucho, pensó Louie, pero cien eran cien en cualquier sitio, día o noche, y sin importar las condiciones del tiempo. Es más, cien dólares era suficiente para que él comiera un par de días y le sobraba para medio litro de ron.

–Sí, yo soy Louie –admitió, al fin.

Lo único que el representante de la Cruz Roja no era tonto; por eso le pidió ver una identificación.

–¿Qué clase 'dentificación? –preguntó el Zorro, con una mueca sin dientes.

–¿Licencia de conductor?

Como Louie nunca tuvo para comprarse un auto, no aprendió a manejar, por lo que jamás vio la necesidad de una licencia de conductor, lo que hizo que sacara del bolsillo de sus pantalones una multa que le dio un policía por tirar basura en la acera.

El hombre de la Cruz Roja leyó aquel empapado documento, y le dijo:

–Aquí no dice su nombre.

–Bueno, y que quiere que le diga, ¡carajo! ¿Qué hora es? Regrese por el día, quizás pueda encontrar otra cosa. ¿A quién se le ocurre buscar a nadie a esta hora? ¡Coño... yo soy Louie Peps!

–Está bien, se lo creo –y el hombre de gris sacó un billete mojado de su bolsillo–. Aquí tiene.

Louie agarró el billete y no dio ni las gracias... aunque no hubo necesidad porque lo apuñalaron en el corazón, lo bañaron en gasolina y lo convirtieron en una antorcha de bengala.

Seis horas más tarde, el padre O'Malley llegó a Roma y se subió a una limusina Mercedes-Benz con los cristales oscuros, placas del Vaticano y dos curas que lo esperaban.

Uno de ellos se sentó con O'Malley en el asiento de atrás. Era un hombre como de treinta años, grande y grueso, con poco pelo, labios finos y una dentadura sobresaliente. El otro, que iba al volante, era un tipo mediano de estatura, más o menos de la misma edad que su compañero, de pelo negro y grasoso, la piel muy maltratada por el sol, el puente de su nariz, chato y ojos que no decían nada.

–Bienvenido a Roma, Padre –dijo el cura a su lado, en un inglés pasable–. Soy el padre Humberto. ¿Cómo estuvo el viaje?

La conversación entre Padre O'Malley y Padre Humberto fue muy cordial, a la vez que O'Malley miró por la ventana, asombrado de lo mucho que había cambiado la Ciudad Eterna desde la última vez que, de joven en busca de Cristo, estuvo de visita en la Santa Sede. Al parecer, el obispo Rónnoco mantuvo su palabra.

El automóvil salió del aeropuerto y veinticinco minutos más tarde llegó a las afueras de Roma, atravesó la ciudad, pasó por el Vaticano, por el Castillo Sant'Angelo, se mantuvo al costado del río Tiber a lo largo del Lungotevere Prati, dobló a la derecha, cruzó el Ponte Cavour, entonces a la izquierda en la Vía di Ripetta, hasta llegar a la parte posterior de un edificio que parecía un tipo de academia.

–Si tiene la bondad, Padre –le dijo Padre Humberto a O'Malley, ayudándolo a salir del automóvil–, sígame, por favor.

Un joven sacerdote salió del edificio, le dio las buenas tarde al padre O'Malley, lo ayudó con las maletas, y le dijo:

–Bienvenido, Padre, al Instituto de San Jerónimo. Por favor...

Todos entraron en el edificio, el cual no había cambiado gran cosa desde que Ánte Pávelich pasó allí varios días, pensando que hacer con el resto de su vida.

Debido a que el padre O'Malley no era un personaje de gran importancia, su habitación no tenía ventanas y gozaba de una cama, una mesita de noche con su lámpara y un baño privado.

–Regreso enseguida –le dijo Padre Humberto, saliendo de la habitación.

El «enseguida» duró un par de horas y cuando O'Malley trató de salir a ver porque el hermano Humberto tardaba tanto, encontró la cerradura bajo llave; fue cuando al cura americano se le ocurrió que fue un viaje demasiado largo y fatigante para terminar en un calabozo.

Una hora más tarde, al regresar el padre Humberto, O'Malley, quien ya estaba muy molesto, le dijo:

–Padre, ¿qué sucede? Llevo horas y no he podido ni salir a tomar café. ¿No le dijo su Excelencia Rónnoco... ? con su permiso, ¡oiga, qué le estoy hablando!

Fueron sus últimas palabras porque el padre Humberto sacó un revólver y le pegó un tiro en el medio de la frente, poniendo fin a las muy merecidas vacaciones del padre O'Malley.

✠

Con la iglesia en La Place transformada en el cuartel general para todo lo que tenía que ver con la visita del Papa a los Estados Unidos, Rónnoco, rodeado de computadoras, platos de satélites y varias canastas para quemar papeles, llamó al Papa a través de una línea telefónica especial que no permitía que nadie interceptara la conversación electrónicamente, y le aconsejó que tomara medidas inmediatamente en caso de un aumento drástico en la concurrencia de feligreses en las iglesias católicas del mundo una vez se diera a conocer «el mensaje de María». Su Excelencia le recordó a su Santidad de la falta de sacerdotes, la frágil infraestructura de la Iglesia en general y le preguntó si había tomado en cuenta las consecuencias –a favor y en contra– de lo que el Santo Padre quería lograr.

No hizo Rónnoco más que despedirse de Leo, cuando el hermano Giovanni entró en la oficina, y le dijo:

–Excelencia, acabo de hablar con el hermano Tomás y me indica que el Sr. Miltedew está actuando... un poco raro.

–¿Raro? –le preguntó Rónnoco. Faltaba muy poco para la visita del Papa y lo último que necesitaba en ese momento era cambios de parecer, remordimientos de conciencia o inestabilidad emocional de parte de los Miltedew–. ¡Qué remedio nos cuesta! Vamos a ver...

Uno de los franciscanos –un hombre pequeño y grueso– que vigilaba la entrada, le dio paso al automóvil del obispo, y le dijo:

–Buenas tardes, Excelencia.

–Excelencia, qué placer verle –lo saludó Harriet, recibiendo a Rónnoco en el porche, y besando la sortija del obispo.

–Hola, Harriet. ¿Y su marido? –le preguntó Rónnoco.

–Atrás... jugando con Teddy. ¡Ray!

El Sr. Miltedew no se afeitaba en varios días y se veía muy cansado.

–Me dicen que no te sientes bien –le dijo Rónnoco, cuando Teddy se fue con su madre–. ¿Ray?

–Estos hombres –comenzó Ray, señalando a varios de los franciscanos, en la distancia–, no son monjes, son unos matones.

Rónnoco se acercó a Ray, se le paró al lado y en voz baja, le dijo:

–¿Qué manera es esa de hablar de gente que vino a darte una mano, Ray? Ellos están aquí para ayudarte. Además, oye bien lo que te voy a decir, todo esto es culpa tuya. Te lo buscaste. Querías dinero y comodidad... bueno, ahí la tienes. Querías proveer para tu familia, pues... ¡ya está! Desgraciadamente, toda empresa tiene sus pros y sus contras, y tú y yo tenemos un acuerdo. Piensa en lo siguiente, Ray, este evento es un negocio para ti y un negocio para nosotros. Y como en todo negocio, las

partes deben tener mucho cuidado y nunca decir o hacer algo que invalide
los acuerdos entre ellas. ¿Tú entiendes, verdad? Es lo menos que espero
de ti. Los hermanos están aquí para proteger nuestros intereses, los de
la Santa Sede. Imagina por un segundo lo que nos pasaría a todos... a la
Iglesia, al buen nombre del Santo Padre... de fracasar el evento. Es algo
que yo no voy a permitir. Ahora, ¿qué más? Dime... habla porque tengo
muchas cosas que hacer y no quiero perder más tiempo en tonterías.

Ray sacó un pedazo de periódico del bolsillo y se lo enseñó al obispo.
Según la policía, encontraron a Louie Peps, residente de La Place, apuñalado y calcinado debajo del elevado del ferrocarril. Hasta el momento,
las autoridades no tenían pistas del crimen.

Rónnoco le devolvió el artículo a Ray, y le dijo:

—Pobre hombre. Dios tenga misericordia de él. ¿Es eso lo que te preocupa, Ray? Te admito que es triste morir de esa forma, triste y trágico,
seguro que sí. Pero, comprende que individuos como... el Sr. Peps... casi
siempre terminan de forma... como te digo... de mala manera.

Le dijo Ray:

¿Qué será de nosotros cuando... cuando el Papa se regrese a Roma?

—Dime tú, Ray. ¿Te gustaría ir de viaje... tú y tu señora... y los niños,
por supuesto... te gustaría irte de vacaciones?

—¿Vacaciones?

—Sí —le respondió Rónnoco.

—¿Adónde?

—¿Por qué no empiezas por Europa? Tu familia puede regresar con
nosotros, en el avión del Papa. Primero van a Roma, donde puedo hacer
arreglos para que pasen una semana en un palacio.

—¡En un palacio! —le dijo Ray, agrandando los ojos.

—¿Te gustaría eso? Y a Harriet, ¿crees que ella disfrutaría ser reina,
aunque sea por unos días?

—¡Sí! ¡Seguro que sí!

—Así se hará —le dijo Rónnoco, echándole el brazo por los hombros—.
Yo necesito... es más, exijo que tú y tu familia estén tranquilos y felices,
eso es todo. Este enredo acaba pronto, ya lo verás. Así que... no te preocupes de nada... eso me lo dejas a mí.

21

La llegada de Leo XIV a América causó sensación, no por la pompa y el esplendor de la visita apostólica, eso era de esperarse; lo extraordinario del evento fue que por primera vez la Santa Sede pretendía legitimar un milagro, un acto sin precedente en la historia de la Iglesia Católica Romana. Debido a que el Papa pensaba celebrar una misa frente a la casa de los Miltedew, las autoridades fumigaron los pantanosos terrenos al costado de su parcela para evitar que los mosquitos disfrutaran de la sangre de los feligreses, mientras estos disfrutaban de la sangre y el cuerpo de Cristo. Por lo menos las caprichosas condiciones atmosféricas de Luisiana, que estaban acostumbradas a siempre crear problemas para las actividades al aire libre, como, por ejemplo, funerales, conciertos y reuniones al fresco del Ku Klux Klan, mantuvieron los días soleados y frescos, algo que según muchos de los creyentes, no fue por accidente porque Leo XIV conocía personalmente a Ese que reinaba sobre todo en el universo. La policía insular, estatal y hasta el Servicio Secreto de los Estados Unidos, hizo presencia, mientras que los helicópteros de la prensa internacional ocuparon los cielos.

A todo esto, ni a Teddy ni a su hermanita Alice les afectó el corre corre y la histeria a su alrededor. La niña pasó el tiempo jugando y viendo televisión en su habitación, porque, a decir verdad, no tenía otra cosa que hacer, ya que ella iba a conocer al Papa y nada más, a diferencia de su hermanito, quien se suponía revelara al mundo cristiano el mensaje de María. Por eso, Teddy pasaba horas ensayando frente a un espejo, imitando a los televangelistas que veía día tras día en la televisión, sin comprender —naturalmente— la diferencia entre los charlatanes vendiendo salvación. El niño no cantaba bien y le faltaba por aprender a tocar piano. Sin embargo, aprendió a lucir triste, a derramar lágrimas de indignación, remordimiento, a condenar a cualquiera al infierno con su mirada y a brincar de júbilo de un lado a otro en su cuarto, alabando al Todopoderoso.

Jenny Tarr, una amiga de Harriet dueña de una tienda de ropa en el pueblo, diseñó la ropa de los niños para su entrevista con el Papa –un vestido blanco de chiffon, decorado con pequeñas flores amarillas y un borde color rosa para Alice, y un traje azul claro para Teddy– y Bobbie Black, una estilista muy conocida de Baton Rouge, quien, se decía estaba íntimamente vinculada con Jimmy Swaggart, viajó de la ciudad capital a cortarles el cabello.

El día antes que llegara el Papa a Luisiana, a eso de medio día, Ray y el hermano Tomás fueron al supermercado, y, de regreso a casa, se detuvieron a comprar ostras frescas, que sacaban del Misisipí y vendían al lado de la carretera, a dos dólares el kilo. A Ray y a Teddy les encantaban las ostras frescas, especialmente con Tabasco, rábano picante y limón. Le preguntó Ray al hermano Tomás:

–¿Cree que al Santo Padre le gusten las ostras frescas? Le voy a guardar una bolsa.

Al llegar a la casa, Ray encontró a Teddy descalzo frente a la televisión. Le dijo:

–Ostras... ¿quieres? –Seguidamente, Ray las colocó en hielo, sacó una cerveza para él y un refresco para su hijo, de la nevera–. ¡Harriet!

–¡Estoy aquí! –le respondió su esposa, desde su habitación.

–¡No cabe más gente en el pueblo! Y todos vienen a ver al Papa y a mis niños... –Ray, chupando con gusto una ostra, se dio vuelta y se dirigió a Teddy, quien estaba sentado a su lado–. ¿Qué ves?

–Una película vieja –le contestó el chico, saboreando una ostra tras otra, con salsa picante–. ¡Están ricas! –añadió, cuando de pronto, miró a Ray, arrugó el ceño, se puso color verde, se aguantó el estómago, lo vomitó todo y perdió el conocimiento.

Al parecer, las ostras contaminadas tardaban poco en hacer sus fechorías.

La gigantesca aeronave –cortesía de Alitalia– un 747 pintado de blanco con el prominente escudo apostólico en su cola y una escolta de miles de ángeles con alas de seda, aterrizó en Nueva Orleans. Las cámaras de la prensa internacional inmediatamente enfocaron la plataforma con escalera que se llegó hasta la compuerta delantera. Un grupo de dignatarios a los lados de la alfombra roja, incluyendo al Secretario de Estado y al

gobernador de Luisiana y sus señoras, además de una docena de pequeños de diferentes colegios católicos de Luisiana, esperaban al Papa para
hacerle entrega de una ofrenda floral. El Arzobispo de Nueva Orleans
también estaba presente, al lado del Obispo Félix Rónnoco, el único del
grupo que subió a bordo del avión, donde encontró a Leo en un asiento
que parecía el trono apostólico con cinturón de seguridad.

Al lado del Papa estaba su secretario, el hermano Seráfio y la comitiva
del cardenalato: el cardenal Tomaso y su secretario, un cura de Etiopia,
alto como un jugador de baloncesto; su Eminencia el cardenal Bailey, Pino
y Numa, un grupo de secretarios, ayudantes y guardaespaldas; además
del médico y el cocinero del Sumo Pontífice.

Dijo el Papa, al ver a Rónnoco entrar en el avión:

—¡Excelencia! —Rónnoco se le acercó, le besó la mano—. Te ves cansado. ¿Cómo sigue el niño?

—Muy enfermo, Santidad —le respondió Rónnoco—, muy enfermo.
Sigue en coma.

Leo dejó su asiento, tomó a Rónnoco por el brazo, lo llevó a un lado,
y le dijo:

—¿Cómo es posible que no hayan probado su comida? ¡Quiero que
encuentres al culpable... al responsable!

—Culpables son las ostras que se comió, Tata, nadie trató de envene-
narlo. Su padre también cayó enfermo —le dijo Rónnoco.

—¿Y entre tanto, qué se supone que hagamos nosotros? —preguntó Leo.

—Podemos rezar por el niño —sugirió Rónnoco.

A lo que Leo respondió:

—Es mejor que mejore porque no vinimos a ver el paisaje. ¡Tomaso!
Vengan acá un momento, si tienen la bondad.

Las Eminencias acudieron al Santo Padre en su compartimiento privado y se alarmaron al recibir noticia de la condición médica tan grave
de Teddy Miltedew.

—Con la venia de su Santidad —interpuso Bailey—, creo que debemos
considerar otras alternativas.

—¿Alternativas, Eminencia? —le respondió Leo—. ¿Qué tiene en mente?

La situación, aunque penosa, no era tan complicada ni tan difícil de
remediar, observó el prelado, dirigiendo la palabra al Papa y su mirada
a los presentes. Primero tenían que pensar en la considerable pérdida
de tiempo y dinero, en caso de que el infante no se recuperara, o peor,
del niño sucumbir antes de confesar el mensaje de María. También era
importante tener en mente la reacción de la prensa porque la Santa Sede

se convertiría en el hazmerreír de todo el mundo. Por eso era imperativo justificar de alguna manera la visita del Papa a los Estados Unidos, aprovechando la situación a como diera lugar. En otras palabras, ¿qué resultaría más impresionante, una Aparición sin mensaje o mensajero, o la Ascensión de un niño santificado por la visita de la Madre de Dios y elevado al cielo de cuerpo y alma?

–Eminencia –le dijo, Rónnoco sin poder contener su indignación–, el niño está entubado... tubos que lo alimentan de antibióticos por boca y nariz. ¡Dudo mucho que Teddy pueda salir flotando por la ventana!

–¡Félix! –le dijo el Papa, molesto. Él no tenía tiempo para ponerse a discutir ni podía darse el lujo de permitir la disensión entre sus asesores. Millones de feligreses lo esperaban al otro lado de la compuerta y él tenía que actuar inmediatamente con determinación y con firmeza. Por eso decidió visitar al niño en el hospital, para estar presente por si el chico... en caso de que los antibióticos no tuvieran efecto–. Deseamos de todo corazón que se mejore el niño, Félix. Es más, vamos a rezar por él y le vamos a pedir a todos los seguidores de Cristo, que hagan lo mismo. Sin embargo, recuerda que la atención del mundo está en nosotros. Vamos, por favor, no te enfades... ¡tenemos mucho que hacer!

Al salir a la luz del día Leo XIV hizo contraste con el azulado celestial de Luisiana. El Papa se detuvo en la plataforma de la escalera, respiró profundo, extendió los brazos, entrelazó los dedos, como en oración y bajó cuidadosamente hasta llegar a la alfombra roja, donde se arrodilló y beso el suelo. Luego, recibió las flores, bendijo a cada uno de los presentes y salió para Nueva Orleans en una limusina Mercedes-Benz que disfrutaba de la misma esquema de colores del avión.

La caravana, con su escolta de tres camionetas con la comitiva de cardenales, secretarios, ayudantes y guardaespaldas, una ambulancia; policías en motocicletas, y la prensa internacional; perseguida, además, por varios helicópteros de la policía, se dirigió inmediatamente al hospital donde Teddy Miltedew estaba ingresado. A través de la ruta, miles de feligreses se acomodaron al borde de las carreteras para darle la bienvenida al Santo Padre, lo que llamó mucho la atención porque la llegada de Leo XIV a Nueva Orleans se convirtió en un espectáculo tan interesante, aunque no tan colorido, como el Mardi Gras.

Teddy Miltedew fue ingresado en una habitación privada, en el tercer piso del Hospital San Pablo, cuyo estacionamiento al aire libre fue invadido por feligreses rezando de rodillas por el santo niño. A Ray, quien resultó estar en peor condición que su hijo, lo mantuvieron entubado en el Centro de Tratamiento Intensivo, y Harriet y Alice no tuvieron otra alternativa que permanecer en casa, donde se enteraron de la llegada del Papa, como todo el mundo, por televisión.

Monseñor Lamour, el administrador del hospital, recibió a Leo XIV y a su séquito, y dirigió el camino hasta la habitación del pequeño Miltedew. Allí, el Dr. Franko Gotovach, el médico del Papa examinó el expediente del niño. El hombre, un tipo alto y delgado, con una nariz larga y curveada, además de usar lentes antiguos, y vestir siempre de negro –lo que le daba un aire de director de funeraria– hizo varias anotaciones y uno que otro comentario.

Su mirada alarmó a los presentes, y el plan a seguir de fallecer el pequeño, era colocar el cuerpo de la criatura en una bolsa para transportar cadáveres, llevarlo en secreto al cementerio detrás de la iglesia, en La Place, y enterrarlo en un una fosa ocupada anteriormente por un hombre fallecido en 1875, quien de seguro, no iba a protestar. Una vez desapareciera todo rasgo del chico, el Papa anunciaría el milagro de la Ascensión de Teddy Miltedew.

Por el momento, el Papa Leo ofreció una oración, a la vez que el «beep, beep, beep» del electrocardiógrafo mantenía un poco de esperanza.

Al resonar «*Amén*», el Dr. Gotovach, vio la necesidad de examinar al niño por segunda vez, cuando de repente, Teddy abrió los ojos, creyó al funesto individuo la muerte, y del susto despertó de la coma.

–¡Es un milagro! –ofreció el Papa.

–Teddy –le dijo Rónnoco, al oído–, el Santo Padre... está aquí... ha venido a verte.

¿Y no era eso lo que se suponía sucediera, en primer lugar? Media hora más tarde, el pequeño Teddy Miltedew se recuperó lo suficiente para pedir que le quitaran los tubos y se sentó en su cama. Quince minutos después se corrieron las cortinas, apareció un micrófono –como por arte de magia– y Leo XIV, con Teddy Miltedew a su lado, y las Eminencias Tomaso y Numa asistiendo, ofreció una misa, con el mundo de testigos.

El Santo Padre sacudió el incensario, roció a Teddy con agua bendita, le ofreció la sangre y el cuerpo de Cristo, levantó un crucifijo de plata que destelló un potente rayo de luz al reflejar el brillo del sol –algunos de los feligreses al otro lado de la ventana se desmayaron porque creyeron que era parte de un milagro– y bendijo la humanidad. Al fin llegó el momento que mitad de la población del planeta; católicos y no católicos, creyentes y ateos, cristianos, judíos, y hasta los musulmanes ansiosamente esperaron por más de un mes, cuando se dio a conocer el interés de la Santa Sede en el Milagro de La Place.

Leo XIV levantó los brazos, y en muy buen inglés, por cierto, le dijo al mundo:

—¡Hemos presenciado un milagro! ¡Este santo niño, gracias a la intervención de la Santa Madre de Nuestro Señor Jesucristo, ha regresado del portal de la muerte para revelar el mensaje de María!

Respondió la multitud:

—¡Amén!

Añadió el Papa:

—¡La Santa Virgen, quien, debido al amor eterno que mantiene en su corazón por nosotros pecadores, vio la necesidad de aparecérsele a estas criaturas!

Y ya que el Santo Padre estaba hablando de apariciones, todo el mundo vio a la pequeña Alice llegar a la habitación con una escolta de Benedictinos y parársele al lado a su hermanito.

Repitió la multitud:

—¡Glorificada sea!

Continuó el Santo Padre:

—¡Este es un momento tan extraordinario como lo es sagrado! ¡Esta criatura, Teddy Miltedew, fue escogida entre todos los inocentes del universo por la mismísima Madre de Dios para dejarnos saber lo que Ella, en su gloriosa y santa sabiduría, reconoce como necesario para la salvación del mundo!

—¡Amén!

Fue cuando Leo XIV miró a Teddy, dio un paso hacia atrás, y le dijo:

—Ahora te toca a ti.

Todos los Católicos del mundo sintieron la alegría, el amor, el terror, el latido rápido de sus corazones, la asfixiante falta de respiración y la estremecedora incertidumbre de aquel momento histórico. Hubo silencio, apenas unos segundos, pero fue suficiente para crear más ansiedad y suspenso, al punto que cuando el hermoso, enfermizo y frágil pequeño abrió la boca para hablar, hasta los cínicos admitieron que el niño era un ser especial.

Durante esa breve pausa, a Teddy le pasó por la mente gritar «*¡Aleluya!*», pero, se recordó que según su Excelencia Rónnoco, eso era cosa de Protestantes. También pensó cantar el Te Deum, excepto que todavía estaba muy débil y no se sentía nada de bien, gracias al alucinante efecto de los medicamentos. Por eso, levantó la mirada lentamente, frunció el ceño, se acercó el micrófono, y en un tono de voz tan dulce como el de un niño cantor, dijo:

–¡Santa María, Madre de Dios! ¡Ella llora por nosotros pecadores y nos ruega regresar al seno de su Iglesia! ¡Con su Hijo Jesús, el Dios Todopoderoso de nuestro universo, regresará en el año 2020 cuando reinará la paz y la gloria para siempre y para todos los tiempos! ¡Amén!

22

El Mensaje de María logró su propósito y aunque Leo XIV no tuvo necesidad de añadir nada más, lo hizo de todas maneras:

—¡En el nombre de Dios Todopoderoso, en el nombre de la Santa Madre de Jesús, abran sus corazones y únanse a la Iglesia! ¡Vamos a recibir con todo nuestro amor al Hijo de Dios, al Cristo cuando aparezca por segunda vez! ¡Viene a salvar a los que le esperan!

De todas partes del mundo, incluso de aquellas distantes tierras donde un insignificante número de devotos Católicos practicaban su fe a la escondida, la noticia de la Segunda Venida de Cristo llenó de júbilo a los miembros de la Iglesia Católica Romana.

El resto, los detractores de la Iglesia, incluso muchos feligreses de la Fe –pero especialmente los Protestantes– concluyeron que el Papa Leo XIV había perdido la razón. Los musulmanes, por su parte, se burlaron de la proclama y los judíos se preguntaron qué iba a suceder cuando Jesús y María no dieran la cara en el año 2020.

La prensa, que hasta ese momento se mantuvo respetuosamente imparcial, simplemente anotó la fecha en su calendario... por si acaso.

Aparte de las censuras, en un poco más de tres meses hubo un aumento de cincuenta por ciento de gente asistiendo a misa alrededor del mundo y un alza de setenta y cinco por ciento en donativos a la Iglesia. Sin embargo, como bien advirtió el obispo Rónnoco, el crecimiento súbito y desenfrenado tomó a la mayoría de las parroquias por sorpresa porque no gozaban de suficientes sacerdotes ni empleados para encargarse de las Iglesias. A los feligreses eso les pareció una falta de respeto por parte de la Santa Sede, y ese desencanto general, fue poco a poco propagándose hasta convertirse en un profundo antagonismo dirigido, en gran parte, a Leo XIV.

Complicando todo un poco más, no hizo el Papa más que regresar de los Estados Unidos, que se enfermó con bronquitis y el Dr. Gotovach le ordenó guardar cama. Como nadie se atrevió a tomar una decisión sin consultarlo primero con él, la desorganización, la incertidumbre y el desajuste fiscal arrebató la Iglesia y causó pánico en la jerarquía de la Santa Sede.

Rónnoco sintió un gran alivio dar por terminado el episodio de la Aparición y más contento aún de no tener que estar de niñera de los Miltedews.

Teddy, como ya se dijo, se recuperó por completo y, unos días más tarde, regresó a su casa. Ray, desgraciadamente, sufrió un revés, falleció semanas más tarde sin recobrar el conocimiento y lo enterraron en la misma fosa que habían preparado –y reservado– para su hijito. Dado lo sucedido, Harriet vendió su casa –a muy buen precio, ya que fue bendecida por el Papa y consagrada como el Santuario de María– y trasladó la familia a California, tierra donde apariciones, anunciaciones y hasta resurrecciones ocurren todos los días. Allí Teddy consiguió un agente y seis meses más tarde, el pequeño Miltedew grabó su primer comercial de televisión.

Entre tanto, como siempre pasa cuando surgen controversias, las lealtades se fracturan, se forman facciones y se engendran toda clase de conspiraciones. Temprano una mañana, el cardenal Tomaso estaba en su oficina cuando el padre Ricci le informó que el obispo Rónnoco necesitaba verlo de inmediato.

–¿Rónnoco... aquí? –dijo Tomaso, sorprendido–. ¿Qué quiere? Olvídalo. Dile que pase –interpuso la Eminencia, dejando su escritorio y caminando hasta la puerta para recibir al obispo.

Su despacho era, sin duda, el más ostentoso y lujoso de Ciudad del Vaticano. Ni siquiera los apartamentos del Papa se atrevían a llamar la atención con tanto esplendor, manifestado con obras maestras del Renacimiento, el escritorio de Napoleón y todos los muebles que Luis XV de Francia le regaló a la Marquesa de Pompadour.

Como al cardenal le gustó siempre tener su oficina bien alumbrada y fresca, había un ventanal adornado con delicadas cortinas blancas de seda ocupando toda una pared y llegando hasta el techo. Sobre el escritorio Napoleónico se encontraban bolígrafos, tinteros, varios teléfonos, dos fotos con marcos de plata –uno del Cardenal Tomaso cuando era un simple sacerdote, en compañía del Papa Juan XXIII, y el otro ya con su sombrero rojo, al lado de Pablo VI– y un tercer retrato en un marco de oro macizo donde él y Leo XIV caminaban por los jardines del Vaticano.

–¡Excelencia, qué placer verle por aquí! –le dijo Tomaso–. ¿Desea tomar algo... café, té...?

Rónnoco sacudió la cabeza y sonrió de tal forma que Tomaso le advirtió a su secretario de que no se les interrumpiera hasta nuevo aviso. El señor Cardenal cerró la puerta, dirigió a Rónnoco hasta una ancha butaca de cuero, debajo de un enorme Tiziano y prestó atención.

Le dijo Rónnoco, muy preocupado:

—Eminencia, reconozco lo fiel que usted siempre le ha sido al Santo Padre y lo mucho que él estima su amistad y sus consejos.

La conversación fue más un monólogo que otra cosa. Según su Excelencia, el evento conocido como el Mensaje de María, arriesgaba la reputación, la dignidad y la supremacía de la Santa Sede. Por eso, era absolutamente necesario ponerle fin a la debacle, para evitar empeorar la situación. Muchos de los propios líderes de la Iglesia –obispos, arzobispos y hasta miembros del cardenalato– fomentaban la discordia porque Leo no consultó con ellos el viaje a Nueva Orleans, y más importante aún, porque estaban convencidos que el Papa estaba enajenado de la realidad. La oposición al Santo Padre era poderosa y la traición se retozaba ya entre las columnas de Bernini. Añadió Rónnoco:

—¡Hannibal ad portas!

Al cardenal Tomaso le importó poco si el legendario e implacable enemigo del Imperio Romano se encontraba frente a los portones del Vaticano o estaba disfrutando de un crucero por el mediterráneo. Lo que sí le estuvo curioso fue que su Excelencia Rónnoco consultara el asunto con él, ya que el obispo era la única persona que gozaba de la íntima confianza del Papa.

—Tiene razón, –respondió Rónnoco–. Sin embargo, usted sabe tan bien como yo que una vez el Santo Padre decide algo, es casi imposible hacerlo cambiar de parecer.

Había empezado a llover y Tomaso dejó su asiento, cerró a medias el ventanal, y le dijo:

—De acuerdo, Excelencia. Por otro lado, usted conoce los pormenores de la situación mejor que nadie. ¿No está usted a la vanguardia del... evento? ¿No fue usted quién investigó los hechos?

—Sí, aunque... y le voy a ser franco... lo hice bajo protesta. Ahora no me queda más remedio que informarle a la Curia lo que sucede, antes de que sea tarde. Para que tenga una idea... han quemado quince iglesias en México; en Canadá perdimos seis, más tres en España y cuatro en Argentina.

Tomaso pausó brevemente, observó cuidadosamente al obispo, le ofreció la mano, y le dijo:

–Deje ver que se me ocurre, Excelencia.

Rónnoco le dio las gracias, regresó a su oficina, y encontró un mensaje urgente del Papa, esperando sobre su escritorio.

–Acaba de llamar. Le dije que usted estaba de camino. Lo quiere ver enseguida –le dijo d'Stesi.

Rónnoco sacudió la cabeza, levantó las cejas y salió de su oficina tan rápido como llegó.

Él encontró a Leo en su habitación con todas las cortinas cerradas y al Dr. Gotovach examinándole los pulmones.

El Papa tosió, escupió flema en la escupidera al lado de la mesa de noche, se sentó en su cama, y le dijo al médico:

–Franko, queremos hablar a solas con su Excelencia.

–¡No debe levantarse por nada! –le dijo el médico a Rónnoco, antes de salir de la habitación.

Rónnoco cerró la puerta, le besó la mano al Papa, y le dijo:

–¿Por qué coño está todo tan oscuro? Este cuarto deprime a cualquiera. ¿Abro las ventanas?

–Deja de hablar malo, Félix –le respondió Leo, con una tos que lo hizo temblar–. Tenías razón, no debimos ir a América. ¡Qué desastre! –añadió con una media sonrisa y moviendo la cabeza de lado a lado–. Mira lo que acabamos de recibir –y Leo sacó un sobre blanco de debajo de la almohada y se lo entregó al obispo–. Léelo.

–¿Para qué? Sé lo que dice, Tata. Están preocupados.

–¡Son una partida de... !

–Son lo que son; burócratas que se conforman con hacer muy poco para justificar los privilegios de su rango; hombres que verdaderamente se creen superiores a los demás, que son especiales. ¿Crees que van a sacrificar su estilo de vida... su comodidad por un ideal? Ellos creen en la Segunda Venida de Cristo... con María a su lado... con la música de Handel en el fondo... tanto como tú y yo. No, esto se lo buscó usted, Santidad –añadió el obispo, con un poco de sarcasmo–. El problema es nuestro problema y ellos simplemente se van a mantener a un lado, mientras a ti y a mí nos cuelgan ya mismo de la Capilla Sixtina.

–¡Pues ya verán! No te preocupes. Yo me encargo de ellos –le dijo el Papa, antes de llamar con gran esfuerzo, a su secretario–. ¡Seráfio, dile que entren! Y sí... abre las ventanas, Félix.

Rónnoco corrió las cortinas y se sorprendió mucho cuando Tomaso, Pino, Numa y Bailey entraron en la habitación.

–¡Helos aquí! ¡Los Cuatro Jinetes! –les dijo Leo.

–¿Qué cuatro jinetes, Santidad? –Preguntó Numa.

–Libro de Revelaciones, capítulo seis, hermano –le respondió Leo, con una risa.

Las Eminencias se miraron el uno al otro y mantuvieron silencio al entrar Seráfio con un cojín rojo, sobre el cual descansaba un solideo escarlata. El secretario le colocó el cojín en la falda al Santo Padre y con la misma, dejó la habitación.

Rónnoco, parado al lado de la ventana, aparentó estar un poco confuso porque, aparte de él mismo, no había otra persona por todo aquello a quién Leo XIV podía crear cardenal. Le dijo al Papa:

–Con permiso, Santidad... ¿qué hace?

–¿Qué parece? –le contestó Leo.

–No, no... no puede, Santidad –protestó el obispo.

–¿Qué no podemos? –le replicó Leo, molesto–. Nosotros decidimos lo que se puede y lo que no se puede, Félix.

–Se lo ruego, Santidad –le dijo Rónnoco, acercándosele al Papa–. No soy digno de...

Las Eminencias Numa y Pino tomaron turnos para convencer a Rónnoco que ser Príncipe de la Iglesia, era, además de un gran honor, una obligación una vez el Santísimo Padre decidía otorgar el título.

Rónnoco sacudió la cabeza sin quitarle la vista al sombrero rojo; como si hubiera sido un animal muerto en el medio de la carretera.

Le dijo Leo XIV a los presentes:

–Queridos hermanos en Cristo. Hace muchos años nuestro amado Pablo VI nos honró con esta misma distinción. Esa tarde, los únicos testigos de la ocasión fueron dos hermanos como vosotros, allegados del Santo Padre y un niño llamado Félix Rónnoco –y Leo relató el momento más importante en la vida del cura Dragánovich–. Félix ha estado a nuestro lado durante tiempos buenos y tiempos malos. Fue legado de la Santa Sede en Vietnam, Cambodia; en Jerusalén, en Bagdad, detrás de la Cortina de Hierro, y recientemente, arriesgó su vida detrás de las líneas serbias, en Bosnia. Su amor por Cristo y por su Iglesia es incuestionable –Tomaso, Pino, Numa, Bailey, sus manos entrelazadas y todos con expresiones indicando la sagrada dignidad del momento, de vez en cuando inclinaban la cabeza, asintiendo a todo lo que les decía el Santo Padre–. Recientemente, su Excelencia asumió la responsabilidad de organizar, supervisar y de hacer realidad nuestra misión a América. Entendemos que ese viaje se ha convertido en una polémica. De lo que no hay duda, sin embargo, es que somos, nuevamente relevantes para todos los siervos de la fe; que nuestros sacerdotes ofrecen misa en Iglesias donde no cabe más una persona, algo imposible hace un año. Todo eso y mucho más se lo debemos a la dedicación y a la lealtad de nuestro hermano Rónnoco. Y no tengan duda, que él hará lo imposible por enfrentar y ponerle fin a los peligros que enfrentamos con el mismo fervor y devoción de siempre. Félix Cardenal Rónnoco, si tiene la bondad...

Fue una ceremonia bastante breve y culminó con Rónnoco intercambiando su solideo violeta, por el rojo. Seráfio regresó con una botella de vino, Tomaso, Numa, Bailey y Pino ofrecieron un brindis y así dieron la bienvenida al nuevo miembro de la Curia, el cuerpo gubernamental del Vaticano.

La mañana siguiente, antes de su reunión matutina con el Papa, su Eminencia Rónnoco recibió una llamada del cardenal Tomaso, para que pasara por su oficina.

—Buenos días, Eminencia —le dijo Tomaso, reunido con Pino, Bailey y Numa—. ¿Desea tomar algo... café, té... ? Hablábamos de vuestra preocupación y creo que todos estamos de acuerdo que hay que hacer algo.

—Antes hay que determinar el «algo» —interpuso Numa.

—¿Qué tal si le pedimos al Santo Padre que permita que la Congregación para la Doctrina de la Fe se encargue de todo lo que tiene que ver con el Mensaje de María? —propuso Pino.

—¿Con qué propósito? —preguntó Rónnoco. La Congregación para la Doctrina de la Fe era la sucesora de la antigua Sagrada Congregación de la Romana y Universal Inquisición.

—Porque... de esa manera —respondió Bailey—, podemos crear varios comités para que analicen los precedentes canónicos de la Aparición, lo que tardará siglos. Esperemos que en un par de meses la gente se olvide del asunto.

—Yo todavía no entiendo el por qué... la razón detrás del Mensaje de María —interpuso Tomaso, dirigiendo la mirada a Rónnoco.

—Yo no entiendo por qué vio la necesidad de darlo a conocer —le añadió Numa—. ¿No se recuerdan la Virgen de Lourdes? Todavía es la fecha que no sabemos todo lo que dijo la Virgen en esa ocasión por las razones que sean.

—Creo que eso fue lo que pretendió hacer... el Santo Padre —interpuso Bailey.

—Evidentemente, cambió de parecer —observó Tomaso.

–Se dejó llevar por la euforia del momento, sin pensar en las consecuencias –le dijo Rónnoco–. Como le mencioné al hermano Tomaso, yo me opuse desde el principio.

–La Santa Sede no es una democracia –le replicó Tomaso.

–Y Leo es un autócrata de primera categoría –interpuso Rónnoco.

–Como sea. Ahora es nuestro deber, nuestra obligación acabar con esta catástrofe que nos va a llevar a la ruina –añadió Pino.

Tan simple como uno, dos, tres. Excepto que, debido a que el Papa estaba de cama, los representantes de la Curia tuvieron que esperar una semana para reunirse con él.

–Oye... ¿cómo te llamas?

–Sasha.

–Sasha, ¿eh?

El muchacho levantó la mirada pero no pudo ver la cara del hombre que lo interrogaba porque éste se interponía con el sol y ocultaba la luz del mundo.

–Vamos, haz la cruz.

Rónnoco se levantó de pronto, su cama empapada de sudor. Miró la hora. Eran las cuatro de la mañana.

–¡Qué mierda! –dijo entre dientes, tirando a un lado las cubiertas y comenzando su día.

La reunión con su Santidad estaba pautada para las diez y Rónnoco fue el último en llegar, luciendo muy cansado por las terribles pesadillas que no lo dejaban dormir.

Leo estaba sentado en su despacho, vestido con una sotana blanca, zapatillas de terciopelo color rojo y una mantón blanco cubriéndole los hombros. Él se veía mejorado, aunque seguía bastante débil.

Los Cuatro Jinetes estaban sentados a su alrededor y Rónnoco tomó asiento al lado de Tomaso.

Les dijo el Papa, de forma un poco brusca:

–Es mejor que esto sea importante porque no se supone que estemos fuera de cama.

A lo que Pino respondió, ofreciéndole al Papa, una reverencia y el comunicado con el sello oficial de la Curia:

–Santidad, vuestros hermanos en Cristo, respetuosamente desean comunicarle su preocupación.

El Papa recibió el documento, se puso sus lentes, observó uno a uno los presentes, y le dio una ojeada al papel; todo en silencio absoluto.

Treinta segundos después, Leo tiró al piso el comunicado, y dijo:

–No. ¿Algo más?

Tomaso se atrevió a rescatar el documento y estaba por protestar, cuando Leo levantó la mano y no lo dejó hablar.

–¡No, punto! –le dijo el Papa.

–¡Pero... Santidad! –interpuso Pino, sin poder decir más.

–¡No! ¡No y no! –les gritó el Papa, señalando a cada de los presentes–. ¿Qué clase de hombres son ustedes? ¡Son los líderes de la Iglesia! ¡Qué importa si un grupo de imbéciles le pega fuego a un edificio? ¡El Mensaje de María es un llamado a las armas y no podemos... no vamos a retroceder! ¡Lo que sí tenemos que ver es cómo reclutar más sacerdotes, cómo volver a ser fuente de inspiración para los que buscan la salvación! –añadió Leo, antes de sufrir un ataque de tos tan fuerte que por poco se ahoga–. ¡Estamos avergonzados de ustedes! ¡Parece mentira!

Con suplicantes miradas, Tomaso, Pino, Numa y Bailey esperaron a que Rónnoco interviniera porque, según ellos, él era el único que se hubiera atrevido a retar abiertamente al Papa.

–Santidad, debemos... tenemos que aguantar un poco las cosas... debemos ser un poco más cautelosos –dijo Rónnoco, poniéndose de pie. Hay gente sufriendo... y ¿por qué? ¿Por un ideal que, aunque muy bello, es imperfecto y falso?

–¡Silencio! –ordenó el Papa.

–Santo Padre, ¡escuche, por favor! ¡Se lo ruego! No podemos permanecer callados entre tanta confusión. ¡No es correcto!

Los Cuatro Jinetes parecían figurines de cera vestidos de rojo; sus cachetes pálidos, sin gota de sangre, la cual se les había ido a los tobillos. Sólo la mirada suplicante y urgente de Tomaso le advirtió a Rónnoco a ser un poco más sutil.

–¿Cómo te atreves a usar ese tono con nosotros? –le gritó el Papa.

–¡Porque es mi deber! ¡Yo amo a vuestra Santidad con todo mi ser y voy a hacer lo posible para evitar que ponga en peligro... en duda... no sólo su juicio, sino esta sagrada institución! Santidad, ¡estamos perdiendo el control de la Iglesia!

Leo XIV dejó su silla y poco a poco, llegó hasta Rónnoco, y en una voz temblorosa, con los ojos llenos de lágrimas y su cuerpo y alma adoloridos, le dijo:

—¿Crees que tienes derecho a dudar de nosotros? ¡Tú... quien hace apenas una semana ni vestías de rojo?

—¡Es mi deber ante Cristo... y ante vuestra merced!

—Eminencia —trató de intervenir Tomaso, pero nadie le hizo caso.

—¡Traidores! ¡Cada uno de ustedes!

—¡No, no! —interpuso Numa.

—¡Santidad, por amor a Dios! —protestó Pino, a la vez que Bailey sacudió su cabeza a tal extremo que por poco se decapita él mismo.

—¡Nuestra palabra es ley! ¡Estar en contra de nosotros es estar en contra de la Iglesia! ¡Estar en contra de la Iglesia es sedición... herejía! ¡Pero... sí le damos gracias a Dios por desenmascarar vuestra traición!

—Santidad, ¡eso no es justo! —le dijo Rónnoco, ayudando a Leo a regresar a su silla—. A usted se le conoce por ser un hombre justo, por su misericordia y su bondad.

—¡Basta! —le gritó el Papa, antes de llamar a su secretario—. ¡Seráfio!

—¿Santo Padre? —le respondió el hermano, entrando en el despacho tan rápido, que tuvo que haber tenido el oído pegado a la puerta.

—¡Papel y un bolígrafo! ¡Ahora! —le ordenó el Papa.

El hermano Agustino Seráfio no tardó ni diez segundos y una vez le hizo entrega a Leo de un pedazo de papel con su membrete, se apartó a una esquina mientras el Santo Padre fulminaba contra los intrigantes. Les dijo el Papa, escribiendo de puño y letra, tan rápido como se lo permitió su cuerpo enfermizo:

—¡Así que saben más que nosotros? —y Leo dirigió su furia al cardenal Tomaso—. ¿Quieres ser tú el nuevo Vicario de Roma?

—¡No, no, no! ¡Santidad, por amor a Dios! ¡Cómo puede pensar tal cosa? —dijo Tomaso, de rodillas y casi llorando.

El Papa entonces se volvió a la derecha, y señaló acusatoriamente a Pino. Le dijo:

—¿Y tú? ¿Te atreves a convertirte en el Sucesor del Príncipe de los Apóstoles? ¡Habla!

Pino también se tiró de rodillas a pedir disculpas, sus brazos en alto, acudiendo a los Santos retratados alrededor.

–Oh, Santo Padre, ¡tenga un poco de misericordia, se lo suplico!

–Y tú... ¿qué te parece? –se dirigió a Numa–. ¡Te viene bien el título de Sumo Pontífice de la Iglesia Universal, Patriarca del Occidente y Primado de Italia! ¿Verdad que sí? ¡Cobarde!

La mirada cruel e intransigente del Papa llevó a Numa también, a tirarse de rodillas y a ofrecer una oración a María.

–Y aquí tenemos a nuestro amigo de América, gente que ha esclavizado a mitad de la humanidad. ¡Imagínense lo que podrían lograr de ser dueños de la Santa Sede! ¡Imagínense un «cowboy» en el Trono de Pedro!

–¡Santo Padre, tenga piedad de nosotros, se lo suplico! –le dijo Bailey, besándole las zapatillas.

–¡Qué sea lo que Dios quiera! –gritó Leo–. ¡Seráfio, la cera!

Inmediatamente, el hermano Seráfio le entregó una vela roja que el Papa derritió en el papel, e imprimió con su anillo pastoral, antes de entregarle el documento al amanuense.

Dijo Leo, fijando la mirada en Rónnoco, que permaneció de pie, mientras los otros seguían de rodillas:

–¡Jamás se nos ocurrió que serías vos el peor de los malvados! ¡Vuestra traición es, sin duda, la más dolorosa! ¡Judas! ¡Por eso vas a sufrir más que nadie! ¡Traidor!

–Santidad, le ruego se tranquilice. Por favor, tome asiento –le suplicó Rónnoco, con lágrimas bajándole por los cachetes.

¡Seráfio, en voz alta! –ordenó Leo XIV.

Y mientras las birretas rojas se persignaban y protestaban, se les hizo tarde.

Con manos que no dejaban de temblar, Seráfio se paró frente al Santo Padre, levantó el papel y en una voz firme, pero asustada, leyó lo siguiente:

–¡Por el presente deseamos y ordenamos bajo la autoridad que nos confiere nuestro título... Leo XIV, Obispo y Vicario de Roma, Vicario del Cristo, Sucesor del Príncipe de los Apóstoles, Sumo Pontífice de la Iglesia Universal, Patriarca del Occidente, Primado de Italia, Arzobispo Metropolitano de la Provincia Romana, Soberano del estado de Ciudad del Vaticano, Servidor de los Servidores de Dios Todopoderoso, aquí renunciamos inmediatamente a todas nuestras obligaciones y derechos y declaramos nuestro sucesor, sustituto y legatario a Félix Cardinal Rónnoco! ¡Este es nuestro último mandamiento como Sumo Pontífice de la Iglesia Universal!

La Confesión

23

La renuncia del Papa Leo XIV resultó un acontecimiento poco común, sin embargo, encajó sin problemas entre los límites de aceptabilidad de la Iglesia Católica Romana, especialmente cuando uno considera su historia en los últimos dos mil años. Por ejemplo, la sucesión de Félix Rónnoco al Trono de Pedro no se compara con la de Benedicto IX a la tierna edad de doce años, en el 1302. Ese Papa fue todo menos religioso y los Romanos lo corrieron de la ciudad, antes de él venderle el puesto a Gregorio VI por una fortuna en oro. También existe lo que nos cuenta la historia de los Borja y de los Médici. Esas poderosas familias se turnaban extorsionando, chantajeando y asesinando a la oposición con tal de apoderarse del título de Sumo Pontífice.

Rónnoco no tuvo necesidad de nada de eso. Él fue escogido por Leo XIV más o menos de la misma forma que el Papa Juan XXIII nombró a Pablo VI su sucesor. Y si la investidura de Félix Cardenal Rónnoco causó curiosidad, la jerarquía de la Iglesia no tuvo más remedio que aceptar su nombramiento como un hecho irrevocable. Lo que sí sorprendió a muchos miembros de la Curia, incluyendo a los Cuatro Jinetes, no fue tanto el hecho que un hombre con sólo cuarenta y nueve años de edad asumiera el liderato de la Iglesia, sino que al preguntarle cuál iba a ser su nombre de Papa, él respondió «Félix», seguido por el número romano V.

Debido a lo imprevisto del nombramiento, su Santidad Félix V aplazó un mes el acto oficial de investidura para darle tiempo a los líderes de la Iglesia, especialmente aquellos en otros países, a viajar a Ciudad del Vaticano.

Entre tanto, Leo XIV y Félix V intercambiaron viviendas, con el hermano Seráfio acompañando a su amo a Trastevere, y la hermana Angelina trasladando sus deberes a los apartamentos apostólicos.

El antiguo Leo XIV se recuperó de la bronquitis y poco a poco se fue acostumbrando a una vida retirada y sencilla, bajo la protección de la Santa Sede.

Una semana después de la renuncia de Leo XIV, Félix V, vestido como un simple cura, visitó a su amigo. Dijo Félix, al entrar a lo que había sido su apartamento:

–Papas vienen y Papas van pero las cortinas siguen igual.

–¡Santidad!

–¿Cómo te sientes? –le preguntó Félix.

Dragánovich encogió los hombros, y le dijo:

–Me duele todo... tengo las rodillas hinchadas...

–¿Qué tal si te consigo una silla de ruedas?

–¡No! Qué sea lo que Dios quiera, y cuando Él no quiera, bueno... ya no me tengo que preocupar por la Iglesia porque sé que está en muy buenas manos –le respondió Dragánovich, con una sonrisa.

–Todavía me confunde cuando me llaman Santidad.

–Ya te acostumbrarás.

–Lo que no pienso hacer es hablar en plural... lo encuentro ridículo –le dijo Félix–. Venimos aquí, fuimos allá...

Dragánovich soltó una carcajada, le tomó la mano al Papa, y le dijo:

–Como todo... es tradición.

Félix acercó una silla, se sentó al lado de su amigo y estuvieron hablando de todo un poco, casi una hora, con Dragánovich ofreciendo consejos a su sucesor. De Tomaso, Pino, Numa o Bailey haber estado presente, los cardenales se hubieran sorprendido del cariño tan evidente entre el antiguo Papa y Félix V; de la falta de antipatía entre ellos, luego del violento enfrentamiento que llevó a Leo XIV a renunciar su cargo.

Los Cuatro Jinetes también hubieran quedado atónitos al descubrir que toda la histeria y el melodrama de aquel momento no fue otra cosa que una manifestación histriónica para su beneficio; que todo fue una estratagema premeditada por Leo XIV para entregarle el control de la Santa Sede a Félix Rónnoco porque él compartía sus ideales y sus esperanzas para la Iglesia.

¿Cómo podía permitir Leo que esa misma santísima institución cayera en manos de otro que no fuera su protegido?

Al regresar de América, y debido a los fallos posteriores del viaje, el Papa comprendió, por fin, que su edad y su estado frágil de salud no le permitían cumplir con sus obligaciones; que había llegado el momento de Félix tomar su lugar. Esa mañana cuando Leo XIV ofreció su renuncia, la directiva de la Curia se tiró de rodillas, rezando y bebiéndose las lágrimas, todos aturdidos y ni uno se dio cuenta que los engañaron.

Un par de días después de su visita a Dragánovich, Félix recibió una llamada del hermano Seráfio:

—¡Venga enseguida, Santidad!

El Papa llegó a Trastevere y encontró al Dr. Gotovach atendiendo a Dragánovich, quien estaba sin conocimiento en su cama. Le dijo Gotovach, en el pasillo:

—Se dio un golpe entrando a la cocina y al parecer, el dolor le provocó un infarto. La ambulancia está en camino.

De pronto, Seráfio apareció en la puerta, y dijo:

—¡Despertó! ¡Quiere hablar con usted, Santidad!

—¡Félix! —llamó Dragánovich, en una voz casi inaudible, al verlo entrar en la habitación—. ¡Dile que se salgan!

Al Seráfio y el doctor salir de la habitación, Félix acercó una silla al borde de la cama, y le dijo:

—No te puedes levantar.

—Es hora, hijo mío... necesito confesar.

—¿Confesar? Tata, la ambulancia está en camino. Sufriste un accidente, eso es todo.

—¡Félix! —le regaño Dragánovich—. La muerte... ¡reconozco su presencia! ¡Por lo más que quieras!

Félix observó cuidadosamente al anciano que tan asustado estaba, y le tomó las manos en las suyas. Después de lo que pareció ser una eternidad, se reclinó un poco hacia el frente, y los ojos se le llenaron de lágrimas. Llegó el momento que él siempre temió porque iba a perder a su tutor, a su defensor... a su Tata.

Con gran dificultad, con la voz temblorosa y con dolor en su alma, Félix comenzó el rito que ambos conocían de memoria:

—Confiesa y sé absuelto. In nomine Patris, et Filii, et Spiritus Sancti. Amén.

Haciendo esfuerzo para respirar, Dragánovich le respondió:

—Confieso al Dios Todopoderoso, a la Santa Virgen María, al Santo arcángel Miguel, al Santo Juan Bautista, a los Sagrados apóstoles Pedro y Pablo, a todos los ángeles y a todos los santos, y a vos, Santísimo Padre, confieso que he pecado sobremanera con mí pensar, con mi palabra, por mis hechos... todo ha sido mi culpa, mi culpa... mi máxima, máxima culpa y le pido a la Santa Virgen María, al Santo arcángel Miguel, al Santo Juan Bautista, a los Sagrados apóstoles Pedro y Pablo, a todos los ángeles y a todos los santos, y a vos, Santísimo Padre, que intercedan por mi alma, que oren por mí al Dios Todopoderoso. Yo le confieso...

Rostas regresó el bebé a la finca una semana más tarde y la criatura pasaba el tiempo sentado en el alféizar mirando por la ventana, o sentado al borde de la carretera, esperando a que Dámir volviera a casa.

–¿Dámir, dónde Dámir, Nana... viene Dámir? –le preguntó el pequeño, triste porque le hacían falta la sonrisa, la ternura, los abrazos, los juegos y los besos de Dámir; cariño que el niño guardó en lo más profundo de su alma y que por el resto del imprevisible laberinto de su vida, nunca olvidó.

Ana, quien se hizo cargo de su cuido, lo besó, lo acariciaba y le mentía porque era la única manera de darle esperanza y hacerlo sentir feliz:

–Ya mismo, Dámir regresa pronto, ya verás.

De cierta forma, él era un niño afortunado porque nació después de la guerra, mientras que centenas de millares como él perecieron en el trágico melodrama de su tierra, donde siglo tras siglo intereses extranjeros incitaron la nación al fratricidio.

La repentina muerte de Vélimir obligó al padre Dragánovich a pedirles a Rostas y a su esposa, Olga, a que abandonaran su incómodo apartamento en el pueblo por la cómoda residencia en la montaña, con tal que ayudaran a su señora madre con el manejo de la finca.

Luego de pensarlo unos días, Rostas y Olga aceptaron, en parte por hacerle un favor al cura, pero, en fin de cuentas, porque el arreglo les favorecía bastante. Para empezar, Ana era casi una anciana y la pareja no pensó que ella podía durar mucho tiempo. Además, aunque Rostas se hizo cargo de la finca y el cuido de los animales, no iba a ser por mucho tiempo ya que, con suerte, los bebés crecen y muchos de ellos hasta aprenden a cuidar ovejas. Eso fue exactamente lo que sucedió. Ana Dragánovich falleció una esplendorosa noche de verano y su hijo encomendó su alma a la Santa Madre de Dios, después de darle sepultura en la cima de la colina, detrás de la casa, entre las flores y los árboles de fruta que ella tanto amó.

–¿Dónde está el niño? –le preguntó el cura a Olga, en cuanto ella le entregó una canasta de carne, queso, vino y café puertorriqueño para el viaje de regreso a Roma.

–Se está despidiendo del gato –le contestó Olga, suspirando y levantando las cejas. Ella tenía apenas treinta y un años, poseía un temperamento tan severo como el nudo con que se ataba el pelo y su apariencia era saludable, pero ordinaria, con ojos oscuros pequeños que se convertían en rendijas cuando se enojaba.

–¡Félix! –llamó el cura, caminando al automóvil. Él vestía un traje negro con corbata.

–El equipaje está en el baúl –le informó Rostas.

El niño, vestido en un traje gris que le quedaba muy grande, un traje que treinta y seis años antes le perteneció al propio Dragánovich, salió corriendo del establo, con un gatito en sus brazos.

–¡No corras, que te vas a sudar! Suelta el gato –le dijo Olga, agarrando el niño por el brazo, abotonándole el botón del cuello y dándole tantos abrazos y besos que lo dejó sin respiración–. Pareces un viejo –añadió Olga, empujándole los rizos hacia un lado y notando las ojeras del chico.

–Vamos, que se nos hace tarde –dijo Dragánovich.

–¿Me prometes cuidar a Tito? –le dijo Félix a Olga, señalando al gato.

–Si tú me prometes que no te vas a olvidar de nosotros... que nos vas a escribir.

–Cuando aprenda a escribir, ¿verdad Félix? –le dijo Rostas, levantando el niño y llevándolo hasta el automóvil.

–¡Yo sé escribir... y leer! –le respondió Félix, enfáticamente.

–¡Señores, son las tres de la tarde! –les advirtió Dragánovich.

Con Rostas al volante, el auto comenzó cuesta abajo.

–Dime, Félix –le dijo Dragánovich, ¿estás contento de ir a Roma?

Félix le dijo adiós a Olga desde la ventanilla, se sentó derecho al lado del cura y pensó un largo rato antes de responder. El viaje era una gran aventura, pero toda gran aventura siempre la acompaña un poco de ansiedad. Félix no recordaba la última vez que bajó de la montaña, nunca había ido ni a las afueras de Travnik y jamás pensó que pasaría su infancia en otro país, con otra gente que hablaba diferente a él. Así que, con el ceño fruncido y un poco de duda en su voz, le dijo:

–No sé.

–Vas a tener muchos amigos –añadió Dragánovich, sonriendo.

Félix, quien sólo contaba a Tito el gato, a las ovejas y a los otros animales de la finca como sus amigos, le replicó:

–No sé italiano.

–Aprenderás, ya verás –interpuso Rostas, mirando al niño por el retrovisor.

Como el puerto de la bahía en Split, la ciudad más grande de la costa adriática croata, fue destruido durante la guerra, lo estaban reconstruyendo y a Félix le impresionó ver grúas que parecían gigantes de hierro y una caravana de camiones cargando madera, cemento, arena y piedra para la construcción.

Eran las siete y media de la noche. Rostas detuvo el automóvil cerca del muelle y sacó el equipaje del baúl mientras Dragánovich llevó a Félix de la mano hasta el embarcadero del transbordador, que pronto los llevaría a Italia.

Le dijo el cura al niño:

–Ese es el Mar Adriático. Al otro lado... Italia.

–¿Por qué el agua está negra? –preguntó el niño, que sólo conocía los riachuelos de la montaña, donde se crió.

–Porque es de noche. De día, el agua es del color del cielo.

–¡Miren quién llegó! Hola, Dragánovich –dijo el oficial de aduana sentado detrás de un pupitre, revisando y sellando pasaportes a la entrada del muelle. Era un hombre grueso, que parecía no tener cuello, con rizos grasosos y sudor que se le corría por la frente.

–Buenas noches, –respondió el cura, en un tono de voz formal y enseñando su pasaporte diplomático de Ciudad del Vaticano.

El oficial selló el pasaporte sin siquiera darle una mirada, prestándole toda su atención a Félix. Le dijo el hombre a Dragánovich:

–¿Y éste, quién es?

–Mi primo... aquí están sus papeles... su pasaporte –le contestó Dragánovich, produciendo los documentos que identificaban al chico como Félix...

–¿Rónnoco? ¿Qué, es Italiano? –preguntó el hombre de aduana, sellando el pasaporte de Félix y devolviéndole todo al cura.

Dragánovich no respondió. Él guardó los documentos en el bolsillo de su chaqueta, y regresó con Félix donde Rostas, justo cuando el pito del ferry indicó que estaba listo para zarpar.

Le dijo Rostas a Félix:

–No te voy a ver en buen tiempo.

Félix le respondió con un cariñoso abrazo y un beso porque hubo un tiempo cuando él creyó que Rostas era su padre y Dragánovich su tío. Eso fue antes de confundirse un poco al pensar que su padre era el cura Dragánovich y que su tío era Rostas, que fue cuando el niño comenzó a decirle «Tata» al cura... antes de la muerte de su Nana, quien una mañana, le dijo la verdad; Félix no tenía ni padre ni tío.

Rostas le dio un beso en la frente, le acarició la carita y prometió escribirle con noticias de Tito.

Y así fue que Dragánovich, alto y vestido de negro, y Félix, pequeño y vestido con ropa vieja, se embarcaron para Italia cargando dos pequeñas maletas y una canasta de comida.

El viejo transbordador, de color blanco con franjas rojas y propiedad de los italianos al otro lado del mar, era ancho, lento, y para las personas a bordo, bastante incómodo. Tenía dos pequeños botes de remos colgando de cada lado que no tenían ni remotamente la capacidad para los cientos de pasajeros que viajaban constantemente de un lado al otro del Adriático. Eso quería decir que en caso de un accidente en alta mar la empresa había decidido declarar como pérdida total a tres cuartas partes de los pasajeros. Menos mal que Dragánovich y el pequeño Félix viajaron en primera clase, en un compartimiento con asientos que se convertían en catres. Al sentir el mecer de la nave, Félix le agarró la mano al cura, y le dijo:

—¡Ooohhh... está brincando mucho!

—¿Brincando? –le dijo Dragánovich, riendo.

—¿Qué pasa si se hunde? –preguntó el niño, asustado.

—Para eso están los botes salvavidas... ¿ves? –le respondió Dragánovich, señalando por la ventanilla que daba a la cubierta.

—Esos también se pueden hundir –le dijo Félix.

—Tienes mucha razón –observó Dragánovich.

—Y... ¿qué nos hacemos?

—Tendremos que nadar el resto del camino –le dijo Dragánovich.

—Pero Tata, yo... ¡yo no sé nadar! –le recordó Félix, muy preocupado.

—Entonces espero que hayas sido un buen chico –le contestó el cura, sonriendo–. ¿Tienes hambre?

Dragánovich sacó la canasta de comida, Félix disfrutó un poco de queso y un pedazo de carne, tomó un poco de vino y se quedó dormido. El resto de la travesía fue tan aburrida como lo prefieren los que cruzan un mar tan impresionante, en una embarcación tan antigua. Nueve horas más tarde, Dragánovich y Félix desembarcaron en Pescara, Italia, donde una limusina con placas de Ciudad del Vaticano esperaba por ellos.

—Buon giorno, Eccellenza –le dijo el chofer a Dragánovich, colocando las maletas en el baúl.

—Buon giorno. Humberto, questo è Félix.

—Buon giorno, Félix –le dijo Humberto al niño, ofreciéndole una leve reverencia.

—Félix –le dijo Dragánovich, inclinándose un poco hacia el niño–, Humberto te dio los buenos días.

Al no poder responder en italiano, el pequeño le ofreció al hombre una sonrisa, antes de acomodarse en el asiento de atrás.

La campiña italiana de la costa del Adriático hasta Ciudad del Vaticano era muy diferente a la de Yugoslavia. Para empezar, estaba salpicada de ruinas antiguas, fábricas de todas clases, iglesias por todos lados, palacios de la época Romana, casas grandes y pequeñas y una increíble cantidad de gente; mucha, mucha gente. Sin embargo, no fue hasta llegar a las afueras de la Ciudad Eterna que Félix se maravilló al ver la increíble cantidad de automóviles, los miles de peatones que se jugaban la vida cruzando las carreteras y caminando por todos lados, los edificios de oficinas, la multitud de estatuas de héroes, el monumento al Rey Víctor Manuel II, un edificio enorme y blanco que se conocía cariñosamente como «el bizcocho», y el Coliseo de Roma. Le dijo Félix a Dragánovich, señalando el Coliseo:

—¡Ese edificio se está cayendo en pedazos!

—Desde hace mucho —le respondió Dragánovich.

Por fin, a las ocho y cuarenta y cinco de la mañana, casi dieciocho horas después de bajar de la montaña, su Excelencia Dragánovich y el pequeño Félix cruzaron el Puente Palatino, entraron en el distrito de Trastevere y el automóvil se detuvo al final de un oscuro y estrecho callejón, frente a la insignificante puerta de una antigua residencia de dos pisos, con un balcón donde la hermana Ornella sembraba flores y tomates.

—Gracias, Humberto. Necesito ir a la oficina esta tarde, así que pasa por mí... a las cuatro.

—Como usted diga, Excelencia —y con eso, Humberto regresó al auto y se marchó.

Le dijo Dragánovich a Félix, mientras abría la pesada puerta de entrada:

—Debes estar muerto del hambre —ellos no habían comido desde que se montaron en el ferry—. O ¿estás cansado?

Félix asintió con la cabeza.

Dragánovich encendió la bombilla del pasillo y las escaleras, y le dijo:

—¿Tienes más hambre que cansancio o más cansancio que hambre?

—Ummm... más hambre que cansancio —le respondió Félix, pensando.

—Bien. Estoy seguro que la hermana Ornella nos puede preparar algo de comer. Pero, antes, quiero que te des un baño y que te laves los dientes. Sube.

No hizo Dragánovich más que mencionar a la monja, que la misma apareció detrás de las puertas corredizas, del segundo piso.

—Buon giorno, Eccellenza. Bienvenido a Roma, Félix, —añadió la monja en serbocroata.

—Gracias —ofreció el niño, con una sonrisa y una reverencia.

—¡Qué niño más simpático... y guapo! —dijo la monja—. Estoy segura que tienen hambre, ¿verdad?

La hermana Ornella no era una mujer bonita, pensó Félix. Tenía pelo negro tirando a gris, dientes un poco grandes para su boca —uno de ellos roto por la mitad—, hombros anchos, pómulos prominentes y una nariz grande. Su tono de voz era firme, pero su disposición era muy amable. Le dijo ella a Félix, llevando al niño de la mano:

—Ven, te voy a enseñar tu cuarto.

Félix volvió la cabeza para asegurarse de que tenía el visto bueno del cura, pero ya Dragánovich se le había adelantado, entrando en la sala con las maletas, donde el niño vio tres fotografías encima de una mesa de centro. Una era de Ivo y Ana Dragánovich, sentados al frente de su casa, en la montaña.

—¡Nana!

—Sí, esa es Nana —le dijo Dragánovich.

Al lado derecho de la foto de Ana Dragánovich había una del cura, quien tendría en ese tiempo unos veinticinco años, parado al lado de otro joven cura, bastante alto, y más o menos de su misma edad.

—¿Ese... quién es? —le preguntó Félix.

—Tu tocayo —le contestó Dragánovich.

—¿Tocayo? —Félix estaba por preguntar el significado de la palabra, cuando se le fue el corazón a la boca, al ver el tercer retrato. Fue tanto lo que la foto asustó a Félix, que él cerró los ojos y se aferró a Dragánovich.

—¿Qué pasa? —le preguntó el cura.

Félix no respondió. Sacudió la cabeza y no quiso ver más aquel retrato de Dragánovich y Ánte Pávelich, en Banja Luka.

—Vamos —le dijo Dragánovich—. No tienes por qué asustarte. Es una foto vieja, nada más —añadió, entregándole la fotografía a la monja para que se deshiciera de ella—. Ven, déjame enseñarte tu habitación. —Él se detuvo en la puerta del cuarto dormitorio, se puso a un lado, y añadió—, dale, entra.

Félix empujó la puerta y encontró una alegre habitación llena de luz, tres veces el tamaño de la pequeña alcoba de la montaña, con ventanas que llegaban al techo, paredes blancas, un armario lleno de ropa nueva, una pintura pequeña de la Virgen y Niño Jesús colgando de la pared sobre una cómoda cama doble y tantos y tantos y tantos juguetes regados por el piso, que no se veían las losetas. En la colección se encontraban una bola de futbol, tres otras de diferentes colores y tamaños, dos armadas de soldaditos, varios modelos de aviones, una caja completa de bloques Lego, cinco libros de cuentos e historietas para colorear, dos locomotoras con un sistema de rieles que le daban la vuelta al cuarto hasta llegar a su estación de ferrocarril y por lo menos tres muñecos de peluche, incluyendo un Pinocho del tamaño de Félix.

–¿De quién son los juguetes? –le preguntó Félix a Dragánovich, frunciendo el ceño.

–Tuyos, Félix, son todos tuyos.

–¡Míos? –exclamó el chico, abriendo los ojos hasta más no poder.

–Oye –le dijo Dragánovich–, esta es tu casa, tu nuevo hogar. Aquí vas a crecer, aquí te vas a educar y aquí te vas a convertir en un gran hombre.

A pesar de que, por costumbre, los niños que se ven corriendo por los pasillos de las residencias de los altos funcionarios de la Iglesia pertenecen a empleados y a sirvientes de los mismos, al parecer, Dragánovich decidió convertirse en el tutor del pequeño Félix, a quien bautizó con el nombre de Rónnoco, antes de hacerlo suyo. Le dijo Dragánovich:

–Ahora tienes que darte un baño y cambiarte esa ropa, que hueles a oveja... si no hueles a nada.

Luego del baño –donde el niño aprendió por primera vez lo que era una ducha– y después de comer un enorme pedazo de pan, tres vasos de leche y dos pedazos de queso, Félix se dio una siesta y pasó el resto de su primer día en Roma, jugando en su habitación.

A las seis de la tarde, la hermana Ornella le preparó un delicioso plato de pasta con salchichas, cebollas y queso, –cena que compartió con la monja porque Dragánovich se encontraba fuera de casa– Félix regresó a su cuarto y miró por la ventana.

Al otro lado del patio, en el edificio que daba al suyo, el niño vio a un anciano sentado en su apartamento, leyendo el periódico. También observó a una familia de cinco –dos chicos y una chica mayores que él– cenando en la cocina, y saludó desde su ventana a un gato blanco y muy peludo que descansaba en otra ventanilla. Entonces Félix levantó la vista y se asombró al ver la luna más grande y dorada que vio en su vida.

Le cantó la luna:

–Félix, Félix, sal a jugar conmigo.
No te quedes en tu cuarto,
No te quedes tan solito.

–¡Te acuerdas de mí! –le dijo Félix a la luna antes de tirarse en su fabulosa cama y quedarse dormido.

A las seis de la mañana siguiente, Dragánovich entró en su habitación y lo encontró debajo de las sábanas y el edredón. A su lado estaba Pinocho y debajo de la almohada, su flautín.

–Félix –le dijo Dragánovich, al oído–, es hora de levantarte –añadió, observando que el niño tenía los cachetes mojados–. ¿Otra pesadilla?

Félix bostezó, estiró el cuerpo y sonrió. Dragánovich le dio un beso en la frente, y le dijo:

–Date un baño rápido...

–Me bañé ayer –le dijo Félix.

–Lo sé, pero aquí nos bañamos todos los días.

–¡Todos los días!

–Y te me lavas los dientes, como te enseñé; le pones pasta al cepillo. Avanza que la hermana Ornella tiene listo el desayuno.

Una hora más tarde, Dragánovich, vestido de civil en un traje verde oscuro y una corbata gris de rayas color plata, llevó al niño de la mano a conocer su escuela. Félix iba vestido con un traje nuevo color marrón, de pantalones cortos, una camisa blanca, una corbata de humita amarilla, medias hasta las rodillas y sandalias.

A él le fascinó el ruidoso gentío de aquellas estrechas calles y callejones de Trastevere –no campesinos, sino hombres, mujeres y niños refinados–; los maniquíes en la vitrina de una tienda de trajes femeninos, los extravagantes sombreros en la tienda al otro lado de la calle; las preciosas flores en una floristería, cinco hombres tomando café en la puerta de una barbería...

–¡Félix, por favor! ¡Deja de tropezar con la gente que le vas a dar un golpe a alguien! –le dijo Dragánovich, dándole un tirón de la mano cuando el niño por poco se lleva a una anciana por el medio.

–¡Pero, Tata! –respondió Félix, con una mirada suplicante–. ¡Es mucha gente y no me dejan caminar!

La Escuela Inglesa de Madame Berini quedaba a cinco cuadras de la casa, en la esquina de Vía Roma Libera y Vía Emilio Morosini. Era un edificio verde oscuro de dos plantas, rodeado por un muro de cuatro metros y con una doble puerta de entrada de acero donde siempre se oían los desinteresados y relajante síncopas del jazz clásico, especialmente Gershwin, música predilecta de Signor Berini. Esa mañana, Signor Berini, quien tocaba muy mal el trombón, practicó el son melancólico de

Hay humo en tus ojos, de Jerome Kern, luego de quemar las tostadas del desayuno de su señora. Esa inquietante interpretación se combinó con las voces alegres de los angelitos jugando en el patio y la campana en la puerta de entrada.

Una mujer alta y ancha, con pelo rojo, ojos verde y demasiado colorete en las mejillas abrió la puerta de repente, se paró de manera que ninguna criatura bajo su cuido intentara escapar, y dijo:

—¡Eccellenza, che piacere! ¿Y quién es éste? –preguntó en serbocroata porque la educadora, sorprendentemente, era una refugiada de Zagreb, quien llegó a Roma en el 1938, donde encontró refugio y a un aficionado del jazz de nombre Berini–. ¿Será posible que este es el pequeño Félix del cual hemos oído tantas cosas buenas?

Félix asintió con la cabeza, le ofreció su encantadora sonrisa y una leve reverencia a la maestra, a quien no le sorprendió en nada encontrar a Dragánovich vestido de civil. Es más, ella nunca vio al cura vestido de otra manera, ni tan siquiera cuando fue de visitas en varias ocasiones, al Instituto de San Jerónimo, buscando trabajo; por supuesto, mucho antes de emprender su vocación académica. Les dijo Madame Berini:

—¡Entren, por favor! Félix, bienvenido a la Escuela Inglesa.

La academia primaria gozaba de seis salones de clase en el primer piso y un patio grande interior. La misma fue establecida con el propósito de enseñarle inglés a los hijos de familias ricas de Roma, o italiano a los hijos del cuerpo diplomático. De más está decir que de los alemanes ganar la guerra Madame Berini hubiera estado enseñando la lengua de Goethe y no la lengua de Shakespeare.

—Como le mencioné, es la primera vez que Félix va a la escuela –dijo Dragánovich, orgulloso, sentado en la oficina de Madame Berini–, aunque sabe leer y escribir.

Madame Berini levantó las cejas, ofreció una media sonrisa y asintió con la cabeza para no ofender al cura porque, de Félix saber leer y escribir, él sabía leer y escribir serbocroata, no italiano, y como él estaba allí para aprender italiano, leer y escribir en su lengua natal, según la educadora, no le servía de nada en la Escuela Inglesa.

Félix notó que el despacho de la educadora estaba invadido de papeles y una pared con una lista de nombres de niños, cada uno adornado con una estrellita de papel metálico, de diferentes colores.

—Me alegro tener a Félix entre nosotros y no tengo duda que le será una experiencia edificante y provechosa. Y ahora, déjenme enseñarles el resto de nuestras facilidades –les dijo Madame Berini, sonando la campana del recreo para que todos sus estudiantes salieran al patio como perfectos soldaditos.

Al finalizar la gira, la cual el Signor Berini y su trombón acompañaron con una interpretación de Alguien que me vigile, Félix y Dragánovich regresaron a casa.

Mientras Félix almorzaba, Dragánovich aprovechó y se cambió de ropa, y al estar listo, llamó al niño:

—Félix, ven acá un momento, por favor.

El chico terminó el último bocado de un delicioso guisado de conejo y se sorprendió al encontrar a Dragánovich en la sala vestido con una sotana, con un fajín color violeta y una biretta del mismo color.

Él sabía que Dragánovich era un religioso, por supuesto –Olga y Rostas siempre trataron al cura con deferencia y el niño todavía se recordaba del cuento que le hizo su Nana de cómo su hijo Kruno se convirtió en un hombre de Dios– pero Félix nunca vio a Dragánovich vestido de sacerdote, excepto en fotografías.

—Ven, siéntate aquí –le dijo Dragánovich–. Félix... ¿sabes de qué estoy vestido?

—No.

—Esta es la ropa que uso casi siempre que no estoy en casa. ¿Sabes que soy un obispo?

—Sí –le contestó el niño, en un tono que indicó duda.

Dragánovich observó que Félix necesitaba ir a un barbero, y le preguntó:

—¿Sabes lo que significa ser obispo, Félix?

—No.

—Un obispo es un sacerdote muy importante, es un cura que todo el mundo respeta y admira. Por ejemplo, si yo hubiera ido vestido así cuando fuimos a tu escuela, bueno, me hubiera pasado saludando gente. En casi todas las ciudades del mundo, pero particularmente en Roma, ser obispo es algo muy importante y se le rinde mucha reverencia. ¿Entiendes lo que digo?

—Creo que sí.

—Bien. Ahora, presta atención. Siempre que estemos en compañía de otros, por ejemplo, con la hermana Ornella, con Humberto, es importante que me llames Excelencia y no Tata.

—¿Por... por qué? –le preguntó Félix, creyendo que Dragánovich ya no lo quería.

–Esa es la manera correcta de dirigirse a una persona de mi rango –le respondió el cura, notando a Félix preocupado–. Eso no quiere decir que no me importas o que yo no te quiero. No. Y por supuesto cuando tú y yo estemos solos, me puedes decir...

–¡Tata!

–Sí. Pero, recuerda, sólo cuando no tengamos a nadie alrededor.

–Entiendo –le dijo Félix, sonriendo.

–Lo más importante es que comprendas que nada cambia entre tú y yo, pero existen ciertas costumbres que debemos mantener. Otra cosa, por favor, no le digas a nadie en la escuela que yo soy tu padre porque sabes que no lo soy. Yo soy un sacerdote y nosotros no nos podemos casar y tener familia como otra gente. Si te preguntan, dile... dile que soy tu tutor.

–¿Qué es eso? –preguntó el chico.

–Alguien que te quiere mucho –le respondió Dragánovich, dándole un beso en la mejilla–. Ahora, mira si llegó el automóvil.

Félix llegó hasta la ventana, y le dijo:

–Sí, Tata, te está esperando.

Quince minutos más tarde, Dragánovich estaba sentado detrás de su escritorio en el Palacio del Gobierno, mirando un comunicado de Intermarion, una organización clandestina establecida por los servicios de inteligencia de Francia e Inglaterra en 1920, con operaciones en Polonia, Hungría, Austria, Rumania, Alemania, Checoslovaquia y Croacia, con el propósito de inflamar los sentimientos católicos en esos países y causar una guerra sagrada contra el comunismo internacional. Desgraciadamente para Intermarion, al finalizar la Segunda Guerra Mundial, con excepción de Austria y parte de Alemania, los países donde operaba cayeron bajo el control de la Unión Soviética.

En 1946, el servicio secreto de Inglaterra, mejor conocido como MI6 y el CIA de los Estados Unidos, reorganizó a Intermarion para reclutar y entrenar agentes que llevaran a cabo actos de insurrección, sabotaje, desinformación y asesinatos en la Unión Soviética y sus satélites, como también contra uniones izquierdistas y los partidos comunistas de la región.

Dado el éxito de Dragánovich como director de la Comisión de Asistencia Pontifica, asistiendo a criminales de guerra de Alemania y Croacia a escapar de Europa a través de la tenebrosa ruta de las ratas, Pío XII quedó muy impresionado con el cura, y lo hizo obispo. El arzobispo Montini, Secretario de Estado de Ciudad del Vaticano y confidente de Pío

XII, pensó que Dragánovich era el único hombre dentro de la Santa Sede con la capacidad y la experiencia necesaria para tratar con Intermarion.

Él estaba haciendo unas observaciones al borde del documento, cuando Seráfio entró en el despacho con un telegrama.

—Acaba de llegar... de Buenos Aires —le dijo el secretario.

Dragánovich le dio un vistazo al telegrama, lo puso a un lado, y dijo:

—¿Qué más?

—Su Eminencia Roncalli llamó para darle el pésame por la pérdida de su señora madre y su Excelencia Montini estuvo preguntando por usted.

—Él tiene copia de mi itinerario, ¿sí? —preguntó Dragánovich.

—Sí, Excelencia —le respondió Seráfio, antes de regresar a su escritorio.

Dragánovich abrió la caja fuerte detrás de San Jerónimo, sacó varios paquetes de moneda argentina —suficiente dinero para financiar un ejército— los colocó en una bolsa diplomática de Ciudad del Vaticano, regresó el contenido de San Jerónimo a su lugar y llamó a su secretario.

—Para el hermano Martín —le dijo Dragánovich entregándole la bolsa diplomática y esperando que el secretario dejara la oficina. Por segunda vez, su excelencia leyó el telegrama, fijándose en «Boda»—. Bienaventurado sea —se dijo a sí mismo, antes de echar el papel en la canasta de desperdicios y pegarle fuego.

24

Unos días más tarde, después de dar varios paseos por Trastevere con la hermana Ornella para ir conociendo mejor el vecindario, ella le comentó a Dragánovich que quizá Félix era todavía muy niño para dejarlo caminar solo a su escuela, a lo que su Excelencia respondió:

—Le recuerdo que la Escuela Inglesa está a cinco cuadras de aquí. Félix es un chico muy alerta, astuto y además acostumbrado a velar un rebaño en bosques abarrotados de depredadores.

El cura tenía razón. A Félix no le molestó nada caminar solo hasta el colegio, sin embargo, su vida escolar sí le resultó un poco difícil al principio, porque, entre otras cosas, él no estaba acostumbrado a permanecer sentado en un incomodísimo pupitre hora tras hora, prestándole atención a una doña que hablaba en una lengua que él desconocía, ni a pedir permiso para ir al baño, algo que requirió la intervención de Madame Berini porque él no entendía italiano y su maestra, la signorina Pastini, no hablaba serbocroata.

Desde su primer día de clases, Félix intentó establecer amistad con los otros chicos y chicas de su salón pero como no se dio a entender, el pobre terminó sentado solo en una esquina del patio, mientras sus colegas disfrutaban de la hora del recreo.

«Le petit Croat», como le puso la maestra de francés, sin embargo, no se daba por vencido fácilmente. Él estuvo varios días pensando qué hacer para vencer el problema del idioma sin recurrir a Madame Berini cada cinco minutos. Fue cuando cayó en cuenta que todos los animales que cuidó en la montaña, aunque tampoco hablaban serbocroata, siempre lo entendieron sin problemas, sometiéndose a su voluntad gracias a su pito, a sus señas, a sus cantazos por la cabeza; cuando los empujaba con toda su fuerza, los agarraba por las orejas, los sacudía de lado a lado y les pegaba con una vara por los costados.

Sus compañeros se quejaron, sus padres protestaron y una de las madres, que por cierto era la esposa del agregado militar a la embajada del Reino Unido, hasta pidió que expulsaran al salvaje de la prestigiosa academia por él ser un campesino; un simplón a quien ella no quería en compañía de su querida Ruthie y su adorado Jimmy.

–¡Félix! –le dijo Madame Berini en su oficina–. ¡No puedes pegarle a los otros niños! ¡No, señor, no puedes!

A Félix el regaño de Madame Berini lo amedrentó un poco y ella enfatizó su desencanto con una cara muy seria y un dedo índice que parecía la batuta de un director de orquesta.

–Usted es muy linda –le respondió el niño, cuando ella dejó de hablar un segundo, para tomar aliento.

Madame Berini parpadeó varias veces, su boca quedó abierta a medias, un corto circuito le afectó el cerebro y su dedo se detuvo en el aire segundos antes de que se rascara el labio superior de la boca. Ella se llegó hasta su escritorio, miró de reojo al pequeño, y le preguntó:

–¿Qué dijiste?

–Creo que usted es muy bonita –le contestó Félix, con una dulce sonrisa.

La directora, segura que a Félix le habían enseñado a manipular a la gente con halagos e hipocresía, recobró su compostura al cabo de un minuto, lo miró fijamente, levantó una ceja, y le dijo:

–¿Te gustaría unas galletitas con un vaso de leche?

Gracias a Madame Berini Félix tardó sólo seis meses en aprender suficiente italiano para poder mantener una comunicación con sus compañeros sin tener que recurrir al arreo. Sus maestros lo creían muy simpático y le tomaron un gran cariño porque él era diferente a los niños de familias privilegiadas que asistían a la Escuela Inglesa; no sólo era huérfano, sino que también se crió entre las criaturas de Dios, en la montaña. Cuando no estaba en la escuela, Félix se pasaba en la casa, terminando tareas y haciendo mandados para la hermana Ornella. El «niño del obispo», como se le llegó a conocer en su vecindario, entraba en la panadería a toda prisa, y con voz alegre y una sonrisa encantadora, decía en voz alta:

–¡*Ciao, Carlino, necesito pan*!

Luego, cruzaba la calle, se llegaba hasta la bodega y a toda boca anunciaba:

–¡*Ciao, Roberto, necesito vino*!

Ellos, naturalmente –el panadero, el carnicero y los otros– trataron de averiguar cuál era la relación entre el niño y el obispo ya que Félix le dijo al panadero que Dragánovich era su tío, al carnicero le contó en toda confianza que era su primo, al pescadero le confesó que era su vecino y al florista que era su hermano mayor. Así los mantuvo a todos, ignorantes y confundidos.

Cuando Dragánovich se encontraba en casa, Félix se sentaba en el piso a su lado y pasaba horas contándole lo que hizo ese día en la escuela; de sus nuevas amistades o de algo que había visto en el pueblo y que le estuvo curioso o interesante. Ese tiempo, esos momentos idílicos que ellos pasaron juntos resultaron edificantes para su Excelencia Dragánovich quien al fin comprendió la diferencia entre pasar un par de horas con el niño cada par de meses en la montaña, a hacerse cargo de él; a criarlo en su casa, en la ciudad, donde todos los acontecimientos en la vida del pequeño se vinculaban estrechamente con la suya. Como por ejemplo, el día que Félix recibió a Dragánovich con besos y abrazos, al llegar este de Ciudad del Vaticano.

—¡Dios mío, qué te pasó en la boca? —le preguntó Dragánovich.

Félix sonrió, mostrando un hueco en su dentadura porque había perdido su primer diente.

Otro día, Félix le preguntó a su Tata si podía visitar la casa de un amigo después de clases.

—Se llama Robert —le dijo Félix.

—¿Robert? ¿De dónde es? —le preguntó Dragánovich.

—¿Inglaterra? —le respondió el niño, con un poco de duda porque no estaba seguro que era «Inglaterra».

Dragánovich dio su visto bueno, siempre y cuando Félix se lo dejara saber a la hermana Ornella. Pasó una semana y una mañana, a punto de salir para el colegio, Félix le preguntó a Dragánovich si podía invitar a Robert, su amigo de Inglaterra, a la casa después de clases.

Esa vez Dragánovich lo pensó un poco más detenidamente, antes de responder:

—¿Para qué quieres traerlo aquí?

—Para jugar conmigo.

Evidentemente, pensó el obispo, el criar un niño era algo muy impredecible.

Esa tarde, exactamente a las cuatro y quince minutos se oyó el alboroto cuando Félix y Robert tiraron la puerta de entrada y subieron las escaleras de dos en dos.

—*¿Por qué será que no puede caminar como la gente normal?* —pensó la monja.

De pronto, los niños aparecieron en la cocina todos sudados, con las mejillas que le brillaban y cargando en sus espaldas los pesados bultos escolares.

–¡Este es mi mejor amigo, Robert! –comenzó a decir Félix cuando se le olvidó el apellido de su compañero.

–Robert Goldberg –dijo el otro, haciendo una reverencia, antes que Félix lo halara por el brazo para llevarlo a su habitación.

La hermana Ornella observó que Robert era un poco más alto que Félix. Tenía una carita ovalada, pelo rizado, ojos pequeños color castaño y cejas color bronce. Además, tenía una nariz muy chica, como de duende, estaba un poco pálido y vestía como cualquier niño de su edad en Londres –con pantalones largos color negro, medias y sandalias y una camiseta blanca debajo de un grueso suéter verde– lo que lucía un poco raro en Roma.

–¿Tu mamá? –le preguntó Robert a Félix.

–No, la hermana –le respondió el otro.

Aunque Félix quiso decir que la hermana Ornella era la «hermana», o sea, la monja, ni él ni Robert entendían suficiente italiano para apreciar la ambigüedad de la palabra «hermana» y la distinción entre «hermana», o sea, «monja» y «hermana», queriendo decir «la hija de su padre y su madre» se perdió en el intercambio lingüístico de los muchachos y a Robert le pareció muy extraño que Félix tuviera una hermana tan vieja y fea.

Esa noche, Dragánovich regresó del Vaticano más tarde que de costumbre y no se había quitado ni el sombrero cuando encontró a la hermana Ornella con una cara muy seria, en el pasillo.

–¿Qué sucede? –le preguntó.

Félix coloreaba un libro cuando el cura entró en su habitación y el niño se le tiró encima para abrazarlo. Dragánovich se sentó a la esquina de la cama y el chico aprovechó y le contó todo lo que gozó con la visita de su amigo, Robert.

–¡A él le gusta ir al cine, Tata, y me preguntó si yo puedo ir con él a ver una película este sábado! ¿Me dejas ir, por favor? Yo nunca he visto una película. Oye, ¿qué es un vaquero?

–Félix –dijo Dragánovich, midiendo sus palabras–, no quiero que traigas a ese niño a esta casa.

–¿Qué no? ¿Por qué? ¿Qué hizo? –le preguntó Félix. De repente, toda su alegría salió como una ráfaga por la ventana–. Él no es serbio –añadió, porque sabía muy bien que Dragánovich detestaba los serbios.

–Lo sé. Es judío –le contestó su Tata. ¡Y pensar que Madame Berini permitía judíos en su colegio! Por otro lado, los judíos en la Escuela Inglesa, en su mayoría, eran americanos o ingleses, y todo el mundo sabía que, además de ser de la poca gente que podía pagar la costosa matrícula, los americanos y los ingleses eran una mezcla de razas que rayaba en lo vulgar.

–¿Judío? –le preguntó Félix, sorprendido. Recordó que en más de una ocasión oyó a Dragánovich y a otras personas decir que los judíos habían traicionado a Jesús, lo que llevó al Cristo al calvario–. ¡Le voy a romper la cara!

–No, señor, nada de eso –le dijo Dragánovich, con una mirada seria.

–Pero ¡traicionó a Jesús! –le dijo Félix, furioso.

Su excelencia tomó a Félix por los hombros, y le dijo:

–Basta. Sólo te pido que no lo vuelvas a traer aquí. Recuerda que yo soy un obispo de la Santa Sede y no debo tener judíos, sean chicos o grandes corriendo por mi sala. No se ve bien.

La explicación ayudó a confundir a Félix un poco más. Sí, su Tata era una persona muy importante, pero, ¿qué tenía que ver eso con Robert?

Al no entender, Félix sintió de pronto un gran deseo de echarse a llorar porque él ¡se había hecho amigo de un judío, de un traidor!

–¡Odio los judíos!

–No, Félix. No debes odiarlos. Debes orar por ellos, por su salvación y para que se arrepientan. No debemos nunca odiarlos porque nosotros somos cristianos y los cristianos no deben odiar a nadie.

Félix dejó caer la mirada, y le dijo:

–Lo siento, Tata.

Dragánovich besó al chico en la mejilla, le dio las buenas noches y estaba ya en el pasillo cuando oyó a Félix decir desde su habitación:

–¡Yo no sabía que era judío!

La mañana siguiente las perezosas ondulaciones del trombón que trató de interpretar Tengo ritmo gozaban de todo, menos de eso.

Robert vio a Félix en la distancia, al otro lado del patio, y le dijo:

–¡Félix!

Félix ni se molestó en mirar en dirección de su amigo y en lugar de pararse a su lado en la fila optó por unirse a un grupo de chicos un poco mayor que él.

–¡Oye Félix! –le gritó Robert, porque el Inglés pensó que quizá su amigo se había quedado sordo; por lo que se le acercó por detrás y en broma, le dio un empujón.

Félix se volvió rápidamente y su mirada hizo que el niño británico rehuyera.

–¿Qué te pasa? ¿Qué...? –dijo Robert, asustado, cuando Félix le dio la espalda y se alejó de su lado.

Luego de esa desagradable experiencia Félix tuvo mucho cuidado con quien se juntó durante la hora del recreo, asegurándose de antemano de que no eran judíos.

Naturalmente, él jamás hubiera hecho amistad con un serbio o un balija, como Rostas le decía a los musulmanes, pero esos estaban lejos de su escuela y Félix hizo todo en su poder para no odiarlos tampoco porque, como le dijo su Tata, él era cristiano y los cristianos no debían odiar a nadie.

Un precioso día de primavera, Félix atravesaba el patio del colegio, cuando, al levantar la mirada él vio una paloma blanca que caía lentamente en un espiral, hasta que tocó el pavimento y se convirtió en un charco de sangre.

Félix se cubrió los ojos, se persignó dos veces, dijo un Padre nuestro y no dio un paso hasta que desapareció aquel mal agüero.

Con el corazón todavía latiéndole a triple velocidad, un niño recién llegado de América se le acercó para enseñarle su colección de tarjetas de béisbol.

–¿Eres judío?

–¿Qué si soy qué? –preguntó el yanqui.

–¡Judío! –le enfatizó Félix.

–¿Tu tío? ¿Cómo piensas que soy tu...?

–¡Ju...! –Félix observó al niño un momento, pensó que hubiera sido muy raro que el americano fuera judío sin saberlo, echó una carcajada y le arrebató las cartas de la mano.

Stevie era un poco más corto de estatura que Félix pero era un niño fuerte; tenía ojos y pelo color marrón oscuro, era muy cortés y andaba siempre con una sonrisa en sus labios. Por desgracia, no le interesaba el fútbol, algo que los otros chicos del colegio encontraban completamente imposible. Su pasión era el béisbol, un deporte que ninguno de sus compañeros, excepto sus compueblanos, conocían.

Félix y Stevie se convirtieron en compinches y el americano hasta trató de enseñarle a Félix y varios otros curiosos a jugar béisbol, usando una bola de tenis y un palo de escoba que le pidieron prestado a Madame Berini.

Así pasaron casi un mes, hasta que la interesante temporada de béisbol de la Escuela Inglesa fue interrumpida por las vacaciones de Pascua; cuando el amor cristiano, la buena voluntad y el perdón al prójimo se ponían de moda durante la observación religiosa que culminaba en el domingo de Pascua, el día más sagrado de todos los días sagrados de la iglesia cristiana que conmemoraba la resurrección de Jesús luego de morir en la cruz.

Miles y miles de feligreses se trasladaron a la Santa Sede para ver al Santo Padre, Pío XII, ofrecer su saludo de Pascua al mundo desde la logia de San Pedro y Dragánovich consiguió pases para Félix y para la hermana Ornella, frente a la muchedumbre; inmediatamente detrás de los invitados más importantes, para que disfrutaran de lleno de aquel evento tan especial.

Dragánovich, sentado con los miembros de la Curia, vio que el niño no se estaba quieto y trató varias veces de moverse hacia el frente para ver mejor.

–¡Qué rayos hace!

Un Guardia Suizo, con toda la gentileza del mundo, le ordenó a que volviera a su lugar.

Un momento más tarde aquella masa de seres humano levantaron un llamado a la gloria al ver aquel ser tan perfecto y puro vestido de satín blanco, con su cabeza adornada de un mitre de oro del que rebotaban los brillantes rayos del sol como un ángel de luz divina reflejándose contra el perfecto cielo de Pascua.

A Félix le estuvo curioso que casi todo el mundo a su alrededor lloraba de júbilo, gritando: «¡Il Papa! ¡Il Santo Padre!» cuando Pío XII los saludó desde su balcón. Los únicos que no parecían estar afectados por aquella visión tan extraordinaria eran la Guardia Suiza y una gente vestida con ropa muy peculiar, muchos con sombreros de paja, y con cámaras que les colgaban de la nuca; camaritas que naturalmente se dirigían a la logia donde se encontraba el Santo Papa.

Media hora después, tan rápido como comenzó, el público se dispersó y Félix y la hermana Ornella se unieron a la multitud que regresó a su casa.

Una semana después de Félix regresar a clases, su excelencia Dragánovich se vio obligado a disponer de un par de horas para visitar, de forma oficial, la Escuela Inglesa.

–Excelencia, gracias por venir –le recibió Berini, sorprendida al ver al obispo vestido con sotana, capa y birreta–. Sé lo ocupado que está–, añadió, cerrando la puerta de su oficina–. ¿Gusta un poco de café?

–No, gracias.

–Excelencia, tenemos un problemita–, dijo Berini.

–¿Félix?

–Obvio –pensó la educadora.

–¿Qué hizo ahora? –le preguntó Dragánovich.

Berini apretó los labios y no tomó asiento. Ella se mantuvo de pie al otro lado de su escritorio, miró fijamente al obispo y respondió que Félix se pasaba preguntándole los otros niños de la escuela si eran...

Esa tarde, Dragánovich regresó temprano de la Santa Sede y no hicieron más que sentarse a cenar, que le dijo:

–Hoy visité tu escuela.

Félix no preguntó el por qué de la visita, sabiendo que de su Tata visitar la escuela, lo hizo porque tenía una buena razón y esa razón se llamaba igual que él.

–Félix, ¿por qué andas averiguando si tus compañeros son judíos?

Era el tipo de pregunta tonta que hace que los niños inteligentes como Félix perdieran fe en los adultos. Dragánovich sabía perfectamente que Félix no tenía duda que él –Dragánovich– conocía la razón, y, sin embargo, se lo preguntó de todas maneras, colocando la pregunta sobre la mesa al lado del salero y el pimentero.

–¿Félix?

El chico no dijo palabra, esperando a que la hermana Ornella, quien estaba sirviendo los canelones, interviniera para así él no tener que responderle a Dragánovich, por eso de no hacerlo sentir ridículo.

–Félix, te hice una pregunta. ¿Qué te importa a ti si tus compañeros son judíos?

Esta vez la pausa se alargó un poco antes de que el niño inclinara la cabeza a un lado, abrió los ojos bien grande y le respondió:

–Porque sí –y no dijo nada más.

–¿Porque sí qué? –insistió el obispo.

–Porque no quieres que me junte con judíos –le replicó el niño.

A lo que Dragánovich le replicó:

–Yo te dije que no los trajeras a la casa. En ningún momento te dije que no te juntaras con ellos en la escuela y ciertamente no te dije que te pusieras a averiguar quién es judío y quién no lo es.

A lo que Félix, quien ya se mostraba un poco impaciente, le replicó:

–Pero si no quieres que no los traiga aquí, es porque no te gustan los judíos lo que quiere decir que yo no debo juntarme con ellos. Pero

¿cómo voy a saber a quién tener de amigo si no sé quién es judío y quién no lo es? –Todo hacía tanto y tanto sentido para el niño que se le oyó la irritación en su tono de voz.

Dragánovich lo miró fijamente un momento, y le dijo:

–Sigue comiendo. Y por favor, qué sea la última vez que le preguntas a nadie si es judío o no.

El sábado siguiente, Dragánovich despertó a Félix a las siete de la mañana y le pidió que se diera un baño y se pusiera un nuevo traje que él le había comprado; unos pantalones y una chaqueta muy elegante, color gris, además de una camisa blanca y una corbata de humita color rojo y zapatos negros.

–¿Adónde vamos? –le preguntó Félix estirando el cuerpo en la cama.

–Es una sorpresa. Vamos, avanza que nos vienen a buscar en una hora –le respondió Dragánovich.

Exactamente a las ocho de la mañana, llegó la limusina y su Excelencia, el Obispo Krúnoslav Dragánovich, con su vestimenta clerical, y el pequeño Félix Rónnoco, luciendo muy elegante, emprendieron viaje hacía Ciudad del Vaticano.

Aquel enorme automóvil negro, de marca alemán, navegó las estrechas calles de Roma, dándole una vuelta completa a la Santa Sede por medio del Viale Vaticano, para que el niño tuviera una idea del tamaño de la ciudad estado. Una vez pasó la Torre de San Juan, el automóvil viró a la izquierda y entró por un portón protegido por guardias Suizos.

–Mira, Félix, en ese edificio está mi oficina –le dijo Dragánovich, señalando el Palacio del Gobierno, justo antes que el auto se detuviera detrás de la basílica de San Pedro.

El Palacio del Gobierno era un impresionante edificio de cinco pisos con una pequeña torre y un campanario cubierto con una estatua de Jesús. Estaba arrellanado entre dos extensiones idénticas, cada una de tres pisos, que sobresalían hasta un precioso jardín adornado con arbustos podados en forma del escudo del Vaticano.

–¡Esto es tuyo? –le preguntó Félix, en perfecto asombro.

–No –le contestó Dragánovich, riendo–, es donde trabajo. Aquí tengo mi oficina.

–¿Vamos a tu oficina, ahora? ¡Sí, por favor!

–Ahora no. Cosas muy importantes se deciden en ese edificio... no es un lugar para niños. Otro día, quizás. Sí te voy a llevar a un sitio lleno de los tesoros más extraordinarios del mundo. ¿Qué te parece?

–¡Sí, por favor! –le respondió Félix tomando de la mano al cura, cuando oyó una voz que llamaba:

–¡Excelencia! ¡Dragánovich!

Ellos se dieron vuelta y vieron al arzobispo Montini que se les acercaba.

–¡Excelencia, que placer verle esta mañana! –le dijo Dragánovich.

–Y ¿quién es este buen mozo? –le preguntó Montini, mirando cuidadosamente a Félix–. ¿Su primito, Excelencia?

–El mismo –respondió Dragánovich, moviéndose a un lado para que Félix le extendiera la mano a Montini–. Félix, saluda a su Excelencia.

Inmediatamente el niño le ofreció una reverencia y le besó la sortija al arzobispo.

–Bueno, Félix, dígame ¿cuantos años tiene? –le preguntó Montini, mirando de reojo a Dragánovich.

–Más o menos ocho años, Excelencia –le contestó el chico en un tono de voz firme y con una sonrisa.

A Montini le estuvo muy gracioso lo de «más o menos».

–Es usted muy simpático –le dijo el arzobispo.

–Gracias, Excelencia –le respondió Félix, con otra reverencia, antes de dirigir la vista a Dragánovich.

–¿Adónde van? –le preguntó Montini, a Dragánovich.

–Estamos dando un paseo. Pensé llevarlo a la Academia de las Ciencias –le respondió Dragánovich–. Es la primera vez que Félix visita la Santa Sede.

–Es impresionante, ¿sabe Excelencia? –interpuso Félix en un tono de voz meditativo y tranquilo que hizo que Dragánovich y Montini se miraran el uno al otro, sorprendidos por la selección de palabras del niño.

El arzobispo tomo la cara de Félix en su mano, lo miró detenidamente, y le dijo:

–Este chico... es una cosa seria, Excelencia.

Dragánovich no respondió y no se le notó el inmenso orgullo que sintió por su Félix.

–Oigan... –les dijo Montini–, ¿por qué no me acompañan? –Y Montini comenzó a caminar un poco adelante, esperando que lo siguieran.

Dragánovich tomó a Félix de la mano, alcanzaron al arzobispo, y le preguntó:

–¿Cómo sigue Su Santidad?

–Mejor. Los médicos insisten que no trabaje tanto, por eso no se le ha visto mucho últimamente. Pero... venga, pregúntele usted mismo... ahora cuando lo vea.

–Excelencia, yo... yo no puedo... sería una impertinencia –le dijo Dragánovich a Montini, como para indicar que no era propio llevar a un niño a ver al Papa como si fueran a visitar a un tío.

–Seguro que sí –le respondió Montini–. Su Santidad se pasa preguntando por usted, Excelencia, y por nuestros amigos de Intermarion. Y no se preocupe por Félix. Estoy seguro que a él le encantará conocer al Santo Padre. ¿Verdad, Félix?

La mirada del pequeño fue de completa incredulidad y sintió que sus rodillas le temblaban, aunque la mirada de su Tata fue suficiente para darle valor para su primera audiencia con su Santidad, el Papa Pío XII.

El arzobispo, el obispo y el niño entraron a los apartamientos del Papa por una entrada privada, le pasaron por el lado a un par de guardias Suizos, subieron una escalinata y cruzaron el vestíbulo donde un par de cardenales y tres arzobispos estaban pasando el tiempo, pendientes a cualquier antojo de Pío XII. Los prelados no conocían de vista a Dragánovich pero él no tuvo dificultad en reconocerlos a ellos. Es más, el encargado de Intermarion en el Vaticano había estado recopilando información sobre las dos Eminencias por mucho tiempo, inteligencia que él mantenía en un cartapacio color rojo, en su caja fuerte.

Al ver al niño en el palacio apostólico los dos grandes señores levantaron sus preladas cejas, especialmente cuando entró en el despacho privado del Sumo Pontífice.

–¡Kruno! –le dijo Pío XII en una voz débil, pero alegre al ver al obispo–. Ven, ¡acércate, por Dios!

Después de apretar la mano de Félix para darle a entender que no se moviera a menos que explotara Vesubio o que la luna se partiera en dos, Dragánovich se llegó hasta el Trono Apostólico e inmediatamente besó la sagrada sortija que adornaba aquella santa mano esquelética.

–¡Qué sorpresa más agradable! –comenzó el Santo Padre en voz muy baja.

–Gracias, Santidad. Le estoy muy agradecido –le contestó Dragánovich, emprendiendo una conversación con el Papa de unos cinco minutos; un intercambio que ni el arzobispo Montini, quien estaba al lado del Santo Padre, pudo descifrar.

Félix quedó mesmerizado por aquel espejismo envuelto en una nube plateada. Le pareció –por lo menos al niño– que el trono en el cual descansaba el Santo Padre, chispeaba rayos de luz en todas direcciones; un aura tan llena de bondad y amor que parecía como si un coro de angelitos cantaba un himno sagrado al Señor. Es más, era tal el centellear que Félix no se atrevió a parpadear por miedo a que, en un abrir y cerrar de ojos, Pío XII desapareciera en el mágico celaje de la mañana, para ascender a los cielos donde ocuparía su puesto de honor al lado del Cristo.

Lo menos que esperaba el niño era que Pío XII moviera la cabeza a un lado –un movimiento delicado– se ajustara sus lentes con la mano derecha y fijara la vista en él.

No dijo nada, pero Félix entendió –¡estaba seguro!– que el Papa deseaba que él se le acercara, como si las palabras «*dejad que Félix venga a nosotros*» sonaban por todos los rincones del universo. En ese momento Félix se dio cuenta que él estaba «en marcha hacia delante», que estaba «en movimiento» y aunque hizo lo que pudo por detenerse, sus piernas decidieron lo contrario.

Otra cosa: ni Dragánovich, ni Montini hicieron nada por evitarlo. Al contrario, le dieron paso al niño, quien, en el momento que estuvo al alcance del Papa, éste le acarició la mejilla, lo que confundió al niño porque no pudo besar su mano.

El Santo Padre mantuvo la carita de Félix entre sus translúcidos dedos, mirándolo detenidamente por un momento, hasta que le dijo:

–Eres muy pequeño, pero aparentas otra cosa. Dinos, Félix, ¿qué queréis ser cuando crezcas?

Era una pregunta sencilla por parte de un hombre bastante complicado. Félix le respondió:

–Jugador de béisbol, Santo Padre.

–¿No digas? –replicó Pío XII, dirigiendo la mirada a Dragánovich.

El obispo se aclaró la garganta, intercambió una mirada con Montini, como para hacerle entender que llevar el niño al despacho del Papa fue idea suya, se le acercó al oído al Pío XII, y le dijo:

–Creo, Santidad que tiene que ver algo con los deportes.

–Sabemos lo que es el béisbol, Excelencia –le contestó el Santo Padre, poniéndose de pie y riendo a carcajadas.

El Papa tomó de la mano al niño y lo llevó hasta un lujoso armario de caoba de dónde sacó un pequeño globo de cristal tallado color azul marino, con una base plana para que no rodase, y las letras «NY» estampadas en plata.

–Toma, te la regalamos –le dijo el Papa, entregándole el trofeo a Félix, quien pensó que la esfera era bastante pesada–. ¿Por qué no miras lo que tiene adentro?

En ese momento, Félix llevó los ojos que habían estado rebotando del Papa al globo azul, cuando levantó la cubierta y vio que aquella bola de cristal tallado era el precioso envase para otra bola cubierta de cuero blanco, cosida con hilo rojo y un autógrafo.

–¿Sabes lo que es? –le preguntó el Santo Padre.

–No, Santidad –respondió el chico con miedo, no fuera a ser que el suelo se abriera de pronto y se lo tragara de repente, enviando a su alma al infierno por ser tan ignorante.

La reacción del niño le causó mucha gracia al Papa, quien le respondió:

–Eso, Félix, es una pelota de béisbol.

Félix quedó atónito y furioso consigo mismo por no reconocer una pelota de béisbol, aunque, a decir verdad, Stevie nunca le enseñó una.

–¿Saben algo, Excelencias? –le dijo Pío XII a Dragánovich y a Montini–, no recordamos la última vez que le preguntamos a un niño lo que querían ser cuando adulto, y que ese mismo chiquillo no contestara: «*Quiero ser sacerdote.*» –El Papa soltó una risa y pareció recobrar fuerzas, tirando la bola en el aire un par de veces–. Félix, ¿puedes leer la firma?

Félix enfocó la mirada en aquella preciosidad esférica, pero no pudo descifrar el garabato.

–Esa es la firma de una gran estrella del béisbol, un ítalo americano de nombre DiMaggio, quien nos visitó hace un par de años. Quédate con ella–, y el Papa volvió a soltar una carcajada–. Ciertamente, a nosotros una pelota de béisbol no nos sirve de nada... un bate, quizás... para achocar a un par de birretas rojas que andan por ahí... pero una bola... llévatela con nuestra bendición–. Y esa fue la última vez que Pío XII se divirtió un poco.

De más está decir que Félix pasó el resto del día de lado a lado en su habitación; ansioso porque quería de todas maneras dejarle saber al mundo –y muy especialmente a Stevie– del fabuloso regalo de Pío XII. Una pena que Dragánovich no se lo permitió.

–¿Por qué? ¿Por qué no puedo enseñársela a Stevie? –le preguntó el pequeño Félix con carita triste.

–No es que no puedas –le explicó Dragánovich, con mucha paciencia–. Pero eso es algo muy valioso. Lo último que tú quieres... o que necesitas... es que venga un malandrín, te dé un cantazo por la cabeza y te la robe. Estamos en Roma, Félix, no en la montaña, debes tener mucho cuidado. Si quieres, invita a tu amigo... que la vea aquí porque... esa bola no sale de casa.

Félix protestó, lloró y protestó un poco más, pero Dragánovich no cambió de parecer.

Pasaron varios días, cuando Félix, al fin, invitó a su amigo americano, al amante del béisbol Stevie a ver la más preciosa, probablemente la más extraordinaria pelota de béisbol en el universo.

Con su acostumbrado escándalo, Félix y Stevie llegaron a la casa a las cuatro y media de la tarde y brincando de dos en dos los escalones, se aparecieron de repente en la cocina, donde la hermana Ornella los estaba esperando.

—¡Este es mi mejor amigo, Stevie Benton! —le dijo Félix a la monja.

—¡Buona será! —le dijo Stevie, sonriendo.

La monja inclinó la cabeza, arqueó la ceja derecha a la vez que Félix empujó a su amigo hacia su habitación.

No pasó ni un minuto cuando sonaron las alabanzas de Stevie, rindiéndole homenaje a la sagrada pelota de béisbol.

Por otro lado, su Excelencia Dragánovich pasó un día de perro en su despacho al descubrir que Kim Philby, el contacto de MI6 con Intermarion fue espía de los Soviéticos; lo que resultó que todos los agentes reclutados por Intermarion desde el final de la guerra —docenas de hombres y mujeres detrás de la Cortina de Hierro— fueran traicionados, arrestados y fusilados.

El pobre hombre llegó a su casa exhausto deseando sólo un poco de paz y de tranquilidad. ¿Cómo se pudo imaginar que la monja lo estaba esperando en la entrada?

—¡En serio? —le preguntó el Obispo, sabiendo muy bien que la «seriedad» era para la hermana Ornella como la sal era para el agua de mar—. ¡Félix!

Dragánovich y Félix se encontraron en el pasillo, y el niño, viendo que la hermana Ornella acompañaba al obispo, preguntó:

—¿Excelencia?

—¡Qué pasa contigo! Primero me traes un judío a casa y ¿ahora me traes a un negro?

Félix se encogió de hombros, frunció el ceño, y dijo—P... ¡pero si es católico!

25

Fue cosa de un año pero el pequeño Félix se le impuso a las dificultades del idioma y de la cultura, se dedicó a sus estudios, sobresaliendo a tal grado que el día que se graduó de la Escuela Inglesa a los, más o menos once años, él niño hablaba cuatro idiomas –italiano, latín, inglés y francés– además de serbocroata.

Su Excelencia Dragánovich, quien, en los últimos años solía viajar con bastante frecuencia fuera de Italia, dejando al niño bajo el cuido de la hermana Ornella, pensó que quizá era hora de ingresar a Félix en una escuela interna durante la semana para aprovechar mejor su tiempo. A pesar de que, años atrás, Félix demostró un interés por el béisbol y no por nada que tuviera que ver con religión, Dragánovich decidió internarlo en el preseminario San Pío X, en Ciudad del Vaticano, donde estudiaban los monaguillos que atendían a los sacerdotes durante misa, en la Santa Sede; una institución dedicada a esclarecer las inquietudes que manifiestan los adolescentes por la vida sacerdotal y consagrada.

El colegio, ubicado detrás de la basílica de San Pedro, con vista a la Plaza de Santa Marta, nunca supuso ser el hogar de treinta varones entre los once y los dieciocho años de edad. El edificio era tan desapasionado como un hospital de campo de batalla y totalmente carente de comodidad y gracia. Sus paredes color mostaza eran tan sencillas y poco agraciadas como las de las catatumbas; tan sofocantes durante el verano y tan gélidas como el aliento de un pingüino en invierno. Los dormitorios parecían celdas monásticas, con espacio suficiente para una litera y lo más básico de escritorio; un arreglo que obligaba a los muchachos a la intimidad y se prestaba para travesuras, bromas de todas clases y la experimentación sexual, especialmente durante las noches de invierno cuando ellos compartían sus camas para atenuar el frío.

La rutina diaria de San Pío comenzaba a las 5:30 de la mañana. Después de un desayuno de pan con chocolate y café, los estudiantes marchaban en fila como cadetes de una escuela militar a ayudar a los sacerdotes a celebrar la misa en San Pedro, para regresar a clases a mediodía.

Durante su primer año en San Pío, Félix dejó atrás su niñez y se convirtió en un joven guapo, alto, elegante y saludable. Se rumoraba, por supuesto, que él era el protegido de un miembro de la alta jerarquía de Ciudad del Vaticano, aunque para él, eso no significaba nada. Él trabajaba tanto como los demás y hasta se ofrecía de voluntario cuando era necesario. Como el día, cuando los otros chicos rehusaron asistir al padre Catalini durante misa, porque, según ellos, el cura apestaba a cebolla podrida. Félix salpicó su sobrepelliz y el agua bendita con perfume y atendió al cura. Durante la misa, le añadió incienso aromático al incensario y, al concluir la ceremonia, en un aparte y de manera muy respetuosa y diplomática, le pidió al sacerdote que lavara sus vestimentas más a menudo y usara desodorante.

El estar internado en San Pío le ofreció a Félix la oportunidad de visitar a Dragánovich en su oficina, de explorar las bibliotecas, los laboratorios, los almacenes, las bóvedas, las catacumbas, los museos, los archivos secretos y los túneles alrededor de la ciudad estado; y su sotana roja, parte de su uniforme de monaguillo, le era tan conocida a los miembros de la guardia Suiza, a los conserjes y a los agentes de seguridad –que se reportaban a Dragánovich– como los de cualquier cardenal o arzobispo, lo que hizo posible que en menos de tres años, Félix llegara a conocer los terrenos de la Santa Sede como poca gente.

Un viernes por la tarde, cuando Félix tenía más o menos dieciséis años, mientras caminaba detrás de la basílica de San Pedro, él observó gente corriendo por todos lados, altos funcionarios de la Curia y sus acólitos entrando y saliendo del Palacio del Gobierno, y a un grupo de dignatarios y oficiales en vigilia afuera de los apartamentos del Papa. Decían algunos: «*¡Fue un hombre tan bueno!*»

Félix pensó que había muerto Juan XXIII; otra vez, la Iglesia Católica se encontró sin líder.

Esa tarde, el muchacho regresó a pasar el fin de semanas en casa y encontró a Dragánovich en el baño, afeitándose para regresar inmediatamente al Vaticano. Aparte de su pelo un poco gris, su Excelencia había cambiado muy poco en su apariencia desde que llevó a Félix a vivir con él, diez años antes, aunque, en ese tiempo todo su entendimiento de cómo criar a un niño –ahora un adolescente– sufrió un revés tan dramático como el de la teoría de la creación.

Félix se reclinó contra la puerta, con un pie en el pasillo, y con la curiosa desfachatez tan común en chicos de su edad, le preguntó:

–¿Sabes quién va a ser Papa?

–¿Qué tú crees?

–¿Quién?

–Tu amigo... Montini.

Félix levantó las cejas, abrió los ojos y quedó boquiabierto.

Dragánovich terminó de afeitarse, se secó la cara con la toalla, salió del baño, y le dijo:

–Cierra la boca que se te meten moscas.

Un sábado, varios meses más tarde, después que todo regresó a lo normal en la Santa Sede, Dragánovich y Félix terminaron su desayuno y como hacían todos los fines de semana, se retiraron a la sala a leer el periódico; Dragánovich en su silla y Félix de piernas cruzadas, en el piso; ambos vestidos en sus batas y chinelas. Le dijo Dragánovich:

–¿Has pensado que quieres hacer cuando te gradúes de San Pío?

Félix levantó la vista, y le respondió:

–Sí.

–¿Qué?

–Quiero ser como tú.

Si a Dragánovich no le reventó el pecho de orgullo fue porque creyó que Félix, posiblemente, no sabía de lo que estaba hablando.

–Félix, yo soy un sacerdote –le dijo Dragánovich.

–Lo sé.

Dragánovich no sólo era un sacerdote, sino que era un hombre importante con mucho poder; y sí, Félix estaba cansado de oír las quejas y las advertencias de los curas en San Pío y del propio Dragánovich sobre los sacrificios que conlleva una vida dedicada a la Iglesia.

Dragánovich llamó al chico a su lado, le dio un beso en la mejilla, y le dijo:

–Piénsalo bien. Tú no tienes que hacer nada que no quieras. Yo tomé mi decisión, y por supuesto que... no me arrepiento. Pero tú tienes derecho a decidir lo que quieres hacer con tu vida y yo sólo deseo lo mejor para ti, lo que te haga feliz, sea lo que sea.

Ese lunes, Félix regresó a San Pío cuando el padre Uncelli, el rector, lo encontró merendando en la cocina y le ordenó que se pusiera una sotana limpia y se presentara de inmediato a los apartamentos del Papa.

Quizá, pensó Félix, el Papa iba a ofrecer misa y lo quería a él a su lado, lo que hubiera sido un gran honor porque ayudar al Santo Padre durante misa era un privilegio que se le concedía sólo a los jóvenes seminaristas.

Félix llegó al Palacio Apostólico y encontró al hermano Seráfio esperando por él en la entrada. Le dijo Seráfio:

—¡Date prisa, caramba!

—¿Qué pasa? —le preguntó Félix.

—¿Pero tú crees que a mí me dicen nada? —le contestó Seráfio, subiendo los escalones a toda velocidad.

Él llevó a Félix hasta la habitación donde Pío XII le regaló la pelota de béisbol. Allí, reunidos alrededor del Papa Pablo VI estaba Dragánovich, dos obispos y un cardenal, que Félix no conocía. Encima del escritorio del Papa estaba un cojín de terciopelo blanco donde descansaba una biretta escarlata.

—*¡No puede ser, soy muy joven para ser cardenal!* —pensó Félix, asustado.

—¡Cómo has crecido! Ven, acércate —le dijo el Papa Pablo, ofreciéndole la mano para que se la besara—. ¿Todavía quieres jugar béisbol? —añadió el Santo Padre, sonriendo.

—*¡Qué pregunta más tonta!* —pensó Félix, porque él prefería ser un príncipe de la Santa Sede a cualquier hora.

—Hace muchos años, cuando Félix era muy pequeño... —les contó el Papa a sus invitados, acariciando la mejilla del chico y relatando el encuentro entre Pío XII y el pequeño Rónnoco. Todo el mundo rió a carcajadas y aplaudió, incluyendo Dragánovich, que estaba tan orgulloso de Félix como cualquier padre de su hijo.

—Es poco práctico, Santidad... ser jugador de béisbol —le respondió Félix, tímidamente.

—¿Lo ven? —añadió el Papa, disfrutando el momento, antes de señalar la almohadilla—. Félix, si tienes la bondad...

Un poco turbado, el muchacho le llevó el cojín al Papa, quien, lo tomó en sus manos, y dijo:

—Estás aquí porque queremos que seas tú, Félix Rónnoco, el único pariente de nuestro hermano en Cristo, Krúnoslav Dragánovich, que haga el honor de...

Félix por fin cayó en cuenta. Fijando la mirada en el sombrero rojo, con lágrimas que le brotaban de alegría, el muchacho frunció el ceño, levantó el capelo cardenalicio de la almohadilla en manos del Papa Pablo y en un momento profundamente conmovedor, se la colocó a Dragánovich, en la cabeza.

Con la creación a cardenal de su Tata, la vida de Félix regresó a su aburrida rutina de escuela e iglesia, iglesia y escuela, con la monotonía interrumpida por los fines de semana en Trastevere. Era una existencia bastante previsible, pero como Dios sufre de un gran sentido de humor y disfruta de bufonadas, un día, cuando el chico creyó estar en control de su vida y en harmonía con sus alrededores, el muchacho recibió una torta en la cara.

Su compañero de cuarto por más de un año, regresó a vivir a su casa y otro chico tomó su lugar. Su nombre era Benni Lubri. Benni era un poco más joven y pequeño de estatura que Félix; era el único hijo de una familia adinerada de Florencia y había viajado por los Estados Unidos y Europa antes de aterrizar en San Pío.

Este angelito de facciones delicadas, de pelo lacio rubio, de cara andrógina, ojos grandes claros y una boca con labios incitantes y tentadores, pudo modelar para Leonardo o para Rafael y poseía un talento extraordinario para manipular y seducir, con sólo ofrecer una sonrisa.

Ahora bien, parte del encanto natural de Félix siempre fue su candor, su sencillez y su ingenuidad gracias a su inexperiencia con cosas que afectan a chicos y chicas al otro lado de las murallas de la Santa Sede. Él, por su lado, se mantuvo inmune a muchas de esas influencias porque se crió dentro de unos rigurosos estándares de virtud y de moral, no sólo en su hogar, sino, supuestamente en el colegio y a pesar de su curiosidad de adolescente. Por eso, a Félix nunca le afectó ni tuvo nada que ver con esa singular preocupación que transforma a todo pequeño inocente, ya sea varón o hembra, en un ser endemoniado; esa obsesión que desvirtúa la timidez por la agresividad y el tormento, que convierte la niña preciosa de papá y mamá en una arpía y al amigo de infancia en un rival; esa inquietud que se ha apoderado de los jóvenes desde que Adán se fijó en Eva por primera vez y se dio cuenta que ella escondía algo detrás de la hoja de parra.

Por alguna razón que Félix nunca tuvo muy clara, él y Benni se llevaban de maravilla y pasaron horas hablando hasta tarde en la noche, quizá porque en su subconsciencia recordaba a otro amigo –a un chico tan dulce como Benni, aunque mucho más casto y puro– quien lo cuidó con amor durante sus primeros años de infancia.

Benni le contó a Félix de su padre –un tirano– y de su madre, una mujer sumisa que dependía de su cura, quien sugirió internarlo en San Pío, y Félix le contó a Benni de sus pesadillas, del flautín debajo de su almohada y de su deseo en convertirse en sacerdote.

Una noche a principios de noviembre, a eso de las dos de la mañana, Félix sintió que se mecía la litera.

–Benni... –llamó en la oscuridad–, ¿qué haces?

–Estoy pensando en ti –le respondió su amigo en una voz ronca y distraída.

–Pues... piensa en mí sin mover la cama –le replicó Félix, como si tal cosa, volviéndose hacia la pared, para ver si podía regresar al sueño.

El movimiento de la litera, desafortunadamente, aumentó un poco, acompañado por un sonido muy peculiar.

–¡Qué dejes de mover la cama, carajo! –le dijo Félix, cuando sintió a Benni a su lado.

–¡Regresa a tú cama! –le ordenó Félix.

–No, quiero estar contigo –le contestó el otro.

Debido a que Benni era un chico que se bañaba todos los días y no olía mal –como su viejo compañero de cuarto– Félix respiró profundo, le advirtió a Benni de no dar patadas ni de roncar, se acurrucó contra la pared y...

–¡Estate quieto! –le regañó Félix.

En vez de estarse quieto, Benni se echó a reír, y le dijo:

–Te quiero comer.

Félix sintió el aliento de Benni en su mejilla y su cuerpo apretando contra el suyo.

–¿Qué... ? –le preguntó Félix, en voz muy baja, y asustado.

–Te quiero comer –repitió Benni.

Félix no respondió de inmediato porque se sintió como si estuviera parado al borde de un precipicio. Al preguntar si «comer» era algo así como «besar» ya que era bastante común que los chicos en San Pío se besaran –como un hermano mayor besa a uno menor; de cariño– Benni soltó una carcajada, y le dijo:

–Más o menos.

Al Félix no responder, Benni le metió la mano por debajo de la camisa de dormir y le apretó las tetillas.

Félix protestó pero lo hizo de forma que no dijo nada y Benni se sumergió entre las sabanas y llevó a Félix a un estado de éxtasis que le paralizó todo su ser; como si él fuese un títere en manos de un maestro. Le dijo Félix, entre espasmos de placer:

—¿Me... me estás comiendo?

Como a Benni le enseñaron a no hablar con la boca llena, lo único que dijo fue:

—¡Uhuh!

Zeus colocó a Félix en una nube rodeada de rayos y truenos y él abrazó a Benni justo cuando su cuerpo comenzó a temblar y a retorcer a tal grado que por poco se desmaya.

—¡Ohhhh!

Fue cuando se dio cuenta que él y Benni estaban desnudos y que por primera vez en su vida su cama estaba embarrada de algo que él desconocía.

Al salir el sol, todo lucía diferente. La habitación, el cielo y muy particularmente, Benni, quien le dijo:

—¿Cómo te sientes?

—Muy bien —le contestó el otro, con demasiado entusiasmo y una sonrisa turbada.

—Mentiroso —le dijo Benni, riendo—. Te sientes como todos los católicos, culpable. Pero no te preocupes, eso pasa.

Excepto que para Félix, todo pasó muy lento y él caminaba como perdido en un laberinto. Durante misa derramó el vino y por poco deja caer el cáliz. En clase, el maestro lo regaño varias veces por no prestar atención.

La verdad era que Félix no podía pensar en otra cosa que no fuese Benni. Ellos no se vieron desde el desayuno y Félix tenía tantas y tantas preguntas para su amigo, preguntas que necesitaban aclaración. Por ejemplo, él sabía que los curas tenían prohibido tener relaciones íntimas; que derramar la semilla era un pecado y que las relaciones sexuales entre dos chicos se consideraban una perversión. La única salvedad era que, por supuesto, él todavía no era sacerdote, ni Benni tampoco. El resto de sus dudas, bueno, esas se las tendrían que explicar Benni, a quien vio entrar en el comedor, durante la hora de cena.

—¿Cómo te sientes?

A lo que Félix le respondió:

—¿Por qué te pasas preguntándome cómo me siento?

Los chicos regresaron a su habitación a las ocho de la noche y ni uno ni el otro dijo nada, por lo menos al principio. Cada vez que Benni miraba a Félix, Félix pretendía estar ocupado.

A las nueve de la noche, Benni se cubrió con su edredón y apagó la luz. Félix asomó la cabeza por una esquina de su litera, y le preguntó:

—¿Lo hiciste antes?

—Seguro que sí —respondió Benni.

—¿Con quién? —preguntó Félix, pero Benni no le contestó—. ¿Quién te enseñó?

—Con el cura de mi madre, con un inglés amigo mío...

—¡Pero Benni... eso que hicimos... es pecado?

—¿Pecado? Al cura le encantó —le respondió Benni.

—¡Dios mío! —exclamó Félix, aterrorizado.

Al oír lo mortificado que estaba su amigo, Benni se subió a la cama de Félix, se le trepó encima, lo besó en los labios, y le dijo:

—¿Te dije como besan los franceses?

Unas semanas más tarde, el padre Uncelli caminaba por el pasillo, murmurando:

—Félix, Félix... Félix...

Él conocía los síntomas. Primero los muchachos empezaban a ignorar a sus compañeros y a querer estar siempre juntos; día y noche, jugando, estudiando, trabajando y hasta asistiendo a misa; juntos, como si fueran gemelos siameses fundidos a la cintura; juntos, siempre juntos.

Era una situación triste pero de esperarse gracias a las probabilidades cuando se tiene a un grupo de muchachos adolescentes viviendo bajo el mismo techo. A todo eso, el rector se sintió desilusionado. Félix era un chico admirado por sus compañeros; un joven trabajador y buen estudiante con muy buenos sentimientos. Sin embargo, el deber del padre Uncelli era proteger a los otros estudiantes de San Pío de la inmoralidad y, más que nada, de un posible escándalo.

Como confesor de Félix y de Benni, el padre Uncelli no logró nada. «Bendígame padre, porque he pecado...», seguido por banalidades, necedades y mentiras.

El cura inspeccionó la habitación de los muchachos sin encontrar nada comprometedor. Nada.

—¿Por qué corres? —le preguntó a Félix, quien llegó sudado, a la entrevista.

El cura era un hombre pequeño de mente inquieta y curiosa con quien Félix gustaba mucho conversar por horas y horas. Era un tipo calvo, de ojos grandes color marrón, de boca ancha y una nariz larga que parecía un pelícano vestido de negro. Su oficina estaba amueblada con sobras de los diferentes almacenes de Ciudad del Vaticano; una pared forrada de libros, una estatuilla de Pablo VI, otra del Papa que le dio su nombre a la escuela, una pintura de Jesucristo que, según leyenda, tenía más de seiscientos años y cuatro ventanas con vista a Plaza Santa Marta.

–Félix, tenemos un nuevo chico –le dijo Uncelli–, y quiero que se mude contigo.

–¿Y Benni? –preguntó Félix, después de una pausa.

–Tendrá que irse para otro cuarto –le respondió Uncelli.

–Padre, esa no es una buena idea –le dijo Félix, tomando asiento.

–¿Por qué no? –le preguntó el rector.

Félix dejó la silla, empezó a caminar de lado a lado del despacho, y le dijo:

–Nosotros... nosotros estudiamos juntos, padre. Yo... yo ayudo a Benni con el Latín, y él... él me ayuda con el álgebra. Cambiar de cuarto... estoy seguro que nos afectaría los estudios.

El padre Uncelli le recordó a Félix que de él y Benni querer estudiar juntos lo único que tenían que hacer era ir a la biblioteca. Le dijo el rector:

–Dile a Benni que saque sus cosas de tu cuarto y se mude con Marcelo.

–Padre, ¡Benni odia a Marcelo! –argumentó Félix.

El padre Uncelli se llegó a Félix, y le dijo:

–Bien. Entonces tú te vas con Marcelo y el nuevo chico se queda con Benni.

–Pero... yo también odio a Marcelo –insistió Félix.

–Félix, estoy perdiendo la paciencia. Te di una orden, ¡camina!

¿Por qué estaba el padre Uncelli siendo tan difícil, tan inflexible? Él siempre se llevó muy bien con el rector y hasta hubo un tiempo cuando ellos jugaban ajedrez todas las tardes, y conversaban de aviación, una de las muchas cosas que le interesaban del padre Uncelli. Le dijo Félix, haciendo lo inhumano por contener las lágrimas:

–Padre, por favor. Benni es mi mejor amigo. Él... yo padezco de pesadillas. ¡Él está acostumbrado a todo eso!

–Félix –le dijo el cura, inclinándose un poco y hablando en voz baja–, ¿tienes algo que confesar? –y cuando el chico no respondió, Uncelli apretó el intercomunicador y pidió a su secretario que buscara a Benni Lubri.

Benni apareció a la puerta cinco minutos más tarde y Félix no se atrevió a dirigirle la mirada.

—Lubri, nuestro amigo Félix está muy molesto porque le dije que tú te tenías que mudar de su cuarto —le dijo el padre Uncelli—. Quizá me puedes explicar por qué Félix está actuando tan diferente a... a Félix.

—El pobre es un glotón —le respondió Benni, muy serio y Félix sintió que se le erizaron los pelos de la nuca—. Sí, Padre, a él le encanta merendar a medianoche —Félix no se atrevió a levantar la mirada y tuvo que morderse la lengua para no reír—. Yo mantengo algunas golosinas en la habitación y a Félix le encantar picar. ¿Qué puedo hacer? Es mi mejor amigo. Le doy lo que tengo, padre —añadió Benni con una mirada inocentona.

Uncelli dirigió la mirada primero a Félix y después a Benni, respiró profundo, regresó detrás de su escritorio y le dijo a Benni:

—Saca tus cosas y múdate con Marcelo.

—¿Cuándo? —le preguntó Benni.

—¡Ahora! ¡En este instante! —le gritó el cura—. ¡Inmediatamente!

Benni le rindió una reverencia al rector y salió a toda prisa de la oficina.

—En cuanto a usted, Rónnoco —empezó a decir Uncelli...

Félix se puso de pie... y cayó en una trampa. Le dijo Félix:

—Padre Uncelli, lo siento mucho, pero no tengo otra alternativa que llamar a mi primo.

El padre Uncelli pausó un segundo, se levantó lentamente, se inclinó sobre su escritorio y le dijo:

—No, Félix, estás equivocado. ¡Yo soy el que va a llamar a su Eminencia! ¡Ahora, fuera de aquí!

Félix encontró a Benni empacando, y le dijo:

—¡Eres un hijo de puta! Por poco me echo a reír frente al cura.

—Como te vi tan serio —le dijo Benni, riendo—. Me quedó muy bien, ¿no crees?

—¡Estas completamente loco! —le dijo Félix, cerrando la puerta para poder hablar en privado—. Ya verás, voy a hablar con mi primo para que no permita este abuso.

—No, no. Eso lo que hace es empeorarlo todo. No quiero que te metas en líos. Además, yo no voy para ningún sitio. Me voy a mudar al otro lado del pasillo, eso es todo.

—¡No quiero que te vayas! —le dijo Félix.

—Nos vamos a ver todos los días —le aseguró Benni.

Félix sacudió la cabeza, empezó a hablar malo en serbocroata y a darle con la almohada a la pared.

—Ya sé ¿por qué no nos largamos de todo esto?

Benni miró a Félix, y le iba a dar un beso cuando Marcelo, el mismo Marcelo que ellos odiaban, abrió la puerta de repente y en una voz aguda y quejumbrosa, les dijo:

—Bueno, niñas, ¿y qué? Entiendo que una de ustedes putas se va a mudar conmigo. ¡La-di-da! ¡Cómo vamos a gozar!

Marcelo no sólo era feo, era ordinario; no sólo era desarreglado de apariencia, sino que no se bañaba más que una vez a la semana. Además, Marcelo era alto —mucho más alto que Félix— era tosco y nadie nunca lo vio reírse a menos que alguien estuviera sufriendo. En otras palabras, Marcelo era tan despreciable que ni al propio Marcelo le gustaba Marcelo.

—Oye lo que te voy a decir, hijo de puta —le dijo Félix, acercándosele—, tocas a mi amigo y te arranco la pinga y te la meto por el culo. ¿Entiendes, cabrón?

Marcelo miró desdeñosamente a Félix, encrespó el puño, y le dijo:

—¡Mira croata de mierda... ! —cuando Félix le dio una patada en las pelotas que lo hizo doblarse de dolor.

No sólo eso. Félix levantó el puño para darle por la cabeza —que sin duda, hubiera enviado al pobre Marcelo a la sala de emergencia— cuando Dragánovich, impresionantemente vestido de capa pluvial y solideo, detuvo el golpe.

—Padre Uncelli, si tiene la bondad —le dijo el cardenal al rector.

Uncelli levantó a Marcelo por el brazo y lo llevó al dispensario, caminando entre el resto del estudiantado y los maestros que salieron a presenciar el incidente.

—Félix —le dijo Dragánovich—, recoge tus cosas que nos vamos.

26

Félix cruzaba el Adriático cuando Dragánovich recibió una llamada del padre Uncelli, informándole a su Eminencia que quizá lo mejor para todo el mundo era que el muchacho no regresara a San Pío.

Una hora y media más tarde, Dragánovich, vestido con su capa pluvial, símbolo de su autoridad, entró en la oficina del rector como un torbellino ensangrentado.

—¡Eminencia! —exclamó Uncelli, apresurándose a recibir al prelado.

—No le voy a ocupar mucho tiempo, padre —le dijo Dragánovich, mirando los libros de la pared, antes de volverse al cura—. Necesito que me explique algo. Félix... ¿le ofendió de alguna manera?

El cura consideró la respuesta un momento, y dijo:

—Me amenazó con... con llamarlo a usted, Eminencia. Eso es intolerable, imperdonable y una afrenta a mi persona y a mi autoridad como rector de San Pío. Me sorprendió, sin embargo, porque Félix no era esa clase de chico. Por eso me... por eso me...

—¿Por eso le apena echarlo de aquí? —interpuso Dragánovich.

—Así es.

—Mmm.

—Él se molestó...

—¿Por qué?

—...porque le pedí que su compañero cambiara de cuarto, eso fue todo —añadió Uncelli.

—¿Por qué?

—¿Por qué?

—Sí. ¿Por qué le pidió al otro chico que se mudara de cuarto? —le preguntó el inquisidor de sombrero rojo.

Otra vez, Uncelli pensó cuidadosamente su respuesta:

—Creí que era lo indicado.

—¿Lo indicado?

–Eminencia, es importante mantener disciplina, usted comprende. La disciplina es la base de la virtud, el fundamento de la integridad y el cimiento de la decencia. Dos terceras partes de los chicos de San Pío entran en el sacerdocio.

–Y ¿qué me dice con eso? –le respondió Dragánovich, distraído–. ¿Por qué pensó usted que era necesario separar a Félix de su compañero? Es que, ¿quizás se pasaban alborotando? ¿No limpiaban su habitación? ¿No se respetaban? ¿Por ser irrespetuosos con los otros estudiantes o con los maestros? ¿Por qué no hacían sus tareas o no atendían a misa?

Por un momento, Uncelli pensó que Dragánovich se había convertido en un pájaro carpintero que martillaba las preguntas de pared a pared.

El rector parpadeó varias veces, y le dijo:

–Nada de eso, Eminencia. Lo que sí es que necesito tener mucho cuidado porque estos niños son mi responsabilidad.

–¿Cuidado, dijo usted? Mmm –Dragánovich levantó un libro del escritorio sobre el Stuka alemán–. ¿Será quizás que usted pensó... que usted sospecha de la amistad entre Félix y el otro chico?

El labio superior del rector de repente se humedeció con una huella casi imperceptible de vaho, y dijo:

–Es algo más que una sospecha, Eminencia. No creo que una sospecha amerita lo ocurrido además de que yo no sospecho nada. La palabra que para mí cumple con todos los requisitos del escrutinio es intuito.

Dragánovich regresó el libro a su sitio y preguntó:

–Padre, ¿usted confesó a Félix?

–Sí, Eminencia.

–¿Y qué del otro niño?

–También –le respondió Uncelli. Complacer a un poderoso miembro de la Curia era como caminar la cuerda floja y el cura estaba a punto de caer de...

–Reconozco que la confianza que nos encomiendan durante el rito es cosa sagrada, padre Uncelli, por supuesto... pero ¿supo usted de algún detalle íntimo entre Félix y su amigo que lo causó... a usted... a preocuparse más de la cuenta de la... camaradería entre ellos?

–No, Eminencia, nada –le respondió Uncelli.

–Entonces, le voy a ser franco, padre Uncelli. Creo que no está de más un buen regaño, sí, porque Félix le faltó el respeto, cosa que no me sorprende. Él no es un chico malo, eso se lo aseguro, pero sí carece de madurez para tratar situaciones como esta. Él no puede disimular, no tiene la facultad de ser hipócrita y dice lo que siente. Ya quisiera yo que todo el mundo fuera de esa manera, sincero y honesto con el prójimo. De todas maneras, expulsarlo del colegio es una medida un poco exagerada.

–Pero, Eminencia, Félix también abatió a golpes a Marcelo –le recordó Uncelli.

–Usted es el rector de la escuela –le dijo Dragánovich–. Yo sólo espero que reconsidere para que Félix regrese a San Pío lo antes posible.

Con su ceño fruncido y de la maneara que movió la cabeza de lado a lado, Uncelli dio a pensar que él estaba considerando una situación que lo preocupaba. Todo lo contrario. Él disfrutaba hacer sudar –metafóricamente– a los altos funcionarios de la Iglesia. Por eso le dijo:

–De verdad que lo siento, Eminencia, pero eso se me hace imposible. De hacer una excepción con Félix, tendría que hacer lo mismo con Benni y él ya regresó a su casa.

–Fíjese, no creo que sea tan imposible como usted alega. También pienso que es injusto expulsar al otro muchacho cuando él nunca le faltó el respeto. ¿No es cierto? –le dijo Dragánovich, sacando un sobre de manila del bolsillo de la capa, dejándolo caer sobre el escritorio y esperando a que el padre Uncelli revisara el contenido.

Eran siete fotografías tamaño 8x10, de excelente calidad y en blanco y negro, tomadas de varios puntos de vista enseñando al padre Uncelli completamente desnudo, disfrutando de la hospitalidad de una casa de putas.

–¡Qué es esto? –le preguntó el rector, alarmado y hablando con dificultad–. ¡Me... me está tratando de chantajear?

–¿Tratando, padre? –le respondió Dragánovich, indignado–. Yo no trato nada. Yo simplemente estoy señalando que usted es un sucio, un bribón descarado, un viejo verde y... un hipócrita. Es más, me avergüenza dirigirle la palabra. Tenerlo a usted de rector de este colegio es una ofensa, no sólo para la institución sino para la Santa Sede. A mí me encantaría entregarle esas fotografías a su superior, o mejor aún, hacérselas llegar a la prensa para que todo el mundo se entere de quien es usted. Sin embargo, padre Uncelli, yo siempre he creído en la misericordia y el perdón.

Félix llegó a Split durante una fría pero preciosa mañana, a pesar de que ni el sol ni el azul de los cielos fueron suficientes para levantarle el ánimo.

—¡Ven acá! –le gritó Rostas, abrazando al chico y dándole un beso–. Por poco no llego. Su Eminencia me debió avisar con un poco más de tiempo. ¡Cómo has crecido! –añadió, porque habían pasado cinco años desde la última vez que Félix viajó a la montaña a pasar sus vacaciones.

Félix no respondió. Él miró a su amigo y comenzó a llorar.

—¿Qué pasa? Mierda –le dijo Rostas–, ¡no me digas que estás desterrado! Y yo creía que venías a pasar un tiempo con nosotros... me imagino que es lo que vas a hacer. ¡Cuéntame qué te sucede!

En camino a la montaña, Félix relató la terrible injusticia cometida contra de él y su amigo por el cura –Uncelli– y un estudiante de San Pío, un retrasado mental de nombre Marcelo.

Rostas escuchó el lamento del muchacho, sacudió la cabeza, y le dijo:

—¡Qué cosa más terrible! Te digo, los curas pueden ser tan arrogantes... excepto su Eminencia. Él nunca ha sido así. Y no te apures, yo conozco a Dragánovich y él no va a permitir que te hagan daño.

Por fin, el automóvil subió la empinada cuesta que los llevó hasta la puerta de la casa, donde Olga esperaba por ellos.

Félix la besó y notó que ella, más que su marido, lucía envejecida; con su cara llena de arrugas, el pelo gris y su cuerpo reflejando la onerosa responsabilidad del mantengo de la finca.

Sentado en la mesa de la cocina, Félix, Rostas y Olga hablaron un par de horas hasta que el chico decidió subir a su habitación a descansar un poco, después del largo viaje.

Su cuarto estaba como él lo dejó durante su última visita y Félix abrió un poco la ventana, se tiró en la cama y empuñando su flautín, se quedó dormido hasta la mañana siguiente. Eran las ocho cuando bajó a la cocina cubierto en su edredón. Allí encontró pan fresco, queso, su mermelada favorita, huevos duros y café que Olga le dejó para el desayuno, mientras ella y Rostas bajaron al pueblo a comprar provisiones.

Félix se lo comió casi todo, se bebió dos tazas de café, se dio un baño y se cambió de ropa. Al bajar a la sala, miró por la ventana y pensó lo bella que era la montaña cubierta en nieve, contra el perfecto azul del cielo. Al volverse, vio que Olga le dejó su copia de la Biblia, con una nota: «Félix».

El muchacho abrió el libro, cuando, a la distancia vio a una persona llevándole el pienso a las ovejas y a las cabras. Al parecer, Rostas y Olga consiguieron a alguien para atender los animales. Eso le trajo recuerdos del día que se fue a vivir a Roma; lo que le recordó a Madame Berini, a San Pío... y a Benni.

Con lágrimas en los ojos, Félix tiró dos leños en la chimenea, le prendió fuego, se acostó en el sofá, se cubrió con el edredón y se fijó en una línea de La canción de Salomón:

...me duele el alma y me desconsuela el amor...

Félix puso el libro a un lado, respiró profundo –furioso porque se sentía aturdido e inútil– se puso las botas de nieve y su abrigo pesado y fue a ver los animales. No hizo Félix más que entrar en el establo que alguien lo atacó por detrás y lo tiró al suelo.

–¡Qué carajo... ? –le gritó Félix, al muchacho que lo sujetaba con toda su fuerza.

Era un chico mayor y más alto que Félix, tenía pelo rojo, ojos verdes, pecas por toda la cara y cejas gruesas y tan rubias que parecían blancas. Además, vestía con una chaqueta de muchos colores, pantalones de lana y botas de nieve.

–¡*Tiene que haber una razón por qué este idiota se está riendo!* – pensó Félix, sin poder soltarse, mientras le gritaba obscenidades al pastor.

De pronto, el muchacho dejó de reír, se le quitó de encima a Félix y su expresión se convirtió en una de terror. Él trató de ayudar a Félix a levantarse, le sacudió la ropa y en una voz chillona, le dijo:

–¡Oh, Dios! Oh, perdone... pero creí que usted era... ¡le pido mil disculpas! Soy Enes, trabajo para...

–¡No me toques, balija de mierda! –le gritó Félix–. ¡Para eso es lo único que sirven ustedes... para atracar a la gente por detrás! ¡Hijo de puta!

Félix, por supuesto le dio la queja a Rostas quien le explicó que Enes se sentía muy avergonzado, además de que tenía miedo de perder el trabajo.

–Es un tonto de primera –dijo Olga.

–Bueno, es que confundió a Félix con su primo.

–¿Y qué? ¡No me digas que él le entra a golpes a su familia! ¡Por qué no me sorprende? Siempre te dije que esa gente lo que traen son problemas, especialmente los pelirrojos.

Rostas se levantó de la mesa, caminó a la puerta de entrada, y dijo:

–Félix, ven.

–¿Adónde? No tengo ganas de ir a ningún sitio –le dijo el chico, siguiendo a Rostas al automóvil.

–No vamos a «ningún sitio». Vamos a la Gloria –respondió Rostas, detrás del volante.

La Gloria era una cómoda y espaciosa residencia de dos pisos con techo de tejas a las afueras de Travnik, un suntuoso mobiliario Victoriano, lámparas de arañas, una enorme chimenea, un precioso piano de cola, pisos de madera pulida y ventanas decoradas con gruesas cortinas de terciopelo rojo, y un grupo exquisito de chicas de varias partes de Europa.

El dueño de la propiedad, antes de la guerra, fue un judío jefe de una imprenta, quien, con su familia, desapareció allá para 1944. En 1946 el gobierno apropió los terrenos y un poco después, se lo vendieron todo a un croata, que llegó a Travnik con su señora, de nombre Esmeralda. Ellos arreglaron lo que tenían que arreglar y de la noche a la mañana se dieron a conocer por toda la comarca, especialmente por los caballeros.

Se sospechaba que Esmeralda y las muchachas que la acompañaban eran de descendencia alemana y se habían cambiado los nombres porque Esmeralda, Magdalena, Esperanza, Caridad y Voluntaria sonaba mucho más interesante que –digamos– Helga, Inga, Berta y Brunilda.

En todo caso, a los seis meses de estar en Travnik, el marido de Esmeralda se cayó del techo, se rompió la nuca y lo enterraron en el patio.

–¿Dónde estamos? –le preguntó Félix a Rostas, entrando en el vestíbulo, donde Esperanza y Caridad, vestidas de manera un poco infantil para su edad, los saludaron cariñosamente.

–¡Rostas! –le gritó Esmeralda, corriendo hacía él, tirándosele encima y cubriéndolo de besos. Ella era una mujer voluptuosa de pelo blanco con una sonrisa perfecta, demasiado colorete en los cachetes y ojos azules, grandes y simpáticos.

–Cara mía –le dijo Rostas, a la mujer en sus brazos–, ¡estás para comerte!

–¡*Cara mía!* –pensó Félix, quien nunca conoció a Rostas hablar de esa manera.

–¿Cómo está mi querida Olga? –preguntó Esmeralda.

–Cansada –le respondió Rostas.

–Me hace tanta falta –le dijo Esmeralda.

–¿Por qué no subes a la montaña y pasas la semana con nosotros? –le preguntó Rostas.

–Lo voy a pensar... quizá después de año nuevo.

–Se lo diré. Sé que le va a encantar tenerte de visita. Ahora... ¡o ye, no he venido a hablar del pasado, sino del futuro! –le dijo Rostas, agarrando a Félix por el brazo y poniéndoselo de frente a Esmeralda.

–¡Oh! –exclamó la madama, llevándose las manos a la cara–, ¡qué criatura más bella! ¿Es tuyo?

–Casi casi –le contestó Rostas.

–Se ve triste –dijo Esmeralda.

–Por eso lo traje –dijo Rostas, aguantando a Félix para que no saliera corriendo de la Gloria.

Esmeralda respiró profundo, y dijo:

–Lo que yo daría por tener su edad.

Que no era lo que hubiera dado Félix por un rayo que lo partiera por la mitad, cuando una preciosa chica de catorce años, de pelo color ámbar que le llegaba a la cintura, de ojos verdes almendrados; de cejas y pestañas color cobre, de facciones tan perfectas que no necesitaban ni tinte ni pintura, vestida con un pantalón de hombre y una camisa abierta que enseñaba casi todo, apareció como por arte de magia, y se llamó Sofisticada.

–¡Es virgen! –le dijo Esmeralda a Rostas, al oído–. Acaba de llegar. ¿Por qué no los dejamos solos?

–¡No! ¡Un momento! –protestó Félix, tratando de zafarse–, ¡yo no quiero!

Pero mientras más protestó, más difícil se le hizo la situación hasta que se encontró sentado al borde de una cama, ancha y repleta de almo-hadillas y peluches de todos colores, muchos en forma de corazones; en una habitación decorada con pinturas y estatuillas eróticas.

–Mira, Félix –le dijo Sofisticada–. Yo tengo mis abuelitos y a mi hermanito que dependen de mí.

–¿Qué tiene que ver eso conmigo? –le preguntó Félix, de mal humor.

–Nada –le contestó la niña, acercándosele–. Espera un poco... media hora y te vas. Así doña Esmeralda me paga. ¿Entiendes? –añadió en voz baja.

–¿Media hora?

–Más o menos –le contestó Sofisticada, colocándole las manos en la cara y dándole un beso en la mejilla.

–¡Benni!

El «más o menos» duró dos horas y media y cuando al fin Félix salió de la habitación, casi no podía caminar, y para colmo, no quería regresar a la montaña.

–Lo que pasa es, mi querido Félix –le dijo Rostas, en el automóvil–, contrario a lo que dicen por ahí, la manera de ganarse la Gloria, es pagando a la entrada.

Esa noche Félix durmió muy poco porque no dejaba de pensar en Benni, en Sofisticada... en Sofisticada, antes de regresar a Benni, así que guardó cama hasta mediodía. Afuera todavía había un poco de neblina, pero al parecer, no hacía tanto frío como el día anterior. Félix se asomó por la ventana, vio a Enes alimentando las gallinas, en el patio, y con su mente ofuscada por los deliciosos recuerdos de San Pío y la Gloria; con su pelo hecho un desastre y caminando en medias, bajó a la cocina y...

–¿Cómo te sientes? –le preguntó Dragánovich, sentado, tomando una taza de café–. Tienes encima un olor muy peculiar. ¿Qué es... sándalo o almizcle? Te ves cansado. ¿Por qué no te das un baño y bajas? Tenemos que hablar.

Una hora más tarde, Dragánovich y Félix salieron a caminar por el bosque. En la distancia Enes los vio dirigirse cuesta abajo; el cura, un hombre alto y fuerte y el chico a su lado.

–¿Y qué pasó en la Gloria? –le preguntó Dragánovich.

A Félix se le fue el corazón a la garganta. ¿Cómo iba a explicarle a Dragánovich de la casa de putas?

–No fue idea mía –le dijo Félix.

–Lo sé. Fue mía –le contestó su Eminencia.

Félix se detuvo debajo de un álamo blanco, al lado de un riachuelo, y le preguntó:

–¡Por qué?

Dragánovich levantó una rama partida y respondió que él quería saber si Félix era homosexual. Le dijo:

–¿Sabes lo que significa ser homosexual?

Félix encogió los hombros.

–Qué cosa –añadió Dragánovich–. La mayoría de las veces cuando un hombre tiene un hijo resulta ser un accidente. Por eso hay padres que aman a sus hijos como hay padres que no. Yo pude deshacerme de ti; pude enviarte a un orfanato, o te pude dejar en la finca. Pero no... te bauticé y te llevé a vivir conmigo.

–Entonces, ¿por qué me pusiste Rónnoco y no Dragánovich? –le preguntó Félix.

–Porque te conviene –le respondió su Eminencia–. Yo tengo muchos enemigos, y no es ni justo ni práctico ponerte en esa desventaja. Por eso inventé tu apellido, Rónnoco. Es O'Connor deletreado al revés.

–¡O'Connor!

–Un nombre irlandés –le dijo Dragánovich.

–Irlan... –interpuso Félix, cuando el cura sonrió, y le dijo:

–Tuve un amigo... de Irlanda, se llamaba O'Connor. Fue un gran patriota y un gran católico a quien asesinaron en Belfast en el '46. ¿Recuerdas la foto en la sala? Bueno, no importa. Lo que importa es que tú hablas varios idiomas, que estás... por lo menos estabas... recibiendo la mejor educación del mundo porque lo único que yo quiero es que crezcas, madures y seas un éxito en tu vida. Ese es el sueño que todo padre tiene para su hijo, ¿no?

Su Eminencia y Félix mantuvieron silencio un momento, y se adentraron un poco más en el bosque.

–Tata, ¿alguna vez amaste a alguien? –le preguntó Félix, deteniéndose y mirando a Dragánovich.

Su Eminencia se reclinó contra un árbol, y le dijo:

–Yo crecí en la montaña... como tú... y no como tú. También, eran otros tiempos y nunca conocí a nadie, excepto a mi madre, a mi padre y a un viejo pastor que trabajó en la finca. Casi nunca bajé al pueblo y me pasé leyendo la Biblia y libros de los grandes héroes de Croacia, de nuestra patria; libros que mi padre celaba mucho. A los quince años, me enviaron con los franciscanos y... bueno, no tengo mucho más que añadir. Dios y patria. Ese ha sido todo el amor en mi vida; mi Dios y mi patria.

–¿Nunca le hiciste el amor a otra persona? –le preguntó Félix.

–No –le respondió Dragánovich, sin titubear–. Yo era muy joven... demasiado joven, quizás, cuando me hice sacerdote a los dieciocho años.

–Pero... ¿qué hubiera pasado de enamorarte –insistió Félix–, antes de ser sacerdote?

–¿Cómo tú? –le preguntó Dragánovich–. No sé –añadió, luego de una pausa–. Mi pasión en la vida es todo lo que ves alrededor; estas montañas, este pedazo de mundo en que vivimos que pronto será otra vez parte de Croacia, donde nuestro Señor Jesucristo velará por nosotros. Años atrás, durante la guerra... mucha de nuestra gente perdió la vida luchando para que Croacia fuese independiente y Católica. Verás cómo lo vamos a lograr, ya verás. –Dragánovich soltó la ramita y se sacudió las manos–. Quizás, debí ser político y no sacerdote.

Félix se sorprendió oír a Dragánovich hablar con tanta franqueza; era un lado de su Tata que él desconoció hasta ese momento.

–Lo que me trae al por qué estamos caminando en la nieve por el bosque, cogiendo frío, en vez de tú estar en la escuela y yo atendiendo al Papa –le dijo Dragánovich–. Quiero que prestes atención, Félix. Tú no puedes darte el lujo de mentirme, como yo no te puedo mentir a ti. Tú y yo somos uno, Félix, y nada, pero que nada me va a hacer quererte menos de lo que te quiero, mientras no me mientas –Félix sintió ganas de llorar y viró la cara–. ¡Mírame! –le ordenó Dragánovich. Félix levantó la vista y se le corrieron las lágrimas–. Me dio mucho trabajo convencer al padre Uncelli que no te expulsara del colegio. ¿Dime, a ti te gustan los chicos o las chicas?

–No sé –le respondió Félix, después de un momento. Él amaba a Benni, pero le encantaba Sofisticada.

–¿Sabes lo que la Iglesia piensa de ese tipo de relación... entre tú y Benni? –le preguntó Dragánovich–. Bueno, todavía eres un niño. En veinte años... no, no... de aquí a cinco años te vas a reír de todo esto, de lo que has dicho y hecho. Entre tanto, vamos a regresar a Roma. Sí, como dijiste una vez, quieres seguir en mis pasos, Dios te absolverá de tus pecados una vez te deshagas de ese encaprichamiento con... tu amigo. Chicos, hombres, chicas y mujeres, Félix... no puedes compartir de su cuerpo. Cristo te dará fortaleza, créelo. Sin Él, sin embargo, se te va a hacer imposible. Tú decides –añadió tomando la cara de Félix en sus manos–. Si no, bueno... me imagino que puedes ser un buen abogado.

Félix bajó la mirada, volvió la cara para un lado y vio, a una corta distancia, un rayo de luz que sin querer se escapó entre las ramas y alumbró el tronco de un pino que tenía algo escrito en la corteza.

Dragánovich siguió rumbo a la casa, cuando vio que Félix se detuvo.

–¿Qué sucede? –le preguntó, llegándose donde el muchacho.

Sin decir nada, Félix señaló el pino y las dos palabras talladas, mucho tiempo atrás: Dámir y Sasha.

Fue tan intensa la pena en su corazón que a Félix se le llenaron los ojos de lágrimas, acarició los nombres, y le preguntó a Dragánovich:

–¿Quién es Dámir? ¿Quién es Sasha?

Dragánovich sintió como si lo hubieran apuñalado. Él fijó la mirada en aquel tronco de pino, cerró los ojos un momento, respiró profundo, y le respondió:

–Te voy a pedir que nunca menciones ese nombre.

–¿Quién es? –insistió Félix, obedeciendo a Dragánovich.

Su Eminencia sabía que Félix no era la clase de persona que se olvidaba de las cosas, y le dijo:

–Fue el muchacho que te trajo aquí. Hay cosas –le replicó el cura, midiendo sus palabras–, que a veces es mejor no hablar de ellas, a pesar de todo el tiempo que ha pasado, no es buena idea hablar de esa gente.

–¿Qué gente? ¿Por qué?

–Félix... –empezó a explicar Dragánovich, cuando Félix lo interrumpió, y le dijo:

–¿Me secuestró? ¿Mató a mis padres? ¿Qué fue lo que...?

–¡Basta, Félix! –ordenó Dragánovich, molesto–. Esa persona... esa persona murió.

–¿Cómo? ¿Cuándo? –le preguntó Félix, llorando.

–¡Félix, yo no tengo tiempo para tonterías!

¿Qué sucedió con Dámir? –de nuevo, preguntó Félix.

–¡Te dije que no mencionaras ese nombre! –le gritó Dragánovich, lo que turbó al chico, porque no se recordaba la última vez que Dragánovich le levantó la voz.

–¿A qué le tienes miedo, Tata? –le preguntó Félix, en voz baja.

Dragánovich abrazó a Félix, lo sostuvo en sus brazos un momento, y le dijo:

–No tengo miedo, Félix. Él... él era el hijo del Poglavnik. Al terminar la guerra ellos... el chico, su madre y su hermana se refugiaron aquí y tú... tú te pasabas con él y él te decía...

–Sasha –interpuso Félix, abrazando con toda su fuerza a su Tata.

–Él era callado... antipático. Después de un tiempo partieron para Argentina... hubo un atentado contra su padre y... lo mataron.

–Sasha –dijo Félix mirando el nombre tallado en la corteza–. Es un nombre serbio. ¿Por qué? ¿Será posible que sea serbio? ¿Yo? ¡Me odiarías!

–¿De qué hablas, muchacho? –le preguntó Dragánovich, indignado–. ¿Cómo puedes pensar eso?

–¡Rostas... él sí me odiaría! Él fue de la Ustacha. ¡Él odia los serbios! –le dijo, Félix, temblando.

–Félix, ni si fueras el heredero de los Obrenovich –le dijo Dragánovich, mencionando la familia real de Serbia–. Ni si fueras judío o nacido de una tribu en Nepal –añadió, tomando la cara de Félix en sus manos–, tú eres lo más que yo quiero en este mundo, y eso no lo cambia nada ni nadie.

27

Enes esperó a que el cura y el muchacho se adentraran en el bosque, ensilló la yegua y, a pesar de que no se suponía que dejara los animales sin atender, fue a visitar a su familia. Él tardó tres horas y media bajar hasta Komar, donde vivía su gente en una comuna del gobierno, de ladrillos y tejas. Aunque eran casas que lograban su propósito, no representaban de ninguna manera el estilo de arquitectura musulmana porque Belgrado pretendió unir a los diferentes grupos étnicos de Yugoslavia –a los croatas, a los serbios y los musulmanes– eliminando la diferencia entre ellos promoviendo el ideal socialista e igualitario.

Al llegar, Enes brincó de la yegua, amarró las riendas a la valla y llamó a Ady, cuyo nombre completo era Adnán. El muchacho tenía catorce años, era bien parecido, rubión, con ojos color marrón y una sonrisa simpática. Enes le gritó y brincaba para arriba y para abajo; abrazó a su primo y entró a toda prisa en la casa, que era tan pobre como aparentaba de afuera; con cortinas viejas, paredes que necesitaban pintura y una que otra fotografía de algunos miembros desaparecidos de la familia. Le dijo Enes:

–¡Ya lo sabía! ¡Lo sabía!

Hamdai oyó el alboroto y salió de la cocina a ver lo que pasaba. Él era un hombre delgado, como de cuarenta años, tan alto como Ady, con una nariz y facciones distinguidas, aunque su tez era prueba de su trabajo al aire libre.

–Enes –le dijo Hamdai–, ¿qué pasa? ¿Qué haces aquí?

Enes no respondió. Él señaló a su primo, se echó a reír, se puso serio y terminó con un ataque de risa, que lo hizo agarrarse de una silla.

–Está borracho –le dijo Ady a su padre.

–¡No, no estoy borracho, primo, pero sí encontré a tu hermano! ¡A Nermin! ¡Lo vi... es tu misma cara! ¡Idéntico!

–¿Qué dices? –dijo Elma, entrando en la habitación. En su juventud ella tuvo la buena fortuna de ser bella, pero sus ojos azules lucían cansados y tristes, su boca estaba adornada por un diente de oro, tenía los labios partidos y su tez era pálida y enfermiza–. ¡Nermin?

El entusiasmo casi no le permitió a Enes hablar y tardó diez minutos en darles la noticia a sus parientes: Nermin, el hermano mayor de Ady, quien de bebé desapareció un día cuando su abuela lo llevó al pueblo estaba vivo.

–¡Nermin! ¿Dónde? –le preguntó Elma–. ¿Dónde está?

–Vive en Roma, con el cura, Dragánovich, mi patrón –le respondió Enes.

–En Roma –dijo Hamdai, mirando a su mujer y a su hijo.

–¡Es tú misma cara y le dicen Félix! –le dijo Enes a Ady–. Rostas me dijo que es primo del cura, de Banja Luka. ¡Pero yo no lo creo! ¡Eres igualito a él, Ady! ¡Tiene que ser Nermin!

Nada, ni tan siquiera un meteorito caído en la sala hubiera causado tanto alboroto y tanta confusión como la noticia de la posibilidad –de la remota probabilidad y divina casualidad– que Nermin, después de todo, no había muerto cuando encontraron el cuerpo de su abuela tirado al lado de la carretera.

Al desaparecer la criatura, Hamdai acudió a las autoridades. Desgraciadamente, su situación era bastante común porque, en ese tiempo, gente desaparecía bastante a menudo y la milicia no tenía ni los recursos ni el interés para buscar a nadie, y menos a un crio de un empobrecido clan de musulmanes.

–¡Mentiroso! –le gritó Elma a Enes, antes que le diera un vahído–. ¡Mi niño está muerto!

–¡Enes! –le dijo Hamdai, llevando a su mujer a una banqueta–, ¡sabes que no se le puede hablar de... !

–Tío... te digo que es él... ¡es Nermin, lo sé! –le replicó Enes.

–¿En qué viniste? –le preguntó Hamdai.

–En la yegua.

–¡Regresa ahora mismo a la finca antes de que te acusen de robar ese animal!

–¡Pero tío! –protestó Enes.

–¡Te dije que te vayas!

–¿Y qué de Nermin? –preguntó Enes.

–¡Me lo mataron! –gritó Elma, con las lágrimas corriéndole por la cara–. ¡Me mataron a mi santo! ¡Me lo mataron!

La mañana siguiente, el Inspector Pupín llegó a la comisaría más tarde que de costumbre. Estaba cansado, adormilado, con los ojos irritados y la nariz tapada. El crimen en Travnik y en los pueblos y aldeas adyacentes era de poca importancia porque todo el mundo era tan pobre como los demás y las violaciones a la ley, por lo general, eran resultado de pasión, venganza o mala suerte; por lo que Pupín perdía el tiempo llenando formularios que luego enviaba a la Comandancia de Distrito, en Sarajevo, y rara vez dejaba su oficina con el propósito de practicar su oficio.

–¡Camarada! –le llamó el hombre sentado debajo de la foto de Tito.

Como el individuo no dijo su nombre, Pupín no le prestó atención al hombre, quien, con su mujer y su hijo, llegaron a la comisaría en una carreta.

–¡Inspector Pupín!

–¡*Qué mierda!* –pensó el policía, dándose vuelta y mirando al hombre con el fez rojo–. ¿Qué se le ofrece?

–Usted no se recuerda de mí –le dijo Hamdai.

–Tiene razón –le respondió Pupín–. ¿A qué debo el placer?

–Me llamo Hamdai Hadzímulich.

–¿Qué quiere conmigo? –le preguntó Pupín, con los ojos medios cerrados, dándole a pensar a Hamdai que el policía o se estaba quedando dormido de pie o sufría de dolor abdominal–. Estoy muy ocupado. ¿Cuál es su problema? ¿Se le perdió una oveja? ¿Le robaron una cabra?

–No, señor –le respondió Hamdai–. Me robaron a mi hijo.

La neblina se levantó a mediodía y Dragánovich y Félix estaban listos para regresar a Italia. El muchacho empacó su ropa y estaba sentado en la sala, observando por la ventana a Dragánovich, que le daba unas últimas instrucciones a Rostas. El chico no había dicho una palabra durante toda la mañana, cavilando sobre su conversación con Dragánovich, el día anterior; pensando en todas las preguntas que se quedaron sin hacer, pero que necesitaban respuestas. ¿Quién era Félix Rónnoco? ¿Quién era Sasha? ¿Dónde estaba su familia; sus padres, hermanos, tíos y abuelos? Todo era un misterio; su vida era un enigma de descabelladas verosimilitudes.

Para colmo, le hacía falta Benni y tenía deseos de regresar a la Gloria, lo que le causó risa porque, al no saber nada de su pasado, existía la posibilidad –aunque muy remota– que tanto Benni como Sofisticada, pudieran ser sus hermanos.

–¡Lo único que me faltaba... incesto! –Félix soltó una carcajada y fue a buscar algo de comer a la cocina, dispuesto a esperar a ese día cuando su felicidad dependiera de lo que él desconocía.

En ese momento, un automóvil de la policía apareció en la distancia. Dragánovich y Rostas lo vieron subir la cuesta y pudieron identificar algunos de los pasajeros.

–Ese es Hamdai –le dijo Rostas–, el tío de Enes.

–Y ese tipo... –observó Dragánovich, señalando a Pupín–. Camarada Pupín, ¡qué gusto verle de nuevo! ¿Qué lo trae a la montaña?

–Ah, buenos días, Eminencia –le respondió el policía–. No sabía que estaba de regreso... ¿por qué no me dijeron que el cardenal Dragánovich estaba en casa? –le preguntó a su ayudante–. Siento molestarlo, Eminencia, pero necesito preguntarle algo. ¿Me lo permite, o prefiere que regrese otro día?

–Oiga, usted siempre con las mismas preguntas. ¿Sigue persiguiendo fantasmas?

–Ah... respuestas a preguntas, eso es todo, Eminencia –le dijo Pupín, parándose a un lado e introduciendo al grupo–. Este... caballero se llama Hamdai Hadzímulich. Esta es su señora esposa y su hijo. Ella dice que usted tiene uno de sus muchachos viviendo con usted –añadió el Inspector, como si hubiera estado describiendo las condiciones del tiempo.

–Rostas, ¿no dijiste que el chico era su sobrino? –le preguntó Dragánovich, antes de dirigirse, nuevamente a Pupín–. Él atiende el establo, hace trabajos alrededor de la casa, pero no vive aquí, Inspector.

–¡Enes, no! –interpuso Hamdai–, ¡Nermin!

–¿Nermin? –Dragánovich encogió los hombros y miró a Rostas–. No conozco a nadie de ese nombre.

–Yo tampoco –añadió Rostas.

–¡Le dicen Félix! –dijo Elma.

Dragánovich sintió el calor en los cachetes y el corazón le dio golpes tan fuerte que creyó que se le iba a salir del pecho.

Al oír aquello, Rostas se indignó de tal manera que de no ser porque Pupín estaba de por medio, le hubiera dado una paliza a los Hadzímulich.

–¡Están locos? –le gritó.

Elma agarró a Ady por el brazo, le quitó el sombrero y le dijo a Rostas:

–¿Se parece o no se parece a su Félix? ¡Se parece o no se parece a mi Nermin... a su hermano?

–Inspector, si me permite –le dijo Dragánovich, en un aparte–. Camarada, usted posee un talento extraordinario para inventarse cosas. Primero vino a buscar aquel... tesoro episcopal... como yo le digo. A Tito le estuvo cómico.

–¿A Tito? –dijo Pupín, encendiendo un cigarrillo.

–Sí... una tarde que nos encontramos en la opera... en la Scala. A Josip Broz le encantan las... las sopranos. De todos modos, lo conocí a través del embajador de Egipto y cuando le conté de su visita... la noche que usted vino a buscar unos tesoros, y que sé yo... ¡Tito se echó a reír! Con todo y eso, yo le hablé muy bien de usted, Inspector. Ahora, le digo con toda franqueza, que estoy por creer que usted tiene algo en mi contra.

–No... nada.

–Félix es primo mío... estaba en brazos de mi madre cuando usted nos visitó la primera vez. ¿No se recuerda?

–Ah... ¡tiene razón!

–¿Entonces, por qué este espectáculo tan desagradable? ¿Por qué acusarme de... ?

–Eminencia, nadie está acusando a nadie –interpuso Pupín.

–Félix tiene todos sus papeles en orden; su certificado de nacimiento, su tarjeta de identidad. Sus padres perecieron en un accidente. ¿Quiere ver las fotos? ¿Quiere ver los documentos, Inspector? Y por favor, no se olvide que yo tengo inmunidad diplomática.

–Sr. Cardenal, usted tendrá toda la inmunidad que quiera pero yo tengo que cumplir con mi deber –le contestó el policía.

–Esto es ridículo –añadió Dragánovich–. Usted sabe muy bien cuántas criaturas desaparecieron antes, durante y después de la guerra.

–Eminencia, si me permite ver los papeles de su primo –le dijo Pupín, un poco aburrido.

Félix, quien hasta ese momento estuvo almorzando en la cocina, se asomó a la puerta, a ver qué pasaba y Elma se le fue encima, gritando:

–¡Nermin!

–Félix, ¡no salgas, quédate ahí! Inspector, ¡controle a esa mujer, por favor! –le dijo Dragánovich–. ¡Félix!

A pesar de que le asqueaba la apariencia de la musulmana, Félix, sin embargo, no le quitó la vista, ni a ella ni a Ady.

–¡Nermin, soy yo, tu madre! –le gritó Elma, tirándose de rodillas e implorándole al muchacho, mientras Ady y Hamdai la ayudaban a ponerse de pie.

–Mamá, vámonos... por favor –le dijo Ady.

–Félix, ¡haz lo que te digo! ¡Rostas! –le dijo Dragánovich, haciéndole señas a Rostas para que se llevara el chico para dentro–. Ahora regreso con los documentos, Inspector.

Rostas agarró a Félix por el brazo y casi lo arrastra hasta la sala, mientras Dragánovich fue en busca de los papeles.

–Aquí tiene –le dijo Dragánovich, entregándole un bulto de papeles al policía–. Le admito que hay un cierto parecido entre Félix y ese muchacho, pero... eso no prueba nada. Todos nos parecemos a alguien porque somos todos hijos de Dios.

–¡Nermin! –gritó Elma–, ¡Yo soy... tu madre! ¡Este es tu padre y tu hermano! ¡Tu abuelita... ella dio su vida por ti!

–¡Mamá, tranquilízate, por favor! –le dijo Ady, en voz baja y con mucha ternura.

Pupín le dio una ojeada a los documentos, se rascó la cabeza, le devolvió los mismos a Dragánovich y les dijo a Elma y a Hamdai:

–Ese muchacho no es nada suyo. Regresen al auto.

–Señora, –le dijo Dragánovich a Elma–, siento mucho la pérdida de su hijo.

–Mil disculpas, Eminencia –ofreció Pupín–. Es hora de irnos... todo el mundo, vamos. Ya hemos molestado demasiado a esta gente.

Cerrado el caso.

–Te buscas a otro para que cuide los animales –le dijo Dragánovich a Rostas, antes de subir a buscar a Félix.

Lo encontró en el baño, vomitando y empapado en lágrimas.

–¡Hijos de puta! ¡Los odio!

–¿Por qué? Ellos han sufrido mucho, han perdido a sus seres más queridos –le dijo Dragánovich.

–¡Y qué carajo tengo yo que ver con eso! –le respondió Félix, casi a gritos y muy asustado.

–Óyeme, no debes... no puedes negar que no sabemos dónde naciste o quiénes son tus padres biológicos y es posible que nunca sepamos la verdad. Por otro lado, yo te bauticé en el nombre de Jesús; hiciste tu primera comunión... así que tú eres católico, no importa quien diga lo contrario.

–¡Esa gente... ¡son un asco! –le dijo Félix.

–No hables así. Sólo Dios sabe por lo que han pasado... lo que sufren. Al terminar la guerra hubo millones de hombres, mujeres y niños que murieron de hambre; miles de familias fueron asesinadas; a otras les quitaron los hijos...

–¡No es culpa mía! –dijo Félix, sollozando.

–No, no lo es.

–¿Dónde conseguiste las fotos... las que les enseñaste?

–Las tengo hace años, por si acaso –le respondió Dragánovich.

–¿Por si acaso... qué?

–Félix, no es la primera vez que una madre se confunde al ver a alguien que, por la razón que sea, se le parece a un hijo desaparecido.

Cierto. Y del Inspector Pupín haber sido un policía competente o de ser un poco más hábil y sagaz; de él tomarse la molestia de anotar los nombres y la información que le presentó el cardenal Dragánovich; de Pupín tratar de corroborar la información con unas cuantas llamadas de teléfono y uno que otro telegrama él policía hubiera descubierto que todo, pero que todo estaba en orden. Una pareja de nombre Rónnoco falleció en 1947, resultado de un accidente de automóvil, a las afueras de Banja Luka. Esa misma pareja tuvo un niño de nombre Félix; y ese niño, al no tener otra familia, fue a vivir con su primo, a la montaña. Además, toda la evidencia que necesitaba el Inspector Pupín, incluyendo los certificados de nacimiento de los padres de Félix Rónnoco, los certificados de defunción y de bautismo, además del historial completo de la familia estaba disponible en los archivos del arzobispado, en Banja Luka.

–Te quiero, Tata –le dijo Félix, abrazando a Dragánovich.

–Y yo te quiero a ti, Félix.

–He sido un idiota –añadió en muchacho–. Te juro que no te voy a hacer quedar mal.

–Tú no eres un idiota. Eres un niño. Ojalá esto sea lo peor que te pase porque la vida tiene muchas maneras de hacer sufrir como no tienes idea.

–Me quiero confesar y quiero ser como tú, Tata –le dijo Félix.

–Así será.

El Santo

28

—Eres mi legado –le dijo el anciano, en un susurro porque no tenía fuerzas para hablar–. ¡Nuestra patria... Croacia está por declarar su independencia y necesita tu apoyo! ¡Estamos en guerra, Félix! ¡No permitas que te distraigan... nada ni nadie! ¡Bendición, oh, Santo Padre!

—Confiesa y sé absuelto –repitió Félix, acariciando la mano de Dragánovich.

—Yo... –dijo Dragánovich, con mucha dificultad–, violé los más sagrados mandamientos. Hombres que nunca conocí, murieron gracias a mí. Oh, Santidad, os confieso...

—¿Quién? –le preguntó Félix, en voz baja y ocultando la cara entre sus manos.

—El ladrón –dijo Dragánovich, de repente.

—¿Qué ladrón?

—América... él que le robó a la iglesia –le respondió Dragánovich.

Lentamente, Félix levantó la mirada, curioso de saber de quién hablaba Dragánovich, porque a él sólo le vino un nombre a la mente: Louie Peps.

—No pude correr el riesgo, Santidad, igual que con el cura y Vélimir, mi único amigo de niño. Él encontró el oro... ¡lo sofoqué con mis propias manos!

—¡Oro? ¿Qué oro? ¿De qué hablas? –le preguntó Félix, horrorizado.

La lucha con la muerte había comenzado y Dragánovich respiraba dando boqueadas.

—¡Pávelich! –dijo, por fin–. ¡No pude correr el riesgo, de la misma manera que tú no puedes permitir que lo que comenzamos hace tanto tiempo atrás, fracase por incompetencia o por falta de voluntad! –Las palabras se sostuvieron en el aire antes de caer y desaparecer entre las grietas en el piso de madera–. He pecado, lo sé... ¡por mi Dios y mi patria! –añadió agarrando la mano de Félix con lo que le quedaba de fuerza.

–¡Cómo puedes tú justificar la muerte de un ser humano! ¡Eres un sacerdote! –le dijo Félix–. ¡La vida es sagrada!

–¡La Iglesia es sagrada! –replicó Dragánovich–. ¡La patria es sagrada!

Félix soltó la mano de su Tata, la desilusión, y el dolor que sintió, claramente marcados en su mirada. Él siempre vio en Dragánovich como un hombre justo, como una persona dedicada al bienestar de la humanidad; su Tata; quien lo bendijo siempre con el amor y la lealtad de un padre. Por eso, justo cuando la vida de ese hombre llegaba a su fin, Félix derramó lágrimas de angustia por el anciano, un hombre que en vez de seguir los mandamientos de Cristo, fue personalmente responsable de la muerte de inocentes.

Félix le hizo la seña de la cruz en la frente a Dragánovich, y le dijo:

–Misereatur tui omnipotens Deus, et dimissis peccatis tuis, perducat te ad vitam aeternam. Amén –Que el Dios Todopoderoso tenga misericordia con vosotros, que os perdone de todos los pecados y te dé vida eterna. Amén.

Al oír esas palabras, Dragánovich cerró los ojos para siempre. Félix esperó unos minutos, salió de la habitación y no permitió que nadie le diera el pésame.

Esa noche, los centinelas Suizos a la entrada del Palacio Apostólico, se miraron el uno al otro, al oír la extraña y mística melodía de un flautín.

Al día siguiente Félix V encontró a los Cuatro Jinetes, esperando en su despacho.

–Antes que nada, Tomaso... Leo abdicó y al no ser jefe de estado, sino un simple sacerdote, debe recibir un funeral de acuerdo con su rango. Haz los preparativos

–Santidad –interpuso Numa–, la tradición y el protocolo nos urgen...

–No vienen al caso, Eminencia –interrumpió Félix–. Otra cosa... Bailey, envía un comunicado que le informe a todo el mundo que luego de una exhausta investigación, la Santa Sede determinó que las predicciones en el Mensaje de María estaban equivocadas. Basta ya de tonterías.

Los Cuatro Jinetes se miraron el uno al otro y asintieron con la cabeza.

–Santidad, Zagreb está en la línea.

–Con su permiso, Eminencias –les dijo Félix V, a sus consejeros, esperó a que salieran del despacho, levantó el teléfono, y dijo–, Milo, ¿cómo te encuentras?

Milo Bábich era el Presidente de Croacia, además de ser aliado de Dragánovich de muchos años; desde finales de la Segunda Guerra

Mundial. Cuando en 1991, Croacia se separó de la República Federal de Yugoslavia, Bábich se convirtió en su líder, formando una alianza con la Santa Sede y la vieja guardia de fascistas, muchos de ellos miembros de la Ustacha.

Al concluir la llamada, los Cuatro Jinetes regresaron al despacho del Papa, quien les informó que se iba de viaje.

–Pero... Santidad –le dijo Tomaso, muy alarmado–, la investidura es en dos semanas.

–Estaré de vuelta en un par de días. Tengo que atender un asunto muy importante que requiere mi presencia.

Esa misma tarde, el Papa Félix V, vestido de civil, con una chaqueta de cuero y gafas de sol, cargando su svirala y el pasaporte diplomático de Félix Rónnoco –no del Vicario de Roma– salió rumbo a Madrid en un avión privado.

El arzobispo de Madrid, Ernesto Vidal, envió a su chofer a recoger al visitante de la Santa Sede, aunque a su Excelencia nunca se le informó el nombre de la persona.

–¿Queda lejos? –le preguntó Félix al padre Antonio, chofer del arzobispo, entregándole un papel con la dirección que necesitaba visitar.

–Está en el centro del pueblo, Excelencia –le contestó el cura detrás del volante.

Veinte minutos más tarde, la limusina se detuvo frente a un lujoso edificio de apartamentos.

–Espere aquí, por favor –le dijo Félix, al chofer, bajándose del auto. Seguidamente, entró en el edificio que gozaba de pisos de mármol, paredes forradas de espejos y lámparas de araña iluminando el vestíbulo.

–Buenas tardes –le dijo el portero–. ¿Le puedo ayudar en algo?

–Buenas tardes. Tengo una cita con la Condesa Folinari.

–¿Quién la procura? –le preguntó el portero.

–Félix Rónnoco.

El ascensor llegó hasta el último piso donde un mayordomo le dio la bienvenida, y le dijo:

–Si tiene la bondad, Excelencia...

El apartamento ocupaba todo el piso del edificio, y Félix siguió al criado a lo largo de un pasillo con pisos de mármol y paredes decoradas con pinturas antiguas enmarcadas en lujo, hasta llegar a unas puertas enormes de madera tallada.

—Condesa —le dijo el mayordomo, deslizando las puertas para los lados y permitiendo que Félix entrara en la sala—, su Excelencia, Félix Rónnoco. Excelencia, la Condesa Folinari —añadió, antes de retirarse.

Una mujer de unos sesenta y cinco años, bella y elegantemente vestida en un traje negro con un collar de perlas, esperaba sentada al otro lado del salón. A su lado, inmediatamente encima de una ostentosa chimenea había un enorme cuadro al óleo de Ánte Pávelich, vestido de militar.

Félix sintió náuseas, pero hizo un esfuerzo sobrehumano y fijó su mirada en la mujer.

Ella se levantó, se llegó hasta Félix, le besó la sortija y no se dio cuenta que la misma no era la de un simple obispo. Le dijo:

—Excelencia, si tiene la bondad, tome asiento. ¿Desea algo de comer? Sé que acaba de llegar de Roma... ¿algo de beber, entonces?

—Se lo agradezco, pero no, gracias. Tengo prisa —le respondió Félix.

—Nuestro amigo en Zagreb —comenzó la Condesa Folinari—, me indicó que usted tiene algo importante que preguntarme.

Félix se inclinó un poco hacia el frente, entrelazó los dedos y con el ceño fruncido, le dijo:

—No creo que se recuerde de mí, porque la última vez que me vio... bueno... de eso hace muchísimo tiempo. Yo era un bebé. Fue después de la guerra cuando usted y su familia vivieron un tiempo en la finca de Ana Dragánovich...

Félix paró de hablar al ver la extraordinaria mirada de asombro que poco a poco se apoderó de la Condesa, con sus ojos llenándose de lágrimas.

—¡Oh, Dios querido!

—¿Se recuerda de mí? —preguntó Félix.

—¡Sasha! ¡Será posible! —le dijo Katarina, tratando de encontrar rasgos del pequeño Sasha en aquel sacerdote, sentado frente a ella—. ¡Sasha! ¿Eres tú? —añadió, llegando hasta Félix y poniéndole las manos en la cara—. ¡Dios querido! ¡Dios querido... Sasha!

—Condesa... —le dijo Félix.

—¿Cómo es posible? —interpuso Katarina—. Sasha... ¿sacerdote? Te llevó la milicia... nos lo dijo el padre Dragánovich. Sé que mi pobre hermano trató de comunicarse con él hasta el mismo día que lo hicieron Papa. ¿Cómo es posible?

—Sólo recuerdo que me crié en la finca, con Nana...

—¡Nana! ¡Sí! —le dijo Katarina, por fin convencida de la identidad del cura—. Ella fue muy buena con nosotros aunque nunca supimos que pasó contigo. Nos hiciste tanta falta, y mi hermano... él te adoraba y sufrió tanto cuando te perdió. Se le destrozó el corazón –añadió, tratando de controlar las lágrimas que mezclaban la tristeza y la alegría.

–Condesa, ¿por qué ese nombre... Sasha? Necesito saber. Es muy importante.

Katarina pensó un momento, y respondió:

–No sé. Él nunca nos dio una explicación.

–¿A quién se refiere, Condesa? –le preguntó Félix.

–Didi. Él nunca dijo porque te puso Sasha. No creo que se lo dijo a nadie –le respondió Katarina.

–Le ruego, por favor... trate de recordar... cualquier cosa, por más insignificante que le parezca –le suplicó Félix, presintiendo que jamás conocería la verdadera historia de su vida y que su ilusión iba a terminar en un lujoso apartamento en el centro de Madrid.

–Dámir era un poco raro, callado y temperamental. Recuerdo la noche que te encontramos... huíamos de los comunistas y tuvimos un accidente por el camino. Dámir te encontró al lado de la carretera, te trajo al auto y nos dijo que te llamabas Sasha. A mi madre le pareció absurdo... porque... de pequeño, cuando Didi tenía como nueve años, él tuvo un amigo imaginario... ¡sí!... un amiguito imaginario que se llamaba Sasha –le dijo Katarina, secándose las lágrimas con un pañuelo–. Si deseas, le puedo escribir para ver si él se recuerda de...

–¿Escribir, a quien? –le preguntó Félix, en una voz temblorosa.

–A Didi. Sé que se va a poner muy contento cuando yo le diga...

–¡Didi! Dámir... ¿está vivo? –y Félix tomó las manos de Katarina en las suyas.

–Sí –le respondió Katarina–. Me llamó no hace un mes.

–¿Dónde? ¿Dónde se encuentra? –dijo Félix, con los ojos llenos de lágrimas y su voz entrecortada de emoción.

El helicóptero de la OTAN voló a gran altura para evadir a los francotiradores en el área, antes de tirarse en picada y aterrizar entre dos caserones, a ocho kilómetros al sur de Bratunac, Bosnia Herzegovina, detrás de las líneas serbias.

Las casonas eran parte del hospedaje fabricado en 1983 para los atletas de las Olimpiadas de Invierno, en Sarajevo. Por mala suerte –y peor planificación– estaba demasiado lejos de la ciudad capital de Bosnia y fueron abandonadas a los duendes del bosque.

Al aterrizar el helicóptero, se abrieron las compuertas y Félix brincó al pavimento, y la nave inmediatamente, alzó vuelo, desapareciendo detrás de una montaña.

En la distancia, una mujer joven y pecosa, vestida en jeans y un suéter verde, le hizo señas, y le advirtió:

–¡Venga que... le disparan!

Félix se llegó hasta la puerta, cuando vio el letrero que leía: «Sasha».

–Miguel Bianchi –le dijo Félix a la muchacha.

De pronto, alrededor de 23 niños y niñas serbios, croatas y musulmanes; algunos tan pequeños que eran cargados por los mayores, rodearon a Félix en el vestíbulo del orfanato.

–Vine a ver a Miguel Bianchi –repitió Félix.

–No está –le respondió la joven, nerviosa y alejando a los niños de la entrada–. Los serbios se lo llevaron esta mañana.

–¿Adónde? –preguntó Félix, mirando los huérfanos de guerra que lo rodeaban.

Ni la muchacha, ni los otros dos ayudantes del Sr. Bianchi sabían donde habían llevado al señor Director. Ellos sí estaban preocupados porque sabían de varias matanzas cometidas por tropas serbias, de hombres y niños en el área. Le dijo la joven:

–Nosotros somos serbios, por eso no nos hicieron nada. ¡No sé qué va a pasar!

–Necesito un auto –le dijo, Félix–. No tenemos tiempo que perder.

–Pero, es... es muy peligroso.

–¡Señorita, no discuta conmigo! ¡Necesito un auto, antes de que sea tarde! –le dijo Félix.

–El auto de don Miguel... está en la parte de atrás –y la muchacha llevó a Félix a la entrada trasera del edificio, que daba a un solar entre las casonas, donde se encontraba estacionado un Fiat color rojo, en muy malas condiciones–. Tiene las llaves puestas.

La carretera estaba llena de hoyos. Félix observó la muchacha y los niños por el retrovisor, aceleró, dobló a la derecha y dos minutos más tarde, justo en la intersección de la carretera principal, tropezó con una barricada de vehículos armados de fabricación Rusa, y soldados serbios con uniformes color gris-azul, que inmediatamente lo encañonaron con sus AK-47.

–¡Bájese... sus papeles! –le ordenó uno de los hombres que no tendría más de veinticinco años.

Félix ofreció su salvoconducto de las Naciones Unidas y su pasaporte.

–¿Está armado? –preguntó el oficial.

–No, señor.

–Dese vuelta –ordenó otro soldado, un poco más alto y fuerte que los demás. El hombre rebuscó a Félix, y encontró el flautín–. ¿Qué carajo es esto?

–Una svirala –explicó Félix.

El hombre, nacido en la ciudad, desconocía lo que los pastores llamaban una flauta. Luego de una minuciosa inspección y una demostración del uso del flautín, por parte de Félix, el soldado le dijo:

–Bueno, Padre... parece que está perdido. Roma queda en esa dirección.

–Necesito hablar con su comandante –le dijo Félix.

–¿Por qué? –le preguntó el primer soldado, que era un tipo fuerte y tosco.

–Me dijeron que detuvieron al director del orfanato, a Miguel Bianchi.

–No le sabría decir –le respondió en soldado, mirando a sus colegas.

–Por eso necesito hablar con su comandante –repitió Félix, corriendo un gran riesgo, porque a pesar de la presencia de las Naciones Unidas en Bosnia, los serbios operaban sin temor y podían hacer desaparecer a cualquiera–, estoy seguro que él sí sabrá de lo que hablo.

–Espere aquí –le ordenó el soldado y regresó a uno de los vehículos detrás de la barricada. Unos minutos más tarde, le ordenó a Félix a montarse en el lado del pasajero, mientras otro soldado tomó el volante del Fiat.

–¿Adónde vamos? –preguntó Félix.

El soldado no respondió y tardaron cuatro minutos en llegar a una casa enorme de tres pisos y tres chimeneas escondida en el medio de un bosque justo al norte de Srebrenica.

Al llegar a los cuarteles de área de las tropas serbias, dos soldados rebuscaron a Félix otra vez. En la distancia, él vio a un grupo de soldados, miembros de la IFOR, confraternizando con las tropas serbias.

–Oiga, usted –le gritó un soldado desde la escalera en la entrada lateral del edificio–, sígame.

Félix subió los escalones y entró en la casa, que parecía una colmena de abejas, con soldados entrando y saliendo por siete puertas diferentes a los lados del pasillo principal, al final del cual, él encontró lo que pudo ser –antes de la guerra y la ocupación serbia– el salón principal de la lujosa casa de verano.

–Aquí –le dijo el guía a Félix, abriendo la puerta y haciéndose a un lado.

Detrás del escritorio en el medio del salón estaba un hombre de mediana estatura, de unos sesenta y cinco años, con una gran melena de pelo negro cambiando a gris, y el distintivo de coronel, quien no se levantó de la silla y mientras estudiaba el pasaporte y el flautín de Félix, le dijo:

–Me informan que busca a un tal Miguel Bianchi.

Félix, le respondió:

–Sí. Entiendo que lo arrestaron esta mañana.

–No conozco a ningún Miguel Bianchi –le dijo el coronel.

–Es director del orfanato –explicó Félix.

–¡Ah, ese tipo! –respondió el oficial, levantando la mirada–. Usted habla muy bien nuestro idioma, Padre.

–Soy de aquí –le dijo Félix.

–No me diga, ¿de dónde? –le preguntó el coronel.

–De las montañas de Turbe, a las afueras de Travnik.

–Pero... es católico, no musulmán... y su pasaporte diplomático de Ciudad del Vaticano lleva un nombre muy conocido entre los feligreses de su iglesia, Excelencia –dijo el hombre, con una media sonrisa burlona.

–¿Cuánto? –le preguntó Félix.

–¿Cuánto... qué?

–¿Cuánto quiere por el viejo?

El coronel permaneció callado un momento, y respondió:

–Voy a pretender que no lo oí.

–¡No, no pretenda nada! –le respondió Félix–. Ustedes secuestraron a un pobre hombre que no tiene que ver con esta guerra; un hombre que se ha dedicado al cuido de los niños que ustedes dejan huérfanos.

–¡No me venga a dar sermones, cura! ¡La Santa Sede tiene las manos embarradas de sangre! ¡Y no me hable de huérfanos! ¡Tiene suerte que no lo mando a fusilar!

–¡Miguel Bianchi! –le dijo Félix.

–No sé de quién habla –le replicó el coronel–. Sí tengo prisionero a Dámir Pávelich, el hijo de Ánte Pávelich. Estoy seguro que oyó mencionar al Poglavnik, ¿eh, Padre? Su gran héroe, ¿no es cierto? Al principio, pensamos que era sólo un espía y nos tomó más de un año averiguar la verdad. No le voy a hacer perder el tiempo relatando las barbaridades que cometió Pávelich en contra de mi gente, todo con el visto bueno de la

Santa Sede. ¡Y usted tiene el descaro de venir aquí a exigir... ¿qué? ¿Qué busca? ¿Qué dejemos a Pávelich en libertad? Está perdiendo su tiempo.

–¡No tuvo nada que ver con las atrocidades de su padre! –le refutó Félix–. ¡Era un niño! Coronel, ¿cuándo va a terminar... cuándo van a poner fin a esta locura? ¿Cuántas generaciones tienen que perecer inútilmente antes de que ustedes estén satisfechos? El asesinato de inocentes no logra nada excepto, seguir sembrando las semillas del odio y la venganza –Félix se acercó al escritorio–. Ese pobre hombre no significa nada para nadie. Nadie lo conoce. A nadie le importa.

–A usted le importa –le dijo el coronel–. ¿No es cierto? ¿Por qué?

29

—Eminencia, el Inspector... acaba de llegar –le dijo el padre Marcelo, desde la puerta–. ¿Le digo que pase?

Carelli asintió con la cabeza y el Inspector Néstor Picol entró en el despacho, con maletín en mano.

Él era un hombre de sesenta y algo años, tan pequeño como un yoqui, con una melena de pelo gris, una cara llena de arrugas; vestido con un sobretodo negro y un sombrero fuera de moda.

–Buenos días, Inspector –le dijo Carelli.

–A usted también, Eminencia –le respondió Picol.

Carelli ofreció su lánguida mano con mucha dificultad y esperó a que Picol le besara la sortija.

Le dijo Carelli:

–¿Y qué lo trae por aquí, Inspector? Dijo que se trata de algo urgente.

Picol colocó el sombrero en su falda, sacó copias de varios documentos, se los entregó a Carelli, y dijo:

–Me traté de comunicar con la oficina del Santo Padre, pero, al parecer...

–Está de viaje –intervino Carelli.

–Así lo indicó la secretaría, por lo que me refirió donde usted –le explicó Picol.

Le dijo Carelli:

–¿Y en que le puedo servir?

Le respondió Picol:

–Vuestra merced, hace tres días, como parte de un operativo contra el tráfico de armas y en conjunto con la Interpol, arrestamos a un individuo de nombre Humberto Vénavich. Como ve, los documentos lo identifican como un sacerdote adscrito al Instituto de San Jerónimo, y a la Santa Sede.

–¿Vénavich? –repitió Carelli, ojeando los documentos–. No lo conozco.

—En el curso de nuestra investigación, yo interrogué a Vénavich –le dijo Picol–, quien, entre otras cosas, confesó matar a un cura.

—¿A otro... cuándo? ¿Por qué? –interpuso Carelli, un poco aburrido.

—«Cuándo» no importa tanto como «¿por qué?» –le respondió Picol, entregándole a Carelli, otro documento de su maletín–. Es parte del interrogatorio. Pase a la página 56 y lea el segundo párrafo, si tiene la bondad –añadió el policía–. Es verdad que no hemos encontrado el cadáver.

Otra Eminencia hubiera saltado de la silla. No el cardenal Carelli. Es más, Picol, que era un hombre acostumbrado a las cualidades imprevisibles del ser humano se sorprendió cuando el prelado, luego de darle una ojeada al documento, se sentó derecho, ofreció una sonrisa, y le dijo:

—Inspector, la Santa Sede se encuentra, una vez más, en estado de transición. Varios de los personajes que menciona ese documento ya no están con nosotros.

El Inspector Picol se levantó, recogió los papeles del escritorio, le rindió una leve reverencia a Carelli, y le dijo:

—Lo sé, sin embargo, le advierto que es posible que tengamos que entrevistar a varias personas aquí, en Ciudad del Vaticano.

—A discreción de la Santa Sede.

—Por supuesto.

Carelli dirigió el policía hasta la puerta, y le dijo:

—Le agradeceré mucho si me deja saber si descubren algo más.

—¿Por ejemplo? –le preguntó Picol.

—El cadáver –le sugirió Carelli.

Dos días después de su entrevista con el Inspector Picol, Carelli invitó a cenar a los Cuatro Jinetes a su lujosa villa a las afueras de Roma, regalo de Napoleón a su antepasado, Maximiliano Carelli, en 1808, a cambio de su ayuda para derrotar la insurrección contra los franceses.

Rodeada de preciosos jardines, la casa era de dos pisos e incluía una exquisita colección de arte con trabajos de Van Dyck, Caravaggio, Rubens, Vermeer y de La Tour adornando las paredes, además de dos caricaturas de Leonardo da Vinci. El techo era abovedado, los pisos eran de mármol, todo muy bien acompañado con muebles tallados a mano.

Por supuesto, mantener la propiedad necesitaba los servicios de un mayordomo de nombre Rodrigo, procedente de Barcelona; un valet Filipino llamado Nelson; un chef francés y sus tres ayudantes; tres jardineros y cuatro criadas. Por alguna casualidad, a su Eminencia nunca se le ocurrió incluir en la servidumbre de su residencia a una monja o a un religioso.

Exactamente a las siete de la noche, Carelli salió a recibir a sus invitados vestido en un caftán negro, bordado en hilo plateado. Les dijo su Eminencia:

–¡Bienvenidos!

–Siempre me asombra lo precioso que es este sitio, querido hermano –le dijo Pino, saliendo de la limusina–. ¡Qué dulce y fresco es el aire de la campiña!

–Sí, estos jardines son una bendición –le replicó Carelli.

Dos minutos más tarde, arribó el cardenal Tomaso «*¡Mi querido hermano Carelli, ha pasado mucho tiempo desde la última vez que compartimos!*», seguido por el cardenal Bailey «*¡Mi querido amigo, qué placer verle de nuevo!*», cuando apareció el cardenal Numa, «*¡Qué bien te ves, Eminencia! ¿Has perdido peso?*»

El filete de salmón escalfado estuvo de maravilla, el vino exquisito y el postre escandalosamente fuera de este mundo.

Le dijo Numa a Carelli:

–Sabes vivir bien, Eminencia.

Al terminar la cena, Carelli dirigió al grupo a la biblioteca, donde el alentador fuego de la chimenea los condujo a disfrutar de brandy, vino y cinco clases de quesos; todo bajo la vigilancia de un enorme retrato al óleo del cardenal Carelli, sin joroba.

Le dijo Bailey a Carelli:

–¡Riquísimo brandy!

Le respondió Carelli:

–Es Duque de Alba.

–¡Un hombre horrible! –dijo Pino, con el gritito y la risa tonta de una escolar.

–Pero muy católico –aseguró Tomaso.

Luego de varios comentarios agradeciendo a Carelli sus atenciones, además de felicitarlo por su excelente e envidiable estilo de vida, Carelli –con la nariz deleitosamente en su copa de brandy–, les dijo:

–¿Alguno de ustedes conoce a mi secretario? –Los prelados intercambiaron miradas, saborearon un poco más del deleitable duque y uno tras otro afirmaron que lo conocían solamente por teléfono–. Estudió en San Pío, el preseminario y fue compañero del Santo Padre –Pino sacó la nariz de la copa de brandy y prestó atención–. Según el padre Marcelo, a Félix Rónnoco lo expulsaron del colegio.

–¿Por qué? –preguntó Pino.

–Nadie sabe –le respondió Carelli–. Lo que sí es que él... Rónnoco... regresó una semana más tarde, luego de que reemplazaran al rector.

–¿En qué año fue eso? –le preguntó Pino.

–Allá para los años sesenta –le respondió Carelli, ofreciéndole puros a sus invitados.

–¿Y? –dijo Tomaso, mirando a través de su copa de brandy.

–Nada –le dijo Carelli, encogiendo los hombros y envolviéndose en la deliciosa emanación–, sí quisiera saber que pasó.

–Si recuerdan, Dragánovich era tutor del joven Rónnoco –observó Pino, con la sonrisa enfatizando «tutor».

–Y ya para ese tiempo, él... Dragánovich... era un hombre muy importante –añadió Bailey–, era el favorito del Papa Pablo.

–Bueno, estoy seguro que nuestro hermano Carelli no nos invitó aquí esta noche para hablar mal de nadie –intervino Tomaso.

–Muy cierto –le dijo Carelli, dejando que el humo le brotara de la nariz y de la boca. Él respiró profundo y relató su conversación con el Inspector Picol.

Los Cuatro Jinetes quedaron atónitos.

–¡Qué pesadilla! –dijo Numa, muy molesto.

–¿No creen qué se lo debemos informar a la Curia? –sugirió Carelli.

–De ninguna manera –dijo Tomaso–. Por lo que dices, sólo tienen la palabra de un delincuente; no tienen prueba de nada, lo que a mí me sugiere chantaje.

–Hermano –le dijo Carelli–, le debemos nuestra lealtad a la Iglesia.

–Eminencia –le contestó Tomaso–, Félix V es la Iglesia.

–Eso sí, debemos comunicárselo al Santo Padre lo antes posible –interpuso Numa, enfáticamente–. Entre tanto, no podemos divulgarlo a nadie.

–¿Se imaginan ustedes... Leo XIV ordenando el asesinato de un sacerdote? –les dijo Carelli.

–¿Yo pregunto por qué? –dijo Tomaso–. No tiene sentido.

Carelli esperó un momento, mientras admiraba con fascinación el efluvio etéreo de su boca, y dijo:

–Es interesante que Humberto Vénavich declaró que la víctima fue un cura americano de nombre O'Malley que, según el arzobispado de Nueva Orleans, era el nombre del sacerdote a cargo de la parroquia de los niños que... supuestamente se entrevistaron con la Virgen. También me está muy curioso que nadie ha sabido del padre O'Malley desde poco antes que Leo viajara a Luisiana. ¿Será posible que él sabía que no hubo tal Aparición? Por supuesto, Leo creía lo contrario, y él necesitaba el milagro. –Con un gran esfuerzo, Carelli dejó su silla y abrió las puertas que daban a los jardines–. Si encuentran el cadáver y por casualidad resulta ser O'Malley, ¿cómo se explica su presencia en Roma?

–¿Qué insinúas? –interpuso Numa.

–Ustedes saben bien que Leo dependía de Félix Rónnoco para todo –les dijo Carelli desde el centro del salón.

–El Santo Padre, el Papa Félix V... ¿cómplice del asesinato de un sacerdote? –preguntó Pino, alarmado.

–¡Ridículo! –interpuso Tomaso–. Yo conozco al Santo Padre, él nunca se hubiera prestado para eso.

–¡Hermanos! –les dijo Numa–. ¡Estamos cometiendo una injusticia!

–¡Injusticia? Yo pregunto, ¿es qué vamos a permitir que siga esta pudrición en la Iglesia?

A Félix lo escoltaron al comedor en el tercer piso de donde observó a un grupo de soldados serbios salir en sus vehículos armados en dirección de Srebrenica mientras los representantes de la IFOR seguían pasando el tiempo charlando y fumando al lado de su monstruo mecanizado. Una hora más tarde un soldado le devolvió sus documentos y el flautín que le habían confiscado, le ofreció algo de beber –agua o café– le dijo donde se encontraba el cuarto de baño y nada más, lo que lo hizo pensar que había llegado tarde para salvar a su amigo.

El sol comenzó a desaparecer detrás de las montañas y la humedad y el calor insistió en incomodar a los que se encontraban dentro de aquel bosque; igual que en la montaña donde él se crió, pensó Félix, porque, contrario a la propaganda política y religiosa los serbios compartían el mismo cielo, la misma tierra y la misma estructura genética que los croatas y los musulmanes.

Félix trató de llamar a Ciudad del Vaticano pero, por razones de seguridad, el coronel no se lo permitió. Mientras tanto, recordó a Dragánovich y una profunda tristeza se apoderó de él, obligándolo a tomar asiento. Su Tata no sólo le mintió, sino que se aprovechó de su ciega lealtad para utilizarlo como quiso con miras a lograr un fin que era tan improbable como inmoral. Por primera vez en su vida se sintió solo y decepcionado;

Félix Rónnoco, al parecer, era una leyenda, el nombre era una ficción y su pasado un misterio incomprensible.

Él tenía la cara entre sus manos cuando oyó pasos en el pasillo seguidos por la entrada del coronel, quien se llegó a él y le dijo al oído:

—Sáquelo del país lo antes posible.

Seguidamente, un hombre de unos setenta años se presentó a la puerta. Su pelo estaba completamente blanco, vestía jeans, una camisa polo negra que le quedaba grande y usaba espejuelos ladeados.

—¡Dámir! —le dijo Félix, acercándosele. Él supuso que habían maltratado y posiblemente torturado al pobre porque lucía aturdido y aparentaba tener dificultad permanecer de pie—. Ven, siéntate aquí —y Félix llevó a Dámir del brazo sin decir otra palabra.

Ni uno ni el otro se atrevió a decir nada por unos minutos y así se mantuvieron hasta que a Dámir se le aguaron los ojos, le puso la mano a la cara, lo abrazó y en una voz casi inaudible, le dijo:

—Sasha.

Medio siglo después que, supuestamente, la milicia secuestró la criatura, Dámir y Sasha volvieron a estar juntos. Si es verdad que Dámir nunca perdió la esperanza de encontrar al que fue tan importante para él en su infancia, el abrazo de Didi le causó a Félix una afluencia súbita de recuerdos olvidados de su niñez cuando, gracias al amor de Dámir, conoció completa felicidad.

—Me dijo el coronel que tenía un cura esperando —le dijo Dámir, observando cuidadosamente a Félix.

—Sé que has pasado por una odisea y que estás cansado —le dijo Félix—, pero tenemos que salir de este sitio.

—Creí que me iban a matar.

—Yo estoy seguro que sí —le dijo Félix, de regreso al orfanato.

Todo el mundo salió a recibir a don Miguel con besos, gritos y abrazos.

—¡Adentro! —ordenó Didi, antes de dirigirse a Félix—. El mes pasado me mataron a tres. Es incomprensible. ¿Cómo alguien puede hacerle daño a una criatura indefensa?

Un pequeño que no tenía más de tres años, se aferró a Didi, hasta que éste se lo echó al hombro.

—¡Qué mucho jodes! —le dijo Didi, dándole un beso al chiquillo—. Así eras tú —añadió, mirando a Félix y señalando el nombre sobre la puerta de entrada—, y ves, nunca te olvidé.

Eran las ocho de la noche cuando, por fin, Dámir y Félix pudieron sentarse a hablar. Los dos tenían tantas y tantas cosas que preguntarse que cada pregunta y respuesta fue intercalada por momentos de silencio que ambos aprovecharon para escudriñar la expresión y la mirada del otro con la intención de recordar sus tiempos juntos en la montaña.

–Era muy niño; no recuerdo nada –le dijo Félix.

Dámir le respondió:

–Pero... ¿creciste en la finca de Dragánovich? –Félix asintió con la cabeza–. El cura me mintió –le dijo Didi–. ¿Por qué quiso quedarse contigo?

–Según Nana, él no tuvo remedio porque ustedes estaban en peligro.

–Jamás contestó mis cartas y no supe más de ti.

–No voy a justificar lo que hizo, pero entiendo que fue para evitar que Belgrado averiguara donde se encontraba tu padre –le explicó Félix.

–Espero que te haya tratado bien –le dijo Didi–. Lo último que me enteré fue que estaba enfermo.

–Sí, murió hace unos días –le dijo Félix, y después de una pausa–, ¿Por qué me pusiste Sasha?

–Es tu nombre –respondió Didi, contando todos los detalles que Félix, en el transcurso de su vida, conoció por medio de una pesadilla; la brutal y sangrienta muerte de un pastorcillo llamado Sasha a manos de Ánte Pávelich y del flautín que Dámir recogió de un charco de sangre.

Félix rebuscó su chaqueta y puso la svirala frente a su amigo.

A Didi se le llenaron los ojos de lágrimas, y le dijo:

–Quisiste que te la guardara porque ibas a regresar. Lo único que no entiendo, sí bien recuerdo, es que dijiste que volverías como Pedro –añadió, antes de hacer una pausa–. Años más tarde, íbamos camino a la finca del cura...

–Me dijo Katarina que tuvieron un accidente –interpuso Félix.

–Sí. Llovía como no tienes idea; todo era una confusión... íbamos casi a la oscura para evitar que nos detuvieran los rojos, y chocamos con algo. Yo salí a investigar y vi dos hombres tirados en la carretera, muertos.

–¿Dos hombres? ¿Entonces, yo no estaba solo?

–Aparentemente. Te oí de milagro... con la ventolera y la lluvia y el terror de caer en manos de los partisanos... estabas encima de un matojo y yo supe inmediatamente quien eras: Sasha, el pastorcillo que asesinó mi padre, él que regresó en mis sueños y salvó mi vida; el mismo que esa noche en medio de una tormenta endemoniada, regresó donde mí –le dijo Dámir, antes de otra pausa–. Sé que nada de esto hace sentido y pensarás que estoy medio loco.

–Todo lo contrario –le respondió Félix.

–Esta tarde... ¿por qué dijo el coronel que tenía un cura esperando?
–Félix encogió los hombros–. Así que, después de todo, te bautizó a lo católico.

–Dámir, ¿tú... tienes familia? ¿Te casaste? ¿Tuviste hijos? –le preguntó Félix, suscitando una sonrisa triste.

Unos días después que Dámir declaró su amor por Isabella tras bastidores, los Pávelich –sin el Poglavnik– y los Gigli pasaron unas horas juntos abordo del lujoso transatlántico, Ille De France, esperando a que Beniamino e Isabella regresaran a Italia. Dámir e Isabella pasaron el tiempo cogidos de la mano, mirando al mar y diciendo poco para evitar las lágrimas porque sabían lo mucho que se iban a hacer falta. Al llegar el momento de decir adiós, se dieron un beso y juraron su amor.

Al zarpar el barco, el único Pávelich contento de la partida de los Gigli de Buenos Aires, de Argentina y del continente –y a quien no le hubiera importado que los desterraran a otro sistema solar– fue el patriarca de la familia, que estaba cansado de adolecentes malhumorados y de cónyuges insolentes.

Con el tiempo, Dámir y Katarina ingresaron en una escuela por primera vez en su vida, todo bajo su falsa identidad. Al principio, sus compañeros de la Academia Americana pensaron que ellos eran un poco distraídos, sordos o simplemente unos tontos maleducados porque como no estaban acostumbrados, ni Dámir ni Kati respondían a Miguel o a Sara. Marija dio gracias a Dios que Didi no sucumbió de nuevo a la melancolía, por hacerle falta Isabella. En vez, él aprovechó el tiempo para estudiar, para aprender el vernáculo de Argentina –con su mezcla de castellano, italiano y otros inventos del patio– para oír música y para escribirle a su amada todos los días misivas que atravesaban el Atlántico abarrotadas de suspiros y de planes para un futuro juntos. Así, su madre dejó de preocuparse por Didi y comenzó a prestarle más atención a Kati, quien terminó siendo una chica muy popular en la escuela acumulando docenas de admiradores y un interés muy particular por bailes de debutantes y partidos de polo.

Ánte también se mantuvo ocupado, y a pesar de haber estado en Argentina varios años, seguía temiéndole a las posibles represalias del gobierno de Yugoslavia. Paradójicamente, eso no le impidió deshacerse un poco del anonimato al establecer un club para croatas expatriados, algunos con tan mala fama como él, donde, en reuniones clandestinas recordaban los buenos tiempos en Milán y en Zagreb antes de la guerra.

Una mañana, Ánte sorprendió a Marija cuando le informó que había decidido concederle una entrevista a la revista italiana Época, para, en compañía de su esposa y sus hijos, dar a conocer su lucha contra el comunismo internacional y sus planes para regresar algún día a una Croacia independiente y católica. Al parecer, a Ánte le fastidiaba vivir en el mundo de los marginados, mientras otros, gente de menos méritos que él, disfrutaban de fama y gloria en la batalla contra el comunismo. Evidentemente, el egotismo, ese medio hermano del complejo de inferioridad, prosperaba en Ánte Pávelich.

Le dijo Marija a su esposo:

—Les preguntaré a los chicos si quieren participar de la entrevista.

A lo que Ánte respondió:

—Exijo que estén presentes.

Marija replicó:

—Les preguntaré de todas maneras.

Katarina no tuvo inconveniente, pero a Dámir le revolvió el estómago la posibilidad de estar parado al lado de Ánte Pávelich en una pose de felicidad hogareña porque la relación entre padre e hijo, aunque no empeoró después del muchacho recuperar su salud, tampoco superó sus diferencias.

Pasaron varias semanas, cuando un sábado a eso de las dos de la tarde, el exilado presidente de la Nación Independiente de Croacia, su señora esposa y su hija Katarina, le dieron la bienvenida a Roberto Cracci, reportero de la revista Época. Él era un hombre de unos cuarenta años de edad, con pelo negro, ojos oscuros y de apariencia somnolienta, quien tuvo la delicadeza de no incomodar a nadie con su interrogatorio y se dedicó a anotar fielmente las respuestas de su anfitrión y a tomar fotos de la familia. Por supuesto, Cracci le aseguró al Poglavnik que no daría a conocer ni la dirección de la residencia ni dónde se llevó a cabo la entrevista. Por último, preguntó:

—Señor Presidente, además de esta joven tan encantadora a su lado, entiendo que tiene usted un hijo.

Ánte, sintiendo el calor de sus mejillas, le respondió:

—Así es —y no dijo nada más.

Una hora más tarde, con Cracci de regreso a su hotel, Ánte pidió hablar con Dámir, en privado.

Le dijo el Poglavnik a su hijo, en un tono de voz bajo:

–Entiende lo siguiente, esta es mi casa y mientras vivas en mi casa creo que es justo que respetes mi voluntad.

Dámir, parado frente a su padre y aparentemente aburrido, respondió:

–¿Algo más?

Y Ánte replicó:

–¿Crees tú que es justo o no?

Dámir miró fijamente a su padre y le contestó:

–No puedo respetar su voluntad porque yo no lo respeto a usted, lo que no me permite obedecerlo ya que eso requiere que me someta a su voluntad. De ser necesario que yo me someta a sus... antojos, como condición para vivir bajo el mismo techo con mi madre y mi hermana, entonces me veré obligado a mudarme lo antes posible.

Ánte se puso de pie y tratando de controlar su ira, le replicó:

–No sirves para nada. Eres débil... un inútil y como hijo has resultado ser una gran decepción.

–Usted no tiene ni el buen juicio ni la capacidad para juzgar a nadie –le contestó Dámir, y salió de la biblioteca. En vez de ir a empacar, fue donde Marija y Kati, que se encontraban en la cocina y les dijo que se iba de la casa.

–Juana –le dijo Didi–, ¿me puedo mudar contigo unos días, en lo que consigo donde vivir?

Katarina se echó a llorar, rogándole a su hermano que no se mudara y su madre enfrentó a su marido:

–¡Dámir no va para ningún lado! ¡No se muda!

–Señora –le respondió Ánte, asumiendo un tono de superioridad moral–, Si se va o no se va, a mí me da lo mismo.

De hecho, Didi no fue para ningún lado, por lo menos, esa tarde, a pesar de que la Fritz le propuso que se quedara en casa de su madre, en Córdoba.

Primero, él no tenía dinero y no quería pedirle nada prestado a su madre porque ella le hubiera tenido que pedir el dinero a su marido, lo que iba contrario a lo que Dámir quiso o pretendía lograr. Además, de mudarse, él hubiera tenido que dejar atrás su enorme colección de música y ese sacrificio no le apetecía en nada.

Esa noche el muchacho se desveló cavilando como podía ir en busca de Sasha y casarse con Isabella, o cómo podía casarse con Isabella y luego ir a buscar a Sasha a Yugoslavia. Lo primero que pensó fue que necesitaba dinero para viajar y más dinero aún para su matrimonio con una chica tan excepcional. Él no quería ser abogado, como lo fue su padre, ni entrar en una profesión que no tuviera que ver con la ópera. Por supuesto, aunque el mundo operático gira alrededor de sus estrellas del canto, a Dámir no le interesaba cantar, por lo que su adorada recomendó que se entrevistara con don Fulgencio de Jesús, el Director Artístico del Teatro Colón. Así lo hizo.

Don Fulgencio tuvo la gentileza de recibir a Didi un jueves, después de éste salir de clases.

El Director Artístico vestía de camisa blanca con las mangas enrolladas hasta los codos, una corbata de lazo roja, pantalones negros y lentes que se le resbalaban por la nariz.

Le dijo don Fulgencio a Dámir:

—No, por favor... nada de reverencias porque tendría que devolverte la cortesía y soy muy vago para competir con vos. Estaría en desventaja. Me das la mano, y ya. Pon esos libretos en el piso y siéntate —añadió, señalando a una silla. Su oficina era un almacén para todo lo que tenía que ver con ópera como modelos de escenografía, muestras de vestuarios y cientos de partituras regadas por el despacho—. Tu cara me es familiar. ¿Dónde te he visto antes? —Dámir le explicó que fue durante el estreno de Turandot—. Ah, sí... ¡por supuesto! Tú fuiste el que por poco arruina la función, gritando por Isabella, que por cierto —y don Fulgencio le enseñó a Didi un telegrama—, del gran Gigli y habla de ti. Dime Dámir... ¿es ese tu verdadero nombre? ¿De dónde eres? ¿Qué quieres hacer? ¿Quieres ser cantante? ¿Por qué te ríes? ¿Dije algo gracioso?

Le respondió Didi:

—Es que me imagino que casi todos los que vienen a buscar trabajo, son cantantes.

—Fíjese que no. Aquí no viene nadie a buscar trabajo porque no somos una agencia de empleos. No, los que entran por esa puerta ya desempeñan su vocación, la que sea. Yo estoy haciendo una excepción con vos porque Beniamino Gigli me pidió que te entrevistara. Y bueno, ya lo hice y no me gustas para nada.

Didi parpadeó y frunció el ceño porque no supo cómo responder. Quizá, pensó el chico, don Fulgencio averiguó de su padre.

—Eres demasiado bien parecido —le dijo don Fulgencio—, y mi experiencia con gente linda es que tienen el cerebro lleno de chimichurri. Pero... a otra cosa. ¿Qué quieres hacer? O mejor dicho, ¿qué puedes hacer? ¿Piensas trabajar de lleno o a media jornada? ¿Qué salario tienes en mente? Aquí nadie gana gran cosa, ni siquiera yo gano lo que merezco. ¿Puedes trabajar de noche? ¿Qué dice tu familia? ¿Sabes que si te consigo una plaza en el Teatro Colón, Beniamino Gigli estará endeudado conmigo? Por supuesto Beniamino entiende eso muy bien, porque el gran Gigli no es tonto. Al parecer el te aprecia mucho y tienes suerte porque Gigli es muy particular. Si estás de acuerdo, entonces, estate aquí mañana a eso de las cuatro de la tarde.

–Sí... sí señor, por supuesto –le dijo Dámir, tartamudeando un poco–. Pero don Fulgencio, si tiene la amabilidad, ¿en qué voy a trabajar?

Don Fulgencio llevó a Dámir hasta la puerta, y le dijo:

–Bueno, como no cantas, no vas a cantar. ¿Sabes dirigir una orquesta?

–No señor –le contestó Dámir.

–Me lo imaginé porque pareces persona decente. ¿Sabes dirigir los cantantes en escena?

–No sabría por dónde empezar.

–Entiendo –le dijo don Fulgencio–. Los directores de escena tienen talento para lograr lo imposible y nada más. ¿Qué se te ocurre?

–No... no sé.

–No te preocupes, –le replicó el Director Artístico–, ya pensaré en algo. Buenas tardes –añadió, dejando a Dámir mirando el veteado de la puerta.

Beniamino Gigli tardó seis años en dar el visto bueno para que Isabella se casara con Dámir. Aunque para ellos seis años era casi la mitad de su vida, el hecho de estar enamorados hizo que esos mismos seis años parecieran una eternidad. El gran Gigli, por supuesto, se quiso asegurar que, a pesar de todo, de las lágrimas y las escenas que traían a la mente lo mejor de Puccini, Verdi y Bellini, el enamoramiento de Dámir y su hija no era un simple encaprichamiento de adolescentes, sino un amor que transcendiera la amarga realidad del matrimonio.

Los novios se veían una vez al año, cuando el gran Gigli visitaba a Argentina. Fue durante ese tiempo que aprendieron a amarse de verdad. Con mucha paciencia, ella lo introdujo a un mundo que él desconocía; le enseñó a jugar tenis, a bailar y hasta disfrutar del cine, especialmente de las comedias de los hermanos Marx. En ese tiempo Isabella se convirtió en una belleza de porte aristocrático. Su pelo era un poco más oscuro que cuando niña, pero sus ojos mantuvieron la alegría y la esperanza de su infancia.

Dámir se convirtió en un joven elegante, muy seguro de sí mismo y atento con todos a su alrededor. Al terminar sus estudios secundarios él se matriculó en la universidad de Buenos Aires, y dividió su tiempo entre el Teatro Colón y sus estudios en administración comercial. También, retiró sus ahorros y se mudó a un pequeño apartamiento de una habitación en la Avenida Callao, cerca del Teatro Colón. Allí decoró las paredes con fotos de Isabella, su madre y su hermana. Lo único que cargó de la casa de su padre fue su juego de cuarto, dos sillas y su colección de música. Su pasión por la ópera, además de los conocimientos que fue adquiriendo en la universidad le permitió su rápido ascenso en la administración del teatro donde se ganó el respeto y la admiración de todo sus compañeros; algunos de ellos/ellas ofreciéndosele en cuerpo y alma al muchacho. Como resultado, Didi pasó muchas noches debatiendo consigo mismo los pormenores de una relación con otra persona antes de casarse con Isabella. Siendo una persona que repudiaba la hipocresía él decidió someterse a las mismas pautas de integridad y fidelidad que él esperaba de su amada, no importara cuán difícil y terriblemente doloroso; por lo que Didi dominó su libido, aliviando el deseo con largas horas de trabajo, oyendo música y muchas, muchas horas de meditación. Así, a los veintidós años se graduó de la universidad y tres días más tarde, lo ascendieron a asistente del Director Artístico del Teatro Colón, una semana antes de recibir una oferta de trabajo del Teatro dell'Opera, en Roma, como supervisor de producción, donde le ofrecieron triple el salario que ganaba en el Teatro Colón.

Lo que hizo la oferta del Teatro dell'Opera más atractiva aún, no fue el dinero, sino que el teatro estaba a sólo tres cuadras de un apartamento que Beniamino pensó regalarle a los novios –como regalo de bodas– además de estar mucho más cerca de Yugoslavia, y Sasha.

Por fin el gran Beniamino Gigli se puso de pie y se dirigió a todos en el restaurante –como tantas veces hizo en Traviata– mientras los tres meseros en Armand, además del propietario, repartieron botellas de champaña. Les dijo Gigli:

–Señoras y señores, ¡quiero invitarlos a un brindis en honor de esta preciosa pareja a mi lado!

Isabella estaba radiante y bella en un traje de seda azul, decorado con prendas en forma de medialuna. Didi también lucía muy elegante y, de cierta forma, conservador en un traje gris oscuro, con una camisa blanca y una corbata que hacía juego con el traje de su novia.

Todos en Armand aplaudieron, felicitaron a los novios y pidieron que se besaran. Así se hizo e inmediatamente el pop de las botellas de champaña se convirtió en una fuselada de corchos.

–Bueno, Didi –le dijo Beniamino, después del brindis–, me dicen que no quieres que tu padre vaya a la boda. ¿Por qué?

La pregunta no sorprendió a Dámir porque él nunca consultó con su padre, nunca le informó a su padre y no deseaba de ninguna manera el Poglavnik en su boda.

–Quizás debo ir a arreglarme el pelo –les dijo Isabella, levantándose de la mesa.

–No, por favor, no te vayas –le dijo Dámir, tomando la mano de Isabella.

Ellos casi nunca mencionaban a Ánte Pávelich e Isabella tuvo que investigar por su propia cuenta la sangrienta historia de los Balcanes y la participación de su futuro suegro en la guerra.

–Maestro –le dijo Dámir–, yo quiero que nuestra boda sea una celebración a la vida. Con Ánte Pávelich presente, eso sería imposible. Yo quería que nos casáramos en Roma, pero mi madre todavía no se atreve regresar a Europa y creo que usted conoce el por qué.

–Hubo un tiempo –le dijo Beniamino, jugando con los camarones al ajillo–, que a tu padre se le consideró un gran líder.

–Hubo un tiempo –le replicó Dámir–, que decían que el mundo era plano.

Isabella soltó una carcajada. Su padre le pinchó la nariz, y dijo:

–Es tu boda y tu decisión. Yo le prometí a tu madre hablar contigo y ya lo hice. ¡Armand! ¡Más vino y champaña para todo el mundo!

El nombre de Ánte Pávelich no se mencionó el resto de la noche, su nombre desechado, por el momento a la subconsciencia, donde el espíritu del ser humano esconde lo desagradable. Desdichadamente, el Poglavnik era como un muñeco de resortes que no se queda quieto y en cuanto uno le pone la tapa encima, salta y sorprende a todo el mundo.

30

—Buenos días, Juana. Espero que te sientas tan feliz como luces. Contentísima de verlo, la Fritz se le tiró encima y le dio un beso, diciendo en voz alta:

–¡Señora, llegó Didi!

–Creo que puedo encontrar el camino –le dijo Dámir llegando hasta la biblioteca, donde su madre y su hermana lo esperaban.

–Ya era hora –le dijo Marija con un toque de sarcasmo, frente a su sonrisa. Con casi sesenta años, ella mantenía su porte elegante, aunque aumentó un poco de peso.

Damir respondió besando a su madre y a su hermana.

Katarina, vestida con la última moda americana, estilo de vestir muy popular entre la juventud de Buenos Aires, le dijo:

–Vi las fotos. El apartamento está precioso –hablando del regalo del gran Gigli a Dámir y a Isabella–. Espero que papá sea tan generoso cuando yo me case. Deja verte. Mmm, has logrado una sensibilidad para vestir... conservador pero de buen gusto; pantalones caqui, un blazer sobre una camisa polo blanca y zapatos de gamuza color chocolate. Tiene el sello de Isabella Gigli por todos lados. Y eso, que todavía no están casados.

–Basta, por favor. Deja a tu hermano tranquilo –le dijo Marija.

–Sabes algo –le dijo Katarina a su madre de manera distraída–, no sé si Cedric baila mambo –Cedric, de apellido Fogstrand, era el hijo del embajador del Reino Unido y un gran admirador de Katarina.

–Es inglés y los ingleses no saben bailar, punto –le replicó Marija–. Didi, necesito hablar de tu padre.

El dime y direte duró casi dos horas, con Dámir y Katarina en lados opuesto de la discusión y Marija de árbitro. Un tiempo atrás, especialmente durante los últimos años que Dámir vivió con su familia, él y Ánte Pávelich discutían a menudo. El Poglavnik, como era su costumbre, nunca alzó la voz o la mano contra su hijo; el simplemente exponía su punto de manera lógica y sensata, pidiendo que se le respetara, mientras que

Dámir, en vez de caer en una depresión, como antes, daba rienda suelta a su ira y a su frustración. Después de un tiempo Katarina se convenció que esa agresividad y disposición a la contienda tenía mucho que ver con la confianza en sí mismo que desarrolló después de conocer a Isabella, lo que la llevó a pensar –a Kati– que su hermano era un disparatado con tendencias abusivas e Isabella una intrigante.

–Didi –le dijo Marija–, no invitar... no tener a tu padre en la boda es humillante para la familia. ¿Qué dirá la gente cuando se enteren que al padre del novio se le prohibió estar presente en la boda de su hijo?

–No me importa –le respondió Dámir.

–¿Sabes qué? –le dijo Katarina, levantando demasiado la voz–, te has convertido en un patán. No tienes consideración para nadie excepto tu adorada Isabella. Estás siendo muy injusto con mamá, quien ha trabajado como una mula haciendo los arreglos de tu boda, porque, digo... lo único que hace el gran Gigli es decirnos que gastemos su dinero... y ciertamente no eres justo con papá, quien ha hecho todo lo posible por nosotros desde que llegamos a este país. No entiendo por qué lo odias. ¿Será que te crees toda esa mierda que... ?

–¡Katarina! –le llamó la atención Marija.

–¡La propaganda de Belgrado... es mierda! –denunció Kati–. ¡Esa gente ha perdido la razón enjuiciando al pobre arzobispo Stepinac como si fuera un criminal de guerra! ¿Es eso lo que te molesta, Didi? ¿Toda la basura que lees en los periódicos? ¡Madura, hombre! ¡Papá fue un gran líder quien desgraciadamente se encontró del lado que perdió la guerra! Y oye bien, si papá no va a tu boda, yo tampoco voy.

Katarina se cruzó de brazos y le dio la espalda a su hermano, quien se levantó y abrió la puerta para irse cuando Marija lo alcanzó, y le dijo:

–¡Didi! Habla con él, hazlo por mí, te lo ruego.

Dámir miró fijamente a su madre, por un momento; después de todo, el Poglavnik tendría la oportunidad de apelar directamente a su hijo.

Ese mismo día encontró a Dámir y a Isabella sentados al lado de una ventana en el Cuchillo, un lugar de mesas pequeñas, paredes oscuras y humo por todos lados, frecuentado por beatniks y artistas muertos de hambre.

–Todavía puedes cambiar de mente –le dijo Dámir.

–¿No me digas? –dijo Isabella, indiferente y llevando la taza de chocolate a sus labios.

–Ahora, si lo haces, me caso con Juana –añadió Didi, echando un pedazo del bizcocho de chocolate a la boca.

–Es mayor que tú –observó Isabella, con una carcajada–, pero cocina muy bien –antes de tomar la cara de su novio en sus manos y darle un beso como los que se ven en las películas; con una orquesta de violines acompañando el momento.

En otro lugar, esa manifestación en público de su amor quizá hubiera sido indecorosa, a pesar de levantarle el ánimo a las damas y a los caballeros de edad avanzada que todavía recordaban lo que era ser joven y estar enamorados. Pero en esa guarida donde los bohemios discutían el martirio de una mediocre cantante de cabaret que dominó su país por años, nada era sagrado excepto el amor.

–Te adoro –le dijo Dámir.

Como observó el gran Gigli esa noche a bordo del Afortunato, Dámir e Isabella definitivamente eran una hermosa pareja.

–Mejor me voy –dijo Isabella, mirando alrededor. Ella no pudo imaginarse a Ánte Pávelich sentado entre tanto elemento radical, intelectual e izquierdista–. Son las menos cuarto.

–Él nunca llega a tiempo –observó Didi, tomando a Isabella de la mano–. Le gusta hacer esperar a la gente.

Dámir la escoltó a la puerta –que no era más que un pedazo de madera verde que se le descascaraba la pintura– despidió a su novia con un beso y regresó a su mesa a la vez que las lámparas de las calles fueron cobrando vida y Buenos Aires se preparó para su acostumbrado jolgorio nocturno. También empezó a llover y la gente a correr para no mojarse. La luz de los faros y faroles se difuminó y se convirtió en aureolas de soles en miniatura contra la oscuridad de los cielos.

Didi consideró marcharse cuando un niño pequeño mojándose en la acera, lo miró del otro lado de la ventana, hizo bocina con las manos, y le gritó:

–¿Eres judío?

–¿*Judío*? –pensó Didi, porque era raro ver a un niño tan pequeño caminando solo por aquel barrio a esa hora de la noche.

En un abrir y cerrar de ojos, Didi percibió la presencia de Ánte Pávelich parado en la entrada del Cuchillo y cuando regresó la mirada, el niño había desaparecido.

Ánte vestía de negro, con sombrero; se había dejado crecer un bigote y a pesar de que era de noche, usaba gafas oscuras. A Dámir le causó risa pensar que Ánte Pávelich lucía como cualquier otro hombre de negocios o miembro de la Junta.

El Poglavnik se detuvo al lado de la mesa de su hijo, y le dijo:

–¿Vienes aquí a menudo?

–Sí.

Ánte se quitó el sombrero y tomó asiento.

–Mamá dijo que querías hablar conmigo –le dijo Dámir.

Ánte inspeccionó el lugar de un lado a otro, miró a su hijo, y en su voz indiferente, monótona y sazonada con un toque de arrogancia, le dijo:

–Me dicen que te casas –Al Dámir no responder, Pávelich puso en la mesa un sobre grueso y se lo pasó a su hijo, quien lo rechazó–. ¿Por qué no ves lo que contiene?

–Gracias, pero no lo puedo aceptar –le respondió Dámir.

–Por lo menos ten la cortesía de ver lo que tiene adentro –le dijo su padre, otra vez deslizando el sobre en dirección de Didi.

El intercambio entre padre e hijo no pasó inadvertido y aunque no se pudo escuchar lo que decían –con la música y la gente hablando y discutiendo de todo– uno que otro de los personajes en aquel nido radical pensó que quizá el acercamiento del caballero al joven era una proposición de cierta intimidad a la que todavía no habían llegado a un acuerdo o que el joven era un asesino a sueldo o un soplón rechazando una oferta hasta que Didi, por fin, le dio un vistazo al paquete de billetes.

–Lo vas a necesitar –le dijo Ánte.

–No creo –le respondió Dámir–. Y aunque así fuera, no lo aceptaría.

–¿Por qué no? –le preguntó Ánte, entrelazando las manos como un cura–. Es dinero, sólo dinero. Cuesta lo mismo y compra lo mismo que cualquier otra moneda.

–¿Qué le paga el gobierno fascista de este país y qué hace usted para ganarse la plata? –le preguntó Didi. Ánte sonrió pero no respondió–. Déjeme adivinar. Por más dinero que le pagan, no es suficiente para disfrutar del lujo con que vive usted, mi madre y mi hermana, y ciertamente, no da para regalos tan costosos como este –añadió, señalando el sobre de billetes–. Eso me dice que usted tiene otra fuente de dinero, un tesoro... como el que yo encontré en la cueva en la montaña... seis cofres llenos de joyas y de dientes de oro de las víctimas de Jasenovac... el mismo caudal que usted dejó al cuido de Stepinac y que ahora protege Dragánovich –Aquellas palabras le causaron a Ánte un peligroso latido rápido del corazón y un bajón de azúcar que lo dejó pálido como la espuma del capuchino en la mesa del lado–. Yo nunca le he dicho a nadie lo que sé porque amo a mi madre, a mi hermana y a Isabella demasiado para preocuparlas con sus... indecencias. ¿Se recuerda del pastorcillo que usted mató frente a mí? ¿Recuerda su nombre? –Dámir no esperó respuesta de su padre–. Se llamaba Sasha, era pobre, un chico patético vestido en harapos y muerto de hambre. ¿Qué sacó usted con quitarle la vida? ¿Sintió placer? ¿Lo hizo a usted un mejor soldado, un mejor católico o un croata ejemplar? ¿La muerte de Sasha... cree usted que le permitió lograr su visión para Croacia? –solamente Ánte Pávelich pudo oír aquellas palabras suaves y sin rencor–. Usted ha causado mucho daño y sufrimiento –a Dámir le pareció ver el rastro de una lágrima en el ojo izquierdo del Poglavnik–. Yo tuve un amigo... hace muchos años...

–Dámir –trató de interrumpir Ánte.

–... en la montaña. Vélimir era un serbio viejo que trabajó para Dragánovich –continuó Dámir, recordando al viejo pastor–, y él me dijo que no hay gente mala; que todos nos inclinamos a hacer el bien y que es la ignorancia la que nos encamina hacia el mal. Me pregunto, ¿de usted conocer a Sasha como a Kati y a mí, le hubiera pegado un tiro en la cabeza? –Dámir se puso de pie–. Yo a usted no lo odio y eso se lo debe agradecer a Vélimir. A mí sí se me hace imposible olvidar. Como sea –dijo soltando un par de billetes en la mesa para pagar su café–, yo entiendo que las iglesias están abiertas al público.

El día de la boda los cielos deslumbraron con su belleza y el sol de mayo no pudo estar más glorioso ni si el propio Botticelli lo hubiera agraciado con su encantadora magia. Era, en todo el sentido de la palabra, una tarde perfecta para que dos se convirtieran en uno.

Un grupo de gente se congregó frente a la Catedral de Buenos Aires, en la Plaza de Mayo, para ver llegar a los importantes invitados llegar en sus limusinas; muchos de ellos personalidades del ambiente político y cultural de Argentina.

El novio, vestido de frac y acompañado por su madre, su hermana y Juana Fritz, se detuvo a saludar a varios compañeros de trabajo que fueron a darle «la despedida». Seguidamente, se presentaron el Embajador del Reino Unido con su familia, el Ministro de Cultura, don Anastasio Gómez y su señora, Belinda, amigos del padre de la novia; y don Fulgencio de Jesús, el padrino de la boda.

Dámir, los recibió a todos con sonrisas, besos y abrazos porque, a pesar de que se sentía nervioso, sin duda, ese era el día más feliz de su vida.

Unos minutos después de él entrar en la iglesia se oyó el grito de la gente afuera dándole la bienvenida al gran Gigli:

–*¡Gigli! ¡Gigli! ¡Gigli!*

Beniamino les tiró besos a sus admiradores y escoltó la novia a la catedral. De alguien preguntarle al gran Gigli que cómo se sentía, él hubiera levantado los brazos al cielo, le hubiera dado gracias al Todopoderoso porque sin lugar a dudas, en ese momento, él era el padre más orgulloso y feliz en la tierra.

Isabella misma estaba radiante, vestida con un bello traje de boda blanco bordado con hilo de oro y plata y una extraordinaria cola que seis preciosas criaturas vestidas de rosa levantaron hasta el altar.

–*¡Gigli! ¡Gigli! ¡Gigli!*

Por primera vez ese día, Dámir vio a su prometida entrar al umbral de la felicidad mientras la luz del sol, por eso de impresionar todavía más a los presentes, desplegó su gloria por los vitrales creando un deslumbrante trasfondo justo en el momento que la música de Verdi se adueñó del ambiente de aquella imponente catedral con la música más gloriosa del universo, esperando a que Isabella y Dámir, uno al lado del otro, juraran su amor para siempre.

Al comenzar la ceremonia, otra limusina llegó y nadie le prestó atención al ocupante. El Jefe, con su guardaespaldas Rubén, entró por las enormes puertas de la iglesia y tuvo que permanecer en la parte de atrás porque los bancos al frente estaban ocupados por Marija, quien estaba muy emocionada; por Kati, que de vez en cuando ojeaba al hijo del embajador y por la Fritz, que no paraba de llorar de alegría. En el lado opuesto del pasillo, estaba Elvira quien se mantuvo estoica hasta que el padre Macero Roca, un hombrecito de ojos pequeños y boca grande, introdujo al gran tenor.

En ese momento, el más importante en la vida de su adorada Isabella –quien era su ser más querido– Gigli fue donde se encontraban Isabella y Dámir, se aclaró la garganta y con una sonrisa que delató su estado de nervios, se dirigió a todos allí reunidos:

–Esto se lo dedico a mi hija, Isabella y a su prometido, Dámir, un joven a quien he llegado a querer como si fuera mi propio hijo –No hizo

Gigli más que dejar de hablar que transportó a toda la concurrencia a los portones del paraíso con el Ave María de Schubert.

–¡Bravo Gigli! –se oyeron los gritos a través del cavernoso templo católico.

Beniamino abrazó a Isabella y a Dámir y tomó asiento al lado de Elvira, a la misma vez que secó las lágrimas que le corrían por la cara.

Dijo el padre Roca:

–Estamos aquí reunidos para ver a Dámir y Isabella unirse en sagrado matrimonio.

Katarina tampoco pudo contenerse y rompió a llorar, especialmente cuando vio a su querido hermano tomar de la mano a su Isabella. Fue cuando recordó todos los momentos –buenos y malos– que compartieron a través de sus vidas. Su hermano mayor, Dámir, a quien ella idolatró siempre, ahora le pertenecía a otra persona. Ella estaba muy contenta por Dámir, seguro que sí, pero no pudo evitar que estaba perdiendo algo muy querido.

A todo esto, Marija ignoraba dónde se encontraba su marido, o si, después de todo, pudo llegar a la iglesia. De verlo, sentado en la parte de atrás como cualquier otra persona, totalmente desconectado de aquella ceremonia tan importante para su hijo; tan abandonado y solo como el día que abordó un buque de carga en ruta a Argentina, sin duda que a ella le hubiera dado mucha pena.

Mientras tanto, Dámir no le quitó los ojos de encima a su prometida y el padre Roca tuvo que repetir su nombre tres veces. Don Fulgencio de Jesús le entregó los anillos, y dijo el padre Roca:

–El Señor bendiga estos anillos que se entregan uno al otro en señal de amor y de fidelidad.

Dijo Dámir:

–Yo, Dámir Pávelich, te acepto a ti, Isabella como esposa y me entrego a ti, y prometo serte fiel en lo próspero y en lo adverso, en la salud y en la enfermedad, y amarte y respetarte todos los días de mi vida.

Dijo Isabella:

–Yo Isabella Gigli, te acepto a ti, Dámir Pávelich como esposo y me entrego a ti, y prometo serte fiel en lo próspero y en lo adverso, en la salud y en la enfermedad, y amarte y respetarte todos los días de mi vida.

Añadió el padre Roca:

–El Señor que hizo nacer en ustedes el amor, confirma este sentimiento mutuo que manifiestan ustedes ante su iglesia. Os declaro esposo y esposa y lo que Dios ha unido, que no lo separe el hombre.

Añadió Dámir:

—Recibe este anillo, Isabella, en señal de mi amor y fidelidad a ti.

Añadió Isabella:

—Recibe este anillo, Dámir, en señal de mi amor y fidelidad a ti.

Con eso, Dámir e Isabella se hincaron frente al altar y recibieron la bendición del sacerdote:

—Os declaro marido y mujer. Dámir, puedes besar a tu esposa.

Y Dámir hizo exactamente eso, pero sorprendió a todo el mundo cuando no la beso en los labios ni tampoco acudió al melodrama o a lo teatral, sino que besó las manos de Isabella, la abrazó y le dio un beso en la mejilla porque él quiso que todo el mundo entendiera que Isabella no sólo era su esposa, sino era su amiga más íntima. Más tarde, cuando se encontraran solos, ellos compartirían la pasión de amantes; de marido y mujer.

De pronto la música comenzó nuevamente y un coro de niños cantó aleluya —o algo parecido— y Dámir escoltó a su esposa hasta los escalones de la catedral.

Marija se vio obligada a consolar al gran Gigli porque éste no dejaba de llorar de alegría, regando besos a sus admiradores que disfrutaban del espectáculo detrás de la barricada, en la Plaza de Mayo.

Didi no vio a su padre, quien permaneció parado entre las sombras, contra una columna de la iglesia, cuando los novios le pasaron por el lado. Al salir ellos a la luz de aquel bello atardecer, los amigos, los familiares y mucha gente que no conocían se les acercó para desearles lo mejor; besando a muchos, dándoles la mano a otros y siempre con una sonrisa que denotaba su felicidad. Las campanas de la catedral retumbaron el silencio de la tarde con su alegre repicar y cien palomas blancas volaron hacia el perfecto azul de la tarde, el último toque operático del gran Gigli.

—¡Papá! —le dijo Isabella, casi gritando y tirándosele encima a besar a su padre.

—¡Gracias! —le dijo Dámir, al oído, abrazando y besando al tenor—. ¡Gracias por todo! ¡Gracias por Isabella!

Por fin, Ánte Pávelich apareció de detrás de un grupo de invitados, se quitó las gafas y él y Dámir cruzaron sus miradas. El Poglavnik titubeó, inseguro si a pesar de todo debía felicitar a su hijo en su día de bodas. Desgraciadamente, no tuvo la oportunidad porque cayó herido de un disparo que nadie oyó; ni siquiera Rubén quien se desplomó con un tiro en la cabeza cuando dos hombre atentaron contra el Poglavnik desde la acera.

Al caer en cuenta de lo que sucedía, los invitados trataron de esquivar la balacera pero desgraciadamente los recién casados se encontraron en medio del tiroteo. Horrorizado, Dámir se volvió por un momento, sin saber a quién proteger con su cuerpo. ¿A su madre? ¿A su hermana? ¿A Isabella?

La muerte decidió por él. Isabella cayó en sus brazos con una mancha roja en su traje de boda. Una sonrisa triste le acarició los labios, dijo el nombre de su amado por última vez, cerró los ojos y se convirtió en ángel.

Profecía

31

—Al morir mi esposa –le dijo Dámir a Félix, con una mirada extraviada, como resignada al sufrimiento–, me mudé a Roma, y dediqué mi vida a encontrarte y a tratar de enmendar de alguna forma, por poco que fuera, el legado de Ánte Pávelich que todavía maldice esta tierra. ¿Sabes quién pagó por esta propiedad y quién se hace cargo de los gastos del orfanato... de todo esto? Mi hermana. Ella es una mujer rica. ¿Y sabes de dónde saca el dinero? De una cuenta de banco secreta en Suiza que Dragánovich estableció para el Poglavnik. No es otra cosa que la ironía bailando tango con el destino –añadió Dámir tomando las manos de Félix–. Me imagino que no debo preguntarte por qué los serbios me dejaron ir.

–Por la razón que fuera –le respondió Félix, luego de una pausa–, no puedes permanecer aquí. Tengo tu salvoconducto.

–No voy a abandonar los niños –le dijo Dámir.

–Entonces hay que buscar la manera de llevarlos contigo –le respondió Félix.

–¿Adónde?

Félix lo pensó un momento, y le dijo:

–¿Qué te parece a la montaña?

–¿A la finca de Dragánovich? –preguntó Dámir.

–Ya no es de Dragánovich. Ahora me pertenece a mí y yo... no tengo uso para la propiedad. Te la cedo.

Dámir besó las manos de su amigo, y dijo:

–Mi Sasha.

Después de pasar otro par de horas hablando, los dos se rindieron al cansancio. A la una de la mañana, Dámir le consiguió un catre a Félix y lo colocó al lado de su cama para que éste descansara un poco. Además de cansados, estaban preocupados por la incertidumbre del mañana.

Sin embargo, no hizo más que Félix cerrar los ojos, que se quedó dormido hasta que –tenían que ser las tres o cuatro de la madrugada– una luz tan terriblemente brillante que iluminó todo el valle, lo despertó de repente.

Un niño como de nueve años y muy bien vestido estaba a su lado, y le dijo:

–Sasha, no te olvides de mí.

A Félix lo confundió aquella aparición a pesar de que reconoció al pequeño. Era Dámir.

–¡Didi! –le dijo, mirando del chiquillo rodeado de luz, al anciano que yacía a su lado, dormido con una expresión serena y finalmente, en paz–. ¡Didi! ¡No, por favor! ¡No! –gritó, tirándose de rodillas en el momento que Isabella se manifestó entre las sombras, tomó al pequeño en sus brazos y lo llevó con ella.

Rostas estaba en la puerta bebiendo té y disfrutando de la vista de la montaña. Sólo el cantar de los pájaros perturbó la calma y la tranquilidad; un sosiego que ni la guerra quiso interrumpir, porque, al parecer, el mundo tenía otras preocupaciones y ¿para qué molestar al anciano?

Después de la muerte de Olga unos siete años atrás, y al Dragánovich convertirse en Papa; había muy poco que hacer en la finca. El establo estaba vacío –de todos modos, a él nunca le gustó cuidar animales– y el propio Félix no lo había visitado en más de cinco años.

A pesar de estar solo y de no disfrutar de la compañía de nadie él se afeitaba todos los días y de vez en cuando bajaba al pueblo a pasar un par de horas con los pocos amigos que le quedaban. Aunque la soledad resultaba a veces ser agobiante, Rostas no era la clase de persona que se sentaba a comparar la felicidad del pasado y la incertidumbre de sus días por delante. Sí le preocupaba la guerra civil arrancándole el alma a lo que fue Yugoslavia, una guerra que, menos mal, se mantuvo lejos de la montaña, por lo que le sorprendió oír el ruido de helicópteros al otro lado de la cordillera.

Al ruido volverse más y más fuerte, en vez de alejarse poco a poco, y al ser acompañado por unos puntos negros que aparecieron contra el sol en el horizonte, Rostas sacó una silla de la sala, la colocó inmediatamente afuera de la puerta de entrada y se sentó a ver los cuatro helicópteros de la OTAN volar en su dirección, pasarle por encima a la finca, dar una vuelta y aterrizar, uno a uno, en el llano en la distancia.

Agradecido que no eran serbios, Rostas regresó a la cocina a lavar su taza cuando oyó un sonido completamente ajeno al ruido de motores de helicópteros. Pensó Rostas:

—¡Niños?

Niños gritando, saltando y corriendo por todos lados; niños acompañados por un grupo de jóvenes y una escolta de cuatro soldados de la IFOR y Félix dirigiendo el camino.

—¡Félix!

—¡Rostas! —Estaba tan grande y fuerte como siempre, pensó Félix, abrazando al viejo.

—¿Qué pasa... quienes son... ?

—Ya es tiempo que tengas un poco de compañía, ¿no crees? —le dijo Félix.

Rostas se rascó la cabeza, tomó la cara de Félix en sus manos, y le preguntó:

—¿Y el Papa?

Félix se apartó a un lado, y le dijo:

—Murió.

—¿Su Santidad... Dragánovich... ? —le preguntó Rostas.

Félix asintió con la cabeza. Rostas dejó caer los brazos, se le aguaron los ojos y por poco llora. Él frunció el ceño y sacudió la cabeza con una mirada incrédula, siguiendo a Félix hasta la sala:

—¿Quiénes son esta gente?

—Sabes —le respondió Félix—, un tiempo atrás, cuando era niño, yo creí que eras mi padre. De haberlo sido, yo hubiera estado muy orgulloso de ti; fuiste muy bueno conmigo... todo ese tiempo... antes de que me llevaran a Roma. Gracias a ti, tengo muy buenos recuerdos de este lugar que, por supuesto, es y siempre será tu hogar. Lo único es que, de la misma manera que yo necesité tanto de tu cariño, estos pequeños ahora necesitan de ti. No te apures, no vas a tener que mover un dedo, ni hacer nada. Voy a arreglar la finca, voy a ponerle paneles de sol para que tengas electricidad, teléfono y quizás, quien sabe, hasta un televisor. Para todo eso vas a tener todos los ayudantes que necesites para cuidar de los pequeños. Quiero volver a tener animales en la finca, un salón de clases y un taller para que aprendan de todo un poco. Eso sí, no van a haber curas ni monjas; sólo gente joven dispuestos a dar un poco de sí mismos para ayudar al prójimo... en este caso, los huérfanos de Sasha.

–¿Sasha?

Y Félix relató su encuentro con Dámir, y le dijo:

–Estoy tan y tan decepcionado. Dragánovich me utilizó. No fui nada para él. Nada.

–¿Por qué dices eso? –le preguntó Rostas.

La triste expresión de Félix denotó su angustia, y dijo:

–Lo que hizo por mí fue porque necesitó mi ayuda para lograr sus objetivos; primero, convertirse en Papa, y segundo, para lograr la separación de Croacia de Yugoslavia para que, otra vez, se declarara independiente y Católica. A todo esto, yo le dediqué mi vida, nunca le mentí, ¡nunca! Nunca violé la confianza de mi iglesia, mis votos... y nunca traicioné su fe en mí. Pero él –añadió Félix, sacudiendo la cabeza–, ¡me mintió! Creí que me quería, pero no. Me usó, punto –Félix respiró profundo–, Por ejemplo, dime... ¿qué harías tú de encontrar que tu hijo está teniendo relaciones íntimas con otro chico?

Sin pensar lo que decía, Rostas respondió:

–Lo mato... digo –añadió Rostas, un poco turbado con la severidad de su respuesta–, bueno, sabes lo que quiero decir.

Le dijo Félix:

–Yo comprendo, de la misma manera que sé que serías incapaz de matar a tu hijo, no importa lo que haya hecho. Por otro lado, reconozco que en nuestra cultura es una decepción tener un hijo con tendencias homosexuales. Sin embargo, ¿qué hizo Dragánovich cuando se enteró de mí? Te dijo que me llevaras a una casa de putas. ¿Crees que le importó si yo estaba confuso o sufriendo al extremo que no sabía qué hacer con mi vida? ¡No! No le importó un carajo. Él sólo quiso saber si yo era débil, porque, de ser así, no le servía para nada –y Félix puso las manos sobre la mesa–. Cuando tienes un hijo y ese hijo sufre, tú sufres tanto o más que él, no se lo entregas a una puta y pretendes que no pasó nada. Él fue un hipócrita y me tildó con su intolerancia. Nos utilizó, Rostas, a ti, a mí y a Olga.

–¿A mí?

–¡Seguro que sí! –le dijo Félix–. Piensa cuantas veces arriesgaste tu vida por él. ¡Imagínate lo que les hubiera pasado si los serbios averiguan del tesoro de Pávelich! –Aquellas palabras inquietaron a Rostas y el temor que él no había sentido en tantos años regresó con una intensidad que lo obligó a sentarse–. ¿Cuántos años te tomó sacar el oro de la cueva para que Dragánovich lo llevara a Roma en su valija diplomática?

–¿Seguro que Dragánovich está muerto? –interpuso Rostas, preocupado.

–Fue un hombre malo.

Rostas permaneció callado unos minutos, mientras Félix les dio instrucciones a los jóvenes a cargo de los niños y a los soldados, para que terminaran de descargar el equipaje de los helicópteros. Al parecer, pensó él, Félix se decepcionó al desenmascarar la verdad y eso lo llevó directo a la amargura y al resentimiento. Era de esperarse, por supuesto, pero no era justo.

–Estás hablando mierda –le dijo Rostas fijando la mirada en Félix–. Yo conocí a Dragánovich mejor que nadie. Hicimos muchas cosas que desconoces; algunas buenas, muchas malas y no te digo que estoy orgulloso de eso porque no lo estoy y no creo que él tampoco lo estaba. Como sea, ya no importa. El hombre está muerto, y se acabó. Sí, él fue un tipo implacable y un fanático, de eso no cabe duda. Poseía una fiera determinación y no permitió nunca que nada pero que nada interfiriera con su objetivo. ¿Sabes que lo torturaron... los partisanos, allá por el '41? ¿No te lo contó? Por poco lo matan y sufrió mucho durante su recuperación. No tengo duda que él se las quiso cobrar. Por otro lado, no conozco a nadie que no hubiera hecho lo mismo. Quizás, no debió ser así porque después de todo, él era un religioso. A mí no me sorprendería averiguar que él hizo cosas que... que no debió hacer. Yo hice lo mismo, aunque nunca maté a nadie... o por lo menos creo que no... de lo que me alegro mucho. Éramos soldados, Félix, entiende eso; Dragánovich, él fue cura pero se consideraba un soldado luchando en contra de los comunistas, los serbios y los musulmanes. Y no es que quiera justificar lo que hizo porque no hay razón para uno convertirse en una bestia, en un monstruo para vengar la tortura y asesinato de un abuelo... te estoy dando un ejemplo, por supuesto... no, no digo eso. Pero, ¿quién va a proteger nuestras familias, nuestros hijos, nuestra comunidad y nuestra iglesia cuando sabemos que nos van a matar? Eso pensó Dragánovich, él creyó que tarde o temprano nos iban a exterminar a todos a menos que Croacia no declarara su independencia y se apoderara del territorio que históricamente le perteneció. Dices que Dragánovich te mintió. Es posible. Pero si lo hizo, lo hizo para protegerte. A mí, él siempre me dijo la verdad, aún cuando la verdad resultó peligrosa. Dices que fue un hipócrita. Nunca lo fue conmigo. ¿Qué era un malvado? Puede que sí, no te lo niego. Ahora –añadió Rostas fijando los ojos llenos de lágrimas en Félix–, no importa lo que tú o ningún otro diga y a pesar de lo que sientes, Dragánovich te quiso como a nadie. Tú fuiste la única persona en el mundo que lo hizo reír. Ese hombre a quien acabas de llamar hipócrita y malvado te adoraba, Félix. No sabes lo orgulloso que estaba de ti porque nunca oíste cómo se jactaba hablando de su niño. No hubo una carta o un pedazo de correspondencia donde él no me contara cómo estabas, cómo ibas en la escuela. Antes de irte a vivir a Roma, durante esos años que estuviste solo con nosotros, él nos volvió locos con telegramas preguntando por ti. De tú necesitar algo, lo que fuera, yo no tenía más que ir al pueblo y llamarlo por teléfono. Él era el que nos obligaba a llevarte al médico, al dentista y hasta me advirtió, me prohibió pegarte, ¡no importa lo que hicieras! –Rostas sonrió y las lágrimas le corrieron por la cara–. No fue fácil, sabes. Tú eras tremendo.

Félix evadió la mirada y toda la angustia que sintió por la muerte de Dámir y de su Tata, todo ese sufrimiento embotellado hasta ese momento, por fin se derramó y no tuvo alternativa que esconder la cara en sus manos y dar rienda suelta al desconsuelo.

–Perdónalo, Félix... si crees que te ofendió. Perdónalo por lo que hizo y nunca más digas que no te amó porque eso no es verdad.

Félix tomó las manos de Rostas en las suyas, las besó, se levantó, abrazó a su amigo como el día que llegó de Roma, cuando lo expulsaron de San Pío, y después de un momento, le dijo:

–Gracias.

–Ven –le dijo Rostas, agarrándolo por el brazo–. Quiero enseñarte algo.

Félix y Rostas se abrieron camino entre los niños, los ayudantes y los soldados entrando y saliendo, y llegaron al sótano. Rostas cerró la puerta para que nadie los interrumpiera y sacó una caja de metal escondida detrás de la caldera.

Le dijo Rostas:

–Dragánovich no quiso que quedara rastro de nada que podía traer a los rojos a la finca y le pidió al chofer de los Pávelich que nos llevara al sitio del accidente. Allí encontramos a dos tipos muertos en la carretera, sin papeles, y esto –A Félix se le brotaron los ojos y le temblaron las manos al ver la copia del Corán y el mantón estampado de cachemir ensangrentado–. Dragánovich me ordenó que me deshiciera de ellos, que los quemara.

–No lo hiciste. ¿Por qué? –le preguntó Félix, examinando el libro cuidadosamente. Rostas encogió los hombros–. Vamos.

–¿Adónde?

–A Komar.

–No, Félix... es muy peligroso –dijo Rostas subiendo las escaleras. Al salir del sótano, Félix tropezó con la joven ayudante de Dámir.

–Lo siento, padre –le dijo la muchacha–. Estaba viendo si hay otra habitación.

–Sofía, conoce al Sr. Rostas. Él es dueño de la finca. Oye, si necesitan más espacio, el sótano es bastante grande y sólo requiere una limpieza. También está el establo, que está vacío. Todo es temporero porque quiero transformar el establo en cinco habitaciones; y de no ser suficiente, bueno, como ves, tenemos la montaña completa para construir un Sasha más cómodo, ¿cierto? Ya verás.

–Va a ser algo precioso. Don Miguel estaría tan orgulloso –dijo la muchacha, saliendo de la casa.

–¿Quién es don Miguel? –le preguntó Rostas a Félix.

–El que me salvó la vida... el ángel que me trajo aquí, ¿recuerdas? El hijo de Ánte Pávelich, Didi –le respondió Félix, subiendo al Citroën.

Media hora más tarde Rostas y Félix llegaron a una granja colectiva donde vivía el clan de Enes, a las afueras de Komar.

Le dijo Rostas:

–Casi cuarenta años y todo sigue igual. Esta gente no progresa. Seguro que Enes vive en el mismo sitio.

–Si no está en el ejército –le dijo Félix.

–¡Enes! ¡Enes! –llamó Rostas, tocando en la puerta de la casita blanca y techado rojo, cuando un niño, como de diez años, de pelo color marrón, y ojos oscuros abrió la puerta–. Estamos buscando a Enes. ¿Lo conoces?

–¡Hola Ady! –le dijo el chico, antes de pausar y fijarse mejor en Félix–. Usted no es Ady.

–Tienes razón –le respondió Félix–. ¿Sabes dónde se encuentra?

No les tomó ni cinco minutos llegar hasta la casucha donde vivían los Hadzímulich. Era un sitio que apestaba a pobreza, con una sola bombilla para iluminar toda la antesala. Ady, quien estudió para ser maestro, les fabricó a sus padres otra habitación para que estuvieran más cómodos. Él nunca dejó de parecerse a Félix, aunque la diferencia entre el lujo de la Santa Sede y la pobreza, los marcó a su manera; Félix Rónnoco, pupilo criado bajo la tutela de un poderoso príncipe de la Iglesia Católica; y Ady hijo de pobres campesinos musulmanes, quien nunca fue más allá de Sarajevo a enseñar, y cuando comenzó la guerra, se vio en la obligación de regresar a su familia.

Elma y Hamdai lucían muy bien a pesar de las dificultades. Sus miradas carecían de la sombra triste que Félix recordaba en sus rostros la vez que visitaron la finca. Todos ellos, inclusive Enes, quien se unió al grupo, se sorprendió mucho al ver a Rostas y al cura y aún más, al ver aquel libro y al mantón verde que Félix les puso sobre la mesa de la cocina.

Elma llevó el Corán a sus labios, y con ojos llenos de lágrimas, dijo:

–Mi madre.

La luz del sol entró por la ventana y los recompensó con un poco de alegría al Félix tomar la mano de Elma en las suyas.

–Soy tu hijo –le dijo en voz baja.

–Lo sé, Nermin, lo sé.

Ella abrazó a su Nermin y Félix hizo lo mismo con cada uno de sus familiares y amigos que aparecieron de pronto, al regarse la voz que el hijo de Elma y Hamdai, el que habían dado por muerto hacía casi 60 años, el primo desaparecido de la leyenda, regresó cura. Uno que otro miembro del clan se alarmó porque Nermin era católico.

Por supuesto, era de esperarse que trataran de comprimir toda una vida en un par de horas. Al menos, Félix por fin, no tendría que recurrir al «casi» al decir su edad porque Elma le dijo su fecha de nacimiento: el 14 de marzo de 1947.

Había una vez un pastorcillo serbio de nombre Sasha quien fue asesinado cruelmente. Su ángel salvó la vida del hijo de su asesino poco antes de regresar al mundo y convertirse en el primogénito de Elma y Hamdai Hadzímulich, una pareja musulmana. El destino, por supuesto, luego tomó las riendas de su existencia, lo ayudó a cumplir su promesa, regresando a Didi, y poco después lo colocó en manos católicas para que lo bautizaran Félix Rónnoco, o sea, O'Connor deletreado al revés. Serbio-musulmán-croata. Una tragicomedia que por una de esas extrañas vueltas que da la vida se convirtió en una trinidad en los Balcanes.

32

El Papa Félix V llegó a Roma seis horas después de salir de la montaña. El cardenal Tomaso y el padre d'Stesi lo recibieron en el helipuerto y juntos cruzaron a pie la Santa Sede, hasta llegar al palacio apostólico. Entre tanto, Tomaso relató lo sucedido durante la ausencia del Papa.

Le dijo Félix a d'Stesi:

—Ten la bondad de llamar a Carelli y a Pino. Dile que necesito hablar con ellos a las ocho de la mañana.

Al día siguiente, su Eminencia Carelli encontró a Pino y a Tomaso esperando en la antesala del Papa. De alguien tomarle el pulso a Pino en ese momento, de seguro que lo hubieran hospitalizado. Por su parte, el cardenal Carelli no demostró ansiedad ninguna cuando apareció d'Stesi para llevarlos donde se encontraba Félix V.

Félix V estaba sentado detrás de su escritorio y al llegar ellos, dejó la silla, les señaló donde sentarse y dijo:

—Hermano Carelli, ¿cómo estás? Hace mucho que no te veo —Carelli asintió con la cabeza, pensando lo mismo—. Entiendo que tienes algo muy importante que decirme.

—Así es, Santidad. Están chantajeando a la Santa Sede —respondió Carelli.

—Lo sé —le dijo Félix, mirando a Tomaso—. ¿Por casualidad, conoces a nuestro abogado? —Carelli indicó afirmativamente—. Quiero que lo llames. Dile lo que sabes y que se ponga en contacto con el detective. ¿Cómo se llama?

—¿El Inspector Picol? —dijo Carelli, con duda.

—¿Me lo dices o me lo preguntas? ¿No conoces el nombre del policía? —dijo Félix.

—Inspector Néstor Picol —repitió Carelli, parpadeando varias veces.

—Bien. Quiero que esté claro que vamos a cooperar con la investigación pero de ninguna manera vamos a negociar con delincuentes; la

Santa Sede no se presta a ser víctima de un chantaje, ni ahora ni nunca.

–Pero... Santidad, encontraron el cadáver –le dijo Carelli.

–¿Y? –fue la respuesta del Papa.

–Santidad... ¿qué si es cierto? –dijo Carelli, casi en un susurro y con una expresión de profunda humildad y preocupación.

Félix se le acercó a Carelli y le dijo:

–Aunque no puedo divulgar ciertos detalles, sí les aseguro que no tuve nada que ver con la muerte del padre O'Malley. Ahora, ya te dije lo que tienes que hacer. Oye bien, no quiero volver a oír de este asunto.

–¡Pero Santidad! –interpuso Carelli.

–¡Qué te acabo de decir? ¡Nunca más!

–Con todo el respeto que se merece, Santidad –insistió Carelli–, ¿cómo llegó el padre O'Malley a Roma?

–¡En un avión! –le respondió Félix, de mal humor–. Sabes, los burócratas como tú no deben ser imprudente y les conviene sobremanera enmascarar su ambición –añadió, antes de volverse al cardenal Tomaso–. Es hora de relevar a su Eminencia Carelli de su cargo y sus responsabilidades. Por favor, busca a otra persona para que tome su lugar.

–¡Santidad! –le dijo Carelli, en voz alta y en un tono irrespetuoso.

–¡Gracias, hermano! ¡Eso es todo! ¡Se puede retirar! –le ordenó Félix.

Así, diez minutos después de llegar a la reunión con el Papa, Carelli se encontró tan rojo como su casquete, desempleado y humillado ante sus hermanos en Cristo. El pobre miró alrededor y al no recibir apoyo de nadie, farfulló unas palabras entre dientes y abandonó el despacho del tirano usurpador y traidor de la Iglesia.

–Pino...

–¿Santidad? –le respondió la otra Eminencia, dando un paso hacia delante y sintiendo las rodillas temblando.

–El Instituto de San Jerónimo –le dijo Félix–, saca a todo el mundo de ese sitio y convierte el edificio en... una biblioteca. Eso es todo.

–Sí, Santidad, como usted diga –le contestó Pino, muy humilde, antes de abandonar el despacho.

–Tomaso, haz el favor de llamar al policía... al Inspector Picol y pídele que venga a verme lo antes posible.

–Sí, Santidad –le respondió Tomaso.

–Y quiero que estés presente en la reunión –añadió Félix–. Por cierto, Eminencia, agradezco mucho su imparcialidad, y más que nada, su lealtad a la Iglesia.

Al retirarse Tomaso, Félix aprovechó y le dirigió un memorándum secreto a la Curia explicando detalladamente su intervención con el padre O'Malley e incluyendo copia de su correspondencia con su predecesor, Leo XIV durante el tiempo que él, en función de obispo, organizó la visita del Papa a los Estados Unidos.

Temprano, la mañana siguiente, Félix recibió una llamada del cardenal Tomaso, informándole que la reunión con el Inspector Picol estaba pautada para las tres de la tarde. Fiel a su palabra, a esa hora en punto su Eminencia Tomaso entró en el despacho del Papa, acompañado por el policía.

Debido a que la investidura del Papa no había tomado lugar, pocas personas conocían la apariencia del nuevo Santo Padre y Picol, por alguna razón, se sorprendió al ver que era un hombre mucho más joven de los que usualmente ocupaban el trono de Pedro.

Le dijo Félix V a Picol:

—Inspector, gracias por venir. Por favor, tome asiento.

Le respondió Picol:

—Santidad, es un honor y un privilegio. Además, soy yo el que le debe estar agradecido.

—Estoy al tanto de todo, Inspector. El cardenal Tomaso tuvo la gentileza de informarme de su conversación con el cardenal Carelli. Sé que tiene unas preguntas y estoy más que dispuesto a contestarle lo que sea. Sin embargo, me gustaría que, para ahorrar tiempo, primero lea mi comunicado a la Curia —dijo Félix, ofreciéndole a Picol copia del memorándum—. Puede pasar al salón del lado mientras lo lee con calma. Naturalmente, no quiero decirle lo que tiene que hacer, pero le sugiero que tome notas ya que ese documento no puede salir de aquí. Si luego tiene alguna pregunta o quiere hacer algún comentario, estamos a su disposición.

D'Stesi llevó a Picol a la biblioteca, le ofreció algo de beber e inmediatamente dejó al policía por su cuenta. El Inspector sacó su libreta, leyó el documento varias veces, hizo un par de anotaciones y regresó al vestíbulo en busca del secretario, quien, seguidamente lo regresó al despacho de Félix V.

Le dijo Félix, al ver a Picol entrando por la puerta:

—¿Alguna pregunta, Inspector?

—No, Santidad —le respondió Picol.

—Tome asiento, por favor —le dijo Félix.

—Gracias, pero... no quiero hacerles perder más tiempo. Antes de marcharme, sin embargo, necesito decirles algo —le dijo Picol, mirando, primero a Félix, luego a Tomaso y regresando la mirada al Papa–. Como sabe, encontramos el cadáver del padre O'Malley. Por lo menos, eso creemos porque no tenemos forma de comprobar si es o no el cura americano. El cadáver está en muy mala condición y como los asesinos le cortaron los dedos y le destruyeron la boca, no podemos identificarlo por sus huellas digitales ni por su dentadura. Sí podemos tratar de identificar los restos utilizando su DNA, pero, según me informa mi asistente, quien habló con los Estados Unidos, el padre O'Malley era hijo único y sus padres murieron hace muchos años y nadie sabe donde están sepultados. Si a eso yo le sumo que, como bien dijo su Eminencia Carelli, varios de los personajes mencionados por el delincuente Vénavich han fallecido, no me queda otra alternativa que archivar el caso. De nuevo, le agradezco su cooperación, su tiempo y quisiera añadir que, a pesar de que mi esposa, a quien amo con toda mi alma, es, además de una gran cocinera, Testigo de Jehová, yo me mantengo fiel a nuestro Señor Jesucristo, a su Santa Iglesia Católica Romana y al Sumo Pontífice y representante de Pedro en esta tierra. Tengan todos muy buenas tardes.

    Los miembros de la Curia llegaron con sus ayudantes al Aula Pablo VI en Ciudad del Vaticano, en grupos de tres, dos días antes de la investidura del Papa Félix V. Esa mañana, los príncipes de la Iglesia que no conocían al Santo Padre –muchos de ellos de países lejos de la Santa Sede– tendrían la oportunidad de familiarizarse con él antes de la investidura. Para ese propósito el cardenal Bailey les preparó un precioso folleto a cuatro colores, con fotos y la biografía de Félix V, lo que no resultó ser suficiente para muchas de las eminencias.

    El grupo estaba sentado en el auditorio mientras la directiva, bajo la supervisión del Sr. Cardenal Pino, se acomodó detrás de una mesa, en el escenario.

    –Hermano Pino –le dijo el arzobispo de Pretoria–, ¿cómo es que no tenemos una agenda?

    –No hay agenda porque el Santo Padre no lo cree necesario –le respondió Pino–. Su Santidad llegará de un momento a otro y no tengo duda que les explicará todo.

–Debemos discutir los problemas que causó la cruzada de Leo –dijo otro príncipe de cara chata quien no se preocupó en ponerse de pie.

–De acuerdo. Eso es muy importante... sí –le respondió Pino, bostezando.

–¡Tenemos que hacer algo! –observó Eleuterio Cardenal Calderón, arzobispo de Bogotá.

Las eminencias, naturalmente estaban un poco ansiosas porque se acercaba la hora de almuerzo, por lo que pasaron el rato restableciendo amistades y viejas alianzas; criticando, censurando y bromeando entre ellos.

La conversación que parecía la de un salón de clases cuando el maestro está ausente, cesó en el momento que los guardias suizos abrieron las enormes puertas detrás del escenario y Félix V, caminando rápidamente y con gran agilidad, entró seguido por su secretario. Félix era, fácilmente, el más joven de todos los presentes y su vitalidad contrastó dramáticamente con los vestidos de rojo.

–Hermanos –comenzó Félix, parado frente al grupo, sin necesidad de un micrófono–, es hora de prepararnos para enfrentar los próximos mil años. La Iglesia Católica tiene que abrazar a la humanidad, no solo a un grupo selecto. Esa es la única manera que esta Sagrada Institución va a poder sobrevivir la era moderna que tanto afecta nuestras culturas. Es de suma importancia que esta venerable Iglesia se convierta en la sede de la justicia para el resto del mundo. Bajo mi incuestionable y reverente responsabilidad, y luego de un cuidadoso estudio de nuestras enseñanzas, los mandamientos que rigen nuestras vidas y las tradiciones que amparan la Iglesia Católica Romana, he decidido que de hoy en adelante nosotros nos vamos a dedicar a mediar conflictos con el propósito de evitar las guerras; vamos a utilizar nuestros recursos para tratar de eliminar el hambre, la pobreza y la ignorancia a como dé lugar, además de combatir la plaga del narcotráfico que afecta, más que nada, a nuestra juventud. Algunos de ustedes posiblemente no estén de acuerdo con estas metas, por las razones que sean. Otros, especialmente fuera de las murallas que nos rodean, van a hacer lo posible por vernos fracasar. Oigan bien, ¡no le vamos a dar esa satisfacción! ¡Todo lo contrario! Estamos determinados a triunfar y así a restaurar la gloria, el prestigio y el honor que amerita esta sagrada Iglesia de nosotros, porque si es verdad que hemos cometido muchos errores, también es verdad que no existe ni ha existido nunca en la historia del mundo una organización cuyos valores se establecieron para educar e iluminar al ser humano, a pesar de nuestras flaquezas como pecadores. De hoy en adelante, nuestras escuelas van a estar disponibles a todos los niños de las parroquias, sin costo, no importa si son católicos o no... judíos, protestantes, musulmanes y hasta ateos. Esto establecerá un precedente que creemos ayudará a la reconciliación de los diferentes grupos étnicos-religiosos –Al mencionar «sin costo, judíos, protestantes, musulmanes y ateos» los señores cardenales dejaron de pensar en el antipasto y prestaron atención–. De esa manera ayudaremos a nuestras comunidades... ya que no pagamos impuestos –Félix alcanzó una botella de agua de la mesa de la directiva, se refrescó la garganta, y continuó–. También, pienso cancelar las restricciones impuestas por Humanae Vitae, excepto el aborto, por supuesto.

–¡Santidad! –dijeron la mitad de los señores cardenales, casi todos de pie–, ¡la vida es sagrada!

–¡Seguro que lo es! ¡Presten atención, caramba! ¡Dije excepto el aborto, eso no lo vamos a permitir! –les replicó Félix, en voz firme–. Les hablo de métodos de anticoncepción que no tienen nada que ver con la muerte de los inocentes. La anticoncepción es la prevención intencional de caer encinta; la palabra clave es «prevención». ¿Quiénes somos nosotros para decirle a las mujeres que no deben evitar caer embarazadas? Si podemos hacer eso, entonces podemos decirle al mundo que no se vacune porque las vacunas son una manera efectiva de evitar una condición natural del ser humano, ¡contraer una enfermedad! Digo –añadió Félix, respirando profundo–, vamos a ser un poco menos arrogantes, hermanos. Nosotros vivimos en celibato. Les pregunto, ¿cuántos de ustedes conocen lo que es un profiláctico?

Los señores cardenales cesaron de hablar entre ellos; dejaron de hacer chistes, despertaron de sus siestas y ni pensaron en comida. Todos, inclusive los Cuatro Jinetes fueron testigos de un momento histórico cuando Félix V le declaró la guerra a la burocracia de la Santa Sede, asumiendo el liderato de una revolución que le afectaría a cada hombre, mujer y niño en el planeta.

La multitud de feligreses fue impresionante y se desbordó por todos los lados de la Plaza de San Pedro a tal punto que ya a las once de la mañana, hasta las palomas no tenían donde descansar. Los cascos de la guardia suiza brillaban contra el cielo romano y todo trajo a la mente el recibimiento del pueblo a uno de tantos césares del antiguo imperio, regresando de sus conquistas. Los estandartes y las banderas, la alfombra roja, los monaguillos de San Pío, y tres coros de niños decoraron el área añadiendo un toque de majestad a la actividad.

Embajadores y dignatarios, así como el Colegio Cardenalicio estaban sentados frente a la tarima de donde Félix V pensó dirigirse al resto de la humanidad. Inmediatamente detrás de ellos se encontraban los arzobispos, cientos de sacerdotes, de monjas y, por supuesto, la prensa internacional, con sus discos de satélites y torres de transmisión, que respetuosamente mantuvieron su distancia, aunque sus micrófonos y cámaras dieron fe de aquel espectacular acontecimiento.

La ceremonia resultó ser tan única como la ascensión de Félix V al trono apostólico. En medio de una considerable oposición dentro de la Curia Romana, el Papa optó por no ser coronado, eligiendo en cambio, tener una Misa de Inauguración Papal, por lo que los Sedevacantistas incluyeron a Félix V en su lista de antipapas.

Luego de disfrutar de cánticos, himnos a la Virgen, varias oraciones que ofreció el cardenal Tomaso y después de que su Eminencia Pino le dio la bienvenida a los dignatarios, Félix V salió de la catedral vestido solamente con una sotana y un solideo de seda blanca, como símbolo de humildad, algo que alarmó sobremanera, no sólo a los tradicionalistas, sino a sus propios allegados, además de dar rienda suelta a un sin número de interpretaciones por parte de la prensa. De acuerdo con muchos de los presentes, el impresionante espectáculo de antes, uno que siempre estuvo sujeto al misterio y al misticismo promulgado por la Iglesia, fue, por el momento, suspendido. En cambio, la investidura de Félix V fue un acto elegante y simple.

Les dijo Félix V:

–En 1271, Roger Bacon, un hermano franciscano y una de las mentes más privilegiadas de la Edad Media, escribió lo siguiente: «La Santa Sede está siendo destruida por el fraude y por hombres injustos. El orgullo reina sobre todo, la codicia y la envidia se encuentra en todos lados. La Curia está desacreditada. Muchos de nuestros prelados persiguen la fortuna, desatienden sus almas, favorecen y protegen a sus sobrinos y a sus amigos carnales mientras que los astutos abogados que se supone protejan la institución, han logrado lo contrario con su asesoramiento. Aristóteles, Séneca, Tully, Avicena, al-Farabi, Plato y el propio Sócrates, aunque esos filósofos nunca conocieron el secreto de la vida eterna, sí alcanzaron un nivel extraordinario de sabiduría. Sin embargo, nosotros los cristianos no hemos logrado nada parecido y ni siquiera tenemos la capacidad para comprenderlo. Es mi opinión que debemos hacer lo posible por emular esas vidas ejemplares cuya virtud fue causa directa de su ingenio. Por eso no tengo duda que es necesario purgar la Iglesia».

El proceso fue bastante lento y doloroso debido a la tremenda oposición a las reformas. Sin embargo, dos años más tarde, el Papa implementó casi todas sus reformas. De más está decir que muchos arzobispos protestaron. Félix V no les permitió oposición y la gran mayoría fueron sistemáticamente obligados al retiro.

El veinticinco de diciembre del año 2000, con un poco más de pelo blanco en su sien, y usando lentes para leer, el Papa Félix V se dirigió al resto del mundo desde la logia de la Basílica de San Pedro, y dijo:

—En este día celebramos el nacimiento de nuestro Señor Jesucristo. En seis días le daremos la bienvenida a un nuevo milenio y esperamos que se convierta en una nueva era de comprensión y de amor al prójimo. En parte, esa es la razón que hoy día pedimos perdón al resto del mundo por toda la sangre derramada durante las cruzadas, de los asesinatos cometidos a nombre de la Sagrada Congregación de la Romana y Universal Inquisición en su lucha por alcanzar metas desacreditadas por el odio, la ignorancia y la intolerancia. También, nos arrepentimos de nuestra indiferencia al sufrimiento y al genocidio de los judíos durante la Segunda Guerra Mundial, además de instigar la violencia entre hermano y hermano en Irlanda del Norte y la antigua Yugoslavia.

Por eso, y por los muchos otros pecados de los cuales somos responsables, confesamos y nos arrepentimos. Que el amor del Padre Todopoderoso, de su Hijo y del Espíritu Santo ilumine vuestras vidas como lo hizo con la nuestra. Amén.

Siendo Félix V casi veinte años menor que el más joven de los arzobispos y los cardenales de su iglesia, el Papa se aferró a sus reformas, dejó pasar el tiempo y nunca más creó otro arzobispo ni otro cardenal.

Poco a poco los altos funcionarios de la Iglesia Católica Romana fueron desapareciendo hasta que en el 2022 los sacerdotes tomaron control de la burocracia y Félix V le devolvió los terrenos de Ciudad del Vaticano a Italia.

En 2028 Félix Rónnoco abandonó el palacio apostólico –gozaba 81 años de edad– y regresó a las montañas de Bosnia, donde pasó el resto de sus días rodeado de los huérfanos de Sasha y cuidando ovejas. Mientras tanto, la Iglesia Católica Romana, tal como le sucedió al otro Imperio Romano, acabó convirtiéndose en otro capítulo del impredecible relato histórico de la humanidad.

Fin